本丛书由山东省一流学科中国语言文学建设经费资助

中国现代文学研究丛书

贾振勇·主编

印证心灵 传承不朽

——现代文学的诗、史、哲学品格

贾振勇◎著

人民出版社

目　录

中 篇 在作家领地寻找奇迹

下　篇　在文本洞天感悟奇妙

前　言

　　年龄大致相仿的一些学界同行，早有相互切磋、相互砥砺、共话人文理想之志愿。所以，本丛书的构想与策划，其实已持续数年。

　　1970 年前后出生的一批中国现代文学研究者，大多受过严格的学术训练，成长于改革开放年代，有启蒙创新之情怀；在知识结构、学术视野、文学理念、价值理想、人文诉求等各方面，也呈现出相似的代际特征。经过长期的积累与历练，不少学者取得了各自的标志性成果，有的甚至做出了对学科发展具有突破性价值的成果。从总体上看，这批学者在即将知天命之年，开始步入富有创造力的学术黄金期。本丛书的策划与编选，正是基于对中国现代文学学科发展态势之判断，对这批学者的学术探索进行主动的呼应与支持。

　　经过通盘考虑、反复协商并征求多方意见，本丛书编委会决定邀请在中国现代文学研究领域实力深厚、影响较大、1970 年前后出生的高校学者作为本丛书的作者。目前，已有段从学（西南交通大学）、符杰祥（上海交通大学）、贾振勇（山东师范大学）、姜涛（北京大学）、李永东（西南大学）、刘春勇（中国传媒大学）、孟庆澍（首都师范大学）、文贵良（华东师范大学）、袁盛勇（陕西师范大学）、张洁宇（中国人民大学）十位学者加盟。编委会认为，这十位学者，学养深厚、功底扎实、思路新颖、视野开阔、研有专长、优势突出、特色明显，其成果具有探索性、多元性、前沿性和引领性，在某种程度上能代表中国现代文学研究的发展趋势。本丛书的出版，对中国现代文学研究的整体拓展、深入、提升与创新，将大有裨益。

本丛书的主要学术目的或曰学术理想在于：第一，整体展示，集体发声，形成学术代际与集束效应，追索"学术乃天下公器"之人文理想；第二，凝练各自特色，展示自家成果，接受学界检验；第三，拒绝自我满足意识，砥砺前行、奋发有为。是故，经丛书各位作者协商、讨论，一致同意丛书名定为"奔流"，取义为：致敬前贤，赓续传统；奔流不息，创造不止。

需要特别说明的是，理想虽然丰满，现实往往骨感。丛书的构想、策划之所以延宕数年，实乃种种因素之限制，尤其出版经费一时之难以筹措。有幸的是，恰逢山东师范大学文学院中国语言文学学科获批山东省"双一流"立项学科。在山东师范大学文学院院长杨存昌教授、党委书记贾海宁教授、一流学科带头人魏建教授以及院高层次著作编委会的鼎力支持与推动下，山东师范大学文学院决定予以积极支持。

正是由于山东师范大学文学院的慷慨资助，本丛书才有机会得以问世。为此，各位丛书作者对山东师范大学文学院深远的学术眼光、襄助学术发展的魄力，表示深深的敬意与由衷的感谢。同时，感谢人民出版社的大力支持，尤其感谢责任编辑陈晓燕女士的努力与付出。

丛书即将问世之际，感慨颇多。春温秋肃，月光如水。愿学术同好：行行重行行，努力加餐饭；月光穿过一百年，拨开云雾见青天。

上　篇

在观念世界探索奇点

第一章　文学史的限度、挑战与理想

近年来"重写文学史"波澜再兴。我们的文学史编撰在积累了丰厚经验的同时，也遇到了难以克服的学术瓶颈。实际存在的学术障碍和诸多热点问题的探讨，比如西方理论的"话语牢笼"现象、国民教育与意识形态的影响等，既凸显了"重写"行为的混乱与无序，又蕴含着创新的可能性与可行性。当前的文学研究、文学史编撰，存在过于偏离文学研究本身、学科内部分工过于细化、艺术和美学使命弱化、学术伦理意识薄弱等问题。只有回归"文学"基点，围绕发现、选择和品评杰作，统筹协调各项研究职能，才有可能实现"印证心灵，传承不朽"的学术使命。

一、文学史，及其不满

现代文学学科主要奠基人王瑶教授有句话广为人知：几乎每一位研究中国文学的学者的最后志愿，都是写一部满意的中国文学史。治古典文学的邓绍基教授亦曾将一篇讨论文学史编撰的文章题名曰《永远的文学史》。考诸中国文学研究的史实和发展脉络，实事求是地说，浓厚的文学史编撰情结异乎寻常地弥漫于中国文学研究界。自20世纪80年代中后期以来，学术热点一轮又一轮，可谓风水轮流转，你方唱罢我登场。如果说许多轰动一时的所谓学术热点，犹如走马观花，来也匆匆、去也匆匆；那么唯独文学史编撰方面的议题，尤其是

"重写文学史"，长盛不衰、历久弥热。

　　据张中良教授估计，现代文学学科有文学史著作 260 部以上。[①]据洪亮博士统计，截至 2011 年底有 563 部（不包括当代文学史）。[②]据许子东教授统计，截至 2008 年 10 月中国大陆有当代文学史 72部，[③] 据我所知还有好几部当代文学史不在其列，包括海外和中国大陆近年出版的。大致来看，各类中国现、当代文学史大约有 650部左右。如果扩展到整个中国文学史编撰，数量更是惊人：据说有1600 余部，也有的说是 2000 多部，[④] 更有学者说"3000 部以上的各类中国文学史是一个不容忽略的客观存在"[⑤]。仅仅从这些数字来看，自 20 世纪初黄人、林传甲一南一北各自编著《中国文学史》以来，修史、撰史的热情、冲动与实践，造就了一百多年来中国文学研究的一道亮丽风景线。所以王瑶教授那句话，不过是几代中国文学研究者挡不住撰史诱惑的简笔写真。从国人模仿西人编撰第一部中国文学史开始，到如今的 1600 部或 2000 部甚至 3000 部，才用了大约一百年多一点的时间。这个尽管不太准确的产量，让"文学史"这个舶来品原产地的学者们情何以堪？量变并不总是意味着质变。

　　学术"大跃进"风光背后的暗影，或许更值得回味。并不是所有的学者都热衷于文学史编撰，不少学者将怀疑的目光投向文学史编撰。比如陈平原教授认为："有关'文学史'的课程及著述，只是我们进行文学教育的拐杖，并借以逐步进入文学殿堂。如今，教材俨然

① 秦弓（张中良）：《现代文学研究 60 年》，《文学评论》2009 年第 6 期。
② 洪亮：《中国现代文学史编纂的历史与现状》，《中国现代文学研究丛刊》2012 年第 7 期。
③ 许子东：《当代文学中的"遗产"和"债务"》，《华东师范大学学报》（哲学社会科学版）2010 年第 2 期。
④ 张泉：《现有中国文学史的评估问题——从"1600 余部中国文学史"谈起》，《文艺争鸣》2008 年第 3 期。
⑤ 邓绍基：《永远的文学史》，《文学遗产》2008 年第 4 期。

学问，丫鬟变成了小姐，真是有点伺候不起了。"① 陈平原教授有着深
厚的撰史经验，他的《二十世纪中国小说史·第一卷（1897—1916）》
是名重一时的现代小说专门史，他也经常撰文探讨文学史的有关命
题，"伺候不起"之说确乎发人深省。再来看吴福辉教授的质疑："我
看我们一个世纪的文学史，都是从纷纭复杂的历史现象中提炼出一个
'主流'现象来，然后将其突出（实际也是孤立），认为它就可以支
配全体，解释全体。无论是'进化的文学史'、'革命的文学史'或
'现代性的文学史'，在这一点上都发生'同构'。……到今天为止，
我们现代文学史界也还没有提供出真正的'二十世纪中国文学史'的
样本来。"② 他的《插图本中国现代文学发展史》被视为近年文学史编
撰的一大亮点，该书"序言"依然坚持质疑："我认为从提出'二十
世纪中国文学'这个概念始，我们就在做已有现代文学史的分解工作
了，时至今日，仍没有到可以归纳的时候。……当一本文学史被凝固
成一个想象的完整结构时，它是被归纳的结果；而当文学史受到质疑
而露出巨大的空隙，进一步呈现出驳杂多样的状态的时候，它是被
分解了。"③ 至于与温儒敏教授、吴福辉教授合著《中国现代文学三十
年》这部近三十年来现代文学史编撰"扛鼎之作"的钱理群教授，同
样直截了当："原有的文学史建构已经形成了、已经稳定下来了，现
在人们对它不满，又找不到一个新的东西来替代它。"④

　　如果说上述三位教授主要是从文学史研究及编撰的内在学术理路
发出质疑，那么亦有学者从外在的文学史的社会功用，比如学术和教
学效果层面发出批评之声，李怡教授就认为："所谓的文学史已经不
可避免地被教育体制架空了，架空于一切基本的文学现象之上，架空

---

① 陈平原：《假如没有"文学史"……》，《读书》2009 年第 1 期。
② 吴福辉：《"主流型"的文学史写作是否走到了尽头？——现代文学史质疑之三》，
　　《文艺争鸣》2008 年第 1 期。
③ 吴福辉：《插图本中国现代文学发展史》"自序"，北京大学出版社 2010 年版。
④ 钱理群、国家玮：《生命意识烛照下的文学史书写——北京大学教授、博士生导
　　师钱理群先生访谈》，《东岳论丛》2008 年第 5 期。

成为自说自话的'理论的演绎'。一个凌驾于文学现象之上的知识传输，最终形成了这样一种教育的现状与知识增长的现状：人们已经习惯于脱离具体的文学事实来接受精英知识分子的'结论'，并把这样的结论当做不容置疑的'知识'。久而久之，我们在不断接受'文学史'教育的同时在事实上已经越来越远离了'文学'。"[①] 文学史教育的后果，竟然是让人远离文学，这岂非文学史编撰的悲哀？

在古典文学研究领域，对文学史编撰诸命题的质疑也屡见不鲜，比如针对董乃斌教授的"文学史无限论"观点，徐公持教授从"文学史观念的有限性""文学史材料的有限性""文学史体式的有限性""研究者学识的有限性"四个层面来强调"文学史有限论"，他指出："不能设想一个独立的学科，需要以其他学科的方法来充当主力；如果文学史真的需要借用其他学科的方法，而缺乏与自身相匹配的基本方法，那么这个学科的成熟度或生命力本身也就成了问题。"[②] 再结合相关的文学史讨论来看，古典文学研究界同样存在着对文学史编撰的疑惑、焦虑乃至不满。

古典文学研究界关于"文学史无限论"和"文学史有限论"的探讨，和现代文学研究界关于学科是"成熟"还是"年轻"的讨论异曲同工。陈思和教授对现代文学学科发展前景的忧虑，自然包含文学史编撰："一个学科如果称得上'成熟'，至少在理论上解决了关于这个学科的基本问题，建立起较为稳定的学科范畴和学科观念，以后新的资料发现，可能在局部修正和补充学科观念，但不会引起根本性的变动。而以这样的标准来看我们的学科的现状，它确实'还很年轻'，还处于初级阶段，还有许多涉及到学科发展的材料和领域，正在逐渐被发掘和重视，还没有找到适当的理论方法来做出有说服力的解说，奠基性的学科理论还没有完全建立起来，而如果我们不去思考和关注

---

① 李怡：《文学史是什么史？——关于"中国现代文学史"的新思考》，《陕西师范大学学报》（哲学社会科学版）2010 年第 5 期。

② 徐公持：《文学史有限论》，《文学遗产》2006 年第 6 期。

这些问题，我们的学科就有可能遭遇到根本性的挑战与困境。"① 考诸近年有关文学史编撰问题的争鸣，不难看到，与上述学者相类，对以往文学史编撰乃至学科基本命题有所质疑的学者大有人在，只不过解构的方向、怀疑的立场、不满的方式各有侧重而已，但问题都指向了一个目标：文学史这种形式的有效性何在？

事实上，对文学史这种文学历史叙事体裁的质疑，并非局限于当今遭遇文学史编撰困境的我国学界。在文学史这一文学历史叙事体裁的原产地欧美学界，质疑之声亦屡见不鲜，而且往往还上升到"元文学史"的高度。比如，接受美学的开山人物姚斯，在1967年康茨坦茨大学教授应聘和就职典礼上，发表了轰动一时的演说《研究文学史的意图是什么？为什么？》——这篇演讲稿在出版时更名为我们所熟知的《文学史作为向文学理论的挑战》——他在开篇就抱怨："在我们时代，文学史日益落入声名狼藉的境地，这绝不是毫无缘由的。在过去的150年中，这一有价值的学科的历史，毫无疑问是走过了一条日趋衰落的历程。19世纪是文学史登峰造极的时代，对于杰文纳斯、舍勒尔、德·桑克提斯和郎森来说，写作一部民族文学史，是作为一位语文学家的极其荣耀的工作。这一学科的创始人认为他们的最高目标是在文学作品的历史中展现民族个性的复归。这一最高目标业已湮入遥远的记忆。文学史的既定形式在我们时代的理智生活中几乎已无地容身了。"② 无独有偶，同样为我国文学研究界所熟知的韦勒克，在1970年写过一篇题目颇为刺眼的文章《文学史的衰落》，直接怀疑"文学史是否能够解释文学作品的审美特点"③。身处欧美异地的两位大牌学者，几乎不约而同地质疑文学史这一文学历史叙事体裁，似乎不

---

① 陈思和：《我们的学科还很年轻》，《文学评论》2008年第2期。

② ［德］H.R.姚斯：《走向接受美学》，［德］H.R.姚斯、［美］R.C.霍拉勃：《接受美学与接受理论》，周宁、金元浦译，辽宁人民出版社1987年版，第3页。

③ ［德］瑙曼等：《作品、文学史与读者》，范大灿编，文化艺术出版社1997年版，第181页。

仅仅是为各自的著书立说预设并扫清理论障碍。显然，他们的异地同声，不是孤立的学术个案，而是文化发生、发展的同步性原则的具体展现。近年美国圣地亚哥加州大学的张英进教授，撰文研究了北美学界和中文学界对文学史编撰的不同态度和价值取向："我们面临着文学史学在中文学界和英文学界分道扬镳的一个奇特现象：研究'现当代中国文学'的中文学界拥有众多的文学史著作，而北美学界的这个领域却几乎无人问津大型文学史著述，而更关注特定的作家、群体、时期和主题的研究。"① 该文以知识考古的方式列举和分析了20世纪后半段北美学界有关综合文学史编撰已经日趋"衰落"、已经过时、是一个"不可能的体裁"的众多论述，比如《文学史还可能吗？》《文学史过时了吗？》《文学史和文学现代性》。而这个北美学界质疑综合文学史的时段，恰恰是我国"重写文学史"热火朝天的年代。

　　显然，质疑文学史编撰的弊端，尤其是文学史叙事的可能性、可靠性和合理性问题，在中西学界都有各自的学术史渊源和发展脉络，更有各自的现实背景、问题意识和学术指涉。西学对文学史这一文学历史叙事体裁的不满之声，或许我们只有洗耳恭听的份儿，因为我们的文学史理论本来就是舶来品和仿制品，还没有强大到去影响西方学界的文学史理论。但是以中国文学史为志业者的不满，就需审慎对待。这种不满，既可能是深刻的切身经验教训之谈，更可能是对文学史观念重构的开放式展望，我们应注意从中辨别和发掘有益于建构更加有效的文学史理论的潜在学术资源。柯林伍德有言："人类思想或心灵活动的整体乃是一种集体的财富，几乎我们心灵所完成的一切行动都是我们从已经完成过它们的其他人那里学着完成的。"② 作为现代文学研究者，面对几代前辈学者建构的现代文

---

① 张英进：《历史整体性的消失与重构——中西方文学史的编撰与现当代中国文学》，《文艺争鸣》2010 年第 1 期。

② [英] R.G. 柯林武德：《历史的观念》，何兆武、张文杰译，中国社会科学出版社1986 年版，第 257 页。

学史体系，我们应该持有充分敬意，对他们累积的学术成果、经验和教训，至少有三点应该重视：第一，无论认为学科已经成熟也好还是年轻也罢，如果没有几代学者在坎坷历史境遇中的孜孜以求，没有他们在那样的时代限制中依然坚持探索和突破，现代文学史编撰绝不会达到今天这个水平和高度，况且年轻一代的现代文学史从业者，大多是读着并激动于他们的著述走上学术之路的。第二，几代学者也是在"建构—解构"的螺旋式上升中推动现代文学研究前行的，从继承新文学传统、建构进化论模式的文学史，到改造新文学传统、建构以新民主主义为底色的文学史，到重拾五四精神、解构"革命"宰制、重构启蒙主义的文学史，再到如今以"现代性"为主要标志的多元景观的文学史，其间所展现的不仅是局限，更蕴含着他们创新的冲动和力量。第三，所谓对文学史的不满，目的不是断裂和颠覆，而是在旧有基础上的扩展与推进，是力求对文学历史的梳理、描述、解读和阐发更为符合历史真相，同时又在述史中赓续学术传承、弘扬人文精神；其实率先发出不满之声的，很多就是当年文学史编撰成就卓著的学者，他们的现身说法，为新一轮的"重写文学史"提供了更为有力的支撑。

　　对前辈学者的尊敬，并不意味着全盘接受。对已有文学史编撰的不满，本来就是学术史自我更新和发展的内在逻辑和必然要求。不满之声应当继续丰富和发扬，否则文学史研究就会裹足不前。事实上，"重写文学史"之所以名之曰"重写"，这一命名的现象本身，就蕴含着对过往文学史编撰的不满，以及在不满基础上生发的创新意愿与再整合冲动。如果说近三十年前，一代学者凭借对五四启蒙精神的薪火相传，在一定程度上使现代文学史编撰摆脱了党史、国史等政治意识形态述史理念的过强束缚，那么我们今天要做的则是"重写文学史"的二次革命：进一步质疑各类宏大叙事，夯实微观研究，本着"学术乃天下公器"的信念，让文学研究和文学史编撰更加符合久已逝去的文学历史的自然原生态①，去唤醒蛰伏已久的现代文学的真精神。

然而，即使理想的新型的文学史编撰观念已经廓清和厘定，也替代不了具体而复杂的文学史编撰实践，更何况稳定而理想的文学史理念系统尚未成型。"写一部文学史，即写一部既是文学的又是历史的书，是可能的吗？"②"韦勒克之问"同样也是我们的难题：如何进一步摆脱各种意识形态的偏见与束缚，从而准确衡估文学史和中国社会真实状态的内在互动与关联？如何摆脱其他类型宏大叙事的制约，以免文学史沦为思想史、观念史、社会史、政治史等外部力量的附庸？如何避免史料的堆积与述史的膨胀，准确地发现、选择与品评杰作？如何避免"剪刀加糨糊"的庸常编撰，尤其是有 N 部文学史著作就有第 N+1 部的无效复制，从而建构起经得住历史检验、内含某种高规格价值目标和学术尺度、令时代感到荣耀的理想文学史景观？实事求是地说，困难不仅来自学术内部，外部社会环境依然有着异乎寻常的制约和同化能力。但是我们必须做我们能做的：是一直不满和解构下去，直至碎片化的、不确定性的文学史建构？还是戴着镣铐跳舞，期待新的整合机制，实现那个"永远的文学史"的梦想？

二、写什么，怎么写

如果说在 20 世纪 80 年代中后期先锋派文学引发的那场"写什么"和"怎么写"的讨论中，"怎么写"成了一个耀眼主题；那么"20

---

① 拙作《追复历史与自然原生态的"民国机制"——"民国文学史观"的一种文学史哲学论证》（《文艺争鸣》2012 年第 3 期）对文学史的自然状态命题以及后文提及的现代与古典关系命题，曾有较为详细的论述，故此处不再赘言。

② ［美］勒内·韦勒克、［美］奥斯汀·沃伦：《文学理论》，刘象愚等译，江苏教育出版社 2005 年版，第 302 页。

世纪中国文学""重写文学史"实际上也是现代文学史编撰"怎么写"的命题。口号的提出，标志着现代文学研究及文学史编撰同步达到了时代精神的先锋位置。我认为，经过近三十年的学术积累，现代文学史编撰又推进到一个新的轮回：经过历史经验的沉淀、社会变迁的磨炼和时间之神的汰洗，文学史编撰的期待视野变得更为开阔和深刻，我们应该重返原点进行深度的整体思考，在新一轮"重写"实践中，"写什么"和"怎么写"应该成为同等重要的命题。

就近年具体学术热点来看，如果说通俗文学、台港澳文学、少数民族文学如何入史等问题属于"怎么写"范畴，那么起点与边界的争论、旧体诗词和海外华文文学可否入史等问题则属于"写什么"范畴，而文学史分期、价值标准、述史体系、逻辑框架、文学史总体命名等问题，实际上是在元文学史层面对这两个范畴具体问题的概括与提炼。比如范伯群教授等以《海上花列传》为例提出的现代文学史起点前移、严家炎教授等以《黄衫客》等为例提出的现代文学史起点应追溯到 19 世纪 80 年代末 90 年代初、朱寿桐教授等倡导的"汉语新文学"等问题，实际上是现代文学史编撰的价值标准命题的一个具体呈现，背后更体现着学人们不同的价值立场和价值选择。①

"乱花渐欲迷人眼"，"草色遥看近却无"。之所以拈出现代文学史编撰的"写什么"和"怎么写"命题，是因为诸多具体争论尽管很有学术价值也很有必要，但是如果不上升到元文学史的形而上层面审视，就容易陷入周而复始、循环上演的各说各话、各唱各调，文学史编撰实践中会有层出不穷的具体问题需要解决。我们是否可以像姚斯不满欧洲文学史那样质疑：编撰中国文学史的意义是什么？

---

① 陈国恩、范伯群、周晓明、汤哲声、何锡章、谭桂林、刘川鄂、徐德明：《百年后学科架构的多维思考——关于中国现代文学史起点问题的对话》（《学术月刊》2009 年第 3 期）一文，以起点问题为具体学术表象，集中、生动地展现了学界不同的价值立场和价值倾向。

为什么？在起源和发生意义上回溯与追问问题，"重写文学史"的视野或许就能变得豁然开朗，"写什么"与"怎么写"亦会就此摸到合理、合法的门径。

如果说已有不少学者从知识考古层面对中国文学史编撰的缘起与流变做了较为详尽的考察①，那么本书则力图从元文学史层面介入这个命题，选择几个潜在视角来理解"怎么写"与"写什么"。从中国文学史这种文学历史叙事体裁的发生和发展来看，有三个限制条件导致它先天不足、后天失调：

第一，中国文学史的理论建构和编撰实践，是西学东渐的产物。比如被不少学者称为中国第一部文学史的林传甲的《中国文学史》，就是参考日本笹川种郎的《支那历朝文学史》而成的。从那时起，我们就告别了文苑传、艺文志等传统的文学历史的叙事体裁，转而以西方的理论、概念、方法、体系、框架、模式来梳理、评判和建构中国文学的历史。时至今日，我们的文学史编撰乃至文学研究的知识谱系、价值体系和意义系统，不但依旧赫然打着西方的标签，而且来自西方的影响与焦虑呈现有增无减之趋势。西方的理论、概念、方法、体系、框架和模式，本身是对西方文学和文学史编撰的独特经验、价值和意义的概括、总结和应用，并非具有完全的普适性和通用性，以之搜集、梳理、阐释、评判和建构中国文学的历史，其对中国文学的独特经验、价值和意义的适用性和有效性到底有几

---

① 比如论文有郭延礼的《19世纪末20世纪初东西洋〈中国文学史〉的撰写》(《中华读书报》2001年9月21日)，王峰的《"文学"的重构与文学史的重释——兼论20世纪早期"中国文学史"书写的意义》[《华东师范大学学报》(哲学社会科学版)2008年第2期]，李舜臣、吴光正的《〈中国文学史教学大纲〉的产生及其影响》(《文学遗产》2009年第1期)，陈立峰的《中国现代文学学科之发轫》(《人文杂志》2010年第3期)等；著作有黄修己的《中国新文学史编纂史》(北京大学出版社1995年版)，戴燕的《文学史的权力》(北京大学出版社2002年版)，董乃斌、陈伯海、刘扬忠主编的《中国文学史学》(河北人民出版社2003年版)，等等。

许呢？悖论在于，历史的田园早已荒芜而不得归，我们已经无法返回文苑传、艺文志那样的中国文学的治史流程了，即使当年深深怀恋传统的钱基博的《中国文学史》《现代中国文学史》，也深受西学理念之浸染，由此我们只能借鉴、运用西方那一套理论体系和话语模式，以"代位言说"的方式去研究我们的文学、建构我们中国文学的历史。问题的关键在于，这种"代位言说"布满了话语牢笼和理论陷阱，我们如何避免并突破西方理论与话语东移中国之后产生的牢笼和陷阱？如何将以往以西学为摹本的外源型文学研究和文学史编撰的学术模式，转化为以后真正以中国文学现象为中心的内生型的学术创造机制？

第二，中国文学史编撰的出现与沿革，直接来自国民教育的需要。比如 1904 年"癸卯学制"确立的当年，林传甲为国立北京大学编撰的《中国文学史》、黄人为私立东吴大学编撰的《中国文学史》就应运而生。事实上，应国民教育的需要编撰文学史，不但不应该成为一种束缚和负担，反而应该是一种责任和荣耀。考诸西方文学史编撰的源与流，19 世纪的文学史编撰之所以如姚斯所说达到巅峰，很大程度上是因为文学史编撰在整合社会认同、凝聚国家意志和提升民族精神方面得到了社会整体评价系统的高度认可，文学史家也就享有了高度的成就感和荣耀感。问题的要害在于，文学史的编撰来自什么样的国民教育需要。民国时期的国民教育尤其是大学教育，具有较高程度的自治能力，国民党的党化教育不但得不到大多数从事教育的文人知识分子的认同，甚至也没有得到多数国民的认可，国民党推行党化教育的结果是抵制和抗拒之声愈演愈烈，且有效阻止了国民党党化教育对国民教育尤其是大学教育的渗透与扩张。所以那个时代的文学史编撰者们，尽管政见歧异、言人人殊，但是基本上都能本着"独立之精神，自由之思想"原则编撰符合自己价值理念和学术期待的文学史。比如陆侃如教授的反思，其实就是经验之谈："抗战前，没有两校中文系的教学计划是相同的。后来课程名称虽然部分地'划一'了，但也没有两校所开同一课程的内容是相同的。我教过二十年的'中国文学史'，都是详于周秦，略于唐宋，到明清就根本不讲了，我所认识的担任这门课的朋友们，讲授的进度都不一样；对于每一个作家、每一部作品的评价，不但'仁者见仁'、'智者见智'，而且以'独出心裁'为贵，丝毫没考虑到是否符合真理。"[①] 陆侃如教授反思的或许是那样做是否"符合真理"，但就中国文学史编撰遭遇的历史波折来看，我们更应该警醒的是，尊重真相比符合真理更重要。在陆侃如教授发表这段言论之后两年，在教育部统一部署下，由游国恩、冯沅君、刘大杰、王瑶、刘绶松等具体负责编写的《中国文学史教学大纲》问世了。而署名"老舍、蔡仪、王瑶、李何林草拟"的《中国新文学史教学大纲》，早已在 1951 年《新建设》杂志第 4 卷第 4 期上发表了。在新政权国民教育目标指导下，中国文学研究和中国文学史编撰翻开了新的一页。也就是在这个时期，制约中国文学史编撰的另一个重要因素——政治意识形态，成为国民教育的指导思想，并迅速整合国民教育各领域，督促中国文学史编撰走向大一统状态。

　　第三，政治意识形态对文学史编撰的渗透与宰制。在民国时期，政治意识形态对文学史编撰的入侵，无论规模还是深度，都实绩了了。北洋军阀政府连意识形态为何物，似乎都无从说起。1928 年上台执政的国民党尽管形成了初步的、松散的意识形态体系，但是从内在理论和运作机制来看，它专制独裁的实践倾向与"三权分立、五权宪法"的政治理想背道而驰；从外部实施效果来看，这个初步形成的松散的意识形态，连说服、教育普通民众的话语能力都很匮乏，遑论去占领大学教育、学术领域等思想文化高地。不要说"左"倾的文人知识分子将抵制和反对这个意识形态系统视为正义行为，就是右倾的胡适、罗隆基、梁实秋、胡秋原等人都强烈抨击国民党的思想统一企图。盖在民国时期的民众和文人知识分子心目中，民国乃是全体中国

---

① 　陆侃如：《关于大学中文系问题》，《人民教育》1952 年 2 月号。

人的民国，而非国民党的党天下。亦正因为如此，另一种政治意识形态思潮才能在民国时代引领风潮，以至于苏雪林曾说："五卅以后，赤焰大张，上海号为中国文化中心，竟完全被左翼作家支配。所有比较闻名的作家无不沾染赤色思想。他们文笔既佳，名望复大，又惯与出版事业合作。上海除商务印书馆、中华书局、世界书局几个老招牌的书店以外，其余几乎都成了他们御用出版机关。他们灌输赤化从文学入手，推广至于艺术（如木刻、漫画）戏剧电影等等，造成清一色的赤色文化；甚至教科书的编制，中学生的读物，也要插进一脚。"① 随着民国体制坍塌和新的国家体制建立，曾经挺立潮头、具有强烈批判功能的左翼意识形态，变成了国家意志，成为国家机器的重要组成部分，快速完成了由批判型意识形态到统摄型意识形态的转化。借助于国民教育体系、思想宣传体系和文化建设体系等一系列领域的重建，依靠国家机器的强大威慑力和实际控制力，建构并完成了前所未有的思想统一局面。在这样的政治背景下，文学研究、文学史编撰不但要服务于这个意识形态的理论预设，而且还要化为这个意识形态系统的一个组成部分。如果说中国文学史编撰中的古典部分受宰制的程度略为轻度一些，那么中国文学史编撰中的现代部分，则在相当长时间内化身为新民主主义革命的文学版本。1949 年后政治意识形态对中国文学研究和中国文学史编撰的宰制，绝大多数治中国文学者深有体会，毋庸多言。即使在今天，意识形态的渗透和宰制对现代文学史编撰的影响，依然强大而有效，不但是言说空间的限制，而且还内化为许多文学史编撰者的主体意识；这种内化式禁锢，会转为学科机制的惰性有机组成部分，从而具有更长的影响时效。

指出问题并不意味着有能力解决问题。关于国民教育、政治意识形态与中国文学史编撰的关系，需要进行深度专题研究，至于能探讨

---

① 胡适、苏雪林：《关于当前文化动态的讨论（通信）》，载中国社会科学院文学研究所鲁迅研究室编：《1913—1983 鲁迅研究学术论著资料汇编》第 2 辑，中国文联出版公司 1986 年版，第 691 页。

到什么范围、分析到什么程度，既要看具体学术个体的学识和胆识，更需要时间之神的助力。但是，由起源意义上的先天条件限制所带来的文学史编撰的实际负面效果，已经引起学术界的重视并得到一定程度的反思，比如绝大多数文学史著的众口一声、千编一律、大同小异、叙事单调、面目刻板，而像陆侃如教授所说的"见仁见智""独出心裁"的文学史编著，则少之又少。当然，造成六十多年来文学史编撰千人一面状态的原因，当然不止于西学影响、国民教育、意识形态等显在原因，中国古典时代集权专制统治的长期教化与奴化而造就的民族性格、文化心理、实用心态、八股腔调等具体潜在原因也实现了现代转换。而传统文化中的"有教无类""因材施教"等思想，在我们的文学史体系中却很少得以继承与展现，就更不必说"朝闻道夕死可矣"的追求真理精神了。所以，作为文学研究、文学史编纂者，面对历史、现状和未来，当然需要深深追问：文学史编著究竟给我们带来了什么？又让我们丧失了什么？

需要特别提及的是，还有一个可以划归"怎么写"范畴的文学史编撰技术层面的问题，也需要我们进行深度反思：我们的文学史编著难道就不能生动有趣、兴味盎然吗？"文学史不仅是一门学科，而就其发展而言，它本身也是总的历史的一部分"①，所以它和它的研究对象文学一样，也是历史精神和人文精神的体现者，也有其独立的存在方式、功能和品位，它在讲述文学历史和文学精髓的同时，是否应该沾染文学精灵的一些影子？

我曾经读过一部《西方文学的故事》②，感触颇深，只看目录第1页的篇章标题，就足以激发阅读兴趣：

---

① ［德］本雅明：《经验与贫乏》，王炳钧、杨劲译，百花文艺出版社1999年版，第244页。
② ［美］J.梅西：《西方文学的故事》，熊建译，陕西师范大学出版社2009年版，目录。

第一章　树荫下的神奇

任何一本书的任何一页白纸上的黑字以及书籍本身，都属于一个从古至今并永无结局的故事。

第二章　人类童年的呀呀之语

在人类的历史和每个人心中，文学是从诗开始起步的。最聪明的诗人往往在心中保留着一种童贞般的梦幻般的东西。

第三章　东方，博大而神奇的文化

博大而神奇的东方在有着美妙的陶瓷和丝绸的同时，也有着历史悠久的文学。但对于西方人来说，神奇的东方文学仍是一本只打开了几页的书。尽管如此，中国、日本、印度和阿拉伯的文化仍然渗进了西方文学中。

第四章　犹太人的圣经

人们的思想和语言常常被《圣经》贯穿着，这源于宗教而不是文学。《圣经》，最初其宗教价值远远超过其文学价值。但随着时间的推移，《圣经》中的成语成为我们日常语言的一部分。

反观六十多年来中国文学史的编撰历程，有多少部文学史编著能带来愉悦的阅读体验呢？至少"八股文学史"和"文学史八股"也非编撰者所愿吧？人们论及文学本身时，总是要辨别其是否具有审美性，探究其是否是有意味的形式，难道文学史编撰就不必讲究和强调这些吗？中国古人的发蒙读物《三字经》《千字文》《千家诗》《鉴略》等，还注重借押韵等艺术形式来"载道"呢！绝大多数文学史编撰者都具有深厚的文学造诣，撰史的目的绝非让人不忍卒读，而是让人理解和接受。即使研究型文学史著也未必一定要高深莫测，因为学问的精髓未必需要晦涩艰深的术语、名词和理论来展示。那么，六十多年来的大多数文学史著作是不是少了些文采、意蕴和趣味呢？如果把文学的历史比喻为风景优美的自然风光和名胜古迹，那么文学史著作应该是导游和旅游手册，是引导阅读者"慢慢走，欣欣赏啊"！

三、"重写文学史"的二次革命

所有逝去的一切，都已化为我们的传统。无论好的还是坏的、新的还是旧的，我们都无法逃离芜杂的传统的掌心。过去之神提供了一个精神家园，却不是一个自由自在的家园，我们当然希望将它改造得适合我们的美好愿望。但是，传统的薪火相传，自有它内在的赓续机制和不可控的再现方式，难以一厢情愿地实现"取其精华，去其糟粕"："摩西死了，并且因为过去过去了，我们不能理性地牺牲现在来赞扬它或者通过与现在比较而谴责它。我们不应该称过去比现在好或坏，因为我们不是被要求去选择它或抛弃它，喜欢它或厌恶它，赞同它或谴责它，而只是去接受它。"① 我们是站在数千年历史遗留下的丰厚而芜杂的全部文学遗产之上，而不是根据我们的嗜好和偏见来编撰它的历史，否则就有违"学术乃天下之公器"的天职。无论旧传统还是新传统，当它压抑了我们的学术创造力的时候，我们必须奋起打碎因袭和束缚；当我们的学术创造力无所适从之时，应该唤醒传统的能量去"招魂"。毫无疑问，晚清、五四时代不仅是曾经存在的历史实然状态，还是中国文艺复兴的时代，"思想自由、兼容并包"的胸襟与气度，正是那个时代"贯通古今，融汇中西"的象征。作为治现代文学史者，应该站在这样一个精神境界上来审视、描述和阐发一百多年来中国文学的历史，而不是局限于中国文艺复兴发动者们的历史情境和话语逻辑中，尽管他们的人文愿景远未实现，依然需要我们去继承。

---

① ［英］柯林武德：《历史循环理论》，载《新史学》第 3 辑，大象出版社 2004 年版，第 40 页。

统观近年关于现代文学诸多具体命题的探讨，比如起点与边界，旧体诗词和海外华文文学可否入史，通俗文学、台港澳文学、少数民族文学如何入史，分期问题，命名问题，乃至二级学科的地位问题，其实都密切关涉到述史者的文学史观和价值倾向。正如温儒敏教授所强调的，"前提是要建立新的文学史观，以及相应的新的价值评价体系"①，"重写文学史"理想能否较为圆满实现的最大瓶颈也在于此。尽管新的文学史观和价值评价体系的建立，并不意味着这些问题能迎刃而解，还需要具体的文学史编撰技术层面的创新，但是至少问题的解决有了方向，而不是无休止的各说各话。我以为，与建立新的文学史观和价值评价体系的对等命题，是这段文学史的命名问题，两者其实是体用和表里的关系。词的秩序如果不符合历史和事物的本来秩序，就是所谓名不正言不顺。这些年来学者们有关这段文学史的命名问题及其背后文学史观和价值体系的争论，其学术目标毫无疑问是名实相符，而且也以有效的工作为"重写文学史"积累了至关重要的经验。但是，无论称之为"中国现代文学史""现代中国文学史"，还是"20世纪中国文学史"或者"汉语新文学史"，乃至别扭的"中国现当代文学史"，都会遇到不可克服的名实逻辑陷阱和时光效力。因为总不能一直"现代"下去，"现代"的内涵总不能一成不变，钱基博的"现代"和我们理解的"现代"迥然不同，再过若干年后来人也会用古怪的眼光打量我们的"现代"竟然和他们的理解不一样。我们似乎也不能以"后现代中国文学史"来延续或者发展我们所谓的"现代"，毕竟不能永远"后"下去。在较长的历史时段中，"现代"这一观念最大的弊端在于无法区分不同历史阶段的重大差异，比如民国和共和国内在机制的不同。"20世纪中国文学史"貌似以公正的时间为标示，但20世纪已经结束，这段文学史的独特内在能量并没有随着

---

① 温儒敏：《现代文学研究的"边界"及"价值尺度"问题——对中国现代文学研究现状的梳理与思考》，《华中师范大学学报》（人文社会科学版）2011年第1期。

一个时段的结束而终结。而"汉语新文学""精英文学与通俗文学双翼说"等观念，有人为切割和分裂文学历史的嫌疑，貌似"新"的文学未必不旧，貌似"旧"的文学未必不新，精英与通俗之分更是画地为牢。倘若说立场、态度可以有新旧雅俗的取舍，那么艺术效力、审美趣味、文脉传承等却难分雅俗、无论新旧。

问题的关键在于，现有的绝大多数命名及其背后的文学史观、价值评价体系，大都是建立在与中国传统文学的历史分道扬镳的立场之上的，或者说是站在当年中国"文艺复兴"发动者们价值倾向延续的轨道上的。所谓"新"的、"现代"的观念，是对"旧"的和"非现代"的文学史事实的排斥与否定；汉语新文学既是对少数民族语言文学的躲避，又是对所谓汉语旧文学的抛弃。现代社会断然不是全部由新的和现代的元素组成，新的和现代的元素只不过在我们的理念预设中占据了优先位置；旧的和非现代的元素，依然在我们的日用人伦中潜移默化地发挥作用。比如1949年之后，很多"新"的、"现代"的文学作品，和古典时代的"载道"文学有多少本质差别呢？因为夸大新与旧、现代与非现代的差异而忽略了其共同性，以至于我们只看表象不问内里。如果说19世纪末20世纪初中国文艺复兴的倡导者们，需要摧毁旧的偶像，挣脱传统"名"与"教"的束缚，才能为中国文学的更生并辟新路；那么我们需要继承的不仅仅是他们塑造的新传统，更应该再现那个时代"思想自由、兼容并包"的气度与格局。

自"20世纪中国文学"和"重写文学史"口号提出以来，现代文学研究界积累的丰厚经验已经对现代文学史编撰提出了新的要求。倘若说近三十年前两个口号的提出，是文学研究、文学史编撰的一次革命性学术成就；那么近年学术界热议的"民国文学史"，则吹响了文学研究、文学史编撰"二次革命"的号角：

第一，它凸显了尊重文学历史真实性是第一学术原则，符合学术机制创新的理论期待。"民国文学史"及其包孕的文学史观和价值体系，并非无懈可击，但它是目前我们所能提出的最接近文学历史自然原生态的述史观念与体系。毫无疑问，真实性原则不仅是面对历史所应秉持的第一原则，而且我们精神世界的所有运作机制也必然以它为逻辑根基，虚假性在无意或有意为之时，背后也必然是一种不可告人的或不自觉的真实性在发生效力。主观与客观是否统一，既是人与历史、人与世界、人与自我关系的哲学提炼，也是检验真实性与否的必由之路，所以保罗·利科认为："我们从历史那里期待某种客观性，适合历史的客观性……在这里，客观性应该在其狭义的认识论意义上被理解：理性思维所产生的、整理的和理解的东西，理性思维能以这种方式使人理解的东西是客观的。……这种期待包含另一种期待：我们从历史学家那里期待某种主观性，不是一种任意的主观性，而是一种正好适合历史的客观性的主观性。"① 近三十年来的文学研究和文学史编撰尽管积累了丰厚的学术成果，的确在某些层面、某种程度上把握了文学史的部分本真，但又是以遮蔽和丢弃文学史的其他本真状态为代价的。人为再创造文学历史的学术运作超过了合理的阈限，不但会落入自我想象和观念预设的陷阱，而且最终会越来越远地偏离历史的真实性。前文所述诸位学者对文学史的"不满"，正是已有文学史述史体系的学术创新能量已臻于极限的体现。我们需要追求一种新的"正好适合历史的客观性的主观性"，来展现更为完整的历史真实性。之所以判定"民国文学史"是一个"适合历史的客观性的主观性"的观念，在于它和以往的文学史观念存在着历史哲学和元文学史层面的重大不同：以往的文学史观念大都起步于先验理念想象，具有理论的预设色彩和强大的整合功能，在文学研究和文学史编撰的实际运作过程中，首先满足的是自身理论和概念的内涵统一与外延周整，否则文学史建构就难以合目的性；即使勉强成立，巨大的文学史罅隙也无法

---

① [法]保罗·利科：《历史与真理》，姜志辉译，上海译文出版社 2004 年版，第3—4页。

抹平。比如以启蒙主义和现代性等标尺盖棺鲁迅，那么如何评估《山海经》《毛诗品物图考》《百美图》等非现代的、旧的读物对鲁迅艺术经验和文学世界的激发和生成作用呢？启蒙、现代性等尺度未必能准确阐释鲁迅作品的魅力吧？而"民国文学史"观念得以确立的唯一基础，是曾经存在的文学历史的本真状态，它首先是对已逝历史的客观陈述而非理念建构和理论预设，它首先是真相而非真理。尽管它的本真状态需要我们不懈地勘探，甚至最终也难以达成一致，但是文学历史的存在是这个观念的唯一原点和起点。只有从原点重新出发，众说纷纭的文学史真实性才能有可靠的基础与统一的平台；而且它是一个不必建立强势整合功能的平等的平台，承认并尊重历史本身的多元性、多面性；它最大的要务在于通过无数个体的学术研究的合力机制，在最大程度上追复和展现文学历史的各种真实性。

第二，它致力于建构一个多元、开放的价值平台，而非单一的价值体系或标准。以往的文学史编撰，大概都会宣称自身是对文学史的真实反映，绝不会认可自身的虚构性和非真理性。诚如凯利所言："人们一直在不同的时代与地点，处于不同的条件，为不同的目的，从不同的立场来撰写历史。一部'历史'自身的历史，可以根据各种可变因素——包括特定历史学家的心理特点、社会地位、政治立场，以及所处的文化环境——来撰写，也可以按照历史体裁自身的现象学方法以及已经成为历史学家基本表达手段的心理意识组成部分的现存准则来撰写。这些准则最常见的形式就是声称具有真实性、准确性、贴切性、阐释能力、文字技巧、政治或哲学上的功用性，以及能为学者或大众所接受。"[①] 然而以往的文学史观念及编撰，由于其价值标准在相当大程度上具有排他性和不兼容性，往往导致它在剪裁历史事实的真实性和历史精神的真实性时出现疏漏和失真。作为文学研究

① ［美］唐纳德·R.凯利：《多面的历史：从希罗多德到赫尔德的历史探询》，陈恒、宋立宏译，生活·读书·新知三联书店 2003 年版，前言。

和文学史编撰学术机制顶层设计的"民国文学史"观念，目的在于建立一个具有包容性的价值平台和富有张力的学术机制，拓展目前狭窄的学术格局和单一的学术气象。库尔提乌斯在《欧洲文学与拉丁中世纪》中有言："'永恒的现在'是文学的一个基本特点，指的是过去的文学总是活跃在现在的文学之中。"[①] 对现代中国的文学而言，从《诗经》《楚辞》乃至更早时代以来的整个文学依然鲜活地存在于我们的内心，数千年来形成的中国文化的精神血脉也依然流淌在现代中国文学长河的底层，现代中国的文学是以这个文学的共存状态为根基成长起来的。因为现代中国融入了世界，因此世界文学的平台同样构成了现代中国文学生长、发展的另一个支点。古今中外的文学，同时存在于我们的世界感中，构成了完整的我们对文学及其历史进行感知、理解和阐释的共存秩序与事实平台。这既是我们对文学及其历史的历史感，同时也是我们对文学及其历史的现实感。这个共存秩序和事实平台的历时性与共时性特点，对文学研究和文学史编撰的要求是包容而非排斥，是多元而非独尊。而"民国文学史"所指涉的那个历史时代的文学对象，本身就是"贯通古今，融汇中西"的成果；它实际上也是在碰撞、兼容中初步完成了中国文艺复兴第一阶段的使命，从而确证了自我不同于古今中外其他文学样态的本质。"民国文学史"不过是对这一历史事实的追认和确证，而不是对它所指涉的文学历史样态的本质概括与总结。所以，这一观念不是一个自足的、封闭的线性结构和进化模式，它的视野不必拘泥于政治的民国和历史的民国，它的上下限不必较真于哪一年，当然它的所谓本质也就可以有多样展现和表述。因此，过去争论不休的现代文学的起点与边界，旧体诗词和海外华文文学可否入史，通俗文学、台港澳文学、少数民族文学如何入史，分期和价值标准，乃至所谓主流或本质的判定，都可以降格为文

---

① ［英］拉曼·塞尔登编：《文学批评理论——从柏拉图到现在》，刘象愚等译，北京大学出版社 2003 年版，第 413 页。

学史编撰的次级乃至技术层面的问题，也就是说，如何操作和实践这些命题——比如是以新文学为主体还是以现代性为指针——是每一个文学史编撰者的学术权利，只要能自圆其说就获得了存在的理由。

第三，它凸显了历史发展的正义原则，将有效抵制各种政治意识形态对文学研究和文学史编撰的诱惑与渗透、监控与宰制。谈论正义原则，不能不提及罗尔斯对"正义"先在性和不证自明性的认定："正义是社会制度的首要价值，正象真理是思想体系的首要价值一样。一种理论，无论它多么精致和简洁，只要它不真实，就必须加以拒绝或修正；同样，某些法律和制度，不管它们如何有效率和有条理，只要它们不正义，就必须加以改造或废除。每个人都拥有一种基于正义的不可侵犯性，这种不可侵犯性即使以社会整体利益之名也不能逾越。……作为人类活动的首要价值，真理和正义是决不妥协的。"[①] 尽管历史的正义和政治的正义、法律的正义、道德的正义、制度的正义等有运用领域的重大区别，但是历史的延续和发展同样有不以某个个体或某个群体的意志为转移的"正义"之道，也就是我们的主观性所努力寻找的客观性。尊重真相比符合真理更重要，是因为尊重真相是迈向真理的奠基石。寻找和再现历史正义之道的首要原则就是尊重历史真实，亦即历史事实的真实和历史精神的真实，其次才是迈向真理之境。人类历史的发展经验也屡次证明，历史自身的多元性、多面性最终会浮出水面，历史发展的正义原则终将扯去虚假性、欺骗性的面纱。这里必须再次强调，"民国文学史"是文学的民国，是一个以研究文学的民国而不是以政治的民国为基点的学术观念。有这样一个前提，在历史发展的正义原则范畴内谈论文学的历史，才有效且切实可行。只有坚守历史发展的正义原则，才能拥有一个坚实支点去抵制各种意识形态对文学研究、文学史编撰的诱惑与渗透、监控与宰制。纵

---

① ［美］约翰·罗尔斯：《正义论》，何怀宏、何包钢、廖申白译，中国社会科学出版社1988年版，第1—2页。

观一百多年来的文学及紧随其后的文学研究和文学史编撰，不知有多少政治意识形态在张网以待。比如民国时期，国民党违背对全体国民的民主承诺和自由契约，动用暴力机器迫使异见者屈服，妄图将文学纳入意识形态规训目标；但是，所有秉持正义的文人知识分子，无分左右、不论南北，几乎一致吼出抗议和抵制之声，因为背后有历史发展和社会进步的正义原则在支撑。

四、印证心灵，传承不朽

"针对近年来重写文学史的热潮与文学史编纂工程项目的日益扩张，学界在不断的'创新'呼声中疲于奔命而找不到自己的目标。综观当下的中国现代文学（1917—1976）研究，我们可以看到这样一种现象和趋势：研究者几乎把所有的目光凝眸定格在文学史的边缘史料发掘和一些原来不居中心的作家作品翻案工作上，这无疑是一个错误的治史路向。"[1] 丁帆教授的批评，印证了当前现代文学研究的一个突出特点，即越来越像历史研究、文化研究、社会研究、政治研究等，就是不太像文学研究。当前现代文学研究的第二个突出特点是学科内部的分工与细化日趋严重，群雄割据、争相圈地，条块分割有余、视野通达不足。且不说有多少研究者熟稔整个中国文学，即使狭窄的现代文学研究格局内有时也隔行如隔山，有多少学者只问秦汉、无论魏晋？是否专而又专的专家太多、通人凤毛麟角呢？第三个突出特点是实证主义成风，趋于独尊，挤压甚至排斥其他研究范式。本来是学术基本功的实证，却上升为趋之若鹜的典范与标准。扎实的实证研究当然是学术必不可少的根基，这些年来不少学者的实证成果为现代文学研究作出了显著贡献，对过去的粗疏学风起到了重要的纠偏作用；

---

[1]　丁帆:《关于建构百年文学史的几点意见和设想》,《文学评论》2010 年第 1 期。

但是一窝蜂式地陶醉于实证，不但易陷入琐碎考据主义的一叶障目，而且更容易滑入实证主义进而犬儒主义的陷阱。温儒敏教授的忧虑不无道理："学问的尊严、使命感和批判精神正日渐抽空。现代文学研究很难说真的已经'回归学术'，可是对社会反应的敏感度弱了，发出的声音少了。"① 这些问题及类似的症结，不但违背了"学术乃天下之公器"的正义原则，也让我们越来越远离作为学术原点的"文学"，以至于我们不能不反躬自问：现代文学研究的目的和意义究竟何在？

如果说有效参与社会争鸣、向社会发声，要看外部环境的眼色，属于学术伦理意愿与责任；那么学术系统内部的问题，只能自我消化、直面解决，这本来就是学术自治的天然职责。从学术内部生态系统来看，这些年我们的文学研究和文学史编撰呈现出的远离"文学"的趋势，在近年诸多热点命题的讨论中可见一斑，那就是很少见到如何发现、选择和品评杰作的踪影。殊不知夏志清的《中国现代小说史》真正令人佩服的并非是立场、视角、方法之类，而是"发现并品评杰作"的深厚功底。毋庸置疑，文学史的核心是文学，而文学最基本、最重要的存在方式就是作品，尤其是杰出作品。所有文学的外围元素，比如社会、历史、文化、制度、运动、思潮、流派、社团乃至作家本事等，都是因为作品这个文学的第一存在形式而被纳入我们的研究视野，基于此它们才能够生成自身的价值与意义，最终也就能成为相对独立的研究对象。所有文学的那些所谓内部元素，比如文体、结构、风格、类型、叙事、音律、象征、意象等，其存在的唯一方式就是蕴含于作品中，是我们从作品中抽象出来，加以分类、整理和理论总结后，用来认识、感受、分析、理解、判断和阐释文学作品的手段。显而易见，所有这些内外文学元素的研究，只能有一个终极学术

---

① 温儒敏：《现代文学研究的"边界"及"价值尺度"问题——对中国现代文学研究现状的梳理与思考》，《华中师范大学学报》（人文社会科学版）2011 年第 1 期。

旨归，这就是文学作品。皮之不存，毛将焉附？偏离乃至脱离了文学作品这个终极学术目标，我们的文献整理、史料钩沉、理论扩容、方法更新等，诸如此类研究的自证方式、自治能力乃至存在的意义就显得疑云重重。

当然要充分肯定上述层面的研究，它们不但极大地丰富和扩展了现代文学研究的视野，而且在以后的研究中也将发挥重要作用。问题在于，当发现、选择和品评杰作的基本学术职能出现集体性缺失倾向时，就应该引起学界的重视与反思。"整个文学研究领域的问题皆反映到文学史的问题之中"①，上述问题在文学史编撰领域的确尤为明显，我们对主流、本质、框架、结构、模式、逻辑等层面的关注，远胜过关注作家作品。在文学史著对作品尤其是杰作的理解、分析和阐释中，能达到我们时代所应达到的高度且水平精准者，并不多见；作家作品品评模式化，陈腔滥调、人云亦云乃至相互复制者也不在少数。按照瓦莱里的说法，"艺术史与社会史之间的区别在于：前者的产品犹如'相互面貌不同的儿女'，而后者则'每个孩子都有数千个父母'"②，现代文学史遗留的作品尽管不都是杰作，但都是"相互面貌不同的儿女"，都是一沙一世界、一花一天堂。如大多数文学史著述所采用的"内容＋形式"或"主题思想＋艺术特色"模式，再具体分解为逻辑清晰、层次分明的特点一、二、三，是否能准确品评这"一沙""一花"的独特性呢？是否标准化有余而灵活性、针对性不足呢？有时，一句到位的评判胜似千言万语的面面铺陈，古典时代的某些精彩点评就是绝好的例证。文学史编撰的宏观布局和架构固然重要，文学史著作的微观"肌质"也绝非等闲，更非可有可无；细

① ［加拿大］伊娃·库什纳：《文学的历史结构》，载［加拿大］马克·昂热诺、［法］让·贝西埃、［荷兰］杜沃·佛克马、［加拿大］伊娃·库什纳主编：《问题与观点：20世纪文学理论综论》，史忠义、田庆生译，百花文艺出版社2000年版，第136页。

② ［德］H.R.姚斯：《走向接受美学》，载［德］H.R.姚斯、［美］R.C.霍拉勃：《接受美学与接受理论》，周宁、金元浦译，辽宁人民出版社1987年版，第57页。

节往往决定成败，再好的框架如果不借助"肌质"来展现，学术效果至少也要大打折扣。实事求是地说，现代文学史编撰中远离"文学"的实际情形，远远不止于此类。当我们执着于作品之外各种元素的探索，忽略乃至轻视对作品本身的理解、分析与阐释，久而久之"文学"就会在不知不觉间远离我们。

事实上，所有历史现象包括学术研究，都面临着"一切历史都是当代史"的"拿来主义"筛选法则。文学史不但是当代人的文学史，也是后来人的文学史，当我们穿越历史的漫漫尘埃，不再以李白、杜甫们的纠结为纠结，只为"李杜文章在，光焰万丈长"叹服时，后来人有同样的理由不为我们的是是非非、思想纠葛、学术症结所困扰。可以想象，当有了充足的历史距离和充分的审美视野，我们今天的文学研究和文学史编撰还能产生怎样的价值与作用？至少一点可以确定，犹如我们已经在内心深处远离了古典时代，后来人所要求我们这个时代的，将主要是遗留下了多少杰作，以及多少发现、选择和品评杰作的"权威证词"。

鉴于此，文学史编撰的最重要的任务，就莫过于通过发现、选择和品评过往时代和所处时代的杰作，为当今时代提供审美的资源和精神的支持，为后来者留下有关杰作的可信、可用的"权威证词"。文学史和一般历史的不同之处在于：文学史的主要遗留物——文学作品，能够脱离曾经拥有的历史规定性，借助语言这个载体的传承与变迁，毫不间断地释放艺术魅力，从而在以后的时代延展甚至扩大自己存在的意义与价值。围绕作品而产生意义的那些特定的文学内外元素，将和其他历史现象一样，随着历史情境的逐渐消失，不但会失去自证与自治的能力，而且也将逐渐被淘汰、被遗忘。本雅明有言："在艺术作品的可技术复制时代中，枯萎的是艺术作品的氛围。"①

---

① ［德］本雅明：《经验与贫乏》，王炳钧、杨劲译，百花文艺出版社1999年版，第264页。

如果可以借鉴本雅明对"氛围"一词的运用，那么，我们的文学研究、文学史编撰之所以要整理、辨别、分析、判断和阐释那些依赖文学作品而发生意义的文学内外元素，主要目的就在于通过这些研究，恢复和重建曾经围绕作品的产生、传播、影响和接受而存在，又因历史的流逝而枯萎的"氛围"，打捞起文学史的深层结构和深层内容，以期更完整全面、更合情合理、更准确有效地理解和阐释文学作品。正如保罗·利科所谓"历史一贯忠实于自己的词源学：历史是一种探索"[1]，文学史编撰也会因为自身"探索"的成果——"权威证词"，而奠定自身存在的价值和意义。

　　文学作品是人的认知、感觉、情感、理性、意志、欲望、潜意识等所有精神元素，通过语言文字进行想象与表达的结晶。所有的杰作都是因为出色地整合与表达了人类的个性、智慧、经验、品质，赋予生命对象以不朽的意义与尊严，从而具有了伟大的印记。它独一无二、不可替代，因此也成为光彩夺目的文学不朽、人性不朽和历史不朽的见证。历史无情，随着时光流逝，它将带走无数曾经星辉灿烂一时的场景，湮灭无数存在者的痕迹；历史有义，随着尘埃落定，它又为探索者埋下曲径通幽的路标，遗留下那些不朽者的伟大印记。曾被我国几代学人奉为文学史编撰典范的勃兰兑斯有言："文学史，就其最深刻的意义上来说，是一种心理学，研究人的灵魂，是灵魂的历史。"[2] 对人类乃至每一个个体而言，文学的历史在某种意义上，是通过持续不断的文学的审美创造活动，来展现人们共同拥有的心灵的某些不朽标志。因此，文学史编撰的主要学术目标，就应该是探索文学以审美创造来承载心灵史的过程，激发并复活过往文学创造所遗留的那些不朽结晶的不朽魅力。

---

① ［法］保罗·利科：《历史与真理》，姜志辉译，上海译文出版社 2004 年版，第7 页。

② ［丹麦］勃兰兑斯：《十九世纪文学主流》第一分册，张道真等译，人民文学出版社 1997 年版，引言。

　　在 J. 梅西的《西方文学的故事》封面勒口，写着这样一段话："文学因时间、地域、视野、观念、民族、宗教的不同，呈现出多姿多彩的风格与流派。《西方文学的故事》向我们阐述了文学在历史的发展中重要的作用与意义。文学带给我们无穷的想象、喜悦与忧伤、思考与启迪……这些都让我们深深地爱上文学。"唯其爱上文学，唯其让人因阅读文学史而爱上文学，我们的文学史编撰才有可能抵达"印证心灵，传承不朽"的境界。

第二章　民国文学史：新的研究范式在崛起

关于民国文学史及相关诸观念的讨论，正在逐步发酵，质疑之声日渐增多。比如，提出民国文学史是替后人担心名称问题，太早了，没有必要；比如，从历史、文化等角度研究现代文学并没有停滞，为什么还要提出民国视角？有关民国机制的探讨和已有的文化研究有什么不同？民国文学和现代文学三十年的指涉有何差别？再比如，民国文学只是现代文学的一部分，不应以民国文学史取代现代文学史，否则会丢失价值尺度，导致历史虚无主义和相对论。诸如此类的疑问，不但说明现代文学研究界已经不再忽视民国文学史及相关诸观念带来的学术影响，而且对民国文学史及相关诸观念的补充、深化与丰富将会大有裨益。

随着越来越多的学者和刊物就民国文学史及诸观念发表意见，一个围绕民国文学史的良性学术争鸣氛围正在形成，而且相关的思考和讨论也越来越迫近中国现代文学研究核心地带的问题。沉闷已久的中国现代文学研究现状需要突破，所有认真而严肃的学界同仁也都在思索这个迫在眉睫的问题。可是，切实有效的突破口在哪里？以民国文学史为核心观念的研究范式能否担当此任？

面对现代文学研究界同仁诸多有益的疑问，尤其是涉及民国文学史及诸观念的弱项和漏洞的那些问题，从中国现代文学研究的内在结构、机制和发展前景等层面来说明民国文学史及诸观念的可行性，尤其是它推动中国现代文学研究实现重大突破的可能性，就显得尤为必要和迫切。这也是获得中国现代文学研究学术共同体的理解乃至支持的重要环节。本书首先要申明如下前提：第一，我们的研究无论怎样上天入地，核心总归是作家作品及其周边的文学现象；第二，我们研究的目的，是为了更好地理解文学、体悟文学、阐发文学，最终让人喜欢上文学；第三，追求真理固然是应有之义，但任何真理得以成立的前提，是应该且必须首先尊重真相——文学的真相、社会的真相、历史的真相和时代精神的真相。

一、既有研究范式创新乏力

中国现代文学研究既有的知识谱系、价值秩序与意义系统的创新能力日渐匮乏，已经是不争的学术事实。自从20世纪80年代中后期"20世纪中国文学"和"重写文学史"口号之后，中国现代文学研究界迄今再也未曾出现过令学界同仁共鸣且倍感振奋的学术思想和理念。其间，不少学界同仁也提出了一些新的学术观念和研究思路，但学术实践效果总是难以达到预期目标。中国现代文学研究的实际状态，倒是印证了20世纪90年代"思想淡出，学问凸出"那句名言。越来越多的学者呼吁回归学术，企盼用扎实、严谨、可靠的学术成果，来证明中国现代文学研究是一门经得住历史检验的"学问"。学术成果的扎实、严谨与可靠，本来就是学术安身立命的基本条件，无论学术潮流怎样变换，政治风云如何动荡，都是学界同仁应该遵循和坚守的底线。"思想淡出，学问凸出"思潮的出现，有严酷而逼仄的现实原因，也有反拨以往空疏学风的学术纠偏动机，但无论出于什么原因，都不应将学问偏狭地理解为书房里的把玩品赏和圈内的自说自话。世间的学问，大致要实现两种功能：一是满足学术自身发展与延续的需要，所谓承上启下、继往开来；二是有益于社会人生，所谓格物致知、经世致用。目前中国现代文学研究在这两方面的表现如何呢？

20世纪90年代，还有一句流行语"三十年河东，三十年河西"，仿佛随着时光流变，风水自然转。如果单从论文、著作、项目、从业者的数量来看，现代文学研究自然风光依旧。可是实际的学术状态如何呢？和学界大部分同仁的共同感受是，现代文学研究经过将近三十年的累积，不但已经从中国人文学术的前沿位置撤退到边缘地带，就是所谓回归学术也很难说名至实归。现代文学研究既然有知识谱系、价值秩序和意义系统的创新乏力现象，表明从20世纪80年代中后期以来渐次形成的研究范式，已经完成了它的历史使命。必须强调，以"20世纪中国文学""重写文学史""现代性"为核心观念的既有知识谱系、价值秩序和意义系统，是现代文学研究界的一项重大革命成果。它有力地促进了现代文学研究的深化与拓展，辐射并影响到相关人文学科；更重要的是它初步将现代文学研究从政治意识形态婢女的位置上解放出来，使现代文学研究获得了自给自足的精神生产动力。尽管还无法彻底祛除意识形态的政治惯性影响，但它是中国现代文学学科自正式创立以来第一次依靠学者的"独立之精神，自由之思想"来完成自身的整体变革与推进。我们对此应该致以深深的敬意。但我们不能不看到，以"20世纪中国文学""重写文学史""现代性"为核心观念的现代文学研究知识谱系、价值秩序和意义系统，不但已经变为完成自身历史使命的阶段性研究范式，其负面效应也开始显现。

以呼应"回归学术"潮流而身价倍增的实证研究和文化研究为例。在以"20世纪中国文学""重写文学史""现代性"为核心观念的现代文学研究知识谱系、价值秩序和意义系统中，实证研究和文化研究是成就较为显著的两种研究方式，其成果对现代文学研究的贡献有目共睹，而且这两种研究方式还应该继续开花结果。但我们不能不看到在实际的研究进程中，这两种研究方式的限度乃至弊端也日益突出。以近些年风头正健的实证研究来说，即使不谈它在学术目标上是否滑入实证主义思潮进而沦入犬儒主义泥坑，不谈它能在多大程度上解决文学研究的基本命题，至少在方法论层面我们也应该清楚：第一，实证研究不一定能将我们导向事实与真相，扯远些，比如那个宣称运用了多少可靠数据的所谓"幸福"指数研究。第二，实证研究只是文学研究和文学史述史的一个层面，只是文学研究和文学史述史的一个基础，甚至可以说实证研究的领域不是文学研究和文学史述史大放光彩的地带，因为那是历史考据发挥优长的场所。以史料发掘、文献整理为重头戏的实证研究，即使能够像蒋介石日记带来改写中国现代史的学术契机那样的效应，我们也应该清楚文学研究、文学史述史和历史研究的重大差异何在。如果说历史研究的终极使命是发掘和回归历史的本真状态，那么文学研究和文学史述史则还要在文学的历史本真状态基础上去选择和品评文学杰作。这不是否定实证研究帮助我们更接近文学的历史真实状态的作用，也不是否定实证研究为文学研究和文学史述史建立坚实、可靠学术基础的能力，而是强调：即使抵达了文学的历史真实状态，我们也面临文学研究和文学史述史无法躲避的美学任务和艺术使命问题。

文化研究热带来的学术效应，也类似于此。文化研究方法着眼于文学和外部因素之间的互文性关联，强调历史、社会、政治、法律、文化、教育、性别、族群、国家等外部因素对文学的影响以及文学对这些外部因素的反馈，这些丰富和拓展了现代文学研究的视野，提升了现代文学研究的水准。但是一不小心，文学就会成为思想史、社会史、政治史、文化史等外围因素的注脚和标本。这固然是对前些年学界热衷的"文学性"命题的一个补正与纠偏，但文化研究方法介入现代文学研究，终归是为了更好地实现文学研究和文学史述史的美学任务与艺术使命，而不是让文学作品、文学现象沦为思想史、文化史、政治史、革命史、性别史等外围事务的材料。当然，如果为了文化研究而研究现代文学则另当别论。

丁帆教授将目前现代文学研究存在的问题，归纳为以下三个方面："其一，就是用西方的各式各样的研究方法对作家作品、文学现象和文学思潮进行反复重新阐释，有的甚至是过度阐释"；"其二，研究的路径向着边缘拓展，不断发掘边缘作家作品和边缘史料（包括一些与作家作品有关的非文学性材料），殊不知，这些作家作品倘若置于大文学史之中，置于文学史的长河当中的话，是必将要遭到无情的淘汰的，我们已经到了对文学史中作家作品、文学现象，甚至是文学思潮的二次筛选的关键时刻"；"其三，是近几年来逐渐走热的刊物研究，除去一些有一定价值的深度研究之外，如对通俗文学中的报刊研究应视为有意义的研究，而更多的研究却是针对无甚学术意义的盲目无效研究，尤其是一些小报小刊的研究，一旦成为风气，那只能说是对文学史研究生态的破坏"。① 我以为这不仅仅是指某些具体的研究现象，更主要的是针对学界主流研究风气的有的放矢。实证研究、文化研究等方法和模式，的确给现代文学研究带来了很多令人耳目一新的具体成果，但趋之若鹜式的集体性学术时尚，也带来了现代文学研究整体上的买椟还珠效应：文学研究和文学史述史的实证功能的确大大加强了，文献史料的发掘与整理、文学史事实的梳理与考证成就斐然；可是诗学和哲学的功能却日渐萎缩，尤其是审美疲劳症日益加重；不要说参与社会文化建设的热情和能力弱化了；就是文学研究和文学史述史的基本问题和基本目标也逐渐变得模糊不清了。经过近三十年的学术实践，既有知识谱系、价值秩序和意义系统中包括实证研究和文化研究在内的很多研究方法和模式，固然需要继续深化与夯实，但是否还能继续推进现代文学研究的整体变革和创新呢？

将现代文学研究的创新乏力状态和繁荣的学术产量对比起来看，如果说现代文学研究处于"滞胀"阶段，似乎并非言过其实。在经济学中，滞胀产生的原因主要来自政府和决策者错误的经济政策；那么现代文学研究的"滞胀"现象，主要原因来自何处？文学研究和文

---

① 丁帆：《关于建构百年文学史的几点意见和设想》，《文学评论》2010 年第 1 期。

学史述史无非面对三个层面的内容：一是那个已经杳然逝去的文学的真实历史状态；二是那个真实历史状态遗留下来的文本材料，包括作品、史料和文献等；三是针对前二者的书写过程和书写结果，也就是研究的历史与现状。文学的真实历史状态已经不可能完整而准确地复原与重建；除非有意掩盖或曲解，遗留下来的文本材料也只是一种客观存在；问题当然出在后来的书写过程和书写结果中，也就是研究者自身。学界同仁大都深切感受到现代文学研究创新的必要性和紧迫性，创新呼声虽高，却难以找到令人满意的创新途径。问题在于，随着研究疆域的日益拓展和深入，随着文献、史料的渐趋增多与丰富，既有的知识谱系、价值秩序和意义系统，已经越来越不能满足说明、阐释文学的真实历史状态和遗留文本材料的实际学术需要；美学任务与艺术使命，乃至经世致用的学术目标，自然也就更加壮志难酬。

　　指出现代文学研究处于"滞胀"阶段，指出既有研究范式创新乏力，绝不是否定以往研究方法和模式带来的成就。恰恰相反，正是在以往研究不断累积有效成果的基础上，我们才有了实现整体范式转换与创新的可能。说到"范式"这个术语，不能不使人想起在20世纪80年代中国一度炙手可热的库恩和他的《科学革命的结构》《必要的张力：科学的传统和变革论文选》两部著作。在那个期盼开放、变革和创新的年代，突破旧范式才有可能取得科学革命的见解，获得学界同仁的广泛共鸣。"范式"这个术语，主要是指学术史上以某些重大学术成就为依托而形成的学术研究的内在结构、机制和社会条件，以及由这些结构、机制和条件构成的基本思想和信念框架。正如库恩所强调的："一种范式是、也仅仅是一个科学共同体成员所共有的东西。反过来说，也正由于他们掌握了共有的范式才组成了这个科学共同体，尽管这些成员在其他方面并无任何共同之处。"① 一个学术共同

---

① 　［美］托马斯·S.库恩：《必要的张力：科学的传统和变革论文选》，纪树立等译，福建人民出版社1981年版，第291页。

体能够形成与产生创造力，有赖于一种研究范式的凝聚和示范。一种范式确立之后，往往为学术研究奠定基本的边界、内容、向度和限度等，比如学术信念的确立、认同机制的形成、研究对象的确定、问题意识的酝酿、研究规则的运行和研究背景的约定等，由此形成一个稳定而持续的学术共同体，从而进入常规学术研究的阶段。

问题在于，一种研究范式一旦确立并固定下来，它的革命性能量就会逐渐转化为常规性共识和惯性机制，从而构成一种先于具体学术研究的思想语境和组织背景。在另一个层面上说，也就形成了福柯意义上的以知识和真理等名义出现的一个稳定而有效的学术权力机制与结构。在库恩学说中有一个关键词——范式转移（paradigm shift），主要指：常规科学常常压制创意，打击那些动摇和违背固有范式的学术异常现象；但是，当学术异常现象层出不穷，旧有研究范式又无以应对时，科学共同体再也无法回避那些颠覆旧有范式的学术异常现象，于是新的科学基础就开始酝酿和形成，科学的革命也就产生了。学术的实际进程，是一个受范式引导的常规学术阶段和突破旧范式的学术革命阶段的循环交替过程，是通过范式的建构与解构来延续和发展的。本书重温库恩"范式"学说，自然不是指现代文学研究的旧有范式为维护稳定的学术权力而压制学术创新。事实上，率先拷问和质疑现代文学旧有范式学术创新能力匮乏的，恰恰是那些为现代文学研究既有知识谱系、价值秩序和意义系统作出贡献的学者，正是他们以切身的治学经验、敏锐的学术感觉和献身学术的热忱，呼吁学界同仁寻找和探索创新之路。这为现代文学研究寻求突破，奠定了一个良性而积极的学术氛围。

正如库恩在《必要的张力：科学的传统和变革论文选》一书中强调的："与一种流行的印象正好相反，科学中的大多数新发现和新理论并不仅仅是对现有科学知识储备的补充。为吸收这些发现和理论，科学家必须经常调整他们以前所信赖的智力装置和操作装置，抛弃他以前的信念和实践的某些因素，找出许多其他信念和实践中的新意义以及它们之间的新关系。"① 在突破以"20 世纪中国文学""重写文学史""现代性"为核心观念的中国现代文学既有研究范式的学术探索过程中，首先是那些为旧范式建立过学术功绩的学者，提出了诸多富有创意的替代性方案。也就是说，目前现代文学研究的创新动力，主要来自我们学术共同体内部，创新已成为我们这个学术共同体的基本共识与努力方向。这种期盼和推动现代文学研究实现范式转移的集体自觉意识，是现代文学学科整体创新的重要资源。所以，问题不在于旧有研究范式是否压制创新，而在于依据什么来创新，又如何来创新。那么，在现代文学研究界众多创新方案中，以民国文学史为核心观念的研究范式，是否能够脱颖而出？是否有能力成为中国现代文学研究的新范式？

二、历史观的改造与文学观的整合

针对现代文学研究既有范式存在的症结和危机，陈思和教授认为："在我看来，所谓'国学热'、儒家热、传统文化复兴、传媒炒作流行快餐等等社会思潮，并不会构成本学科的生存危机，严峻的挑战并非来自学科以外的力量，而恰恰是来自学科内部的学术研究的深入和学术视野的拓展，学术的发展必然会带来内在矛盾：其内涵的日益丰富与理论外壳的不相容性又一次到了需要大调整的时机，所以说，这也是机遇，矛盾总是酝酿着新的突破，挑战必然带来新的机遇。"② 的确，在日益复杂而真切的历史和文学现象面前，我们越来越感到捉襟见肘了，我们必须清醒地意识到危机和症结的根源就在我们学术共同体自身，变革与创新的机遇正在悄然逼近。

---

① ［美］托马斯·库恩：《必要的张力——科学的传统和变革论文选》，范岱年等译，北京大学出版社 2004 年版，第 227—228 页。
② 陈思和：《我们的学科还很年轻》，《文学评论》2008 年第 2 期。

　　为了应对症结和危机，我们的学术共同体推动现代文学研究的整体范式转换，其实已颇有时日，一些新的研究范式或范式雏形被提出并得到关注，比如朱德发教授等的现代中国文学史说、陈思和教授的先锋和常态说、范伯群教授的双翼说、朱寿桐教授等的汉语新文学史说、丁帆教授的建构百年文学史说、王富仁教授的新国学说、杨义教授的重绘中国文学地图说，等等。专门指出这些，是想郑重说明：其一，在学术共同体内部相互渗透与影响的百家争鸣状态中，现代文学研究整体范式转换的创新氛围已经奠定，创新机制正在酝酿、磨合与生成。其二，并非以民国文学史为核心观念的研究范式的提倡与实践启动了现代文学研究的整体范式转换，它也是在我们学术共同体创新理想驱动下产生的，目前只是诸多学说中颇具学术竞争力的一种。

　　任何一种新学说，不能依靠对其他学说的贬低乃至打压成为主流范式，而应该在学术的自然竞争和取长补短过程中创新，凭借自身观念体系的内涵丰富、外延周全和实实在在的学术成果赢得学术认同和公信力。本书无意评价上述各家学说的优劣得失，这既是出于对学界前辈和同仁的尊重，也因为上述各家学说的优长，都必将成为现代文学研究新范式的有机组成部分，还因为对各家学说的优劣得失，学界同仁已洞若观火，与其重复解构，莫如完善或建构新的观念与方法。这里要强调一个认识论前提，即任何一种新的学术研究范式，都不可能解决学术共同体面临的所有问题，都有鞭长莫及之处。问题的关键在于，哪一种学说能够建构新颖而有效的理论观念，获得扎实而丰硕的实践成果，能够为学科建立起较为稳定的学术范畴、体系、视野和方法，能够更好地、较完善地解决我们学科面临的基本命题，为大多数学界同仁认可、效仿乃至协力共进，它就最有可能在一定历史时期内成为主流范式。

　　从概念本身来看，"范式"是一种经过预设和实践的反复循环上升过程而最终形成的理论体系或观念系统，包含本体论、认识论和方法论等层面的内容，涉及世界观、历史观、社会观、价值观、人生观等诸多领域的问题，内涵丰富而含混，外延宽泛而松散。对于作为具体事实和现象的"范式"而言，因其所处特定时空的限制和所属学科问题意识的需要，一般会先从几个重要的实际内容或问题出发，进而赋予自身具体而特殊的阶段性学术使命，经过预设、实践的反复修正和累积过程，取得权威性或经典性学术成果，它最终才能得以确立并被普遍效仿。任何一种新范式的建构和确立，都不是一蹴而就的；对于新范式的成长，当然也不必求全责备。以民国文学史为核心观念的研究范式的建构，目前正处于酝酿与起步阶段。它所关注并试图加以解决的首要问题，其实就体现在这个新范式雏形的命名中，即"民国"和"文学"，以及这两个关键词背后牵涉的大量结构性因素和建构趋势。归根结底，就是我们的历史观和文学观问题，以及由二者结合而成的次级的文学史观问题。从一个范式所应包含的主要内容角度来说，历史观和文学观问题也就是认识论和方法论问题。

历史观的改造与落实，是以民国文学史为核心的研究范式的第一个重要支点。

决定我们历史观的，是立场与价值，还是事实与真相？这个基本而简单的问题长期困扰着我们的现代文学研究，迄今也未得到彻底清理与解决；现代历史上真正影响和左右文学生成与发展的那些关键因素，有很大一部分还无法公开触及和言说，而且有些关键因素还在继续腐蚀和同化我们的研究主体。20世纪50—80年代的现代文学研究，作为政党意识形态和国家哲学的证明者和诠释者角色，其历史观的统摄性对文学研究和文学史述史的影响毋庸多言。从20世纪80年代中后期开始建构的以"20世纪中国文学""重写文学史""现代性"为核心观念的研究范式，为现代文学研究赢得学术自治作出了重要贡献。但由于它和以往研究范式处于对立统一的二元关系网络中，是在抵制、抗拒和扭转以往研究范式的基础上成长起来的，而且由于它在整体上侧重于对文学及其历史的意义和价值的阐发；所以它在整体上并未摆脱立场与价值的制约，只不过与更早的研究范式相比，它是以自由的姿态和学术的方式在立场与价值的轨道上行走的。

需要申明的是，彻底排除立场与价值的研究几乎是不存在的，就是以民国文学史为核心观念的研究范式，也绝不排斥立场与价值在学术实践中的鲜明展现。但是我们必须在认识论和方法论层面，辨明、分清谁是研究的第一前提。众所周知，即使一种立场与价值被视为真理，它也只是一种思想认识和主观判断，未必是事实和真相本身；实践是检验真理的唯一标准，意味着真理将会随着实践的深入而随时发生变化，宣称真理的独尊和永恒是彻头彻尾的谎言，将文学史演绎为革命史、阶级斗争史的前车之鉴，未必不会以另一种形式再现。

以"20世纪中国文学""重写文学史""现代性"为核心观念的研究范式发展到今天，越来越突出的最大整体性症结在于，它在认识论和方法论上是以价值和立场为第一前提来切入研究对象的，比如被视为"20世纪中国文学"基础的"新启蒙"，被视为"重写文学史"核心观点的"文学性"，就存在浓重的抗拒主流意识形态的潜在意识形态意图。价值与立场的首要任务不是追求事实与真相，以它为支点研究文学及其历史，历史观的可靠性与准确性就要打上一个问号。如果说"20世纪中国文学"和"重写文学史"至少还在字面上保持了价值与立场的中立，那么在这两个口号基础上演化而来的"现代性"问题与观念，尽管已经基本摒弃了政治意识形态立场与价值的干扰，但它在更为宽泛的学术空间与视野中，建构了一种以政治意识形态对应物形式出现的泛意识形态化的价值与立场，它对所谓"现代性"现象的界定与评判、对所谓"非现代性"现象的贬抑与排斥，意味着它和真实而复杂的文学史本身保持着相当的距离。不少学者已从不同角度指出过既有研究范式存在的这个症结。比如张福贵教授认为："从总体上看，现代文学的命名和界定，基本上还没有脱离新文学之初确立的价值判断标准，而且在新中国的教科书体系之中得到了进一步的强化，意识形态属性更加明显。"① 再比如李怡教授认为："长期以来，中国现代文学研究依托'新文学'、'近代/现代/当代文学'和'二十世纪中国文学'等文学史叙述概念加以展开，成就斐然，但也存在若干亟待反思的问题。其核心症结在于，这些概念的叙述方式都有意无意地脱离了特定的国家历史情态，从而成为一种抽象的'历史性质'的论证。"② 一种研究范式的最重要特征，主要体现在它的教科书系列和经典著作中，现代文学研究既有范式在整体上将指涉意义、价值、立场等范畴的"现代性"诸类观念作为首要前提，意味着它对文学及其历史的建构，是一个围绕着是否具有现代性质而展开的等级森严的删繁就简过程。可是，我们历史的现代性成分究竟有多少？那些被排斥在现代性之外的事物与现象对我们的安身立命就没有价值与意义吗？我们文学的精华与优秀之处全然由现代性构成吗？没有现代性之前，文学不是照样存在并且经典之作更令人高山仰止吗？

现代性作为现代文学研究坐标和尺度的重要意义与功能，当然不容否定，但由于它是对历史现象和历史进程的一种价值与意义层面的概括与归纳，也就必然在自己的限度面前难透鲁缟。以民国文学史为核心的研究范式，倡导以事实和真相为第一前提来认识和理解历史，不排斥价值、意义和立场，但决不把价值、意义和立场作为研究的第一前提。这就使它具有了开放性和包容性特征，它将根据对文学史真相的认识程度来建构在认识论和方法论层面处于次级位置的价值、意义与立场，以不违背文学及其历史的事实与真相为底线，以最大程度抵达历史的真实和历史精神的真实为最高目标。在建构以民国文学史为核心观念的研究范式的言说中，李怡教授的观点较有代表性："新的文学史叙事范式需要致力于完整地揭示近现代以来中国文学生存发展的基本环境，这种揭示要尽可能'原生态'地呈现国家、社会、文

---

① 张福贵：《从"现代文学"到"民国文学"——再谈中国现代文学的命名问题》，《文艺争鸣》2011 年第 7 期。

② 李怡：《中国现代文学史的叙述范式》，《中国社会科学》2012 年第 2 期。

化和政治等各种因素，以及这些因素如何相互结合、相互作用，并形成影响我们精神生产与语言运行的'格局'，剖析它是如何决定和影响了我们的基本需求、情趣和愿望。这样的揭示，应尽力避免对既有的外来观念形态的直接袭用——虽然这些观念的确对我们的生存有所冲击和浸染，但最根本的观念依然来自我们所置身的社会文化格局，来自我们在这种格局中体验人生和感受世界的态度与方式。"① 回到文学和历史的本真状态当然存在很大的虚妄性，但将事实和真相作为研究的第一前提，确保它在认识论、方法论中的优先地位，那么我们的历史观就有了一个坚实而可靠的逻辑基础。

现代文学研究既有的知识谱系、价值秩序和意义系统，不仅在历史观问题上存在这样一个认识论和方法论层面的限度与僭越问题，在对中国现代历史真实状态与文学互文性关系的把握上，也存在较大遗憾。我以为这个遗憾主要体现在，未将我们对现代历史事实与真相的认识和我们对文学的理解与判断准确而有效地结合起来。比如，史学界对戊戌变法、辛亥革命以及抗日战争时段的历史真相已有新的认识、把握与判断，现代文学研究界同仁对这个时段的历史真相，也有较深刻的认识甚至是精辟见解，但是这在我们文学研究和文学史述史的整体层面并未得到较好体现，尤其是作为教材的文学史体系中。刘纳教授的《嬗变：辛亥革命时期至五四时期的中国文学》之所以获得学界赞誉，我以为一个重要因素就在于他对历史真实、时代精神与文学互文性关系的把握和拿捏较为准确和到位。比如左联五烈士作为党内斗争的牺牲品问题、冯雪峰与党的来往信函中关于如何"统战"鲁迅的那些言辞，难道不可以推动乃至改变我们对左翼文学的整体判断与叙事吗？再如关于延安文艺的研究，资料搜集与整理的成果已经足以推翻现有的诸多判断与结论，包括"解放区文学"在内的许多术语都应重新命名，延安文艺也不过是一个权宜称谓。是后设的历史视

① 李怡：《中国现代文学史的叙述范式》，《中国社会科学》2012 年第 2 期。

野、价值与立场，突出、放大和独尊了这些术语所指涉的文学现象的某些特点。话语空间的限制固然是众所周知的原因，但历史观的惯性与惰性，也是我们难以找到合适叙述方式来把握这一文学现象的重要因素。又如陈思和教授提出的民间概念以及潜文本问题，不少学者由此得到了不少研究与叙述当代文学的新视角、新观点。但是学界对这一概念的颠覆性能量迄今仍认识不足。如果说，借民间、潜文本等概念所阐释的当代文学的这一面是正能量，那么与之相对的显文本、国家、广场等层面的当代文学的那一面是什么能量？这里就凸显了当代文学研究和述史的巨大裂缝，潜文本和显文本所表征出的对立性，是说明当代文学研究和述史的准确与丰富呢，还是它本身就是一种虚假叙事？如果以现代性把握最近六十多年的文学，将有多少反现代性乃至鲜明讴歌封建专制主义的作家作品需要剔除呢？总不能把反现代性的东西定义为现代性吧？最近六十多年的文学固然属于共和国文学范畴，但它所凸显的历史观问题，同样也是民国文学史范畴所未得到彻底清理的问题，只是在民国文学史这一框架中相对容易清除而已。之所以涉及这些，是因为以民国文学史为核心的研究范式，并不仅仅着眼于民国时代的文学，仅仅是出于研究专长和相对容易操作等因素而选择的一个突破口。

文学观的整合与提升，是以民国文学史为核心的研究范式的第二个重要支点。

一个多世纪以来的中国文学史，也是一部围绕"何为文学"这一命题展开的观念建构史，比如五四新文学，就是以崭新的现代文学观取代了陈旧的古典文学观，从而赢得自身的历史地位。将文学观问题作为以民国文学史为核心观念的研究范式的一个重要支点，并不意味着我们的研究将以重新定义文学的方式推倒重来。实事求是地说，以"20世纪中国文学""重写文学史""现代性"为核心观念的研究范式，为整合与提升我们的文学观奠定了一个重要基础。最近三十多年来既有知识谱系、价值秩序和意义系统的一个很大贡献，就是文学性和审美观的提倡。可是紧随其后的研究实践存在偏离倾向：要么将文学观简化为纯文学观、纯审美观，造成文学研究与社会现实的实质性割裂；要么避开文学性和审美问题，或躲入实证主义领域，或将文学作为文化研究、社会研究、性别研究、族群研究等领域的标本，从而将文学性问题加以泛化、淡化乃至搁置。

以民国文学史观为核心观念的研究范式，在文学观问题上坚持首先回归到文学性这样一个基点。尽管民国文学史及诸观念的提倡者与实践者还未就文学性问题展开专门论述，但已有的论述已经蕴含着文学观问题的思考，正如有研究者所敏锐地看到的："笼统看，'民国文学机制'研究大致属于文学的'外部研究'，与立足文本并直接展开语言、情节分析的内部研究不同，但'民国文学机制'并未放弃'文学性'，而这一机制对'文学性'的理解，是在对'现代性'的质疑中展开的。"① 质疑以"20 世纪中国文学""重写文学史""现代性"为核心观念的研究范式，并不是与之决裂，相反，是一种对以往研究优秀成果的继承。由于文学观问题的复杂性与流动性，以民国文学史为核心观念的研究范式，无意建构一个所谓的新的文学观，而是力图经过较长时段的学术实践，促成一个较为完整而全面的文学观的自然形成。目前它的主要任务，旨在从以下两个层面推进文学研究和文学史述史对文学观的整体理解与运用。

第一，它坚守文学性和审美是文学这种精神形式区别于其他精神形式的第一本质属性。文学作品及其文学性和审美问题是文学研究和文学史述史的核心所在，正如笔者在《回答一个问题：为什么要提出"民国文学史"》中所强调的："它已经不是以收敛的方式从文学的外部回归到文学的内部，而是以发散的形式去探求民国文学与文学外部要件之间的复杂互动，在中国文艺复兴的更宏阔格局中审视民国文学

---

① 姚丹：《以"民国经验"激活"民国机制"——中国现代文学史研究新的可能性》，《文艺争鸣》2012 年第 11 期。

的作用、价值与意义，用文学的眼睛去审视历史、现在与未来，用文学的感觉去体验中国与世界，最后点亮自己——返回到适合自身栖居的处所。"尽管关于何谓文学性、何谓审美从来就是一个流动的观念建构历程，迄今人们也未建构出一个得到公认的"何谓文学"的完善定义或概念。我们暂且也不论是否一时代有一时代之文学，但有一点必须清楚：我们的真实体验和感觉，是我们理解我们时代文学的根本出发点，我们必须尊重。我们的感觉和真实体验告诉我们：文学性和审美既不应该是其他精神形式的工具和手段，也不是躲进小楼成一统的孤芳自赏；它既有自足性的特质，又有开放性的一面；向内它有一个自律而独立的空间，向外它是历史、社会、人生和自我的一个重要组成部分。这意味着以民国文学史为核心观念的研究范式，将整体统筹与审视文学、文学史的所有内部要件和外部因素及其相互关联，致力于将文学的自然属性、社会属性和精神特质尽可能较完整地揭示出来。

第二，基于研究现状的考虑，它特别强调文学观范畴的功能和价值层面，强调文学研究与社会现实的血肉关联。既有研究范式的学术初衷，也非割裂文学研究、文学史述史与社会现实的紧密联系，但是由于各种内外部研究要件的制约，它在事实上形成了目前脱离现实关怀、难以回应社会问题的研究倾向。对于这样一种可追乾嘉学派的研究风尚，尽管不乏津津乐道者，但不少学者并不认同这是学术的本位意识与功能。比如温儒敏教授认为："重新强调现代文学研究的'当代责任'，思考如何通过历史研究参与价值重建，是必要而紧迫的。'回归学术'不等于规避现实，这个学科本来就是很'现实'的，它的生命就在于不断回应或参与社会现实。"① 以民国文学史为核心观念的研究范式强调文学研究、文学史述史与社会现实的血肉相连，不意

---

① 　温儒敏：《现代文学研究的"边界"及"价值尺度"问题——对中国现代文学研究现状的梳理与思考》，《华中师范大学学报》2011 年第 1 期。

味着直接参与具体社会事务，而是重在以历史的真相、文学的真相和时代精神的真相来实现参与当代文化建设的使命。在越来越职业化、专业化和科层化的境遇中，是沉湎于学术的自娱自乐，在狭隘的研究领域为获得专业权威的头衔而皓首穷经，还是努力突破话语空间限制，重塑文学研究和文学史述史的尊严，这并不是一个无足轻重的问题。这关系到我们的研究是否具有存在的价值与意义这样一个根本命题。正如海登·怀特在《历史的负担》中强调的："不言而喻，在我们的时代，历史学家的负担是要重新确立历史研究的尊严，据此与广大知识分子群体的目标和目的达到一致，即是说，改造历史研究，以便使历史学家积极参与把现在从历史的负担中解放出来的活动。"① 以民国文学史为核心观念的研究范式，强调文学研究与社会现实的血肉关联，就是力图在学术研究的价值和功能层面，重建中国现代文学研究的学术伦理责任。

三、中国文学一体化与内生型研究范式

历史观问题和文学观问题，当然不是以民国文学史为核心观念的研究范式的全部内容。之所以重点阐述这两个问题，是希冀从认识论和方法论层面，为新范式的确立寻找具体的突破路径与逻辑支点。除此之外，一种新范式的确立，更需要解决一个重要的本体论命题：我们的研究本体是什么？这种本体论研究的标志性特征应该是什么？

以民国文学史为核心观念的研究范式，顾名思义当然应该以民国时代的文学及周边现象为研究本体。这就遇到一个命名与指称的专属性问题，即自然时空的边界和限度。正如学界所疑惑的，如果以民国

---

① ［美］海登·怀特：《后现代历史叙事学》，陈永国、张万娟译，中国社会科学出版社 2003 年版，第 50 页。

为限，那么晚清文学、民国文学、共和国文学之间的内在连贯性如何处理？打通近代、现代和当代壁垒的学术设想岂不落空？学界同仁有此疑惑，一是因为以民国文学史为核心观念的研究范式，正处于建构过程中，较为完备的观念与方法尚未最终完型，还存在很多漏洞与偏颇；二是因为包括民国文学史及诸观念的提倡者和实践者在内的许多学者，或许尚未考虑这一研究范式如果获得成功，将会带来怎样的学术后发效应。

毫无疑问，以民国文学史为核心观念的研究范式，将和以往研究范式一样，也是一个阶段性的研究范式。提倡与实践这一研究范式，不是以民国文学为旗号发起又一轮学术研究的封疆建土、圈地运动，也不意味着研究的目光止步于民国时代的文学及周边现象。以民国文学史为核心观念的研究范式在现阶段的首要任务，自然是这一研究范式的有效自我建构——宏观理论设计的不断丰富与完善、微观学术成果的不断积累与支撑，最终形成一种可以效仿并推广的稳定研究范式。但是，作为一个被清醒意识到的阶段性研究范式，它预设了在边界和限度以内完成使命后的"蝉蜕"问题。它致力于建构一个包容性和开放性的研究平台，不仅仅是为了解决本学科的内部事务，也将自身最终定位于研究疆域的前伸与后延，即以获得成功后的研究范式为效仿对象，从民国时代的文学逐步扩展到中国文学的其他历史时段，最终建构中国文学生成与发展的整体序列。简单地说，以民国文学史为核心观念的研究范式，只是建构中国文学一体化序列的一个实验区。

或许有人认为为时尚早，或许有人认为不自量力。事实上，有关中国文学一体化的预设，并非无中生有。记得大约在1993年笔者和钱理群教授谈论经典问题的筛选时，他就表达过中国现当代文学必将融入中国文学总体进程的想法。樊骏教授在1995年撰文明确指出："如果说前辈学者为创建现代文学这门学科而努力，为奠定目前这样的学科格局作出了贡献；那么今后年轻一代的学者的历史任务，可能是消解现有的格局，把现代文学研究纳入更大的学科之内，或者重新建构新的学科。从学科的发展来看，是迟早得这样做的，并将因此把现代文学研究推向新的阶段。"① 近些年黄修己教授在多个场合谈及的"小学科难出大学者"问题，实际上也是中国现代文学研究格局狭小的另一种说法。更明显的信号还在于，一些当年在中国现当代文学研究领域取得卓越成就的学者，纷纷转向古典文学、外国文学、思想史、文化史、教育、新闻传播等人文社会科学的其他领域，并取得了相当可观的学术成就。应该说，至少在 20 年前的那个时段，中国现当代文学研究的有识之士，就已经较为明确地意识到了自身研究领域的限度和拓展问题。

如果说从那时开始的有关中国文学一体化进程的理论设计，还一直处于酝酿萌芽阶段；如果说以往有关中国文学一体化进程的学术实践，还一直处于各自为战状态；那么以民国文学史为核心观念的研究范式，更高远的潜在目标，就是为这种学术愿景搭建一座有效地通往现实学术实践的桥梁。尽管当前实现中国文学研究一体化进程，既缺乏切实可行的操作手段，也缺乏有效可靠的学术积累，甚至连起步阶段都谈不上；但是，赋予以民国文学史为核心观念的研究范式这样一个潜在的高远目标，并不是急于为实现中国文学一体化进程预设一种行之有效的方案，而是重在突出和强调一种学术自觉意识，以及这种学术自觉意识如何贯彻、渗透到现阶段的学术实践中。罗马城不是一天建立的，学术研究必须有一种居安思危意识，应该及早为酝酿已久的中国文学一体化学术理想开山铺路。

这就要求以民国文学史为核心观念的研究范式，应该在具体学术实践中具备一种追求融会贯通的学术主动意念和期待视野。民国时代的中国文学，是在中国古典文学、世界文学和当时文学实践的共存秩

---

① 樊骏：《我们的学科：已经不再年轻，正在走向成熟》，《中国现代文学研究丛刊》1995 年第 2 期。

序中脱颖而出的，是在与中国古典文学的抗争、对世界文学的借鉴和自我锐意创新的过程中，实现了自我属性的创生，具有了自身"融汇古今，贯通中西"后的独特性与独创性，从而实现了自我本质的确证。这一进程的实现，自然还得益于晚清乃至晚明时代就已出现的中国社会内生与自发的转型因素。学界同仁一般将这个时段乃至当代中国文学的这种确证自我本质的独特性和独创性，命名为现代性。以民国文学史为核心观念的研究范式，自然要将这一时段中国文学确证自我本质的独特性与独创性作为研究本体，梳理、总结、归纳、概括中国文学由古典阶段走向现代阶段这一历史进程中产生的经验、智慧、价值与意义。必须看到，我们今天精神生活中文学的自然状态和实际情境，绝不是中国现当代文学独此一家，而是一个由中国现当代文学、中国古典文学和世界文学氤氲互生而构成的文学共存秩序，诗经楚辞、唐诗宋词的韵律，依然回响在我们心灵深处，世界文学的"影响焦虑"，依然是刺激我们创新的一个动力来源。这个古今中外各种文学资源汇聚、杂陈的文学共存秩序，才是我们文学研究和文学史述史的真正先在背景。

"我们人类在自己的一生当中，可以改变许多，然而却永远还是自己——这一点最让我们惊叹。尽管自我同一性在不断更新、在一切关系领域不断拓展，尽管我们与周遭世界的关联不断变幻，我们的骨子里始终有不变的本色。"[1] 一个人的生命，历经百变，依旧故我；一种文学的生命，历经斗转星移、物是人非，骨子里也有始终不变的本色。中国文学在民国时期有了自身阶段性的独特品质，但它终究是中国文学独特品质和身份认证的一个组成部分，是中国文学骨子里始终不变的本色，而且这种本色是在和世界文学的"交往"中凸显出来的。以民国文学史为核心观念的研究范式的提倡者和实践者，对此必

---

[1]　[瑞士] 维蕾娜·卡斯特：《依然故我》，刘沁卉译，国际文化出版公司 2008 年版，第 7 页。

须有清醒而充分的认识，在明确自身学术实践限度的同时，应当为或许并不遥远的后发学术效应未雨绸缪，即在探寻民国时代中国文学独特性和独创性的同时，注意纵向发掘文学及其历史的内在连续性和后续性，并在中外文学的横向关联中注意发掘中国文学的独特品性，从而为最终确立中国文学一体化进程建立一个良好示范区。

　　如果说这一学术愿景的实现，需要一代人甚至几代人坚持不懈的努力；那么与这一学术愿景相配套的，还应该有一个富有创造力的内生型研究范式的支撑。这是我们学术共同体必然要解决的一个自身学术能力的内部建构问题。这种理论自觉意识，也是一个检验我们这个学术共同体是否具有创新潜力的尺度。正如樊骏教授所指出的："我们的每一步前进，每一个突破，都面临着理论准备的考验。任何超越与深入，都离不开理论的指引与支撑。理论又是最终成果之归结所在，构成学科的核心。而且，衡量一门学科的学术水平、学术质量的高低，归根到底，取决于它在自己的领域里究竟从理论上解决了多少全局性的课题，得出多少具有重大理论价值的结论，有多少能够被广泛应用，经得起历史检验，值得为其它学科参考的理论建树。在走向成熟的道路上，需要牢记这一基本事实。"①

　　当前我们最大的理论困境和遗憾在于，在相当长的时期里，不仅仅是中国现当代文学研究，文学研究所覆盖的所有学科——包括古代文学、外国文学、文学理论乃至少数民族文学，基本上都笼罩在西方的理论体系和话语模式中。我们的理论体系和话语模式，不是源于欧美就是来自苏俄。我们尚未建构出适合中国文学自身经验、智慧、价值和意义的原创性理论体系和话语模式。我们不得不在相当长的时间里，以"代位言说"和"错位运用"的方式，去研究我们的文学，建构我们中国文学的历史。来自西方的理论体系和话语模式，熔铸的是

_____

① 樊骏：《我们的学科：已经不再年轻，正在走向成熟》，《中国现代文学研究丛刊》1995 年第 2 期。

西方文学的独特经验、智慧、价值、意义，很难说具有放之四海而皆准的普遍适用性，这就使我们难以挣脱"代位言说"和"错位运用"带来的话语牢笼和理论陷阱。如何避免并突破西方理论体系与话语模式东移中国之后产生的话语牢笼和理论陷阱，如何将以西学为模本的外源型文学研究、文学史述史模式转化为以中国文学现象和经验为中心的内生型研究范式，是摆在所有学人面前的一个沉重话题。

以民国文学史为核心观念的研究范式，能否为此作出有效的探索，是一件值得期待的事情。一种新研究范式的建构与确立，当然不可能寄希望于一两种理论或研究模式，包容性和开放性特征也不允许以民国文学史为核心观念的研究范式故步自封于一两种理论或者研究模式。当年以"20世纪中国文学""重写文学史""现代性"为核心观念的研究范式的崛起与确立，也是得益于各种思想和历史的合力。以民国文学史为核心观念的研究范式，秉持包容与开放的态度，就是力图建构一种能博采百家之长的理论自觉视野，广泛接受、吸纳来自历史深处的、社会现实的、异域的、其他人文社会科学领域乃至科学领域的影响。考虑到学术言说空间的限制，以民国文学史为核心观念的研究范式的形成，可能需要较长的历史时段；建构以中国文学一体化为目标、以内生型研究范式为标志的学术体系，则可能需要上百年乃至数百年的积淀。我们对此应有充足的心理准备，学界同仁也应给予充分的理解与宽容。但是有一点我们能够自主决定，这就是自身学术涵养与能力的塑造与提升。这是新的研究范式能否确立的基本前提，自然毋庸多言。

一种新研究范式的形成和崛起，显然不是一件快刀斩乱麻的事情。库恩为我国学界所熟知，可是沿着库恩学说继续前进的伯纳德·科恩，就没有那么高的知名度了，因为他的《科学革命史》在20世纪90年代翻译到我国时，人们对"范式"的热情已经逐渐消退。且不论科恩将科学哲学问题建立在历史学基础上所取得的成就如何，他指出的科学革命四个阶段——智力革命、书面上许诺的革命、纸面上的革命和科学革命，对建构以民国文学史为核心观念的研究范式的艰巨性，具有一定的参考价值；再结合新范式确立至少要满足的三个条件——一是一个由新的概念、理论、方法等构成的学术研究纲领，二是必须获得学术共同体较广泛的认同并在较大程度上具有公信力，三是为学术研究提供重大的且可以模仿的成功典范；实事求是地说，提倡和实践以民国文学史为核心观念的研究范式，目前处于智力革命和纸面上许诺的革命阶段。这意味着我们学术共同体的耐性与容忍度，面临一种心理预期层面的巨大挑战，可能由于种种原因，我们不得不接受不了了之乃至失败的危险。但是人本性中的主体性或者能动性力量，又督促我们毫不犹豫地迎接这个挑战，相信春暖花开的那一天终究会到来："对一个文学研究者来说，最艰巨的任务就是忘记我们相信自己早已知道的东西，并带着一些基本的问题重新审视文学的过去。一方面，我们可能会印证我们以前的很多信念；但另一方面，文学史也常常会呈现出新的富饶。"①

---

① 宇文所安：《史中有史（下）——从编辑〈剑桥中国文学史〉谈起》，《读书》2008 年第 6 期。

第三章 中西"会通"机制与现代文学的"半殖民性"

"半殖民性"话题,不但是一个被"挤入上古三代"的老掉牙话题,而且容易触发人们联想到有关近现代中国社会性质的"经典"判断——半殖民地半封建社会。这个"经典"判断的前卫色彩早已杳无踪迹,但道义与悲情力量的影响依然在持续。在中国历史和中国现代文学的教科书系列乃至学术著述中,这个术语及其各种变形称谓,依然顽固地存在于人们对历史和文学的具体叙事和判断过程中,在某种程度上甚至左右着人们对中国近现代历史和文学的深入体察与感悟。

一、从常识中来,到历史深处去

"半殖民性"首先是一个牵扯"西化"和"本土"之争的命题。近百年来,有关论争从来就没有停止过,只不过此消彼长而已。近年来,是学习西方的普世价值还是坚守民族本位之类的论争,在人文社科诸领域乃至社会日常舆论领域,依然波澜迭起。当今诸如此类或性质雷同的论争,蕴含着分裂的社会各阶层的不同利益诉求,凸显了权力执掌者和权力边缘者在价值观念层面的博弈,在某种程度上还成为权力执掌者平衡社会积怨的一个渠道。辨析和探讨这一话题,无意加入意识形态之争或伪意识形态话语喧嚣,而是试图在中西"会通"语境中,通过这一术语的重温,看它是否还具备创新的潜质和再阐释的可能,尤其是否能够带来有效的学术张力和更为清醒的价值支撑。

　　考虑到“半殖民性”及类似术语在日常生活中的实际影响力，常识层面的“破题”就显得必不可少。本书选择维基百科的有关说明作为切入口：半殖民地半封建社会是一个有争议的概念，意指在形式上保留有封建社会国家机关及主权所有，同时在经济、政治、文化上受到外国资本主义国家控制与压迫的社会。随着其他资本主义国家控制力度的加强，一部分国家会完全丧失国家主权，成为彻底的殖民地国家；另一部分国家则发生反弹，取得独立地位。大部分国家半殖民地半封建社会的形成是不平等条约造成的直接影响。这种社会性质主要分布在 19 世纪时依然保持封建社会性质的亚洲、非洲、拉丁美洲等少数国家。维基百科还特别强调了一点，即“半殖民地半封建社会”是中国政府对近代中国社会性质的总概括。关于“半殖民地半封建社会”这一术语在知识谱系、学术发展脉络层面的梳理，维基百科主要参考了两篇文章：李洪岩的《半殖民地半封建理论的来龙去脉》和倪玉平的《关于“半殖民地半封建”问题研究之新进展》，对此感兴趣的朋友可找来一读。“半殖民地半封建社会”这一术语在中国语境中的来龙去脉，在这两篇文章中大致得以呈现。

　　尽管维基百科的解释，还谈不上是严格的学术概念、观点和阐释，但有两点还是非常值得注意：一是“有争议的概念”，二是“中国政府对近代中国社会性质的总概括”。

　　第一，关于“有争议的概念”问题。所谓的“有争议”，大多聚焦于“半封建”。由于“半封建”得以成立的基本前提，是中国古代社会的性质为“封建”①；更因为没有“封建”，何来“半封建”？那么有关中国近现代社会性质是否“半封建”的争议，最终落脚点要归于中国古代社会的性质是否“封建”。近些年，越来越多的学者对有关“封建”问题进行知识谱系的梳理和甄别，对中国社会实际状态进

---

① 中国古代社会在本书中的运用，主要是指人们常说的自秦汉以来的中国封建社会时代。

行深入细致的考察与分析，越来越意识到"封建"这一概念在中国语境中存在很大程度的误读、误植和误用。即使仅仅与马克思、恩格斯对这一概念的运用相比较，判断中国古代社会性质为"封建"，也很勉强。随着套用马克思、恩格斯概念的弊端逐渐被厘清，人们越来越意识到马克思、恩格斯言论中所描述的封建社会，和中国古代所谓的封建社会的实际形态与情形有着重大差异。"封建"术语表层下面隐藏的中国社会的实际状态和情形，已经远远逸出了这个概念自身的涵盖能力，理论与历史事实之间存在着很大的错位与缝隙。

无论是从西方语境中有关"封建"的知识谱系和话语指涉出发，还是立足于中国古代社会话语系统中"封建"一词的源与流；无论是在中国历史的真实状态面前，还是在中西文化的对比视野中，运用"封建"一词来定性中国古代社会，都存在着绕不过去的事实"障碍"。或许，最好的解决办法是称之为具有"中国特色"的封建社会。根据对相关材料的阅读、体会以及对中国社会实际状态和情形的认识与理解，如果非要找一个术语来概括中国社会性质的话，我以为最合适的术语大概莫过于"专制主义"。也有不少学者因为种种原因用其他术语来指称，比如刘泽华教授的"王权主义"，他主编的《中国政治思想通史》就以"王权主义"作为分析整个中国历史的一个基本思路和框架。[①] 除了所谓的"正史"领域，对中国自秦汉以来集权专制主义传统的认定，在学理层面的论证已经相当成熟。以皇帝为核心的官僚集权体制，作为一种超级稳定的权力架构和运作模式，不但左右着中国历史与文化的发展走向，而且逐步积淀为一种民族集体无意识心理，最生动形象的例证大概莫过于对金榜题名、升官发财的强烈期许。政治权力以及常常蜕化为政治权力附庸的文化，在中国自秦汉以来历史博弈中一言九鼎的作用与功能，作为一个基本的历史事实常态应该成为常识。

---

① 刘泽华总主编：《中国政治思想通史》，中国人民大学出版社 2014 年版。

第二，关于"中国政府对近代中国社会性质的总概括"问题。这是一个理解"半殖民地半封建社会"观念更为重要的问题。在当代中国，大凡接受过中学教育的人，对近现代中国是"半殖民地半封建社会"这一定论，大都耳熟能详。这一定论的庞大统摄力和巨大影响力，何止学术研究或历史观念层面，几乎覆盖到世界观、社会观、人生观和价值观等各层面。经过日积月累、潜移默化的宣传和教化，它已经成为我们的常识和定规，成为我们理解中国近现代史的一个思维前提和价值预设，几乎不证自明、毋庸置疑。鉴于党政一体的统治模式，鉴于"半殖民地半封建社会"的概括是党和国家的意识形态意志在中国历史研究领域的体现，鉴于这种解释和判断肩负着党和国家的意识形态宣传和教化目的，所以"中国政府对近代中国社会性质的总概括"，应调整为"中国共产党及政府对近现代中国社会性质的总概括"。

"半殖民地半封建社会"术语之所以倍享尊荣，首先来源于苏俄共产主义理论尤其是斯大林理论。其次来源于民国时代的理论家和学者尤其是共产党的政论家的建构，当时各种学派与政治势力对这一命题的阐释可谓百舸争流，尤其是在中国社会性质大论战中更是千帆竞发。最后来源于共和国时代国家意识形态和官方哲学对这一命题的普及和教化，毛泽东在延安时主持撰写的《中国革命和中国共产党》成为最权威的阐释。"半殖民地半封建社会"由此成为理解和阐释近现代中国社会历史发展体系的一种标准模式，中国社会的主要矛盾定位于"帝国主义和中华民族的矛盾""封建主义和人民大众的矛盾"，从而论证和宣示了中国共产党领导中国革命和建国的历史合理性与现实合法性。

历来有关"半殖民地半封建"问题的论争，主要集中于"半封建"问题，有关"半殖民地"问题则分歧不大。如果不考虑属于学术内部事务的概念、理论、方法和视角等因素的差异，那么有关"半殖民地"问题大同小异的理解与认定，主要与学者们价值立场指向的内外有别关系甚密。当价值立场取向面对国家和民族内部事务时，"半封建"性质极易得到情感层面的认同，学术理性往往被学术感性所规引。可是，当面对中西政治、经济、军事、文化各领域冲突这一历史已然状态与情形时，无论观点的差异如何悬殊，民族主义价值立场就大有用武之地；显在的或潜在的民族主义情感，使之在认同"半殖民地"属性时不但极少心理障碍，反而容易形成一种悲情模式的历史叙事。显然，用"半殖民地"这一术语来概括中国近现代社会的状态与情形，蕴含了我国学者鲜明的民族本位立场和本土价值意识。

之所以先探讨"半殖民地半封建"问题，一是因为"半殖民地"和"半殖民性"两个术语的区别，主要在于问题指向和表达策略的差异，即表里和内外的应用性区别，类似现代化和现代性术语的差异。二是打破"常识"的遮蔽和规训，将"半殖民地"术语从意识形态领域转移到学术领域，回归到历史的实际状态和情形中去。考虑到"半殖民地"术语的政治标签色彩在今天的学术语境中依然浓郁，考虑到"半殖民地"术语在政治层面指涉的社会形态已不复存在，那么用"半殖民性"置换"半殖民地"，应该能更为准确和客观地辨识和理解中国近现代社会的实际状态与情形。

二、民族自卑感、历史悲情叙事与文化矛盾心理

一个不能回避的问题是，民族本位立场和本土价值意识的存在与影响，既是中西"会通"带来的一个客观事实，也是学术范畴中应加以充分衡估的内容。不能设想一个国家和民族的文人学者，面对自己祖国的历史文化遭遇时能够无动于衷。民族本位立场和本土价值意识在学理分析中荡然无存，显然难以做到；但过多过强的介入，也妨碍学术研究的有效性。

如果不执着于民族本位立场和本土价值意识，不拘泥于侵略、渗

透、控制、压迫和剥削等历史叙事，从一个较为客观和中立的价值意识和学术立场来说，所谓"半殖民性"，是对近现代以来中西在政治、经济、军事、文化等领域碰撞和交流带来的问题、影响及其遗留等诸现象的一个总体指称，主要指涉普遍主义和地方主义、现代性和民族性等元素在近现代中国呈现的犬牙交错状态和情形。辨析与理解中国现代文学"半殖民性"的主要学术目的，在于看它能否为中国现代文学研究拓展新的学术增长点，能否提升中国现代文学乃至中国文学研究的有效性、独立性和创造性。

谈论中国现代文学的"半殖民性"，不能撇开一个学术前提，即近现代的中西"会通"问题。大约十五年前，我曾对此有初步阐述："无论是依据世界文学的发展和评判体系，还是从民族主义的文化视角来阐释和界定中国文学在 20 世纪发展进程中的性质，一方面只能以西方话语系统中作为形态的现代化和作为质态的现代性的共通性标准为前提，另一方面必须将其置于 20 世纪中国独特的历史境遇中考察它的有效性及其衰减和增值现象。因为并没有与西方的现代性截然不同的中国的现代性，中国的现代性也自有它具体的历史规定性。20世纪中国文学既有世界文学范围的现代性的同质性，更有特定民族、特定时空的异质性。"[①] 这个表述尽管有些笼统、拗口，但对中国现代文学"半殖民性"基本态势的理解与把握，还是具有一定的针对性和有效性的。

中国文学由古典向现代的转换，是一个地方主义融入普遍主义、民族性融入现代性、由本土走向世界的历史过程。中国文学演变所涵纳的古今中外各种元素的碰撞、交流与会通，是在传统社会面临崩溃和自我更新过程中作出的主动选择，是个貌似杂乱实则有着深刻内在历史逻辑的有序动态系统。这一主动选择的历时态价值取向，即是追

---

① 贾振勇：《五四：中国文学现代化的坐标原点——兼评近年 20 世纪中国文学性质的讨论》，《山东社会科学》2000 年第 5 期。

求中国文学的现代性。普遍主义的文学现代性，也在理论扩张和旅行中进行共时态的地方主义选择，从而形成中国现代文学的民族性。中国文学是在普遍主义与地方主义、现代性与民族性的氤氲化生中，实现了自我本质的确证，具有了自身的独特个性。

如今，中西"会通"问题依然在延展，中国现代文学研究也面临新的学术转型。恰当而有效地认识、理解与阐释中国现代文学的"半殖民性"命题，不仅需要对中国现代文学的实际状态与情形进行再考察、再理解，还需要看看研究主体应具备怎样的胸襟、气度与立场。

中国现代文学诞生于一个"三千年未有之变局"的压抑、恐慌的历史境遇中，是在被迫与无奈中转向学习、模仿西方文学的。凭借武力的大棒和文化的胡萝卜，西方强势文明不但在政治、经济和军事领域进行扩张，而且在宗教、语言、道德、伦理、文学、艺术等各层面进行文化价值的推广与普及，用以往的政治话语来说就是价值观念和意识形态层面的"和平演变"。华勒斯坦论及资本主义文明扩张史时强调："普遍主义是作为强者给弱者的一份礼物而贡献于世的。我惧怕带礼物的希腊人！（Timeo Danaos et dona ferentes！）这个礼物本身隐含着种族主义，因为它给了接受者两个选择：接受礼物，从而承认他们在已达到的智慧等级中地位低下；拒绝接受，从而使自己得不到可能扭转实际权力不平等局面的武器。"① 华勒斯坦所说的等级秩序和权力不平等，是被迫、后发的现代民族国家在文明的碰撞与交融中所遭遇的一个基本历史事实。

这种历史遭遇，往往给弱势民族国家带来一个难堪的精神后果，即民族自卑感、历史悲情叙事和文化矛盾心理。如果说随着弱势民族国家政治、经济和军事力量的崛起，作为民族创伤和文化创伤的民族自卑感、历史悲情叙事，能够在较短时段内加以较大程度的修复；那

---

① ［美］伊曼努尔·华勒斯坦：《历史资本主义》，路爱国、丁浩金译，社会科学文献出版社 1999 年版，第 50—51 页。

么文化矛盾心理的克服，则因为文化变迁的相对缓慢而需要更为漫长的时光。如果说民族自卑感和历史悲情叙事，能为被迫、后发的现代民族国家带来鲜明的集体激励效应，使之知耻而后勇、发愤图强；那么，文化矛盾心理为被迫、后发的现代民族国家带来的实际效应，则相对复杂和隐蔽。强势文明大棒加胡萝卜的双重权威性及其扩张，会给弱势民族国家带来精神创伤；但在文明的碰撞与交融中，文化矛盾心理及其反馈的文化两难选择，既是一个普遍现象，更是一个影响持久而深远的因素。正如华勒斯坦所看到的："这种矛盾心理反映在许多文化'复兴'运动中。在世界许多区域广泛使用的复兴一词，就体现出矛盾心理。在谈论新生时，人们肯定了一个先前文化辉煌的时代，但同时也承认了那时文化的等而下之。新生这个词本身是从欧洲独特文化历史中复制出来的。"[①] 从某种意义上看，如果说民族自卑感和历史悲情叙事，更关乎被迫、后发的现代民族国家的自我认同；那么如何化解文明碰撞与交融中的文化矛盾心理，则更关乎被迫、后发的现代民族国家的自我选择。

这是理解和阐释"半殖民性"所指涉的普遍主义和地方主义、现代性和民族性等元素在近现代中国呈现犬牙交错状态和情形的一个前提，也是考察和分析中国现代文学"半殖民性"问题的一个关键。

宏观、笼统地谈论普遍主义与地方主义、现代性与民族性，在今天已经显得大而无当。更何况这些命题本身，是一种既对立又统一的逻辑分类，是一种无法加以截然分离的认知模式。这一命题的两端，不但相生相克，更是相辅相成。我们从现象中提取普遍主义、现代性等概念，并不意味着存在一种"纯净"的普遍主义和现代性标尺。普遍主义和现代性的形成与发展，本身是一个历史的过程和区域的现象。所谓的普遍主义，不是生而就有，而是从地方主义扩张而来；

---

① ［美］伊曼努尔·华勒斯坦：《历史资本主义》，路爱国、丁浩金译，社会科学文献出版社 1999 年版，第 50—51 页。

所谓的现代性，也不是匀质的和固态的，而是杂质的和流动的。美、英、法、德等现代民族国家所呈现的普遍主义与现代性，均有重要差异，只是我们很少有兴趣辨别而已。从更长远的目光看，美、英、法、德等现代民族国家所承载的普遍主义和现代性，只是人类文明的盛衰在一个特定历史时空的具体展现；被迫、后发的现代民族国家如果抵制、拒绝这份"礼物"，其地方主义和民族性究竟能否存在，在全球一体化时代都面临严峻考验；如果加以充分吸收与借鉴，那么其地方主义和民族性不但有了彰显的机遇，假以时日还有可能在文明的碰撞与交融中成为新的普遍主义与现代性标杆。

我们需要警觉的是，民族自卑感、历史悲情叙事和文化矛盾心理极易导致一种作茧自缚倾向，即强调普遍主义与地方主义、现代性与民族性的对立。这固然可以昭示民族自尊心与自信心，也能警示本民族固有文化的更新与复兴；但在某些历史阶段，更容易沦为专制者及其附庸的一个冠冕堂皇的借口。一个典型的负面例证，就是所谓特殊国情论。如果仅是出于文化情怀和学理探究动机，那么对其民族感情应予充分肯定；但如果出于利益掠夺与权力维护之动机，那么其虚伪性与无耻性就昭然若揭。弱势文明遭遇强势文明的介入，所属国民秉持民族本位立场和本土价值意识，应该得到理解与尊重，但不应成为抵制与抗拒的借口。

学习与模仿，并不是一件多么令人羞愧与耻辱的事情。可以堂而皇之地享用资本主义文明的物质产品，却又以维护传统的名义抵制资本主义文明的精神果实，这本身不是非常滑稽就是别有图谋。当年鲁迅的"拿来主义"，在今天依然可以振聋发聩，只不过我们已经习焉不察。"拿来主义"不是一种实用主义手段，而是凝练概括了弱势文明遭遇强势文明时所应有的胸襟、气度和立场。日本可谓是"拿来主义"的一个成功案例，它在充分吸收与借鉴普遍主义和现代性时，不但没有丧失文化的民族本性和地方主义色彩，反而从文明等级的低端快速抵达了高端。当然，其民族根性中"恶"的一面，也实现了现代转换，这尤其值得我们注意。弱势文明在扭转劣势、实现复兴的过程中，最需要警惕的，不是所谓的普遍主义和现代性，而是固有文化结构中"恶"的因素沉渣泛起，尤其是"恶"以现代形式借尸还魂。

当然，在文化交流和学理探究层面探讨普遍主义与地方主义、现代性与民族性的矛盾，可以通过鲜明的对比效应，来凸显文化更新与复兴中遭遇的诸多具体问题。但避免民族自卑感、历史悲情叙事导致的价值偏离与情感抵触，避免文化情怀与学理探究沦为利益与权力的附庸，更是首先需要解决的学术前提。因此，谈论中国现代文学"半殖民性"命题，不是为了激活民族耻辱感、历史悲情意识，更不是强调中国现代文学研究领域的文化殖民色彩；而是在学理乃至文化情怀层面，探究中国现代文学及其研究在普遍主义与地方主义、现代性与民族性的碰撞与交融中如何实现"会通"。必须看到，"半殖民性"固然带来了民族耻辱感和历史悲情叙事，但是更给中国社会、中国文学带来了一个重大的历史发展契机。在今天的历史境遇中，祛除民族自卑感和历史悲情叙事，调适文化矛盾心理，更多地关注普遍主义与地方主义、现代性与民族性的"会通"，是现代学术体系能否拓展创新空间的一个有效平衡机制。

三、在"会通"视野探索中国现代文学研究的创新可能

毋庸多言的是，我们逻辑分类和认知模式中的普遍主义和现代性，一般指向欧美强势文明范畴内的各种观念体系及其指涉物。从一个删繁就简的普遍主义与地方主义、现代性与民族性的对照谱系看，欧美的文学及其观念，给中国文学带来了一场至今仍在变动不居的革命性变迁；这场变迁的模仿与学习色彩，迄今依然强烈。所谓中国现代文学的"半殖民性"，即是对这场革命性变迁的实际历史状态与情

形的描述与概括。

这里，有几个前提需要平行对待与研究：

第一，发源于欧美民族性和地方主义的文学及其观念，是因其在人类文明发展进程中的创造性经验与价值，从而具有了普遍主义和现代性面目；这种文学及其观念，作为欧美地方主义和民族性的一个展现领域，熔铸的是欧美世界的区域性文学经验与价值，并未充分容纳和吸收其他地方与民族的文学经验与价值；因为资本主义历史体系的扩张，欧美文学及其观念的创造性价值与经验，被赋予了模板和范型的作用与意义。

第二，中国文学有着几千年的连续性和不间断性，其文物典籍和文献史料浩如烟海，其精神遗产和文化心理博大精深，无论是在古典时代还是步入现代进程，都体现和蕴含着人类社会在一个特定时空内的创造性经验与价值。

第三，中国现代文学是在与中国古典文学抗争、对世界文学借鉴的过程中成长起来的，是在一个由中国古典文学、世界文学和当时文学实践的共存秩序中脱颖而出的，它实现了自我本质的确证，具有了"融汇古今，贯通中西"的自足性和独特性，初步具有了自身的创造性经验与价值。它不但为中国文艺复兴的初步展开奠定了重要的历史基础，也为中国文学的持续发展打开了历史的大门。这一点，或许再过多少年后才能看得更为清晰。

从中国现代文学研究的功能、效用和使命来看，它的知识的传授、审美能力的塑造、意识形态的宣传、社会凝聚力的增强、民族精神的提振、民族文化的传承乃至自身的学术史延展等，都无法绕开一个基点，即对中国现代文学创造性经验与价值的挖掘、梳理、归纳、总结和阐发。因此，挖掘上述三个层面之间的关联、分歧乃至对立，有助于我们在对照和比较视野中，甄别和挖掘中国现代文学的自我认同与创造个性；但更应在对照和比较视野的基础上更上一层楼，全面、细致地建构中外古今的"会通"机制与平台，在世界文学的格局中，在中国文艺复兴的趋向中，探究中国文学由古典走向现代进程中所孕育的创造性经验与价值。

最近二十年，创新的焦虑与疲惫是困扰中国现代文学研究的一个难题。这当然不仅是现代文学研究面临的一个特殊问题，也是整个国家和民族创新能力普遍匮乏的一个具体体现。创新的实现，有赖于学术的外部环境、学术的内部事务和学术个体的伦理意愿汇聚而成的合力机制能否发挥良性作用。但是，不能奢望有了宽松自由的外部环境之后再去创新。如何在有限的时空内，充分发扬学术个体的伦理意愿，重塑学术内部事务的动力源和创新机制，是摆在学人面前的一个可操作的、更为实际的路径。因此，重新考察与认识一百多年来中西文化碰撞、交融的实际历史状态与情形，在"会通"视野中发掘中国现代文学的"半殖民性"内涵及其表现，就有可能成为中国现代文学研究创新的一个具体学术突破口。

近年中国古代文学研究领域出现的一个新动向，即"反思西方、回归传统已然成为古代文学研究界的一个时代话题"[①]，值得中国现代文学研究界进行对照思考。中国古代文学研究界的反思与创新意愿，主要表现在两个方向：一是反省西方文学的知识、理论和方法对中国文学研究的改造与影响，主要反思带来的弊端；二是呼唤回归中国文学研究的本来状态，倡导建构民族诗学等。在反思移用西方理论的弊端方面，霍松林教授的观点较为尖锐："20世纪50年代以来，中国现当代文学完全接受了西方文学观念、文体界限和文学创作方法，使中国固有的文学观念和文体形式面临消失的窘境。同时，中国古代文学研究也渐渐变成了西方话语体系下的中国古代文学，作为中国固有的文学体系和价值范畴渐渐被抛弃：因为不符合小说、戏剧、诗歌三分法原则，中国文人固有的政论、辞赋、史传文体的价值没有得到

---

① 吴光正：《回归文学传统　建构民族诗学——2014年古代文学研究综述》，《中国社会科学报》2014年12月30日。

应有重视；因为要用虚构、想象、夸张、形象性来评价文学的价值，中国文学中人文化成的观念、原道宗经的思想、比兴寄托的方法、风神气韵的话语没有得到充分的肯定；因为要体现一切文学来自民间的教条主义观点，中国文学的源头被定位在神话和民间文学，而忽视了中国古代文学与孔子及六经的密切关系。"① 在呼唤回归中国文学传统、建构民族诗学方面，方铭教授的观点颇有代表性："构建一个以中国固有文学观念为指导的中国古代文学史体系，发掘民族传统文学的人文诉求和发展脉络及价值。这是一项艰巨而复杂的任务，却也是中华民族文化自觉和文化复兴的迫切要求。"② 另外需要特别指出的是，中国古代文学研究界的反思和创新意识，并没有局限于反拨西方文学理论观念和回归中国文学传统这两个层面，还从全局性的研究视野来整体关照和归纳已有研究弊端，赵敏俐教授在这方面的表述较为凝练："在百年来的中国文学史研究中，将古代文学现代化、将中国文学研究西方化、将文学研究政治化，是最值得反思的三个方面。"③

这种反思西方文学观念体系、建构中国文学本土研究体系的创新趋势，当然主要针对中国文学研究领域存在的研究弊端，有着具体的问题意识和学术针对性。中国现代文学学科未必要奋起直追、亦步亦趋，但这种全局性的学术反思和创新趋向，的确值得中国现代文学研究界深思。我们可以从这种反思与创新趋向的可能性、不可能性中，寻找启示和参考：

其一，从"半殖民性"视野看，中国古代文学研究的创新诉求，主要指向研究主体而非研究本体。因为我们无论如何都不能说古代文学本身具有"半殖民性"；即使有，也是周边民族国家的文学遭遇天朝体系的强势影响而具有"半殖民性"，更何况殖民、半殖民这类术语特指资本主义文明扩张过程中的一个事实。

---

① 霍松林：《文学史研究者的历史使命》，《光明日报》2014年11月18日。
② 方铭：《回到中国文学的本位立场》，《光明日报》2014年11月18日。
③ 赵敏俐：《中国文学史观的反思与建构》，《首都师范大学学报》2014年第2期。

其二，如果说中国古代文学研究界创新趋向的旨归，是恢复和重建中国古典文学的本来面目，那么中国现代文学研究界所面临的问题却更为复杂。原因在于：中国现代文学是在一个"半殖民性"的社会形态与情境中生长起来的，本身就具有"半殖民性"；与中国古代文学研究本体的相对"纯净"特点相比，中国现代文学研究本体却是一个古今中外文学融汇后的"杂质"产物；紧随其后的研究，更是主要依据西方文学的相关知识、理论和观念来展开的。显然，中国现代文学研究界面临着对研究主体与研究本体的双重梳理和甄别任务。

其三，中国古代文学研究领域的"反思西方"趋向落脚于民族诗学的建构，但问题是，中国古代文学的田园已经荒芜不可归，今人已经不可能用古典时代的思维和话语去再现古代文学的本真面目，民族诗学建构也不可能再局限于地方主义和民族性的价值资源和话语系统。这个难题，同样拷问着中国现代文学研究界：致力于反思现代性、建构内源性研究模式，来源和支点何在？一切历史都是当代史，我们所依据的已经是古今中外话语系统融汇之后的一种具有全球化色彩的话语系统，现代文学实践本身更是早就大范围地系统运用普遍主义与现代性的语言和思维了。中国现代文学研究反思西方文学理论观念的影响、建构内源型的原创性的研究模式，来源只能是古今中外"会通"后产生的那种新的历史状态与情形，支点只能是中外古今文学知识、理论与方法的"会通"机制与平台。

全球化是人类社会发展的大势所趋，强势文明对弱势文明的侵略、剥削和同化，从某种程度上看不过是人类文明全球化趋势的一个"曲解"的历史展现形式。各区域、各民族、各国家的文化及文学，是人类文明创造物的一个分支，尽管因为地域、民族、宗教、习俗等原因而呈现差异性和特殊性，但差异性和特殊性背后更是隐含着同属于人类文明创造物所具有的深层的普遍性和共通性。西方文学及其观念，借助于资产阶级文明的崛起而具有的普遍主义和现代性面目，未必具有绝对的普适性和通用性，但作为人类文明在现代孕育的一种创造性经验和价值，其最低效用也可以达到以他山之石攻己之玉。西方的文艺复兴，持续数百年才开花结果；而中国的"文艺复兴"才刚刚展开一百年，且中经诸多历史挫折，大有岌岌可危之势，要孕育出完整而独立的创造性经验与价值，自然需要更多的历史积累。虽然经过了近百年的生长历程，中国现代文学还远远没有抵达独立性和创造性的较高境界，有关的研究更是没有达到丢弃西方话语系统、独立建构原创性学术体系的程度；完整与独立的创造性经验与价值，必然在一个"会通"的机制与平台中才能得以建构与完型。

回首中国现代文学及其研究的历史，在建构"会通"机制与平台的过程中，有一个问题需要我们长期警醒，这就是"全盘西化"和"特殊国情论"及其各种变形话题给我们带来的经常性困扰。如果深入中国近现代历史的深处和细部，如果尊重中国现代文学的历史自然生长状态，不难发现这类命题在某种程度上具有伪命题色彩。因为它运用的是单线思维和封闭思维，将复杂的历史状态和情形简化为各执一端的逻辑对立。以此来观照中国现代的文化与文学，普遍主义与地方主义、现代性与民族性犬牙交错的状态与情形就会被归纳为不兼容模式，非此即彼的二元对立思维将会无数次地复活。如果对这类命题信以为真，将导致我们精神创造力的严重退化，导致研究主体胸襟、气度和立场的故步自封。通过中国现代文学的"半殖民性"这一学术中介，正视中国现代文学所遭遇的实际历史形态与情形，正视中国现代文学在"会通"中所展现的驳杂的自然生长性，有助于在中国现代文学研究领域突破与摒弃这种极端和僵化的致思模式。

中国现代文学的"半殖民性"命题，自然不是凭空而降。以往有不少研究成果，或使用过"半殖民性"及类似的术语，或借用"文化殖民""后殖民"等理论来阐释中国现代文学现象。尤其是后者，尽管运用了前卫的概念、理论和方法，许多成果也发人深省，但对中国现代文学实际历史状态和情形的认识、理解与阐释，还存在一种偏离和激进倾向。究其原因，除了西方理论与中国现代文学的史实和经验难以完整、准确地对接之外，民族自卑感、历史悲情叙事和文化矛盾心理自然也是一个不容忽视的潜在制约。

总体来看，以往与中国现代文学的"半殖民性"命题相关的研究，较少将普遍主义与地方主义、现代性与民族性等命题整合到一个更为符合中国现代文学本真历史状态的学术机制中，较少在一个古今中外的"会通"视野中衡估中国现代文学的实际历史状态与情形。因此，将"半殖民性"提升为中国现代文学研究的一种核心学术理念和视角，不但是致力于学术研究指向的纠偏与突破，更是致力于回到中国现代文学的真实历史状态和情境中去。

强调中国现代文学的"半殖民性"，不是给中国现代文学定性质、下结论，而是期待借助于"半殖民性"这样一个学术窗口，通过更多、更具体、更持久的相关学术命题的拓展与研究，建构一个中国现代文学研究的有效"会通"机制，为探索中国现代文学那些迷人的秘密增添一个有效学术空间。在建构有效的中外古今"会通"研究视野与平台过程中，在充分彰显中国现代文学由普遍主义与地方主义、现代性与民族性元素氤氲化生而来的创造性经验与价值过程中，如何将"半殖民"命题打造成为一个具有学术增值效应且富有研究张力的论域，值得进一步进行细致而深入的拓展与探讨。

第四章 何谓"父亲"？为什么要反对"父亲"？

历史上有不少话题，经过后来者的不断参与和加工，往往变得复杂而混乱，不仅失去了本来面目，而且还被后来者的立场和观念所绑架。回到问题的原点，是正本清源、直陈其事的佳径。比如，在现代中国文化史和文学史上，"父亲"这一称谓及其涵盖的意义集群，如何成为时代意识之焦点，文学家们在作品镜像世界建构父亲形象时面临怎样的情感与理智的冲突，迄今未得到准确而有效的清理和评估，甚至陷入简单化、概念化和模式化的阐释语境。更有甚者，新文化先驱对"父亲"以及传统家庭伦理道德的批判，被视为缺乏科学和理性精神的偏激、片面之举，进而导致中华传统文化被连根斩断。在一些人眼中，新文化先驱也仿佛成了中国文化沦落的罪魁祸首。但是，无论在精神观念层面还是行为实践层面，问题及其后果，是这样清晰而简单吗？

一、从"初始经验"到"实质部分"

法国学者在研究人类家庭史时，曾提及一个至关重要又难以深究的"初始经验"问题："一个人在成为自我之前，是某某的'儿子'或某某的'女儿'……一个人总是在一个'家庭'中出生，别人通过'家姓'来辨认这个人，然后这个人才会从社会方面来说成为另外一个什么人。到处都一样，孩子最初学会的词是'爸爸'和'妈妈'：这两个词的意义对他们来说是那样重大，因为这指的是他的父亲和母亲。"①这个"初始经验"之所以难以深究，是因为要追求客观、公正和全面的话，就要追根究底到人类及家庭的起源等这些人类学家迄今也众说纷纭的领域。由于我们对人类及家庭历史的较为准确和清晰认识，基本上开始于成文的历史，由于在中国成文历史时代，"父亲"这一形象已经成为家长制家庭的核心；那么这个"初始经验"就不仅仅是一种来自自然天性和血缘亲情的印象和感觉，而且还是"父亲"形象得以社会化和制度化的一个起始支点。正如恩格斯所说："父亲、子女、兄弟、姊妹等称谓，并不是单纯的荣誉称号，而是代表着完全确定的、异常郑重的相互义务，这些义务的总和构成这些民族的社会制度的实质部分。"②那么，本书所论述的"父亲"这一称谓，主要着眼点就是它构成了怎样的中国社会及文化的"实质部分"，这个"实质部分"和"初始经验"构成怎样复杂的关系，是发展和升华还是背离和扭曲了"初始经验"，而不仅仅囿于其理论言说层面所呈现的含义。

谈论这个问题，不能不简略提及"父"这个词的语义和修辞起源。至于"父"和"爸"在上古时代是否同音，是否有书面语和口语的应用差异，由于和本论题关涉不多，暂且不论。按照语言学家的考证，在中国成文历史上被视为文字起源的甲骨文中，"父"的字形，乃右手持棍棒或石斧之形状，翻译成今天的意思，大致就是手里举着棍棒或石斧等器械管教、教训子女的人，这个人当然就是一家之长。这个含义也被以后的诸多文献所沿袭乃至发挥，比如《易》所谓"父者，子之天也"，比如《仪礼》所谓"父，至尊也"，比如《说文》所谓"父，家长举教者"。"父亲"这一称谓的语义和修辞起源，为它以后在中国社会及文化中的功能和作用，奠定了某种规定性。中国传统社会及文化向来讲究正名，所谓"名不正则言不顺，言不顺则事

① [法]安德烈·比尔基埃等主编：《家庭史》第1卷，袁树仁等译，生活·读书·新知三联书店1998年版，第15页。

② [德]恩格斯：《家庭、私有制和国家的起源》，人民出版社2018年版，第29页。

不成"。然而，名正未必能够导致言顺、事成，问题的根本更在于名实是否相符。所以，对于"父亲"这一称谓及其功能的辨析，既要看以往人们怎么说，更要看他们怎么做，也即它构成了中国传统社会关系总和中怎样的"实质部分"，这一"实质部分"又发挥了怎样的实际效应，造成了怎样的社会后果。由于儒家文化在中国传统文化结构中具有无可匹敌的地位和作用，由于在现代文化史和文学史上作为被批判对象的传统文化主要以儒家文化为代表，故本书所谓的传统文化主要是指儒家文化。

《家庭史》这部著作在研究中国的家庭演变史时，用了一个标题："中国，家庭——权力的中继站"。这个标题可谓一针见血地点明了家庭在中国社会及文化结构中承上启下、勾连内外的轴心作用。而在家庭这个权力中继站里面，父亲毋庸置疑地居于领导者和命令者的权威地位，执掌家庭事务的大权。将"父亲"的轴心作用和权力挂钩甚至等价视之，自然在语义表达上不周全、不严密，但我认为抓住了问题最为关键的节点。当然，传统典籍尤其是儒家典籍中有不少可作为反证的言论，也有不少学者通过重新理解和阐释经典而加以否定。比如当代新儒家的代表杜维明教授在《自我与他人：儒家思想中的父子关系》中认为："那种将父亲视为一个社会化的人、一个教育者、因而是权力主义实施者的观点，如果不算错误的话，也是很肤浅的。的确，儒家的儿子是不允许对父亲表达反抗情绪的，但是，如果把儿子由于长期受压抑而对父亲采取报复行为说成是现代社会和传统儒家社会的中心问题，那是错误的。"[1]

在儒家思想实现现代转化层面上，杜教授的观点自然有其价值和意义。但是回顾历史事实，也就是直面中国社会及文化的"实质部分"，我们不能不看到，历史的铁血战车不但不按人的意志和愿望前

---

[1]　[美] 杜维明：《儒家思想新论——创造性转换的自我》，曹幼华、单丁译，江苏人民出版社 1996 年版，第 129 页。

行，还总是踏着模糊的血肉横冲直撞。从理论观念及言说层面来看，应当承认，在早期典籍特别是儒家典籍中，的确存在大量强调"父亲"形象的自然天性、血缘亲情和社会义务的言论。比如《尚书》所谓"于父不能字厥子，乃疾厥子"；《左传》所谓"君义，臣行；父慈，子孝；兄爱，弟敬，所谓六顺也"；《荀子》所谓"从道不从君，从义不从父，人之大行"；《孟子》所谓"仁之于父子也，义之于君臣也，礼之于宾主也，知之于贤者也，圣人之于天道也，命也，有性焉，君子不谓命也"；当然最为人熟知的，还是《论语》所谓的"君君，臣臣，父父，子子"。总体来看，这些有关父亲形象、父子关系的言论，一言以蔽之，即"父慈子孝"。毫无疑问，这些言论也是今天一些学者致力于实现传统创造性转换的重要原始资源和基本立论支点。就其言论初衷而论，其合情合理性毋庸多言，但是问题的关键在于：这么合情合理的言论，何以转化为"父为子纲"？何以成为权力和宰制的依据？何以成为阻碍中国社会及文化发展的压抑性力量？

　　大约一百年前，陈独秀就已经看到："今之尊孔者，率分甲乙二派：甲派以三纲五常为名教之大防，中外古今，莫可逾越；西洋物质文明，固可尊贵，独至孔门礼教，固彼所未逮，此中国特有之文明，不可妄议废弃者也。乙派则以为三纲五常之说，出于纬书，宋儒盛倡之，遂酿成君权万能之末弊，原始孔教，不如是也。"[①] 如今甲派早已不成气候，乙派却日益壮大，其基本观点和陈独秀所说并无二致：原始儒家和被专制政治所利用之儒家是两码事，需要区分，需要取其精华去其糟粕。问题的要害在于：为何诸子百家中独独儒家成为中国传统社会的官方哲学？应当说，早期儒家思想体系和理论观念中的确存在很多迄今依然闪光的人文价值资源，这也是现代新儒家能够开陈出新的原始支点。但是，早期儒家是在野的民间学术，基本上是按照

---

① 陈独秀：《宪法与孔教》，载中国社会科学院近代史研究所编：《五四运动文选》，生活·读书·新知三联书店 1959 年版，第 51—52 页。

学术自身的发展逻辑来展现的，其最富创造力、想象力和批判精神的特点，恰恰是在未被视为制度基础和意识形态的时代出现的。更为重要的是，"诸子蜂起，百家争鸣"的目的，在很大程度上并不在于学术自身的发展与完善，而是有着鲜明而强烈的世俗政治目标和现世政治理想，儒家的现世政治诉求尤为显著，文献典籍中有大量言论明确昭示出这种功利追求和价值取向，无须一一罗列举证。正如陈独秀所言："其学说之实质，非起自两汉唐宋以后，则不可争之事实也。"[①]

"父亲"形象从"父慈子孝"转化到"父为子纲"，也即从自然天性、血缘亲情的"初始经验"转化到典章制度化、意识形态化的"实质部分"——或者说"父权"的理论化、观念化、规范化以及强制性——的过程，就鲜明地展现了传统文化尤其是儒家文化何以从富有原创精神的学说发展为专制政治的金字招牌和护身符。在这个转变过程中，有两部文献起了重要作用。一是《孝经》，其"父子之道，天性也，君臣之义也""君子之事亲孝，故忠可移于君"之说，将本源于天性和血缘的父子关系，与现世政治架构和功利目的紧密联系在一起。二是董仲舒的《春秋繁露》，当然还包括继承董仲舒政治哲学价值取向的《白虎通义》，最核心的观点就是流毒迄今不绝的"三纲五常"。其"父尊子卑""父者，子之天也；天者，父之天也；无天而生，未之有也""天子受命于天，诸侯受命于天子，子受命于父，臣受命于君，妻受命于夫；诸所受命者，其尊皆天也，虽谓受命于天亦可""父者，矩也，以法度教子，子者孳孳无已也"等相关言论的影响力和辐射力，不但早已远远越出了学术范畴，而且借助于政治权力乃至神学的支撑，上升为王朝的官方哲学；不但压抑了"父慈子孝"的天性和血缘诉求，而且使"父为子纲"获得了来自政治、法律和行政诸层面的强力支持和保障。自此之后，经过历代专制政治者及既

① 陈独秀：《宪法与孔教》，载中国社会科学院近代史研究所编：《五四运动文选》，生活·读书·新知三联书店1959年版，第52页。

得利益者的不懈努力，"父权至尊"作为中国社会及文化的"实质部分"，开始展示出广泛、强大而持久的威力。

正如马克思所说："理论在一个国家实现的程度，总是取决于理论满足这个国家的需要的程度。"[①]"父慈子孝"上升为政治、法律层面的"父为子纲"，上升为官方哲学和意识形态钦定的"父权"，根源就在于它最大限度地适应了专制政治的需要：在本源于血缘关系自然形成的家庭模式中突出"父权"，其主要目的是为以君权为核心的社会政治模式提供天然支撑；在家庭伦理道德层面强调"父权"，其必然逻辑结果就是在社会和政治层面上要拥护君权。父权与君权的起承转合、合纵连横关系，正如有学者所看到的："君权至上是核心，决定着儒家文化的理性思维和价值选择的主导方向；父权至尊是君权至上的社会保障机制，为维护君权提供社会心理基础；伦常神圣则贯穿其中，成为维系君权与父权的中介，使君父之间形成价值互补。"[②]父权和君权需要相互依靠和相互支撑的诉求，导致家庭成为整个王朝体系的权力中继站，父亲成为这个中继站的"站长"就顺理成章了。《论语》早就有言："其为人也孝弟，而好犯上者，鲜矣；不好犯上，而好作乱者，未之有也。君子务本，本立而道生。孝弟也者，其为仁之本与！"所谓"以孝治天下"的最终目的，无外乎要依靠父权来实施稳定家庭的措施，以家庭的稳定来赢得社会的稳定，从而维护君权的神圣、稳固、集中和长久。本来源自民间的自发的学术诉求，经过历代统治者及帮忙与帮闲者的解释和阐发，终成中国社会及文化的"正统"。

在中国传统社会及文化的发展过程中，"父亲"形象从天然血缘关系的"初始经验"，转变为典章制度化和意识形态化的社会"实质部分"，最终造成了"父权"的一头独大、尾大不掉。"父权"的强调、突出与实施，对中国社会及文化的超级稳定结构具有举足轻重的

① 《马克思恩格斯选集》第 1 卷，人民出版社 2012 年版，第 11 页。
② 葛荃：《传统儒学的政治价值结构与中国社会转型析论》，《山东大学学报》（哲学社会科学版）2007 年第 6 期。

作用。通过"父权"的制度化、规范化和强制性，专制政治及其神学基础通过渗透和改造血缘亲情与日常人伦，不但牢牢控制了人的外部世界，更将人的精神世界、情感世界乃至欲望的世界纳入有利于统治者的轨道上去。一个全面控制人的肉体、言行、思想和情感世界的制度体系和意识形态体系，借助于"父权"的实施，将统治力量"下移"和"内化"到社会组织的最基层细胞中，从而获得了全权掌控全社会的能量。简单地说，专制政治的需要和诉求，不但要通过王朝暴力机器和典章制度控制人的举动，而且要通过"父权"的中继作用，烙印在人的灵魂中、融化在人的血液里，使之成为顺民和奴才，从而永葆江山万年、固若金汤。显然，"父权"所构成的中国社会及文化的"实质部分"，所造成的实际效应和社会后果，不但阉割了中国社会及文化系统中具有原创精神的原始学说（包括早期儒家）的完整范畴和意义诉求，而且和专制政治沆瀣一气，成为阻碍中国社会及文化前行的最主要的压抑力量之一。能够全面、系统、深刻揭露和控诉作为中国社会及文化"实质部分"的"父权"所造成的实际效应和严重后果的时刻，还要等到五四时代。

二、五四：反对专制的、异化的"父亲"

中国人常说："听其言，观其行。"对一种学说、一种理论、一种观念的评价，不能只看其初衷和动机，也不能只看其自我言说和理论构想，看其"是否有价值或有多大的价值或意义"[①]，更要看其踏入社会实践领域后造成的后果，不然过失犯罪就可以不算犯罪了。中国社会自近现代以来衰败沦落的原因，无外乎来自天时、地利、人和诸层

---

① 朱德发：《现代中国文学史书写亟待解决的几个问题》，《山东师范大学学报》（人文社会科学版）2013 年第 1 期。

面。马克思曾指出："一个人口几乎占人类三分之一的大帝国，不顾时势，安于现状，人为地隔绝于世并因此竭力以天朝尽善尽美的幻想自欺。这样一个帝国注定最后要在一场殊死的决斗中被打垮：在这场决斗中，陈腐世界的代表是激于道义……"[①]"以天朝尽善尽美的幻想来自欺"和"激于道义"的评价，无疑入木三分。由于文化是一个国家和民族的软实力，铸就的是一个国家和民族的社会心理、精神品格与动力源泉，在中国社会遭遇生死存亡的历史关头，传统文化尤其儒家文化当然难辞其咎。

无形的历史意志，总是选择它属意的有形的人和事来体现自己前进的步伐；社会的发展与完善，总是借助某些个体的先知先觉来实现自我的建构。从器物层面的变革，到制度层面的变革，进而抵达文化层面的变革，既是历史意志不可阻挡的铿锵步伐，也是中国社会集体变革意识的累进展现。五四时代，新文化先驱们感应着历史精神的律动，得时代风气之先，在深刻体悟历史发展逻辑的基础上，反思、清理和批判传统文化尤其是儒家文化，本身就是体现历史意志和社会发展需要的必然之举，其大势所趋正如陈独秀所言："自西洋文明输入吾国，最初促吾人之觉悟者为学术，相形见绌，举国皆知矣；其次为政治，年来政象所证明，已有不克守缺抱残之势。继今以往，国人所怀疑莫决者，当为伦理问题。此而不能觉悟，则前之所谓觉悟者，非彻底之觉悟，盖犹在惝恍迷离之境。吾敢断言曰，伦理的觉悟，为吾人最后觉悟之最后觉悟。"[②] 除了来自历史意志和历史必然性层面的深层动因，五四新文化先驱批判传统文化尤其儒家文化的动因，更来自迫在眉睫的现实危机，比如复辟帝制、孔教入宪等。如果不当头棒喝，其愈演愈烈之后果，恰如陈独秀所言："不但共和政治不能进行，

[①] 《马克思恩格斯选集》第 1 卷，人民出版社 2012 年版，第 804 页。

[②] 陈独秀：《吾人最后之觉悟》，载中国社会科学院近代史研究所编：《五四运动文选》，生活·读书·新知三联书店 1959 年版，第 17 页。

就是这块共和招牌，也是挂不住的。"①

　　将文化批判与变革的焦点定位于"伦理的觉悟"，显然切中肯綮，抓住了传统文化尤其儒家文化的深层病灶。在对这个深层病灶进行文化病理分析和切割的过程中，家庭（族）伦理尤其是父权，成为首当其冲的批判对象。尽管晚清时代就有"家庭革命"的呼声，但那时更侧重以言辞的鼓动来获得政治变革的感召力。只有到了五四时代，对家庭（族）伦理的自觉而深刻的批判，尤其是对父权和君权相互支撑、互为保障之真相的揭露，才洞穿了传统文化尤其是儒家文化温情脉脉的虚伪面纱，将传统文化尤其是儒家文化和专制政治沆瀣一气、助纣为虐的本质昭然于天下，使"伦理的觉悟"抵达了中国历史文化的深水区，也使中国文化赢得了一次借助于外来资源实现历史性突围与再造的机遇，为中国的文艺复兴打开了一扇未来之门。

　　五四时代，对家庭（族）伦理及"父权"批判最为猛烈、最有深度的，当以"五四新文化运动的总司令"陈独秀、"只手打孔家店的老英雄"吴虞和"革命史上的丰碑"李大钊为代表。

　　陈独秀一出手，就抓住了传统伦理道德的命脉："儒者三纲之说，为一切道德政治之大原。君为臣纲，则民于君为附属品，而无独立自主之人格矣。父为子纲，则子于父为附属品，而无独立自主之人格矣。夫为妻纲，则妻于夫为附属品，而无独立自主之人格矣。率天下之男女，为臣，为子，为妻，而不见有一独立自主之人者，三纲之说为之也。缘此而生金科玉律之道德名词，曰忠，曰孝，曰节，皆非推己及人之主人道德，而为以己属人之奴隶道德也。人间百行，皆以自我为中心，此而丧失，他何足言？奴隶道德者，即丧失此中心，一切操行，悉非义由己起，附属他人以为功过者也。"② 不仅如此，他

---

①　陈独秀：《旧思想与国体问题》，载中国社会科学院近代史研究所编：《五四运动文选》，生活·读书·新知三联书店 1959 年版，第 92 页。

②　陈独秀：《一九一六年》，载中国社会科学院近代史研究所编：《五四运动文选》，生活·读书·新知三联书店 1959 年版，第 10 页。

还鲜明指出了"父权"和"君权"互为表里的命门所在："宗法社会，以家族为本位，而无个人之权利，一家之人，听命家长。……宗法社会尊家长，重阶级，故教孝；宗法社会之政治，郊庙典礼，国之大经，国家组织，一如家族，尊元首，重阶级，故教忠。"① 由此，传统文化尤其是儒家文化在历史实践领域构成的"实质部分"及其实际的社会历史效应，也就昭然若揭："孔子之道，以伦理政治忠孝一贯，为其大本，其他则枝叶也。故国必尊君，如家之有父"②。也就是说，尊父是为了尊君，"忠孝"的最终目的在于维护专制政治体系。

如果说陈独秀对传统家庭（族）伦理道德及"父权"观念的批判，是在对传统文化尤其是儒家文化进行整体批判的过程中涉及的子命题；那么吴虞的《家族制度为专制主义之根据论》，则是五四时代专门、系统和全面批判家庭（族）伦理道德观念与专制政治关系的重要文献。在吴虞的眼中，家庭（族）伦理道德观念实乃阻碍中国社会及文化发展的绊脚石："……欧洲脱离宗法社会已久，而吾国终颠顿于宗法社会之中而不能前进。推原其故，实家族制度为之梗也。"家庭（族）制度和专制政治合流，其思想精神之根源即在于儒家文化对"孝"的无以复加的推崇："详考孔子之学说，既认孝为百行之本，故其立教，莫不以孝为起点，所以'教'字从孝。……盖孝之范围，无所不包，家族制度之与专制政治，遂胶固而不可分析。而君主专制所以利用家族制度之故，则又以有子之言为最切实。"其形成的社会关系的"实质部分"和产生的实际社会效果，在于家庭（族）伦理道德被社会化、制度化及其体现的强制性："其主张孝弟，专为君亲长上而设。但求君亲长上免奔亡弑夺之祸，而绝不问君亲长上所以致奔亡弑夺之故，及保卫尊重臣子卑幼人格之权。夫为人父止于慈，为人子止于孝，似平等矣；然为人子而不孝，则五刑之属三千，罪莫大于

---

① 陈独秀：《东西民族根本思想之差异》，载《独秀文存》，安徽人民出版社 1987 年版，第 28—29 页。

② 陈独秀：《复辟与尊孔》，同上书，第 112 页。

不孝；于父之不慈者，固无制裁也。君使臣以礼，臣事君以忠，似平等矣；然为人臣而不忠，则人臣无将，将而必诛；于君无礼者，固无制裁也。是则儒家之主张，徒令宗法社会牵掣军国社会，使不克完全发达，其流毒诚不减于洪水猛兽矣。"显然，吴虞批判传统家庭（族）伦理道德观念的目的非常明确："夫孝之义不立，则忠之说无所附，家庭之专制既解，君主之压力亦散；如造穹窿然，去其主石，则主体堕地。"亦即批判家庭专制和父权，实乃釜底抽薪之举。①

　　继陈独秀和吴虞之后，被誉为"中国传播马克思主义思想的第一人"的李大钊，开始运用马克思主义理论来分析和批判家族制度及"父权"的成因、变迁及解体。集中体现其理论深度和批判锋芒的，是他发表在《新青年》上的文章《由经济上解释中国近代思想变动的原因》。在这篇文章中，李大钊明确指出："中国的大家族制度，就是中国的农业经济组织，就是中国二千年来社会的基础构造。一切政治、法度、伦理、道德、学术、思想、风俗、习惯，都建筑在大家族制度上作他的表层结构。看那二千余年来支配中国人精神的孔门伦理，所谓纲常，所谓名教，所谓道德，所谓礼义，那一样不是损卑下以奉尊长？那一样不是牺牲被治者的个性以事治者？那一样不是本着大家族制下子弟对于亲长的精神？所以孔子的政治哲学，修身齐家治国平天下，'一以贯之'，全是'以修身为本'；又是孔子所谓修身，不是使人完成他的个性，乃是使人牺牲他的个性。牺牲个性的第一步就是尽'孝'。君臣关系的'忠'，完全是父子关系的'孝'的放大体，因为君主专制制度，完全是父权中心的大家族制度的发达体。"李大钊不但深刻剖析了传统伦理道德及"父权"观念的来龙去脉及恶果，而且鲜明地指出了批判家族制度对于思想解放运动的重要价值：今日中国的种种思潮运动和解放运动，均是打破家族制度和孔

---

① 本段所引文献见吴虞：《家族制度为专制主义之根据论》，载中国社会科学院近代史研究所编：《五四运动文选》，生活·读书·新知三联书店 1959 年版，第84、85、87、88 页。

子主义的运动，"政治上民主主义（democracy）的运动，乃是推翻父权的君主专制政治之运动，也就是推翻孔子的忠君主义之运动"，"社会上种种解放的运动是打破大家族制度的运动，是打破父权（家长）专制的运动"，"中国思想的变动就是家族制度崩坏的征候"。应该说，李大钊借助于马克思主义理论，使五四时代对家庭（族）伦理道德及"父权"观念的批判，达到了一个历史新高度。[①]

如果尊重历史真相和历史精神的真相，那么陈独秀、吴虞、李大钊等人对家庭（族）伦理道德及"父权"的批判，其剑锋所指在于传统伦理道德尤其是儒家伦理道德和专制政治之关系，在于两者紧密结合造成中国社会及文化衰败沦落的严重后果。事实上，如果细读这些五四先驱的文章不难发现：其"伦理的觉悟"之锋芒，主要是针对被专制政治改造和重塑后的传统伦理道德标准及价值尺度，重点并不在于传统文化尤其是儒家文化之原始学说本身是否合情合理；其貌似偏激的言辞效力所针对的，是传统伦理道德观念对人伦自然天性的压抑和扭曲，是传统伦理道德观念沦为专制政治的婢女与帮凶；其对"父亲"的批判，是批判压抑和扭曲了血缘亲情的"父权"，是批判沦为政治功利工具的异化的父亲形象，而不是批判源于自然天性的家庭及父子（女）亲情。对此，李大钊当年就已经明确加以说明："孔子生于专制之社会，专制之时代，自不能不就当时之政治制度而立说，故其说确足以代表专制社会之道德，亦确足为专制君主所利用资以为护符也。历代君主，莫不尊之祀之，奉为先师，崇为至圣。而孔子云者，遂非复个人之名称，而为保护君主政治之偶象矣。使孔子而生于今日，或且倡民权自由之大义，亦未可知。而无如其人已为残骸枯骨，其学说之精神，已不适于今日之时代精神何也！故余之掊击孔子，非掊击孔子之本身，乃掊击孔子为历代君主所雕塑之偶象的权威也；非掊击

---

① 李大钊：《由经济上解释中国近代思想变动的原因》，载中国社会科学院近代史研究所编：《五四运动文选》，生活·读书·新知三联书店1959年版，第347、351、353页。

孔子，乃掊击专制政治之灵魂也。"① 针对林纾指责新文化先驱"覆孔孟"，蔡元培更是实事求是地指出："则惟〈新青年〉杂志中，偶有对于孔子学说之批评，然亦对于孔教会等托孔子学说以攻击新学说者而发，初非直接与孔子为敌也。"② 又如写出《孔子平议》的易白沙，通过对孔子学说的分析，通过对孔子学说被扭曲、被阉割的事实，最后无奈地感叹："孔子宏愿，诚欲统一学术，统一政治，不料为独夫民贼作百世之傀儡，惜哉！"③ 再如一篇署名隐尘的文章也强调："夫孔子为时中之圣，苟有不适于时，即使孔子再生，亦当倡改革之论。"④

　　以陈、吴、李为代表的批判传统家庭（族）伦理道德观念及"父权"的言论，以犀利尖锐之语，打破了当时思想文化界低沉僵滞的压抑氛围，震撼了当时保守士人抱残守缺的精神惯性；以雷霆万钧之势，直捣传统文化尤其是儒家文化之根基问题，直抵时人灵魂深处之固有思想观念。其言论引发了当时思想文化界之震动、之恐慌、之反弹，戳到了传统文化尤其是儒家文化的痛处，达到了追根究源、指斥时弊的批判目的。即使在当今时代，如果细细分析中国社会及文化尤其是儒家文化的前生今世，其言论所痛诋之现象、之事务，亦大有借尸还魂之险象；其言论所蕴含之历史正义的光芒，至今也弥足珍贵。新文化先驱们批判的对象和提出的命题，并未因为世易时移而终结，甚至可以说至今依然有着很强的现实针对性。原因很简单，所谓"百足之虫，死而不僵"，历史也不总是呈上升趋势，新文化先驱们批判的对象，常常在新的历史语境中借壳上市。

　　最近二十多年来，五四新文化先驱们对传统文化尤其是儒家文化的批判，遭到了强烈质疑，饱受指摘：五四新文化运动的批判，过于

---

① 李大钊：《自然的伦理观与孔子》，载《李大钊选集》，人民出版社 1959 年版，第 80 页。
② 蔡元培：《致〈公言报〉函并答林琴南函》，载中国社会科学院近代史研究所编：《五四运动文选》，生活·读书·新知三联书店 1959 年版，第 223 页。
③ 易白沙：《孔子平议（下）》，同上书，第 31 页。
④ 隐尘：《新旧思想冲突平议》，同上书，第 237 页。

简单而粗暴地否定了传统文化尤其儒家文化，是现代激进主义的源头；五四新文化先驱们的言论，过于武断、偏激和刻薄，缺乏科学的态度和理性的精神。比如刘再复教授认为："'五四'启蒙者对待孔子儒学缺乏理性，在相当大的程度上带有文化浪漫气息。其缺少理性，一是没有区分儒家原典和儒家世间法（制度模式、行为模式）；二是没有区分儒家的表层结构（典章制度和意识形态）和深层结构（情感态度）。……这些深层的精神和君权统治、父权统治，以及'文谏死'、'武战死'等愚忠模式的表层内容完全不同。可是，'五四'启蒙者未加区分，便笼统地对孔夫子和儒家系统采取一律打倒的态度，这显然太片面、太激烈、也太'革命'。"[①] 五四新文化先驱们的言论，在某种意义上说，的确不够学院化、不够理性、不够稳健、不够全面、不够严谨、不够客观。但他们的批判之举，不是书斋里的学理探究，更不是莫谈国事的坐而论道。因为他们所面对的，不但是中国社会及文化的历史沉疴顽疾，还有来自现实的各种专制力量的复活。从学理的视角研判五四新文化先驱们的言论，从学术的视野评价五四新文化先驱们的功过得失，自然有其价值和意义，但真理往前哪怕一步都可能产生谬误，仅仅依据所谓学理的和学术的标准来衡量五四新文化先驱们的正误，不但极有可能抹杀其本意、理想和实际效应，造成南辕北辙之评判效果，甚至在某种程度上令人难以辨别是否是指鹿为马。

三、"天性的爱"：鲁迅的独特眼光

在五四时代对家庭（族）伦理道德尤其是父权观念的批判中，鲁迅的批判锋芒和思想深度，不但毫不逊色于其他新文化先驱，更以其充满个性的文学家的独特语言形式，直指人心、撼人心魄。如果说，

---

① 刘再复：《"五四"理念变动的重新评说》，《书屋》2008 年第 8 期。

其他新文化先驱对传统伦理道德及父权观念的批判，主要着眼于意识形态的、制度化的、规范化的社会事务层面；那么，鲁迅更侧重于传统伦理道德及父权观念对人的精神的同化、对人的灵魂的腐蚀。如果说，其他新文化先驱主要是从理智的范畴批判传统伦理道德及父权观念，借助理性的力量实现思想启蒙与人性解放之目的；那么，鲁迅不但在理智的范畴有尖锐而睿智的批判，更是将这种批判意识和启蒙精神，融入人的经验的、情感的乃至欲念的隐秘精神层面，从而借助于感性的力量警醒世人。

尤其在《我们现在怎样做父亲》中，鲁迅没有止步于社会制度、规范以及意识形态层面，而是深入人的本能和天性的层面，去审视和塑造父亲形象。和其他新文化先驱们理性的、逻辑的、雄辩的言说相比，鲁迅的批判与揭露更为形象、具体、鲜活而生动："就实际上说，中国旧理想的家族关系父子关系之类，其实早已崩溃。这也非'于今为烈'，正是'在昔已然'。历来都竭力表彰'五世同堂'，便足见实际上同居的为难；拼命的劝孝，也足见事实上孝子的缺少。而其原因，便全在一意提倡虚伪道德，蔑视了真的人情。"一句"蔑视了真的人情"，不但显示出鲁迅批判眼光的与众不同，而且也意味着鲁迅将家庭伦理道德及父权观念批判，从人的精神世界的外部关系层面带入了人性的深层地带，充分显示了这一批判运动的全面性和深刻性。

鲁迅立论的不同凡响之处在于将出发点定位于人的"初始经验"："我现在心以为然的道理，极其简单。便是依据生物界的现象，一，要保存生命；二，要延续这生命；三，要发展这生命（就是进化），生物都这样做，父亲也就是这样做。"基于这个原点，鲁迅不但鲜明而深刻地指出了"父亲"形象得以安身立命的根源，而且一针见血地点出了传统家庭伦理道德及父权观念扭曲和破坏人的"初始经验"的恶果："自然界的安排，虽不免也有缺点，但结合长幼的方法，却并无错误。他并不用'恩'，却给与生物以一种天性，我们称他为

'爱'。……便在中国,只要心思纯白,未曾经过'圣人之徒'作践的人,也都自然而然的能发现这一种天性。例如一个村妇哺乳婴儿的时候,决不想到自己正在施恩;一个农夫娶妻的时候,也决不以为将要放债。只是有了子女,即天然相爱,愿他生存;更进一步的,便还要愿他比自己更好,就是进化。这离绝了交换关系利害关系的爱,便是人伦的索子,便是所谓'纲'。倘如旧说,抹煞了'爱',一味说'恩',又因此责望报偿,那便不但败坏了父子间的道德,而且也大反于做父母的实际的真情,播下乖剌的种子。"更意味深长的是,鲁迅不但将传统家庭伦理道德和父权观念背离人的"初始经验"的荒谬与乖戾之处揭露出来,而且为人伦关系的"初始经验"和"实质部分"相结合找到了一个根本支点:"……此后应将这天性的爱,更加扩张,更加醇化;用无我的爱,自己牺牲于后起新人。……觉醒的父母,完全应该是义务的,利他的,牺牲的,很不易做;而在中国尤不易做。中国觉醒的人,为想随顺长者解放幼者,便须一面清结旧账,一面开辟新路。就是开首所说的'自己背着因袭的重担,肩住了黑暗的闸门,放他们到宽阔光明的地方去;此后幸福的度日,合理的做人。'"①和其他新文化先驱强调、侧重人伦关系的社会属性不同,鲁迅更看到了人伦关系的自然属性和社会属性相结合的根本与基础所在。正是由于有了鲁迅的批判,新文化先驱们家庭伦理道德观念及父权的批判,才构成了一个从人的外部社会层面到人的内部精神层面的完整而系统的价值言说体系。

将来自于血缘和自然亲情的"爱"视为父子(女)人伦关系的根本,不但是鲁迅在家庭伦理道德及父权观念批判中的不同凡响之处,而且他通过对父亲的审视建构了理论批判和文学创造之间的连接点。面对作为符号的、他者的、专制的、异化的、文化象征的、权力代言

---

① 鲁迅:《我们现在怎样做父亲》,载《鲁迅全集》第 1 卷,人民文学出版社 1981年版,第 138、130、132—133、133—140 页。

人的、社会层面的父亲形象时，现代文人作家们毫无疑问会义不容辞甚至义愤填膺地加以批判、攻击和揭露，这种倾向在中国现代文学作品的镜像世界中比比皆是，比如《终身大事》《斯人独憔悴》《流亡》《咆哮了的土地》《家》《雷雨》《憩园》《财主底儿女们》《小二黑结婚》，等等。可是，当父亲的形象落脚于私人领域、落脚于自我的情感世界和生活体验时，现代文人作家内心世界微妙、复杂和犹疑的矛盾状态，则自觉不自觉地流露出来。在这方面，鲁迅是一个典型。他在文化批判领域的一往无前，固然鲜有比肩者；但是，当他将私人的情感和生活体验带入文学创作领域时，所表现出的那种委婉、复杂、微妙和矛盾的状态，同样撼人心魄、撄人灵魂。

比如《狂人日记》中的"大哥"形象。按照不少学者的解读，"大哥"是一个"隐形的父亲"形象。如果这个能够成立，那么鲁迅将"大哥"而不是"父亲"作为符号和象征，是偶然为之还是有意回避？其隐含的复杂心理动机就令人深思了。如果说由于这中间牵扯创作心理和文艺发生问题，不能一一坐实，那么《五猖会》《父亲的病》等作品，则鲜明地体现了鲁迅在私人的、情感的、记忆的、经验的和心理的层面塑造父亲形象时的复杂心态。如果说《五猖会》中的父亲形象，尤其是"分明如昨日"的那段惊悸和恐惧心理描写，还可以让人联想到"父权"的有威可畏，联想到《红楼梦》中贾政让宝玉背书那段情节，那么作品最后以"我至今一想起来，还诧异我的父亲何以要在那时候叫我背书"结尾，则为我们留下了一个塑造和想象父亲形象的开放艺术空间。如果说《五猖会》中的父亲形象塑造，还寓意着父亲的权威；那么，《父亲的病》则完全将父亲形象，落脚于受害者和弱者的层面，尤其是那段包含高度心理创伤的描写："父亲的喘气颇长久，连我也听得很吃力，然而谁也不能帮助他。我有时竟至于电光一闪似的想道：'还是快一点喘完了罢……。'立刻觉得这思想就不该，就是犯了罪；但同时又觉得这思想实在是正当的，我很爱我的父亲。便是现在，也还是这样想。"尽管通篇没有述说父爱如何，然而来自自然天性的父子情深却通过一段创伤体验描写展现出来。你可以说鲁迅受传统伦理道德影响为亲者讳、为尊者讳，但在鲁迅记忆深处、情感深处和经验深处，来自天性的人伦"初始经验"却始终居于中心位置。鲁迅在公共领域批判符号化的"父亲"形象时，可以义正词严；但在文学创作领域涉及"父亲"形象时，则与公共领域有天壤之别。

这个天壤之别的根本，就在于《我们现在怎样做父亲》里面所说的"爱"。是不是因为这个"爱"，导致鲁迅避免对具体父亲形象进行批判，另当别论。但这个"爱"，却是鲁迅在文学创作领域建构父亲形象的原始动力。比如藤野先生这一形象，何尝不是鲁迅移情和镜像化处理的一个父亲形象呢？藤野先生对鲁迅所做的那些事情，在通常人际交往中可以说微不足道，何以鲁迅终生念念不忘？又何以对自己父亲的具体父爱事件始终是言说缺席呢？再比如《药》中的父亲形象，你可以上纲上线说鲁迅"哀其不幸、怒其不争"，深刻体现了国民劣根性，可是那个卑微的、无能的、懦弱的父亲，对儿子的爱又是多么感人至深、令人痛彻心扉呢！可以说正是一个"爱"字，使鲁迅在塑造父亲形象时，既凸显了现实的、具体的、经验的"父亲"的复杂性和多义性，也凸显了他退回内心世界面对具体的、真实的"父亲"形象时心理感受和情感体验的复杂性与多义性。

四、情感与理智：现代文学家们的敬与畏、爱与恨

这不但是鲁迅在文学创造领域塑造父亲形象时面临的一个个人命题，也是大多数现代作家在处理父亲形象时所面临的一个公共命题。当年林纾指责新文化先驱"铲伦常"时，蔡元培反驳说："则试问有谁何教员，曾于何书、何杂志，为父子相夷，兄弟相阋，夫妇无别，朋友不信之主张者？曾于何书、何杂志，为不仁、不义、不

智、不信及无礼之主张者？"① 事实确如蔡元培所言。如果说，五四新文化先驱对父亲形象的批判，主要集中于理论的、观念的和逻辑的层面；那么，当这种批判锋芒和启蒙精神铺展到文学创作领域，进入具体的、情感的现实层面梳理和再现自身的日常人伦经验时，现代文人们对父亲形象的批判和塑造，则不再那么简洁明了、斩钉截铁了。在面对公共的"父亲"形象时，左右现代作家们心理和情感状态的或许是理智，他们可以本着启蒙的精神、批判的意志，去塑造专制的、封建的甚至是凶恶的、残忍的父亲形象；可是当和"自我"的父亲形象发生关联时，现代作家们对于父亲的敬与畏、爱与恨又怎能泾渭分明呢？

在实际的生活世界，五四新文化先驱和以后的作家们，在反思、审视和塑造父亲形象时，尽管在理念和总体价值取向上依然持有批判姿态，但具体到自己的生活世界和情感经验，也就是将具体的对于父亲的体验、记忆和想象融入文学世界时，则展示出一种犹豫、复杂和微妙的心态，因为他们根本无法斩断那种来自天然血缘关系的父子（女）亲情。"父亲"一词中的"亲"字，作为人之"初始经验"本能的那一面，开始展示出天性的能量。一个活生生的例子就是朱自清的《背影》。这篇散文对父爱的描写，确乎感人至深、影响深远，在现代文学一百多年的历程中也鲜有出其右者。且不说作品所展现的那种真挚的、普遍的父爱的感人魂魄之处，即使从文化和伦理道德的观念层面，这篇作品也是一个典型。正如有学者认为的："表现了新一代知识者在走上人生道中对传统的转换了的感受和体验：那就是摆脱了传统礼教观念（所以心中可以'暗笑'父亲），回到了真正原本的亲子之爱。"② 更值得我们回味的是，这种回归天性之爱的父亲形象塑造，不仅仅是摆脱了礼教观念的父子天性回归，更是融汇、灌注了情

---

① 蔡元培：《致〈公言报〉函并答林琴南函》，载中国社会科学院近代史研究所编：《五四运动文选》，生活·读书·新知三联书店1959年版，第224页。

② 李泽厚：《中国现代思想史论》，安徽文艺出版社1994年版，第222页。

与理、爱与恨、敬与畏的复杂矛盾心态之后的艺术结晶。因为这种体验、这种情怀直接来源于朱自清和父亲朱鸿钧之间的真实父子关系状态。文中所谓"他少年出外谋生，独立支持，做了许多大事。那知老境却如此颓唐！他触目伤怀，自然情不能自已。情郁于中，自然要发之于外；家庭琐屑便往往触他之怒。他待我渐渐不同往日。但最近两年的不见，他终于忘却我的不好，只是惦记着我，惦记着我的儿子"，背后隐含着多少欲说还休的家庭矛盾和父子对抗呢？众所周知，朱自清早在1923年，就以前妻武钟谦和自己的家事为原型写过一篇小说《笑的历史》，以第一人称口吻，描述了一个天真纯洁的少妇在封建专制家庭氛围中，如何从爱笑到不敢笑、不会笑的经历和心理体验。朱自清写这篇小说时有两个背景值得注意：一是五四个性解放、反抗家庭专制的呼声正方兴未艾，二是朱自清和父亲的关系非常紧张。朱自清在塑造那个官场失意、人生潦倒的父亲形象时，控诉父权的专横和霸道自然是应有之义。值得注意的是，小说对父亲形象的塑造与批判却是温婉的，甚至隐含着理解的姿态。这篇小说从总体上看，实际上已经蕴含着朱自清塑造父亲形象时在理智与情感上所面临的复杂心态。到了《背影》的创作和发表时，批判家庭专制、争取个性解放的时代最强音业已变弱，父子的矛盾也渐趋和解，理性的批判让位于情感的认同，骨肉情深的父子天性在千回百转中终于尘埃落定。感兴趣的读者如果了解朱自清和父亲关系的真实状态，也就能感受到那份浓浓父爱背后的复杂、微妙和忧伤。

总体来看，五四先驱对家庭专制和父权的批判，为日后新文学家们塑造父亲形象奠定了一个基本价值取向，这就是父权的衰落和父亲权威的崩溃。父子（女）关系的二元对立及其象征的现代与传统的矛盾斗争关系，成为现代文学家们一个重要的叙事模式。由此，父亲形象塑造的类型化也成为新文学创作的一个主要趋势。这个类型化的第一个表现，就是作为家庭专制代表和文化符码象征的强势父亲形象的塑造，比如胡适《终身大事》中的田先生、《斯人独憔悴》中的化卿，田汉《获虎之夜》中的魏福生等。这个类型化的第二个表现，则是在传统专制阴影下忍辱负重、麻木愚昧的弱势父亲形象塑造，比如鲁迅《药》中的华老栓、蒋光慈《咆哮了的土地》中的王荣发、王统照《山雨》中的奚二叔、张天翼《包氏父子》中的老包、老舍《二马》中的老马等。如果说上述两个方面的父亲形象塑造蕴含着较为鲜明的价值取向，那么在不少乡土作家笔下，塑造父亲形象时饱含的同情和感伤或者说来自天然血缘的亲情，成为叙事基调，比如许地山《落花生》、许钦文《父亲的花园》乃至沈从文《长河》中的父亲形象，这可视为父亲形象类型化的第三个表现。在左翼文学兴盛时代，比如蒋光慈《咆哮了的土地》中的李敬斋、白薇《打出幽灵塔》中的胡荣生等作为阶级敌人的父亲形象，茅盾《春蚕》中的老通宝、叶紫《丰收》中的云普叔、戴平万《村中的早晨》中的魏大叔等作为被压迫者和革命统战对象的父亲形象，尽管在父亲形象的塑造上披上了阶级斗争的文化符码，可是父权的没落和父亲权威的崩溃及其现代批判传统的叙事模式，和五四时代并无二致。

但是，总体的价值取向和叙事模式并不能代表文学塑造的全部，更不能揭示现代文学家们塑造的父亲形象的那种暧昧性、复杂性和多义性。传统家庭伦理道德和父权观念，不仅在社会政治层面有着根深蒂固的渊源，而且也是人类某种本性的认同和投射："拥有强大权力的人象征着每位父权制下的个体对于全能的幻想，并且充分表达了这些幻想。"① 当现代作家们接受民主、自由理念熏陶，畅想尊重人权、个性解放和婚姻自由时，自然要义愤填膺地批判封建、专制、蛮横父亲；可是当他们退回私人经验的领地，怀揣着个体对于父亲的情感记忆时，父亲形象的暧昧性、复杂性和多义性也就浮出水面。比如《家》中的高老太爷，毫无疑问在整体性上是一个黑暗、腐朽、虚

---

① ［英］乔治·弗兰克尔：《心灵考古——潜意识的社会史（一）》，褚振飞译，国际文化出版公司 2006 年版，第 136 页。

伪、残酷和专制的父亲形象，但高老太爷的临终言善很难说是出于为了人物形象丰满的创作技巧，而是明显地透露出巴金在塑造这个人物形象时情感体验的影响与渗透。再比如《憩园》中的杨梦痴，巴金在塑造这个狂嫖滥赌的堕落纨绔子弟型父亲形象时，重点显然不在于批判与揭露，而在于人性的多重性和复杂性，在于满怀着情感倾向来塑造这个堕落的父亲形象。更明显的例子是路翎的《财主底儿女们》中的蒋捷三。这个人物在作者笔下的确是作为一个古板僵化的父亲形象出现的，而且也像封建专制家长那样干涉过儿女们的人生选择和婚姻恋爱。可是在小说的描述中，这个父亲形象不但充满了隐忍、无奈甚至可怜与可悲，更令人动容的是充满了对儿女的舐犊之情，尤其是为了大儿子蒋蔚祖，不惜对悍妇儿媳金素痕委曲求全。这个父亲形象的负面性，反而几乎隐匿不显，因为小说处处以充满同情与感伤的笔触来塑造这个父亲形象。

在新文学史上，塑造的父亲形象最有深度、最富震撼力、最为复杂的当属曹禺及其《雷雨》。在以往的文学史叙事中，周朴园这一形象主要被解读为专制、独裁、倔强、冷酷、自私的父亲形象。尽管随着研究的深入，人们也看到并指出了周朴园这一形象的复杂性和微妙性，比如对鲁侍萍感情的真挚。但是，剧作设置了"乱伦"这个主题，就使自有新文学以来的父亲形象塑造，从外围的社会层面彻底抵达了人性的幽暗地带。可以简单地说，不分中外、无论古今，乱伦是儿子对父亲权威、对父权的最为彻底和最为震撼的颠覆与叛逆。尽管对乱伦现象的描写，在五四时代就已经出现，比如卓呆的《父亲的义务》、庐隐的《父亲》、何一公的《爸爸的儿子》，但将乱伦的深刻性、复杂性推向高峰并足以成为一个时代的艺术标志的，自然还是《雷雨》。由于乱伦情节的设置，周朴园这个父亲形象的复杂性、微妙性和多义性，已经不仅仅局限于社会事务层面、家庭纠葛层面和父子情感层面。这部剧作对父亲形象塑造的深刻和震撼之处在于，它是在最原始的人的欲望层面、最天然的血缘亲情方面给予父权和父亲形象的权威以致命的打击。但是，这部剧作显然又不局限于"俄狄浦斯情结"式的潜意识冲毁禁忌的原始冲动与报复，还包含着作者对剧作人物的情感层面的更为复杂的心理投射。众所周知，在曹禺的剧作中，儿子对父亲大多是冷漠的、厌恶的、畏惧的，这当然和曹禺本人的人生经历与体验相关，尤其是在周朴园这一父亲形象身上，作者本人的私人体验显然发挥了作用，比如鲁大海在得知真相后出走而不是斗争到底，是否包含着作者对父亲形象的难以说清的复杂情感体验呢？

总体来看，现代作家们在塑造父亲形象时所展现的暧昧性、复杂性和多义性，远远超出了他们在现代终将战胜传统这个理念层面上对父亲形象的定位，其间蕴含的理智与情感、敬与畏、爱与恨的复杂、微妙的心态，也进一步丰富和纠正了五四时代启蒙和理性批判精神的单一与锐利。显然，从五四先驱在启蒙精神和理性层面进行父权批判，到现代作家在延续这一价值趋势又体现出理智与情感、爱与恨、敬与畏的父亲形象塑造过程中，不难发现作为社会的"实质部分"的父权专制终于返璞归真到自然的"初始经验"的父亲形象。正是在这个支点上，现代作家们开启了父亲形象塑造的文学之门。无论现代作家们塑造的父亲形象如何复杂、暧昧和多义，支撑他们塑造父亲形象的，毫无疑问要有赖于父子（女）之间贯通了自然属性与社会属性的"爱"。正如恩格斯所说："在这个时代中，任何进步同时也是相对的退步，因为在这种进步中，一些人的幸福和发展是通过另一些人的痛苦和受压抑而实现的。"[①] 现代的文人作家们明白了父权带来的痛苦与受压抑，明白了真实的父亲又是不可能符号化的，明白了"现在的子，便是将来的父"，尤其是带着来自日常人伦情感体验走入父亲形象塑造的艺术空间时，父亲形象塑造的暧昧性、多义性和复杂性自然也就顺理成章了。

---

① [德] 恩格斯：《家庭、私有制和国家的起源》，人民出版社 2018 年版，第 70 页。

考诸中国现代文学史的史实，现代文学家们对父亲形象的塑造，自然远不是一个"父权"批判那么简单。尽管有那么多专制的、封建的、无情的、冷酷的、残忍的符号化父亲形象，但当现代作家们从自己的情感世界和生活体验出发，从内心深处审视"父亲"时，他们所面临的是社会的、政治的、文化的父亲形象与自然的、本能的、天性的父亲形象之间那种斩不断、理还乱的复杂纠葛。至于现代作家们在情与理、爱与恨、敬与畏的矛盾体验中，如何表现作为"初始经验"的父亲和作为社会"实质部分"的父亲的差异，如何表现作为符号化的公共领域的父亲形象和作为私人生活体验的情感世界的父亲形象的区分，如何以复杂、微妙、模糊甚至矛盾的笔触去塑造和想象着父亲的形象，则另当专文论述。

第五章　捕捉诗性地理的光与影

一方水土养一方人。如果斯宾格勒所言不虚，即"艺术只是生命的一个特定部分，是与特定地区、特定人类相关联的一种自我表现的形式"①，那么这种特定的人类的自我表现形式，呈现出特定的区域特征和族群特征，也就不足为奇。由此，从区域视野介入文学，文学也会自然而然呈现出其他研究视野所无法把握的诸般气象。

一、区域文学理论建构的可能与限度

俗话说，日用人伦而不知。即使没有充分的理论和方法自觉，区域文学研究也早有渊源和脉络，这在我国古典文论中就大有踪迹可循。此问题已有不少专家学者详加论述，本书不再赘言。在理论和方法层面加以自觉概括与阐释的，应该说还是伴随着地中海文明崛起而向全球输出思想的西方理论家。比如斯达尔夫人，她的《从社会制度与文学的关系论文学》，从环境、气候、宗教、社会风俗、法律、时代等各方面考辨欧洲各民族不同的文学样态，强调自然环境对作家的影响及其影响下南方文学与北方文学的差异，于是欧洲有了南方作家和北方作家的分类。更富理论深度的则是泰纳，他在《英国文学史》

①　[德] 奥斯瓦尔德·斯宾格勒：《西方的没落·第一卷·形式与现实》，吴琼译，上海三联书店 2006 年版，第 19 页。

引言中，将"种族、环境和时代"作为推动文学艺术产生、发展的"三个原始力量"；在《艺术哲学》中，他又对"种族、环境和时代"三因素详加论述，凝练地称之为"精神的温度"，犹如物理的温度影响植物的生长那样，这精神的温度也同样影响着文学艺术的生长与发展；他那句名言"所有的艺术作品，都是由心境和四周的习俗所造成的一般条件所决定的"①，大概也是较早的有关区域文学研究的权威理论依据。

这些和区域文学研究有关的文学理论和艺术哲学观念，毫无疑问对今天的文学研究产生了深远影响。尽管有不少学者以细致而翔实的研究，批驳了这类理论的机械化和庸俗化色彩，比如格罗塞认为："泰纳的'艺术哲学'就是那常常以最平凡的思想，蒙着科学的外套，把他作为心理或社会科学的法则，很大胆的想把精神科学的整个领域渐次占领去的所谓精密研究的典型的产物。"②但格罗塞也只是批评了泰纳理论的生搬硬套和机械色彩，迄今为止好像还无人否定区域元素（包括地理、自然、气候、习俗乃至人文等因素）对文学艺术的重要而潜在的影响。其实问题很简单，尽管以往有关区域文学的理论存在种种不足和狭隘，但是这些"最平凡的思想"背后矗立着一个无法否定的基本事实：文学的区域特征，早已确凿无疑地成为我们的一种审美体验、经验事实、心理客体和文化感受。

让我们颇为尴尬的是，尽管从区域视角研究文学的著述在数量上已经相当可观，但从理论和方法的准确、明晰与有效等层面来看，我们有关区域文学的理论和方法建构，在某种意义上并没有比斯达尔夫人、泰纳等人前进多少步，遑论重大突破。我们需要解决的问题在于：将区域文学研究上升到理论和方法的层面，尤其是如有些学者所呼吁的建制为一门学科，究竟有多大的可能性和可行性？如果可能，

---

① ［德］格罗塞：《艺术的起源》，蔡慕晖译，商务印书馆 1984 年版，第 11 页。
② ［德］同上书，第 14 页。

它究竟应该具备怎样的学术容量、理论内涵和研究范式？或者说，由于从区域因素到文学的终端产品存在着相当多的中介环节，建构一种有关区域文学的理论和方法体系，前景是否令人乐观？

事实上，我们遇到的第一个问题大概是：什么是区域文学？尽管人文学科不必像自然学科那样制定一个百密不漏的概念、定义和体系，但是建构一个认知、考证、分析、理解和阐释的粗略模型大概也是必需的，否则我们的研究就永远是经验主义、感知主义的零散个案研究。可是，区域本身就是一个变量，即使不考虑历史沿革和区划变迁等因素，"区域"这一词语本身就是一个模糊而富有弹性的术语，大至民族、国家和洲，小至县、乡、村、部落，都可以笼统地称之为某区域。我国现在的区域文学研究，基本上将边界定位于省、地市、县乡之类的行政区划。如果仅仅从逻辑和分类角度看，无论是国别文学还是族群文学乃至洲际文学，实际上都可以算作区域文学之一种，只是参照系和划分标准不同而已。比如在世界文学版图上，中国文学显然是一种区域文学现象；在中国文学版图中，藏族文学等少数民族文学的区域性特征是如此明显；在洲际文学视野中，欧洲文学因地缘政治等因素，在最近五六百年的历史中成为如此强势的区域文学，进而成为世界文学世界的标尺。

显然，作为一种理论和方法建构，区域文学研究如果不确定自己的边界，那么就有可能成为一个无所不包的"万金油"，最终也就在大而无当中消解了自身存在的合理性和有效性。尤其是作为一种独立的研究范式，区域文学研究如果不确定自己的研究疆域，仅根据经验和印象来随意配置和取舍研究对象，又如何能成为一门独立、自足和严谨的学科呢？如果将区域文学的研究疆域超出省、县、乡、部落模式而以国别、族群文学乃至洲际文学为对象，那么和比较文学研究的撞车，就势在难免。如果局限于国别文学、族群文学的范畴内，那么区域文学研究基本上只能作为一种研究方法而存在，一般来说它的方法论层面的功能更为突出。我们很难找到足够的理论资源，使其成为一门具有典型和多样范式的学科。显然，从总体的经验事实的复杂性和模糊性来看，将区域文学研究建制为一门学科，既缺乏充足的理论支撑，也缺乏经验和逻辑的保障。我们应该尊重区域文学研究边界的模糊性和移动性，在自主预设区域文学边界的基础上，去考辨具体的理论和方法的建构。

我们遇到的第二个难题，大概就是在区域文学研究中是否可以归纳、概括出某种规律和共性？这种规律和共性，是否可以作为本区域文学现象的本质或类本质性特征？是否可以因之生产出本区域文学艺术的某种独特性和创造性？这种区域文学的共性和作家的个性之间关系的复杂性又如何理解与阐释？之所以有如此复杂、多端的疑惑，在于我们面临的主要不是一个模式化、一体化和概念化的区域文学，而是一个"一龙生九子，九子各不同"的文学艺术的经验事实和历史现象。正如汤因比所说："古代中国文明有时被称为是黄河的产物，因为它正巧是在黄河流域出现的，但是多瑙河流域虽然在气候特点、土壤、平原及山地面貌上同黄河非常相似，它却没有产生相似的文明。"[1] 显然，对区域文学研究而言，也存在文学生产条件和背景大致类似而结果迥然不同的情形；所以如同文明的研究那样，我们同样面临着经验事实层面所呈现的巨大差异化的挑战。

当然，探究文艺的本质和根源这种研究模式越来越式微，人们越来越重视美学经验、心理体验、精神现象、文化传承等具象层面所传达的信息和内涵。可以换句话说，暂且不论区域文学呈现的某种规律是本质、类本质还是审美经验、主体感知，问题主要在于我们的归纳与概括所适用的范围有多大？其有效性又究竟如何？如果说这样表述有些抽象和空泛，那么我们将焦点转换到作家身上。具体说来，除了上古时代文学作品的作者难以考辨之外，今天人们接触到的大多数

---

[1]　［英］汤因比：《历史研究》上册，曹未风等译，上海人民出版社 1997 年版，第 72—73 页。

文学作品，都有一个文学生产的具体源头，这就是作家。如果说整个文学的历史首先是一个由作家组成的链条和系统，那么区域文学只不过是特定区域内的文学家们组成的一个区域性的链条和系统。作家作为文学生产具体源头的基本事实，决定了他自身在区域文学研究中的核心和基础位置。由此，如何处理区域文学共性和作家个性之间的关系，也就有可能成为区域文学理论与方法建构中遇到的难度最大的一个命题。

在如何处理区域文学共性与作家个性关系的研究实践中，尤其是如何处理作家个性和区域文学共性的逆反现象，我当年深有感触，迄今难以释怀。比如，在与魏建教授合写《齐鲁文化与山东新文学》过程中，如何处理那些与齐鲁文化共性特征不一致的作家，比如莫言、孔孚等，就曾经令我颇为头疼，最终只好采取一种权宜的表达策略来处理，比如："许多作家反叛文化传统，却反叛的是文化传统的异化形式……在山东作家群中，我们很容易见到对传统文化的深恶痛绝之辞，也很容易看到在这深恶痛绝之辞下面，潜藏着对某种传统文化精神的复归。"① 这个表述将文化传统的纯粹性和精华性作为先决条件，事实上文化传统本身是一个矛盾统一体，本身就鱼龙混杂、良莠不齐、五方杂陈。所谓文化传统的纯粹性和精华性，只是出于我们美好的理论想象。所以，这类表述尽管看似很辩证，但叙述逻辑达到圆满的表面下，掩盖的是学术命题仅仅在逻辑层面得以解决，学术的实质目标并未深入推进的事实，而且稍不留意就会变成千说万说总是可以自圆其说。

当年面临同样的实践困惑的，大概李怡教授也能算一位。他写作《现代四川文学的巴蜀文化阐释》的实际状态究竟如何，我没有向他讨教，但从他以后对区域文学共性与作家个性关系命题的一些论述中，我感到已经有了从经验提炼出来的学术理性警觉："无论怎么说，

---

① 　魏建、贾振勇：《齐鲁文化与山东新文学》，湖南教育出版社1995年版，第214页。

任何关于文化个性的归纳（时代的、民族的与家族的）都是'类'的概括，都必然以牺牲和省略某些个体的选择为代价，而个体总是为任何形式的群体性的归纳所难以'消化'的，也就是说，个体与'类'始终处于既相互说明又矛盾分歧的关系当中，在这个层面上看作家个性与区域文化特色之联系，我们可以发现这里应该没有'一以贯之'的模式可寻，在什么情况下作家的'个性'生动地呈现了区域文化共同的追求，并且以自己的'个性'使得这些追求更加明显和突出了；相反，又在什么情况下'个性'恰恰从另外一个方向上修正甚至改变了区域文化固有的特殊，并且因为这样的修正而赋予了本区域新的内容，为未来的区域发展奠定了基础，这些都需要具体分析。"这样的分析与判断，固然具有高屋建瓴的学术理性建构意识，但如何能在具体研究中得以实现，又是另外一个问题。所以，在具体到巴金与巴蜀文化关系的研究中，他也只能先撇开巴蜀文化的共性限制、以实现阐释的周全："作为巴蜀文化'异乡人'姿态的巴金，其实通过自己'走出乡土'的不懈努力激发区域文化与区域文学创造性，从而奠定了改变文学秩序的重要基础。"①

　　上述自家得失与别人甘苦的过往事例，或许可以对我们有所提醒：在归纳、概括区域文学乃至区域文化的所谓共性特征时，务必要慎之又慎；那些所谓的共性，很可能仅仅是削足适履或大而化之的经验式、印象式判断，或者说只是某种理论化的经验主义归纳和概括，甚至是逻各斯中心主义在作怪。所以，所谓的共性特征，究竟有多大程度的普适性和真切性，是一个需要研究者慎思明辨的基本问题。否则，研究结果不但存在与区域文学的历史真相和精神真相是否一致的问题，而且还会带来研究中的终端逻辑悖论，最终导致区域文学研究模式变成一个无所不包的大筐，区域文学研究模式的积极能量也就散

---

① 李怡：《文学的区域特色如何成为可能——以巴金与巴蜀文化关系为例》，《社会科学研究》2010 年第 5 期。

失殆尽。鉴于区域文学研究在理论和方法上又具有整合性与统摄性特征，那么如何使作家个性和区域文学共性问题，在我们的理解和阐释系统中抵达辩证统一的状态，或许是需要学者们着力而审慎对待的。

二、理论与实践：在文化的单元中探寻、在比较的平台上发掘

质疑区域文学可能具有的规律、本质或共性的普适性、真切性，并不是否定其存在的可能性。区域文学作为一种特殊文学现象所承载的经验事实、精神感受和心理客体，是我们探讨区域文学研究的理论和方法之根基所在。对生于斯、长于斯的某区域作家而言，鉴于某区域的地缘和空间要素的制约，生成一些共性特征，不但是共同的客观环境所使然，而且也有相似的思维逻辑、体验模式和精神机制来支撑。正如维柯所言："人类本性有一个特点，人们在描绘未知的或辽远的事物时，自己对它们没有真正的了解，或是想对旁人也不了解的事物做出说明，总是利用熟悉的或近在手边的事物的某些类似点。"①

在一个较长时段的视野来看，共同的客观环境因素比如自然、地理、气候、环境、习俗和人文诸因素对文学创作的影响，作家的心理结构和精神机制对这种影响的接受与展现，在某种意义上既是一个自然发生与流变的过程，也是一个时空诸要素自然累积、渗透与延展的过程。我们的任务在于，如何从这个自然过程中发掘出其深刻的内在关联及表现形式，在理论和方法层面加以归纳、概括和总结；而这个归纳、概括和总结的过程，又总是遗留下证伪和修正的巨大空间。在这个归纳、概括和总结的过程中，那些共性的因素固然重要而醒目，但每个作家的独特性与创造性如何由这些共性因素的激发而酝酿、绽

---

① ［意］维柯：《新科学》，朱光潜译，商务印书馆1989年版，第417页。

放，更应该是区域文学研究一个不可忽视的极为重要层面。

自然，面对作为群体现象的区域文学，探讨和分析区域文学所呈现的共性特征，是区域文学研究的理论和方法建构绕不过去的一个重要问题。因为如果搁置区域文学共性特征的梳理、概括和归纳，那么区域文学研究也就不需要理论建构而只有方法论和研究视角的价值与意义了，这和以往的作家作品研究模式有什么区别呢？显然，只不过是在以往作家作品研究中增加了区域因素作为参考系与学术增量。一个作家的地方色彩与区域特征，尽管依赖于所属区域的自然、地理、气候、习俗、人文等要素，但只有在一个更为广阔的比较视野中才能清晰展现。面貌各异的作家的个案经验，比如独特性和创造性，如果没有外在的相似性甚至是内在的某种一致性，是无法呈现出一个区域的文学的整体性和共性特征的，显然这也不符合我们对某区域文艺呈现的"类"同的经验事实、心理感受与印象把握。

从这个层面来看，泰纳的观点就值得我们深思："在每种情况下，人类历史的机制都是相同的。人们不断会找到作为最初动机的精神与灵魂的某种很普遍的秉性，这种普遍的秉性是内在的，由自然附加到种族身上的，或者说是由作用于种族身上的某种环境获得和产生的。"[①] 所以，问题的关键不在于区域文学的共性特征乃至某种规律是否存在，而在于：在纷繁复杂的区域文学现象中，我们如何甄别、厘清和确定某个区域系统的"原动力"和"秉性"等整体性或共性特质；如何考辨、分析和阐释这种"原动力""秉性"等整体性和共性特质如何作用于具体的作家，又经过作家个体的心灵酝酿而呈现出或相似或迥异的艺术风貌。在这个考辨、分析和阐释的过程中，最为复杂的情况大概在于同样的自然、地理、气候、习俗、人文因素如何催生面貌各异甚至是截然相反的艺术风貌。这个问题的复杂性，还不仅

---

① ［法］H.A. 泰纳：《英国文学史》，载［英］拉曼·塞尔登编：《文学批评理论——从柏拉图到现在》，刘象愚等译，北京大学出版社 2003 年版，第 429 页。

仅是加入作家独特的个人经历与经验就能解决的。

在具体研究过程中，更有很多介于宏观与微观层面的问题需要重视，比如作家作品的个性特征，是在一个怎样的具体时空要素中，如何与区域文学的共性特征相互取舍与展现的；比如由众多作家作品个性汇聚而成的区域文学的共性特征，和其他区域文学相比又呈现怎样的独特个性？鉴于区域文学理论建构问题的全面性、复杂性，本书尝试提出几条原则，来探讨其成为区域文学研究理论与方法支撑的可能性。

比如，寻找区域文学现象的家族相似性。说到家族相似性原则，我们不能不提到维特根斯坦的原创性观点："考虑一下我们称为'游戏'的过程。……它们的共同点是什么？""我们看到了相似点重叠交叉的复杂网络：有时是总体的相似，有时是细节的相似"，"我想不出比'家族相似'（family resemblances）更好的说法来表达这些相似性的特征；因为家庭成员之间有各种各样的相似性：如身材、相貌、眼睛的颜色、步态、禀性，等等，等等，也以同样的方式重叠和交叉"。① 我们在考究区域文学的特征或规律时，维特根斯坦的观点具有重要启示价值，甚至可以构成哲学认识论的基础。

我与魏建教授合作《齐鲁文化与山东新文学》时，出于写作规制与叙事逻辑的要求，我们首先遇到的问题，就是要考虑：在齐鲁文化影响之下产生的山东新文学的共性特征是什么；山东作家们在新的历史时空中与齐鲁文化的影响又是如何相互取舍与博弈，从而产生自己的独特性和创造性的。众所周知，齐鲁文化即使从最简单的层面考虑也不是一个同质的、清晰的文化体系，齐文化与鲁文化在自然地理、环境风物、民风习俗、典章文物、人文积习等各层面都存在很大差异，对具体作家的影响也因人而异，而且由于写作篇幅的有限性还不

---

① ［英］维特根斯坦：《哲学研究》，汤潮、范光棣译，生活·读书·新知三联书店1992年版，第45—46页。

能面面俱到，蜻蜓点水式的面面俱到自然也不足为法。经过反复思考与梳理，我们决定将精神文化的传承与变异作为全书的叙事核心，具体来说主要就是建构一种从"沂源人"到"东夷人"——从"齐、鲁文化"到"齐鲁文化"——从区域文化到民族传统文化这样一个文化传承与影响的参照系。从这个参照系出发，在较为全面体会和深入梳理、分析现代山东作家创作事实的基础上，突出山东文学的新传统在齐鲁文化旧传统影响下发生了怎样的传承与变异。遵循上述思路，我们归纳出山东新文学的"文化守成主义""民间英雄主义"和"道德理性主义"三个整体性区域文化特色。

现在回首看，这种归纳、概括自然是删繁就简、问题多多。但至今我们依然认为这种归纳和概括抓住了齐鲁文化与山东新文学关系的核心命题，当然这个核心命题还存在很大的深入与细化的学术空间。泰纳还有句话更值得我们深思："人类情感与观念中有一种系统；这个系统有某些总体特征，有属于同一种族、年代或国家的人们共同拥有的理智和心灵的某些标志，这一切是这个系统的原动力。"① 从这个角度看，如果说我们发掘的是齐鲁文化与山东新文学在互文过程中所拥有的理智和心灵的某些标志，发掘的是齐鲁文化系统流变过程中的原动力；那么，文化守成主义、民间英雄主义和道德理性主义在这个标志和原动力系统中，就具有"轴心"价值与作用。或许，这可以视为齐鲁文化影响下的山东新文学呈现出来的某种家族相似性。正是因为具有了这种家族相似性，山东新文学在精神现象层面展现的总体区域特征，就能较为清晰地凸显出来。

再比如，在普遍性中寻找独特性原则。在普遍性中寻找独特性，可视为区域文学共性与作家个性关系的另一种说法。一个基本事实是，我们不可能找到一个作家、一部作品，在其文艺的虚构世界中找

---

① ［法］H.A. 泰纳:《英国文学史》，载 ［英］拉曼·塞尔登编:《文学批评理论——从柏拉图到现在》，刘象愚等译，北京大学出版社 2003 年版，第 429 页。

到完整契合我们有关区域文学的理论想象的所有影响因素，更多的情况是在具体的作家作品中发掘区域影响因素在某一方面的具体呈现。尽管通过梳理某一区域作家的创作，我们完全有可能找出某种家族相似性特征，但这些特征也仅仅是在类型意义上的相似，而非同一性特质。如果说地理、自然、气候等在区域影响因素中发挥的作用更为缓慢和潜移默化，也需要更长时段的观测才能确定其发挥的实际效力；那么风俗习惯、典章文物、人文风情等社会因素的影响，则较为直接和立竿见影。但区域文学的经验事实在于，在大致同样的地理、自然、气候、风俗、习惯、典章、制度、文物、人文、风情的条件下，某一区域作家在呈现大致的家族相似性的同时，更多地呈现的可能是个体创作的独特性和创造性，尤其是对那些杰出作家而言。他们的独特性和创造性究竟和区域因素有多大关系，应该说才是区域文学研究需要更为关注与解释的问题。

无论是延续、传承和发扬区域文化的某一元素或领域，还是拒绝、反叛或增补区域文化的某一元素或领域，只有呈现出某种独创性，一个作家或一个作家群的价值才能得以确立。比如，山东当代作家在 20 世纪八九十年代，曾以"鲁军"的旗号在中国当代文坛独树一帜。这个"鲁军"旗号，在表面的命名与指称下面，体现的是山东文学创作的某种家族相似性，"形成了独立或特殊的审美文学系统"[1]。当时那些有影响的山东作家们，比如李存葆、张炜、尤凤伟、王润滋、左建明、李贯通等，仿佛不约而同地关注和表达各类道德命题，从而呈现出某种集体无意识或者文化原型意识。对这种家族相似性的一个耀眼内涵，当年我和魏建教授经过反复商讨，命名为"道德理性精神"。这种道德理性精神虽然并不是在每一位山东作家作品中都得以等量齐观的展现，但却在总体上呈现出一种内在的、集体的文化价

---

[1] 朱德发：《现代中国文学研究"去政治化"管窥》，《山东师范大学学报》（人文社会科学版）2014 年第 4 期。

值倾向。尤其是与当时纵横中国文坛的其他地域的作家和作家群相比，这种家族相似性恰好构成了山东作家群的一个独特个性。今天看来，这个道德理性精神既确凿无疑地呈现了齐鲁文化对山东新文学的深度影响，也使当时的山东文学创作在全国范围中呈现出与众不同的思想精神特质。当年研究的薄弱之处在于，由于种种因素，我们还未全面梳理和深度阐释齐鲁区域因素中那些陈旧的、腐朽的甚至是恶的负面因素对山东作家的影响与制约。

可以简单归纳的是，如何在某区域文学的家族相似性中发掘具体作家或作家群的独创性，也就是在普遍性中发掘特殊性，是区域文学研究面临的一个更为复杂、细致和模糊的研究层面，需要研究者因地制宜、反复辩驳，全面、充分考虑某个作家或作家群研究中的每一个环节的复杂关联。因为即使有99%的同质性，那么1%的差异就可能产生天壤之别，所谓差之毫厘，谬以千里是也。

又比如，全球化语境与区域文学禀性的互文性原则。大约在20世纪八九十年代，有个学术观点曾经很火，即：越是民族的，就越是世界的；越是世界的，就越是民族的。这些年来尽管我们越来越感受到这个学术命题的简单、空洞、虚妄与自我中心主义，但它之所以曾经触动人心，在于它实际上蕴含着一些符合经验事实的合理因素。从区域文学研究的视野看，它所体现的是最近几个世纪以来人们越来越明确意识到的全球化与地方化如何相互渗透与博弈的问题。具体到文学领域，则是歌德所谓的世界文学的历程开启后，全球范围内的文学的地方色彩与世界化或现代化语境的复杂关系问题。

前些年，各领域的专家学者们大谈现代性问题。尽管讨论来讨论去还是一头雾水，但现代性所指涉的历史与社会事实，则毫无疑问地早已影响、改变甚至支配着我们的存在方式。正如吉登斯所强调的："现代性指社会生活或组织模式，大约十七世纪出现在欧洲，并且在后来的岁月里，程度不同地在世界范围内产生着影响。……现代性以前所未有的方式，把我们抛离了所有类型的社会秩序的轨道，从而形成了其生活形态。在外延和内涵两方面，现代性卷入的变革比过往时代的绝大多数变迁特性都更加意义深远。在外延方面，它们确立了跨越全球的社会联系方式；在内涵方面，它们正在改变我们日常生活中最熟悉的最带个人色彩的领域。"① 现代性事件和体验的铺天盖地而来，早已以不容否认的事实，证明了纯粹的地方色彩和纯粹的世界化只是理论的幻想与虚妄。近现代以来绝大多数文学作品的生产与传播，事实上已经是地方色彩和世界化合二为一的产物了，差别只不过是哪一部分程度更为明显而已。地方色彩与世界化，也就是区域文学禀性和全球化语境，已经是一个共容共生、相辅相成的不可分割的整体了。

区域文学禀性和全球化语境的互文性，既是区域文学生产与传播的一个不可或缺的普遍现象，也是区域文学传承与变异的重要内在动力源。我们在强调区域文学的地方色彩也就是区域文学独特禀性的同时，切不可忘记这种地方色彩和区域禀性，已经绝不是"原汁原味"的地方色彩和区域禀性了，而是有着现代性事件和现代性体验参与的、一种新的时空背景下的地方色彩和区域禀性了。我们之所以强调这种地方色彩和区域禀性，在很大程度上是我们内心深处的某种留恋和反思，在某种程度上是我们不满于现状而对过往所进行的重构与再造。举个可能不是很恰当的例子，正如不少人私下或公开讲的那样，沈从文笔下的湘西世界那么美轮美奂，可是沈从文为什么挤破头也要留在都市而不返回那个梦幻的桃花源呢？很简单，桃花源只会存在于内心世界。且不说实际的湘西世界，是否如沈从文作品描述的那样；沈从文笔下的湘西世界，实际上是他饱尝了都市体验后，通过回忆和想象乃至是变形与再造，在现代性事实与体验的比照之下，重新塑造的一个心灵家园与精神乐土。

犹如成年人往往怀恋童年时代的纯真和幼稚，却再也无法返回到

---

① [英]安东尼·吉登斯：《现代性的后果》，田禾译，译林出版社 2000 年版，第 1—4 页。

童年时代；人们所做的，只能是将童年的经验进行置换，用艺术的、文化的、器物的等诸多方式，去再造一个乐园。失乐园情怀，是区域文学禀性与全球化语境博弈过程中一个不可抗拒、无法避免的现象。由此，我们在以区域视角研究作家作品时，只有充分意识到这种区域文学禀性与全球化语境的博弈与交融，才能更为准确地把握区域文学的共性与个性。这个学术参照系不可或缺，否则我们得到的结论将是局部的、零散的，甚至是偏颇的、心造的幻影。

至于区域文学研究的方法，诸多学者自然是"八仙过海，各显神通"，如今也已硕果累累，本书不必赘言。以我当年从事齐鲁文化与山东新文学关系研究的经验，以及多年来时断时续的反思，区域文学研究在方法论层面上，完全可以"海阔凭鱼跃，天高任鸟飞"。事实上，不独区域文学研究，绝大多数的文学研究，都离不开不完全归纳的逻辑，离不开印象式把握，离不开感觉式描述，离不开经验式概括。简言之，文学研究不是纯粹理性的学问。问题在于，如何通过这些具体的研究方法，将区域文学研究提升到较高学术境界。抵达什么样的学术境界，尽管貌似和区域文学研究是否具有完整、明确而有力的理论与方法有关，而事实上更多地和研究者自身的学术素养、创新能力等个体因素密切相关。

三、常与变：一切坚固的东西终将烟消云散？

沈从文在《长河·题记》中尝说，他要写"这个地方一些平凡人物生活上的'常'与'变'，以及在两相乘除中所有的哀乐"[1]。在某种意义上，沈从文堪称最杰出的、最具地方色彩的区域文学作家之一。他不但以其深刻触动人心的作品建构了区域文学作品的典范与样

---

[1] 《沈从文全集》第 10 卷，北岳文艺出版社 2009 年版，第 6 页。

本，而且他还充分意识到了"常"与"变"在区域文学的生成、流变过程中的深刻哲学寓意。

　　所谓的"常"，在某种程度上可以视为区域文学的恒定因素，甚至可以简单地象征区域文学的共性。而所谓的"变"，既可以视为区域文学产生、发展的流程，也可以象征生生不息、不舍昼夜的区域文学的个性。如果没有了共性，区域文学及其研究的依托也就荡然无存，这正如斯宾格勒以反问方式所强调的："历史存在逻辑吗？在各自分离的事件的一切偶然的和难以数计的因素之外，是不是还有一种我们可称之为历史之人性的形而上结构，一种本质上独立于我们可以很清楚地看到的诸外部形式——社会的、精神的和政治的——的东西？"① 人类、历史、社会，历经斗转星移、风雨沧桑，迄今依然保持着深刻的自我同一性，就说明"常"是人类、历史和社会的一种恒定的量。同样，如果没有了个性，也就是说没有了"变"，那么区域文学也就只能成为古董和化石。可以说，这也正是区域文学在生成与发展过程中"得以完成历史性蜕变最为重要的一环"②。人类、社会、历史等尽管在表现形式上存在有限的类型化，很多人与物与事也常常以类型的、置换的方式再次出现，但终究是斗转星移、沧海桑田、物是人非。

　　直面区域文学及其研究的历史、现状与未来，我们不但要有理论、方法上的自觉探索，更应该有哲学认识论层面的内在支撑。如果可以借用汤因比的说法："种子是一粒粒撒下去的，每一粒种子都有它自己的命运。但是种子却是一样的；它们都是由一个'撒种人'撒下去的，目的是为了能够得到一次总收成。"③ 那么区域文学及其研究

---

① ［德］奥斯瓦尔德·斯宾格勒：《西方的没落·第一卷·形式与现实》，吴琼译，上海三联书店 2006 年版，第 1 页。

② 李宗刚：《父权缺失与五四文学的发生》，《文史哲》2014 年第 6 期。

③ ［英］汤因比：《历史研究》上册，曹未风等译，上海人民出版社 1997 年版，第 306 页。

所勘探与发掘的，或许就是去寻找一粒粒撒下去的种子，寻找那个共同的撒种人，盘点那些总的收成究竟含金量几何。这，或许就是区域文学研究得以存在与发展的理由。

斯宾格勒曾经深深感叹："'人类'只是一动物学的名称，是一空洞的字眼。""我所看到的，不是那一直线型的历史的空壳……而是众多伟大文化的戏剧，其中每一种文化都以原始的力量从其母土中勃兴起来，并在其整个的生命周期中和那母土紧密联系在一起；每一种文化都把它的材料、它的人类印在自身的意象内；每一种文化都有自己的观念，自己的激情，自己的生命、意志和感情，乃至自己的死亡。"① 我们眼中的区域文学，其实正是在"常"与"变"中上演的一场场"戏剧"。每一个区域的文学，都凭借各自本源的力量从各自的区域应运而生，带着那个区域山山水水、人情世故的印记，走向更广阔的世界舞台。然而，它也必将经历一个生根、发芽、勃兴和衰变的不息流程。

一切坚固的东西终将烟消云散，然而新的坚固的东西也将赫然矗立。

---

① ［德］奥斯瓦尔德·斯宾格勒：《西方的没落·第一卷·形式与现实》，吴琼译，上海三联书店 2006 年版，第 20 页。

第六章 理性越位与中国左翼文学的观念建构

　　"生命诚可贵，爱情价更高；若为自由故，二者皆可抛。"这是"左联"乃至中国现代史上最优秀的革命诗人殷夫用中国古典诗歌形式翻译的匈牙利革命党人裴多菲的一首名诗。尽管冯至等人曾经用更符合原诗的体裁形式翻译此诗，但都不如殷夫的译诗朗朗上口、传唱久远（从翻译角度来看孰优孰劣，我自然无权置喙）。殷译用最能引起中国人心灵和情感共鸣的音律、节奏和意境，传达出了两千多年来饱受专制、独裁蹂躏的中国人灵魂深处压抑已久的呐喊，这或许是它历久弥香的原因。更为重要的是，它以诗歌艺术的魅力，吟唱出了对自由这一人类最隐秘天性的渴盼。

　　自由引导人民。自由是人类追求真善美境界的最崇高的旗帜，人需要信仰与存在的自由，更需要自由的信仰和存在。但人类又无法消除通往自由入口之前的黑暗。卢梭在《社会契约论》第一卷就强调："人是生而自由的，但却无往不在枷锁之中。自以为是其他一切的主人的人，反而比其他一切更是奴隶。"[①] 人类的文明史才短短几千年，然而就在这"宇宙之须臾，沧海之一粟"的历史中，人类用创造文明的双手，制造了多少肮脏苦难、血雨腥风。为了面包、私欲、理想等，人们将自由的需求让渡给权威、让渡给领袖，以祈求上苍的恩赐。然而，"自由，多少罪恶假汝之名"，当大地上的精灵们率领人群造反，以革命的名义砸碎旧世界，在人间仿造天国的圣殿时，

---

① ［法］卢梭：《社会契约论》，何兆武译，商务印书馆 2003 年版，第 4 页。

往往又将沉重的锁链套在自由的高贵头颅上。"本来，人寄期望于革命，渴慕革命把人从国家、强权、贵族、布尔乔亚的统治下解放出来，从虚幻的圣物和偶像下解放出来，从一切奴役下解放出来，但是不幸得很，新的偶像、圣物和暴君不断地被造出来，他们不断地奴役着人。"①

文学，本是人类自由歌哭与吟唱的精神领地。在这方圣土上，人们寄托着太多的情与思、爱与恨、生与死，人们凭借自由的力量，发泄着欲望和情感，塑造着意志和理念，鞭挞着假丑恶，讴歌着真善美。人们在文学的祭坛上追寻着灵魂和存在的自由。然而，文学又是懦弱的，它往往因为依附于肉体、物质和其他名目，受到依附物的诱惑而迷失自我，更可能因为沉醉于美丽的幻想而丧失本性。在滚滚红尘的追逐中，它往往以至善至美的幻象迈开自己的步伐，又往往以冷酷的铁血事实终结自己自由的选择。对于罪恶、丑陋、虚伪和残忍，它自然嗤之以鼻。但是，它却无法摆脱神圣、真理和美感的诱惑。当它将自由的权力让渡给那些美好的许诺时，往往在历史的宏大叙事中遭受奴役，在渺小和惊恐中垂下自己自由的头颅。

当人构造了有关社会人生的种种神话时，也就如影随形地产生了对这些神话的依附和迷恋。意识形态想象是人类迄今为止创造出的最为重要的神话形式之一。作为人类理性精神最重要的思维结晶之一，它就像一面模糊的镜子，往往将镜像当作实像，将自己的性质与实像的性质混淆起来，统统赋予世界的实存。为了听从神话的召唤，它不惜一切力量将涉足其中的一切精神形式统御起来，它不但自己依附于自己的创造物，也要求所有的统御物必须接受这个创造物的宰制。当文学能够意识到这种宰制时，或许能够与之保持距离。但是，当文学为它创造的神话热血沸腾时，却会不知不觉将自己当作祭品奉上圣

---

① ［俄］尼古拉·别尔嘉耶夫：《人的奴役与自由——人格主义哲学的体认》，徐黎明译，贵州人民出版社 1994 年版，第 167 页。

坛。更可怕的是，当你拼死反对它时，却往往又陷入它另一种形式的陷阱。它所有的具体形式，都貌离神合地贯穿着它生命的本质追求。在意识形态的想象面前，文学在劫难逃吗？

一、文艺的自律性与意识形态的总体性

一般认为，意识形态是由各种各样的具体的（如政治思想、法律思想、经济思想、社会思想、教育思想、伦理道德、文学艺术、宗教、哲学，等等）意识形式和样态构成的有机的、系统的思想整体体系。从历史唯物主义和辩证唯物主义视角考察，政治思想、法律思想、经济思想等领域与社会生产方式、经济基础关系最为密切和直接；宗教和哲学等意识形式是离社会生产方式和经济基础最远的层次，尽管抽象、晦涩，却是意识形态的灵魂和精神基础。至于社会思想、教育思想、伦理道德、文学艺术等意识形式，与社会生产方式、经济基础关系虽远且较为曲折，但对人们的日常生活影响很大，是意识形态总体的中间层次。

值得注意的是，在这种知识分类和逻辑划分上，文学艺术尽管隶属于意识形态，但它是以自己独特的运作方式和功能与其他意识形态形式区别开来，以自己独特的存在形式从意识形态总体中脱颖而出，获得了独立的自我言说权力。它作为社会意识的一个独立的子系统，作为"虚构文本"的创造与生产、传播与接受、分配与评价的过程，其自主性在于以其他意识形态形式所不具有的特殊审美内涵，达到自己存在的目的和意义。因此，文学艺术一经从人类总体意识中独立出来，与意识形态总体形式及其他具体意识形式之间，就不再是支配与被支配、决定与被决定的关系。

文学艺术内容和形式的演化，首先服从自身的规律和本质要求。这体现在它的审美价值的展现上。文学艺术的独立性，首先在于以审美的方式满足人类诸如愉悦等方面的精神需求，在于对人类意识和精神能力的扩展和提高。简而言之，就是人类通过文学艺术这种精神形式，获得意识与心灵的延伸、净化和升华。而它的实现方式，是意识形态总体形式以及其他意识形式所不能承载和代替的。文学艺术也正是通过自己独特的实现方式与其他精神形式区别开来，达到自己独立存在的本质确证。否则，它就失去了自我，成为意识形态总体形式以及其他意识形式的奴隶，也就丧失了存在的合理性和合法性，就会像黑格尔所说的意味着自身生命的终结。

强调文学艺术独立存在的理由，并不意味着文学艺术是完全独立自足和封闭的系统，恰恰相反，文学艺术产生的母体是社会生活，它的生命之源促使它以积极的态势与生存境遇发生互动联系。它的存在和演化形式，与意识形态总体形式以及其他意识形式，在生存规律和逻辑上有某种相似性，并且相互影响和渗透。但是这种相似性、影响和渗透，既非支配、被支配关系，又非从属、被从属关系。相对于意识形态总体形式而言，文学艺术是一个亚系统，尽管它存在于意识诸种形态的互联关系网中，但是它必须首先遵循自身的演化规律和逻辑，遵循自身发展的原动力要求成为独立的意识形式，才能与其他意识形式发生互动关系。它必须用自身的话语系统进行言说。唯有在此基础上，它才能以独立的身份与社会意识形态总体形式以及其他意识形态具体形式，发生对话关系。

从与意识形态总体形式以及其他意识形态具体形式的互动关系来看，文学艺术是半自律性的，但是从它存在的合理性、合法性理由来看，它拥有任何人都必须尊重的自律性。正是在这个意义上，必须首先承认和尊重文学艺术的自律性，才能保证它作为一种人类意识和精神形式的独立性，才能使它不泯灭自我、成为附属物。也只有在这个认识基础上，谈论它的半自律性或者它的社会作用和功能，才有可能和必要，也才有价值和意义。必须坚持这样一个观点，文学艺术作为人类精神的独立存在物和独特的具体展现形式，自律性是它存在的标志，是第一性的命题，半自律性或者说作用和功能是第二性的命题。不坚持文学艺术自律性这个第一命题，文学艺术的其他特点、作用和功能就无从谈起。道理很简单：皮之不存、毛将焉附？

中国左翼文学运动在意识形态方面所犯的最大和最致命的错误，就在于严重颠倒了第一性命题和第二性命题的关系：极力强调文学艺术在实现意识形态总体目标过程中的社会作用和功能，有意无意地忽略文学艺术更为本质性的存在要求，以意识形态的总体性要求压抑了文学的自律性要求，使其独立性、主体性和创造性的存在形式，简单地、赤裸裸地退化为意识形态的附属物和奴隶。20 世纪 30 年代中期，埃德加·斯诺和海伦·福斯特夫妇编选《活的中国》，向国外介绍现代中国文学。海伦·福斯特以现代中国文学艺术研究权威的身份，写了《现代中国文学运动》，论述当时文艺发展概况，其中这样评价左翼文学："从 1927 年到 1932 年这个期间，左翼文学有意地轻视'艺术性'，它关心的几乎完全是宣传、理论分析和报刊文章，其影响很大，尽管作品的艺术生命短暂。"[①] 的确，轻视文学作品的艺术性，将艺术性置于文学创造活动的次要位置，或者说将文艺的第一性要求附属于第二性的社会作用和功能，是整个左翼文学运动最为明显的追求之一。

这一倾向在左翼文学运动前期，表现尤为突出。当时，左翼文人知识分子首先是以革命者和党派战士的身份要求，赋予文学艺术以崇高的社会使命，高度强调文学第二性的作用和功能："无产阶级艺术，是有为无产阶级的宣传煽动的效果。宣传煽动的效果愈大，那么这无产阶级艺术价值亦愈高。无产阶级底艺术决不象有产阶级底艺术般的看起来是有趣味的东西，它是给人们底意欲以冲动，叫人们从生活的认识到实践行动革命去。"[②] "我们的艺术是阶级解放的

---

① ［美］尼姆·威尔士、文洁若：《〈活的中国〉附录一——现代中国文学运动》，《新文学史料》1978 年第 1 辑。

② 忻启介：《无产阶级艺术论》，载《"革命文学"论争资料选编》，人民文学出版社 1981 年版，第 379 页。

一种武器，又是新人生观新宇宙观的具体的立法者及司法官。革命的整个的成功，要求组织新社会的感情的我们的艺术的完成。"①"无产阶级的文学是：为完成他主体阶级的历史的使命，不是以观照的——表现的态度，而以无产阶级的阶级意识，产生出来的一种的斗争的文学。"②类似这样规定文学艺术的属性和功能，在那时似乎是左翼文人知识分子的"共识"，而且其话语基础是完全建立在意识形态支配欲冲动之上的。

例如郭沫若在1930年对五四新文学运动的重新解释。他认为文学革命"第一义是意识的革命"，"第二义才是形式的革命"，并进一步强调："古人说'文以载道'，在文学革命的当时虽曾尽力加以抨击，其实这个公式倒是一点也不错的。'道'就是时代的社会意识。在封建时代的社会意识是纲常伦理，所以那时的文所载的道便是忠孝节义的讴歌。近世资本制度时代的社会意识是尊重天赋人权，鼓励自由竞争，所以这时候的文便不能不来载这个自由平等的新道。这个道和封建社会的道是根本对立的，所以在这儿便不能不来一个划时期的文学革命。"③照此逻辑推论，无产阶级革命时代的"道"就是无产阶级的意识，此时文学艺术自然要讴歌最先进的无产阶级意识形态，因为它和资本制度时代的社会意识是根本对立的，文学艺术自然要从文学革命的时代转换到革命文学的时代，自然要载无产阶级的"道"。"在革命进展的过程中，意德沃罗基的战野是很重要的。我们要一方面打破旧意识形态在群众中的势力，他方面，我们要鼓励群众维持他们对于新的时代的信仰。"④正是这种坚信文学艺术促进社会革命进程之伟力作用的浪漫想象，将中国自古

① 乃超：《怎样地克服艺术的危机》，载《"革命文学"论争资料选编》，人民文学出版社1981年版，第622页。
② 李初梨：《怎样地建设革命文学》，同上书，第163页。
③ 郭沫若：《文学革命之回顾》，载《沫若文集》第10卷，人民文学出版社1959年版。
④ 《读者的回声·普罗列搭利亚特意识的问题》，载《"革命文学"论争资料选编》，人民文学出版社1981年版，第242页。

以来文学乃"经国之大业、不朽之盛事"的思想传统推向了现代巅峰。

在古代文人知识分子眼中，诗词歌赋既可作为兼济天下的敲门砖，又可作为独善其身的把玩品，既可感叹苍生，又可吟咏性情，是文人知识分子在进退庙堂与江湖之间所保有的一块精神领地。如果说文学艺术在古典观念世界中尚具有一分独立的资格，那么在现代革命的观念世界中，这种独立的品性在革命伦理道德的庄严审视之下，只能泯然缺席。一个文人知识分子要么选择资产阶级的"道"，要么选择无产阶级的"道"。选择资产阶级的"道"，自然要被历史的进步浪潮所打翻；选择无产阶级的"道"，意味着在道义上必须服从历史进步潮流的要求。从左翼文学运动（可以追溯到五四时代乃至晚清时代）以来的20世纪，文学艺术的身价达到了它梦寐以求但是从来没有达到过的历史巅峰，真正变成了经世治国的方略、政治斗争的晴雨表，文学艺术也从来没有像在20世纪那样成为社会政治斗争的弄潮儿。人们为它在世间的辉煌而激动万分，但是没有想到，当文人知识分子自觉不自觉地将文学艺术推向显赫的革命舞台时，却再也没有力量控制它的命运，只能随历史风云的翻卷而颠沛流离。因为从将自身奉献给历史和革命祭坛的那一刻起，文学艺术就已经确定了自己的社会身份——牺牲！

如果说左翼激进派没有看到或完全否认文学艺术的自律性，这或许是不客观的。当年成仿吾在《全部的批判之必要——如何才能转换方向的考察》一文中就谈道："文学变革的过程应由意识形态与表现方法两方面联合说明。……但是除了这种文艺＝意识形态的批判之外，我们也要顾到文艺的特殊性——表现手段与表现样式等；这些当然也是社会的关系，所以也是物质的生产力所决定的，不过在一定的范围内它们是由自己的发展的法则的。"然而"项庄舞剑，意在沛公"，像绝大部分左翼激进文人知识分子一样，成仿吾的话语逻辑在于最终说明："批判指出一种文艺的必然的发展与必然的没落，并且阐明它的内在特质。由这种批判的努力的结果，我们可以把握它的历史的必然的发展，认识它的必然性；我们可以自由地走向我们的目的（'必然'向'自由'的辩证法的转换）。由这种努力，文艺可以脱离'自然生长'的发展样式而有意识地——革命。"① 可是，以革命的"目的意识"为坐标，让文学艺术脱离"自然生长"的状态，只能导致急功近利的拔苗助长。

甘人针对激进派的这种做派这样评论："他们竟可以从自悲自叹的浪漫诗人一跃而成了革命家，昨天还在表现自己，今天就写第四阶级的文学，他们的态度也未尝不诚恳，但是他们的识见太高，理论太多，往往在事前已经定下了文艺应走的方向，与应负的使命。"② 这种不顾文学艺术生产的实际状态和生长规律，以"目的意识"规范和强制文学艺术的生成走向，其最终结果只能使文学艺术丧失主体性和自律性，成为"目的意识"的奴隶，就像胡秋原所说的是艺术之否定："一将这'目的意识'应用到艺术作品上，遂成为'政治暴露'及'进军喇叭'之理论，遂至抹杀艺术之条件及其机能，事实上达到艺术之否定。……而这'目的意识论'一反映到具体的作品活动之上，即为单纯的概念的政论要素所充满，表现为观念的作品了。换言之，'目的意识'者，就是作品上露骨的政治口号乃至政论底结论之意，极模糊的政治理论之机械底适用之意。"③

胡秋原所没有注意到的是，这种将文学艺术的社会作用和功能置于最高位置的价值系统，不但不是"极模糊的政治理论"之适用，反而是一整套纲领清晰、目的明确、论证严密且极富道义力量的意识形态理论，是它在内容和形式等所有方面实现统摄力的必然逻辑实践后果。别尔嘉耶夫在反思和解析俄国社会主义革命时已经看到："革命抛弃了压抑人的个性的社会，但它又以自己的新的'普遍性'、以要

---

① 成仿吾：《全部的批判之必要——如何才能转换方向的考察》，载《"革命文学"论争资料选编》，人民文学出版社 1981 年版，第 173—178 页。

② 甘人：《中国新文艺的将来与其自己的认识》，同上书，第 61 页。

③ 胡秋原：《钱杏邨理论之清算与民族文学理论之批评——马克思主义文艺理论之拥护》，载《三十年代"文艺自由辩论"资料》，上海文艺出版社 1990 年版，第 45 页。

求人完全服从自己的社会性来压抑个性，这是一种革命的社会主义和无神论思想发展中致命的辩证法。"① 意识形态作为社会进步途中最为理性化的革命想象，以推翻压抑人性的旧世界为己任，但是它同样要求以自己预设的理想蓝图的普遍性和总体性，来召唤和规范所有加入革命行列中的人与物。以新的幻想取代旧的幻想，要么反对革命、成为革命的敌人，要么成为革命人、服从革命的需要。革命的意识形态在实现理想的途中，同样存在致命和自我解构的辩证法。

意识形态作为各种意识的总和，往往不是以独立的姿态和身份进入实践领域的，而是将自己的理论架构和总体目标贯穿、渗透到各种具体的意识形式中，通过各种具体意识形式的言说影响和作用于人们的生活世界。在各种具体意识形式中，政治是意识形态最能体现其意志的领域，"在政治演变中，最重大的事件之一是接连创造了许多新的道德实体，如正义、自由和权利等理想"②，意识形态为政治提供坚实的意义架构和思想基础，政治为意识形态想象的实现提供强有力的实践保证。意识形态与政治具有最强的亲和力，以至于二者在现实实践中极难分清彼此，所以人们通常称之为政治意识形态。政治意识形态一旦成形，不仅继承了意识形态固有的理论强制力，而且又将具体政治目标的实现与否，作为一个重要的衡量标准。这样，政治意识形态就开始以理论和实践的双重保证力量，在人们的所有精神领域进行扩张，文学艺术领域自然是它的重点试验区。

当然，不能否认文学艺术可能具有的意识形态色彩。但是必须清楚，意识形态在文学艺术领域的渗透和扩张，或者说文学艺术对意识形态的展现，并非是一个直接的过程，而是一个曲折的转化过程。这一转化过程需要通过诸如人的性格结构、心理结构、情感结构、经验

---

① [俄] 尼·亚·别尔嘉耶夫：《俄罗斯思想的宗教阐释》，邱运华、吴学金译，东方出版社1998年版，第40页。
② [英] 格雷厄姆·沃拉斯：《政治中的人性》，朱曾汶译，商务印书馆1995年版，第46页。

结构、意识和无意识结构等一定形式的中介物进行。左翼激进派一味强调用文学艺术来帮助革命之成功、强调文学艺术的能动性，却恰恰忽略和回避了这种能动性实现的中介环节。然而正是这些中介环节的运作和实现过程，为文学艺术的创造性实践提供了广阔的生长空间。

对于这一问题，左派内部曾发生过重大争论，如"标语口号"问题、"文艺宣传"问题、"留声机"问题，等等。也正是在诸如此类的问题上，鲁迅、茅盾等人和激进派发生了重大分歧。正如鲁迅当年所说的："但我以为一切文艺固是宣传，而一切宣传却并非全是文艺，这正如一切花皆有颜色（我将白也算作色），而凡颜色未必都是花一样。革命之所以于口号，标语，布告，电报，教科书……之外，要用文艺者，就因为它是文艺。"①鲁迅、茅盾等人深谙文艺创作之个中三昧，不过是在承认文艺的意识形态功能的前提下，为文艺创作争取独立的、更富活力的言说空间。然而这一涉及文艺创作生命力的问题，却被激进派视为无产阶级文学运动一个必然经历的阶段："在无产阶级运动的初期，作家由于技巧修养的缺乏，只把核心的意义写了出来，只把要求的笼统具体的写了出来，多少免不了带着浓重的口号标语彩色的技巧幼稚的作品，遂被他们目为'口号标语文学'"，但"这种标语口号集合体的创作正是普罗'新文学的奠基石'"，这种现象"是向上的过程，是历史的必然的过程"。②在激进派眼中，这些问题不过是技术问题、附属问题，甚至是可以忽略不计的问题，根本无法与文艺的意识形态本质相提并论。

但是，激进派不屑一顾的意识形态与文学艺术发生关系的中间地带，正是文学艺术作为自律性的精神形式与外部世界发生联系、迸发出生命火花的创造领域。也正是在这个领域，文学艺术才能以

---

① 鲁迅：《文艺与革命》，载《"革命文学"论争资料选编》，人民文学出版社 1981 年版，第 328 页。

② 钱杏邨：《幻灭动摇的时代推动论》，同上书，第 831—834 页。

独立的、自足的话语言说方式实现自己的社会功能和作用，才能在确保第一性命题实现的基础上致力于第二性命题的实现。正如当年胡秋原在反驳左派意识形态霸权时所看到的，"艺术底武器，本来是通过心理及借助于形象来表现的，只是一种间接的补助的观念的武器"，"为精神文化形态之一的艺术，固然可以影响下层建筑，然而这影响是有条件有限度的。艺术之社会机能只在他作为阶级心理意识形态之传达手段，组织手段，与教育手段中"，"唯物辩证法武装了阶级的知识，而光杆的阶级论却足以阻碍文学之完全认识"，"研究意识形态固不可忽略阶级性，然而亦不可将阶级性之反映看成简单之公式，不可忽略阶级性因种种复杂阶级心理之错综的推动，由社会传统及他国他阶级文化传统之影响，通过种种三棱镜和媒体而发生曲折"。[①] 忽视意识形态与文学艺术之间这个最为重要的中间地带，或者认为随着意识形态的胜利文学艺术也将随之大放异彩，不啻无知和愚昧。正如文学艺术体现意识形态的能力有限，意识形态渗透和干涉文学艺术的程度也应该是有限的，"从政治立场来指导文学，是未必能帮助文学对真实的把握的；反之，如果这指导而带干涉的意味，那么往往会消灭文学的真实性，或甚至会使它陷于'奉天承运，皇帝诏曰'式的文学的覆辙"[②]。如果文学艺术陷入"奉天承运，皇帝诏曰"的模式，那么就只能是意识形态的复制品、政治的传声筒，而这正是马克思主义创始人所极力批判和反对的。

左派意识形态话语的失当之处，在于把相对性的意识形态论述的无产阶级价值理念，视为历史绝对的普遍性诉求，并以此为前提贯穿、渗透到所有领域和人群之中，把这些领域内部的所有问题都置于它的总体要求和制约之下。以文学艺术为例，就是用意识形态的话语

---

① 胡秋原：《关于文艺之阶级性》，载《三十年代"文艺自由辩论"资料》，上海文艺出版社 1990 年版，第 85—91 页。

② 苏汶：《论文艺上的干涉主义》，同上书，第 205 页。

要求取代文学艺术自然生长的要求，将文学艺术的价值追求置于意识形态的监控之下。所有文学艺术自身维度的命题都化约为意识形态分析，所有的分歧都变成你死我活的意识形态之争，所有强调文学艺术自律性的观点，都可能被视为"以一面在艺术的根本认识上，抹杀艺术的阶级性，党派性，抹杀艺术的积极作用和对于艺术的政治的优位性，来破坏普洛文学的能动性，革命性，一面以普洛文化否定论作理论基础，来根本否认普洛文学的存在，在意识形态领域的文学上解除普洛列塔利亚特的武装"①。这种曲解不但扼杀了文学艺术的自律性要求，实际上也窒息了文学艺术在社会作用和功能上所应当发挥的能动性。当年梁实秋就反复申明："纯粹以文学为革命的工具，革命终结的时候，工具的效用也就截止。假如'革命的文学'解释做以文学为革命的工具，那便是小看了文学的价值。革命运动本是暂时的变态的，以文学的性质而限于'革命的'，是不啻以文学的固定的永久的价值缩减至暂时的变态的程度。"②且不论文学艺术是否具有固定的永久的价值，将文学艺术缩小为意识形态之一种、简化为革命的工具，这本身就是马克思、恩格斯所痛心疾首的把马克思主义意识形态当作公式来剪裁各种历史事实的又一例证，结果只能是转变为自己的对立物。

当时国民党文人毛一波就轻而易举地抓住了"无产阶级文学论的一个根本弱点"："他们的无产阶级的文学论，是只抓住了一个文学之社会学的或革命意义上的解释，而蔑视了文学本身，那文学之所以成长和存在的心理的因素。然而我们知道限于文学之社会的解释是不够的呵。"③左翼激进派以政治意识形态的绝对意志和机械想象，将文学

①　绮影（周扬）：《自由人文学理论检讨》，载《三十年代"文艺自由辩论"资料》，上海文艺出版社 1990 年版，第 257 页。

②　梁实秋：《文学与革命》，载《"革命文学"论争资料选编》，人民文学出版社 1981 年版，第 1082 页。

③　毛一波：《关于现代的中国文学》，同上书，第 1133 页。

艺术拽上革命的战车，却忘记了革命的战车总是踏着横飞的血肉滚滚前行。左翼激进派自以为赋予了文学艺术以前所未有的荣耀，殊不知"是在用尽平生气力只举起了一个空心的纸灯笼"①，这不但会引导文学艺术走向终结，而且也是为意识形态想象自掘坟墓。其结果不是陷入实用主义的泥沼难以自拔，就是在虚无主义荒诞和极端的边缘徘徊。

二、实用主义姿态与"乌托邦"想象

别尔嘉耶夫在 1933 年分析虚无主义与苏俄革命的关系时指出，他们"没有注意到建立在他们全部追求基础上的一个根本矛盾。他们希望解放个性。他们宣布，为了这一解放起来反对所有宗教信仰、全部规范、全部抽象的思想。以解放个性的名义推翻了宗教、哲学、艺术、道德，否定精神和精神生活。但正是这样却压抑了个性，剥夺了其实质内容，抽空了其内心生活，否定了创造和精神丰富性的个性权力。"②别尔嘉耶夫的思考对错暂且不论。在 20 世纪 30 年代中国左翼文学运动及其现象中，部分左翼文人知识分子也大幅度进行了"革命与文学"（或者说是意识形态与文学）关系框架的想象性重新建构。其中以左翼激进派最为执着和痴迷。

革命与文学（政治与文学，或者意识形态与文学）之所以成为困扰 20 世纪文人知识分子特别是左派的命题，甚至是二律背反式的世界性命题，与共产主义运动的兴衰有着极为密切的直接关联。人类历史上还没有一种学说和主义，像马克思主义学说那样，让信仰之舟载

① 苏汶:《"第三种人"的出路》，载《三十年代"文艺自由辩论"资料》，上海文艺出版社 1990 年版，第 153 页。

② [俄] 尼·亚·别尔嘉耶夫:《俄罗斯思想的宗教阐释》，邱运华、吴学金译，东方出版社 1998 年版，第 53—54 页。

着人类未来大同世界的梦想，驶往永无尽头的历史彼岸。人类历史上也还没有哪一个阶级、政党和集团，像无产阶级及其政党集团那样，以神圣的未来召唤文学艺术踏入革命的洪流，以铁血律令召唤文学艺术成为革命的吹鼓手。任何一种主义、一种学说、一种信仰，如果企图从想象领域跨入实践领域，如果企图将对历史和未来的设计变为可见的社会实存，必然在预设宏伟远景蓝图的同时制定具体的行动纲领、手段和目标，以未来和现实的双重诱惑招募信徒和追随者，使之献身于创世神话般的革命浪潮中。或者说它必须以终极价值意义和现实利益要求的双重支撑，来展示自己的永恒性和真实性，来满足人类的未来畅想和现世欲望。

一位研究者曾这样引述弗莱对神话原型和意识形态关系的看法："任何一种意识形态一开始总是提供在自己看来相关的传统神话形式，然后才将其应用于形成和加强社会契约。由此，意识形态是一种经过应用的神话，而且它对神话的改编，就是我们在处于一个意识形态结构内部时必须相信或声称我们相信的神话。"并且这位学者进一步引申说："马克思主义首先是真正的神话或想象性叙述的表达——一种人类自由的现代神话——然后才成为一门科学理论或一个与政治集团或社会相联系的占统治地位的信仰体系。"① 的确，唯有高悬终极理想，才能使人保持追逐乌托邦想象的热忱和永久动力；唯有立足现世关怀，才能使人以实用主义姿态将信仰转化为现实实践。马克思主义既是人类"创世神话"的集大成者，又是满足人类现世欲望的"言说法理"，并且在二者之间建构了一座缤纷炫目的彩虹桥。共产主义之所以在 20 世纪从空想变为科学，从学说变为革命实践纲领，是因为单单它对人类自由王国的浪漫想象和对尘世社会人生的深切关怀，就足以激发起人们"为有牺牲多壮志，敢教日月换新天"的豪迈情

---

① ［加拿大］裘·阿丹姆森：《弗莱与意识形态》，徐燕红译，《国外文学》1995 年第 1 期。

怀，激励人们将矗立于世界彼岸的自由王国搬演到人间大地之上。

但是，意识形态的狂热想象，终究敌不过历史规律的冷酷无情，后革命时代绝非"到处莺歌燕舞"。历经革命的壮怀激烈和革命终结之后的岁月，顾准这位冷静观察意识形态狂热想象的思想家回答说："革命的目的，是要在地上建立天国——建立一个没有异化、没有矛盾的社会。我对这个问题琢磨了很久，我的结论是，地上不可能建立天国，天国是彻底的幻想；矛盾永远存在。所以没有什么终极目的，有的，只是进步。"①理解和接受顾准的答案并不困难，困难的是怎样理解和接受那些永远存在的矛盾，特别是曾经存在、已成为历史精神资源、并且依然影响和制约我们现世选择和未来想象的那些矛盾。这与革命的乌托邦想象密切相关。乌托邦一词的含义来源于希腊文"无"和"场所"两个词汇，即无场所的事物。它因为托马斯·莫尔的《乌托邦》一书而广为流传，兼有褒、贬双重含义。但是现在它的贬义已远远超过褒义。卡西尔在论及"事实与理想"的关系时这样认为："一个乌托邦，并不是真实世界即现实的政治社会秩序的写照，它并不存在于时间的一瞬或空间的一点上，而是一个'非在'(no where)。但是恰恰是这样的一个非在概念，在近代世界的发展中经受了考验并且证实了自己的力量。它表明，伦理思想的本性和特征绝不是谦卑地接受'给予'。伦理世界绝不是被给予的，而且永远在制造之中。……乌托邦的伟大使命就在于，它为可能性开拓了地盘以反对对当前现实事态的消极默认。"②之所以说马克思主义是"乌托邦"，就在于它的意识形态想象首先确立的，是一个具有绝对形而上学意味的理想社会目标和最高价值境界。马克思在《1844年经济学哲学手稿》中强调："这种共产主义，作为完成了的自然主义，等于人道主义，而作为完成了的人道主义，等于自然主义，它是人和自然界之

---

① 《顾准文集》，贵州人民出版社1994年版，第370页。

② ［德］恩斯特·卡西尔：《人论》，甘阳译，上海译文出版社1985年版，第77—78页。

间、人和人之间的矛盾的真正解决，是存在和本质、对象化和自我确证、自由和必然、个体和类之间的斗争的真正解决。"[1] 因此，共产主义是人类历史的自我完成，在经验层面上表现为人类历史向这一理想社会目标和最高价值境界的不断趋近。

马克思主义对人类社会终极价值目标的预设，旨在以超验的最高价值尺度引导人们不断实现自我超越。"一切有生命的事物都趋向于越过自身、超越自身。一旦它不再这样做，一旦它为了内部或外部的安全而为自身所束缚，一旦它不再寻求亲身经历生命的试验，它也就丧失了生命。生命只有敢于自我冒险、自我拼搏、自担风险地尽可能超越自身时，它才赢得生命。这一普遍原则，存在本身的这一普遍的根本法则或本体结构，即生命在力求保存自身的同时又超越自身，生命在自身之中同时又力图在它的超越过程中保护自身，也是对乌托邦适用的一种结构、一个原则。"[2] 共产主义理想作为悬浮在可能性和不可能性之间的"乌托邦"想象，其积极意义就在于使人不再屈从于现存的不合理秩序，打碎旨在维护现有不合理制度的锁链，实现一定程度的自我超越。但是不容否认，这一至善至美境界，只能作为一种崇高价值存在于理念逻辑世界之中，不可能在人类能力所及的现实经验世界中完全表征出来。

恩格斯在《共产党宣言》的 1872 年德文版序言、1883 年德文版序言、1888 年英文版序言中，一再强调"《宣言》是一个历史文件"，并一再申明实现《共产党宣言》基本思想的事实尺度："每一历史时代的经济生产以及必然由此产生的社会结构，是该时代政治的和精神的历史的基础；因此（从原始土地公有制解体以来）全部历史都是阶级斗争的历史，即社会发展各个阶段上被剥削阶级和剥削阶级之间、被统治阶级和统治阶级之间斗争的历史；而这个斗争现在已经达到这

---

[1]　[德] 马克思：《1844 年经济学哲学手稿》，人民出版社 2014 年版，第 78 页。

[2]　[德] 保罗·蒂里希：《政治期望》，徐钧尧译，四川人民出版社 1989 年版，第 221 页。

样一个阶段，即被剥削被压迫的阶级（无产阶级），如果不同时使整个社会永远摆脱剥削、压迫和阶级斗争，就不再能使自己从剥削它压迫它的那个阶级（资产阶级）下解放出来。"[1] 请注意恩格斯所用的限定语："同时""永远""不再能"。然而，这在人类能力所及的经验领域如何可能？马克思、恩格斯之后的马克思主义意识形态，无视马克思主义创始人理论构想中的历史超验性质的规定，一味强调社会生产力决定生产关系、经济基础决定上层建筑，力图通过扬弃私有财产、达到按需分配的社会制度的方式来消解超验和经验的永恒矛盾，恰恰是误解了马克思主义创始人预设共产主义"乌托邦"想象的积极意义和现实价值。

事实上，正如"人创造了宗教，而不是宗教创造了人"一样，"乌托邦"想象只不过是以彼岸世界的真理形象，表达人们摆脱现世困境的欲望。当人在乌托邦的想象世界寻找真实性和此岸性的时候，找到的不过是自己本身的反映。当人憧憬最浪漫主义的乌托邦时，所期待的不过是最现实主义的尘世欲望。在以往的历史时代，人们建构了各种类型的乌托邦，期待着它们降临现世。其实，乌托邦对于现世的积极意义在于，以自身蕴含着的生气勃勃的动力，凝聚和增强人们的战斗精神力，打碎更为僵死、更为陈腐的观念形态及现实对应物，激励人们打碎不合理的为反动的、落后的阶级服务的社会秩序。然而，乌托邦的激情和狂热在达到巅峰状态的时候，往往开始展现它的奴役力量。人可能意识不到自己真正和最终的目的，但是能够将乌托邦的蛊惑化为实用主义的力量，从而获得现实的胜利，不过这种胜利因为人的实用主义本能，不断消解和腐蚀着乌托邦对人的积极意义。人不能不追求至善至美，不能不向往彼岸世界、世外桃源，但人所追求和所向往的乌托邦在美感眩晕中付诸实践时，往往以完美、自由、合人性等幻象，重演人间历史不曾间歇的真实悲剧。乌托邦激情和狂热本来是指向无限的、理想的彼岸世

---

[1]　[德] 马克思、[德] 恩格斯：《共产党宣言》，人民出版社 2014 年版，第 7 页。

界，但是实践要求往往混淆理想与现实、有限与无限、此岸与彼岸的界限，却又永远匮乏二者相互转换的对等条件。

乌托邦的天性在于追求观念和事物的无限性，但实践力量又使它委身于自己的对立面——有限性本身。当人们以为无限的、理想的彼岸世界能够驻足于尘世的时候，人的实用主义天性就开始承担起攫取的要求。此时，乌托邦思想和信念就要求转化为实际的政治行动，人们的政治权力欲望膨胀，以各种手段攫取实际的政治权力，就像古往今来一切宗教战争打着圣战的旗号一样，人们自以为是为全人类的解放而奋斗。乌托邦理想假定社会绝对和谐自由，所以保持信仰和实践纯洁性的唯一办法是让所有人都有同样的看法，因此当乌托邦狂热转化为实用主义的占有欲之后，独裁、专制就可以名正言顺地打着理想的旗帜发号施令，并且自视为社会进步、历史真理和全人类利益的代言人。

殊不知这种自封革命资格的合理性合法性依据，不过是建立在主体人的自我想象和自我建构基础上。别尔嘉耶夫对这种"革命创造新人"的自我言说倍感焦虑："马克思在青年时的论著中曾说，劳工不具有人的高质，他们是更加非人性、更加丧失人的本性的生存。但后来，在马克思主义的历史中却产出关于无产阶级的神话，其影响甚大。"[1] 无产阶级具有革命正当性的唯一理由，就是他们是被剥削者、被压迫者和牺牲品。弗洛伊德在《文明及其不满》中认为，财产性质的改变并不能改变人的本能，"侵犯性并不是由财产创造出来的"。他强调说："在我看来，人类所面临的严峻问题是，是否和在什么程度上人类的文化发展将会成功地控制由侵犯和自我破坏的本能所引起的对他们共同生活的扰乱。"[2] 所以就人之本性而言，革命的资格和权利的有无，往往取决于一个人在现实社会所遭受压抑的程度和对理想状态的渴望强度，革命的正当理由，在于一个人心灵和肉体所遭受的

---

① ［俄］尼古拉·别尔嘉耶夫：《人的奴役与自由——人格主义哲学的体认》，徐黎明译，贵州人民出版社1994年版，第187页。

② 转引自俞吾金：《意识形态论》，上海人民出版社1993年版，第197—199页。

非人道的奴役。正如许多革命领袖和积极分子背叛了所从属的反动阶级，许多反动阶级的爪牙和打手正是出身于流氓无产阶级。

那么，谁才有资格成为革命的代言人和"乌托邦"理想的实现者呢？问题又回到了当年左翼激进派的论调上：不管他是第几阶级的人，只要具有了革命动机，就可以参加到无产阶级革命运动中，而所谓革命动机的有无，取决于是否掌握了无产阶级的革命意识形态。革命的起源问题，最终落脚于人的意识形态想象，革命的进程也在最浪漫的"乌托邦"理想和最实用的政治行动中摇摆。"乌托邦"想象在理想状态的映衬下，往往使革命者专注于那些否定不合理现实的因素，制造和呼唤那些摧毁和改变陈腐现状的力量。一旦遇到现实的巨大阻力，"乌托邦"想象就开始引发意识形态的负面作用，以实用主义姿态背叛自己理想的方式。

或者说，意识形态为了实现自己的现实使命，不但向自身提出挑战，而且往往违背"乌托邦"的理想主义指向。意识形态想象从"乌托邦"理想滑入实用主义泥潭，并不以自身的意志为转移。拉萨尔就非常清楚革命的历史悖论："革命的力量是在于革命的狂热，在于观念对自己本身的强力和无限性的这种直接信赖。但是狂热——作为对观念的全能的直接的确信——首先是抽象地忽视有限的实行手段和现实的错综复杂的困难。"[1] 但是这并没有使他在创作《弗兰茨·冯·济金根》时避免这一矛盾。马克思批评他"最大的缺点就是席勒式地把个人变成时代精神的单纯的传声筒"[2]，恩格斯也认为"不应该为了观念的东西而忘掉现实主义的东西，为了席勒而忘掉莎士比亚"[3]。马克思、恩格斯都一再强调，只有将较大的思想深度和意识到的历史内容同文学艺术自身的丰富性、生动性完美融合起来，才是文学艺术的未来。但是革命实践不但没有弥

---

[1]　《拉萨尔附在 1859 年 3 月 6 日的信中关于悲剧观念的手稿》，载《马克思恩格斯论艺术》第 1 卷，中国社会科学出版社 1982 年版。
[2]　《马克思恩格斯文集》第 10 卷，人民出版社 2009 年版，第 171 页。
[3]　同上书，第 176 页。

合意识形态想象与文学艺术创作之间的矛盾，反而一而再、再而三地重新演示这一难题。不用说，中国左翼文学运动对于文学艺术服从于革命想象的要求，就在于对意识形态观念无限力量的信赖，就在于将文学艺术与意识形态的错综复杂关系简化为传声筒模式。

如果说拉萨尔清楚地意识到这一矛盾，尚无法避免在创作中落入意识形态观念的陷阱，那么中国左翼文人知识分子特别是激进派，不但意识不到这一问题的致命之处，反而有意识地强化意识形态观念对文学艺术创作的束缚，其结果是可想而知的。抽象的意识形态性总是贫乏的、枯燥的和无诗意的，不可能直接转化为活生生的文学艺术生命，正如卢卡契所看到的，左派或许出于善良的意图，想使文学艺术迅速服务于一个才规定不久的目标，但是他们一方面过低地估计了革命者灵魂深处旧的残余，另一方面又过高地估计了观念的力量，从而在实质上歪曲了意识形态想象与文学艺术的真实关系。"人的思维是否具有客观的真理性，这不是一个理论的问题，而是一个实践的问题。人应该在实践中证明自己思维的真理性，即自己思维的现实性和力量，自己思维的此岸性。"[1]卢卡契在阐释文学的远景问题时就强调，文学的公式主义等弊端存在的根源，就在于不正确地塑造远景和表现远景，"马克思说，真正地向前迈了一步比任何一个措辞漂亮的纲领都要有意义。文学也唯有这样才能有意义，有非常大的意义，要是它能够通过形象把这一步表现出来的话。如果在我们的文学中只是把一种纲领性的要求表现为现实——这是我们的远景和现实问题——，那末我们就完全忽视了文学的现实任务。"[2]然而当左派将意识形态想象与文学艺术的关系，确立为真理和真理的形象表达之后，却完全抛弃了重新接受实践检验的可能。它愈来愈要求把它对文学艺术与意识形态关系的解释作为一种特权和一种惯例。

---

①　《马克思恩格斯选集》第 1 卷，人民出版社 2012 年版，第 134 页。

②　中国社会科学院外国文学研究所等编：《卢卡契文学论文集（一）》，中国社会科学出版社 1980 年版，第 459 页。

当年胡秋原这样评论："左翼批评家尽可站在马克斯主义观点，分析他们的作品，但是，作家（自然要真正算得一个作家）有表现他的情思之自由，而批评家不当拿一个法典去限制他们。……文学上阶级性之流露，常是通过极复杂的阶级心理，社会心理，并在其中发生'屈折'的。……因为一个艺术家，他没有锐利的眼光，观察生动的现实，只有做政治的留声机的本领，就是刀锯在前我也要说他是一个比较低能的艺术家。……要知道高尔基等之所以伟大，在他是革命的春燕，不是革命的鹦鹉啊。……阶级性检定所所长舒月先生判定我是'小资产阶级'，这判决，我并不抗议。但即在苏联，恐怕也不禁止这一阶级的存在。而除非社会组织根本改变了百年以上，这阶级也不会绝迹的。尤其在中国，舒月先生和我，乃至其它革命家，恐怕谁也不能说是'百分之百地'把握了无产阶级的意识；那差异，恐怕也不过半斤八两而已。……天天叫他人'克服'，而自己以为无须'克服'了，这是最无希望的态度，而也不是一个革命者所应有的。……不要以为自信是革命的阶级的观点，就什么都完了。"[1]

意识形态不过是一种思想描述形式，它的目的是使人的社会实践变得有意识、有活力，为的是克服社会存在的冲突。它以直接的必然的方式从实践中产生的同时，又必须时刻接受实践的进一步验证。忽视了这一点，意识形态异化就会在相当大的程度上泛滥于人的精神领域，进而侵蚀和奴役人的精神和生活世界。无视和简化文学艺术自身结构和生产要求，夸大意识形态观念的地位和作用的态度，不是沦为实用主义的急功近利，就是陷入以激进口号否定现存一切的乌托邦狂热。这种状态下的意识形态想象不可能成功地实现自己所设计的内容，虽然它们对于个人主观行为来说常常是善意的动机，但在实际体现它们的实践中，其含义却经常被歪曲，并且往往变异为思想的专制

---

[1]　胡秋原：《浪费的论争》，载《三十年代"文艺自由辩论"资料》，上海文艺出版社 1990 年版，第 216—243 页。

和精神的独裁。当年韩侍桁说："现今左翼文坛的横暴，只是口头上的横暴，是多少伴着理论斗争的一种横暴，若比起现统治阶级对于左翼作家们的压迫，禁锢与杀戮，还是有天渊之别的，因为他们现在没有权力来禁锢与杀戮；一旦有了之后，是否怎样，这也就难说了。"① 历史事实证明，很多时候观念不但背叛了自身，也背叛了它的创造者。

三、理性的僭妄与期待

葛兰西曾经说过，知识分子是上层建筑体系中的"公务员"，是统治集团的"代理人"②，其职能就是为一定的社会集团掌握和行使社会领导权提供知识、思想、道义的支持，以理性化的言说系统论证该社会集团统治的合法性、合理性。中国左翼文人知识分子在马克思主义意识形态获取和行使社会领导权过程中所起的作用是不言而喻的。没有左翼十年间左派文人知识分子的鼓吹呐喊，很难想象马克思主义意识形态会以风卷残云之势迅速占领中国人的精神世界。理解政治意识形态对中国社会发展的影响，不能不追溯到左翼文人知识分子那里。通过对左翼文学思潮意识形态问题的梳理、考察、分析和批判，我们已经能够清晰地看到，意识形态想象是如何以实现理想的方式背叛了自己，是如何以实用主义态度剥夺了自由的生存空间，是如何以悲剧事实扭曲了自己的初衷。关于意识形态的负面作用，文学艺术领域是一个重灾区。因为文学艺术是人的直觉世界、情感世界和精神世界之最直接、最鲜活的表现形式，其敏感性和脆弱性使之在意识形态重负面前，愈发显得不可承受和触目惊心。

---

① 韩侍桁：《论"第三种人"》，载《三十年代"文艺自由辩论"资料》，上海文艺出版社1990年版，第367页。

② ［意］安东尼奥·葛兰西：《狱中札记》，曹雷雨等译，中国社会科学出版社2000年版，第7页。

不能简单地斥之为谬误就一了百了，也不能以左翼文人知识分子的致命错误来说明批判者自身的正确。假如我们生存在那样一个"白色恐怖"的历史语境中，假如我们每一个人都有良知和正义感，假如我们每一个人都要行使自己正当的社会使命，我们在历史的风云际会面前会如何抉择？在光明与黑暗、正义与邪恶、真理与谬误的抉择中，我们所作所为的正当性、合理性或许还不如他们。不可否认，革命进程中有难以计数的投机家、阴谋家成为时代英雄，在历史舞台上叱咤风云、大显身手，但是不可否认的是，和平年代的投机家、阴谋家更是如过江之鲫数不胜数。革命进程中存在的谬误与罪恶只不过是在革命圣洁的光环映衬下愈发引人瞩目罢了。革命的消极意义在于打开了"潘多拉的盒子"，让人们在狂热中自相残杀。革命的积极意义在于它代表着人类追求至善至美的乌托邦精神的永不衰竭。因革命的消极影响而全盘否定革命，与无限夸大革命的积极影响而无视血的代价，同样都是不可取的。告别革命，告别的应当是革命的异化形式，而不是那些鼓舞人追求超越的生命动力。问题的关键在于价值判断上的"反左防右"。这种权利不能只属于政治家和政治行为。我们更应当追寻事件背后那些更为深层的那些人类共有的精神因素，不然的话，历史还将持续不断地反复演绎同样的悲剧。

众所周知，在 20 世纪的中国，思想、知识和文化界逐渐摆脱传统的话语思想资源，运用西方启蒙运动以来的精神文化资源，来论证社会制度、社会生活、价值追求的正当性与合理性。从整体上来看，20 世纪是人类社会追求现代化的时代。人们延续和发扬了启蒙运动以来"人的解放"观念，将理性精神定位为"人的解放"的旗帜，"现代的意味着理性的和'理性化的'"[①]。合理性是区别现代社会与古典社会的根本标志，是现代社会自我定义和自我确证的历史尺度。人

---

① ［美］E.希尔斯：《论传统》，傅铿、吕乐译，上海人民出版社 1991 年版，第 386 页。

们将理性化理解为一个使社会事务和状态日趋合理、清晰、连贯、统一和全面的过程，合理性的规范也要求将本来建立在经验观察基础上的理性，扩展到人类生活的所有领域，"人们以为，通过把理性理解运用到科学和技术领域以及人的社会生活中，人的活动就会从先前存在的束缚中解脱出来"①，人们认为无所不能的理性化理想本身就是实现人类社会理性化的最佳工具，"达到理性化理想的那个过程的名称本身就相当重要：人们给它起了'现代化'这一名称"②。在追求"人的解放"过程中，理性化的目的和功能就在于把先前决定人的生存的社会与自然世界置于人的控制之下。理性化的追求，带来的是解放政治的兴起。从广义视角来看，据吉登斯的概括，解放政治涵盖着三种整体视角：激进主义（主要指马克思主义）、自由主义和保守主义。激进主义政治和自由主义政治，都追求使个人和群体从先前产生的社会不合理状态中解脱出来，自由主义希望通过个体不断解放和自由国家的建构相结合实现理性化理想，激进主义则寄希望于革命性的巨变来实现个人和社会的理性化整体规划，而保守主义只是因对上述两种思想的拒斥和批判得以发展。③

不用说，先觉觉后觉，这种理性化浪潮以普遍主义的、先进的面貌，东移到 19 世纪末 20 世纪初的前现代中国。崇尚理性精神在社会事务中发挥的巨大作用，成为思想、知识和文化精英们借鉴和推广的最重要的思想主题。解放政治的三种基本面貌，也呈现在中国追求现代化的历史舞台上。可以说，马克思主义是解放政治中最为旗帜鲜明的激进式理性化理想。它的激进，不仅体现在具体的革命实践上，而且从更为深层的原因来说，还主要体现在对理性的期待和对理性精神

---

① ［英］安东尼·吉登斯：《现代性与自我认同：现代晚期的自我与社会》，赵旭东、方文译，生活·读书·新知三联书店 1998 年版，第 247 页。

② ［美］E.希尔斯：《论传统》，傅铿、吕乐译，上海人民出版社 1991 年版，第 385 页。

③ 参见［英］安东尼·吉登斯：《现代性与自我认同：现代晚期的自我与社会》，赵旭东、方文译，生活·读书·新知三联书店 1998 年版，第 247 页。

的运用上。正如曼海姆所强调的："社会主义—共产主义理论，就是直观论和以极端理性的方式去理解现象的确定愿望的综合。这种理论中有直观论，因为它否认在事件发生之前对它们进行精确预计的可能性。理性主义倾向是它在任何时候都使无论什么新奇的东西适应于理性的框架。……尤其是革命，创造了一种更有价值的知识类型。这就构成了人们可能进行的综合，当人们生活在非理性之中，而且意识到了这一点，但他们并不绝望，仍然试图对非理性做出理性的解释。"①中国马克思主义意识形态崛起并逐渐成为全社会的统治思想，在很大程度上就是依靠它的直观论色彩和极端理性主义理解方式，获得了急于建构富强文明的现代化国家的文人知识分子的青睐。马克思主义意识形态作为理性精神在 20 世纪中国社会实践中的具体演练和展现，构成了 20 世纪中国解放政治最为高亢、最为激进和最有影响的一翼。

解放政治在总体上关心的是克服剥削、不平等和压迫的社会关系，追求正义、平等和公正的社会人生理念。解放政治的实质，在于把"拯救"看作个体或群体摆脱社会既定结构压抑和束缚、发展人的全面理性能力的手段。②中国的马克思主义者为理性化理想中追求的社会状态赋予了具体形式，为马克思主义解放政治建构了历史舞台，同时也赋予自己肩负实现理性化理想的"拯救"使命。但是必须明确，衡量一种解放政治成功与否的标志，不完全在于它的理性化预设和美好愿望，而在于它是否成功地实现自己的两个基本内涵："一个是力图打破过去的枷锁，因而也是一种面向未来的改造态度，另一个是力图克服某些个人或群体支配另一些个人或群体的非合法性统治。"③毫无疑问，马克思主义意识形态作为解放政治，正是以打碎过去枷锁、面向未来

---

① ［德］卡尔·曼海姆：《意识形态与乌托邦》，黎鸣、李书崇译，商务印书馆 2000年版，第 130 页。

② 参见 ［英］安东尼·吉登斯：《现代性与自我认同：现代晚期的自我与社会》，赵旭东、方文译，生活·读书·新知三联书店 1998 年版，第 250 页。

③ 同上书，第 248 页。

的改造态度，获得了强有力的现实实践形式，但是不容否认的是，它对祛除腐朽社会沉疴已久的那些非合法性精神统治，尤其是人性深处那些黑暗因素，究竟有多少实质性进展，是值得进一步深入探究的。

问题的关键在于，所有的解放政治实施"拯救"使命，都必须借助于权力机制来运作，这样它就先验地把人群首先划分为不同的等级系统，让解放者将理性化理想灌输给被解放者，以种种形式使之接受和赞成。对于马克思主义意识形态来说，无产阶级就是解放政治的代理人和历史的推动力，人类的普遍解放要通过无产阶级秩序的实现来获得。但是，权力机制的运作并不遵循理性化理想的预设，正如别尔嘉耶夫在苏俄社会主义革命中看到的，"新的社会阶层急骤上升，并涌向政治舞台。过去，他们的积极性横遭压抑，是一群受压迫者；而现在，为着争取自己新的社会地位，他们前仆后继，不惜牺牲"①，以新的权力等级秩序代替旧的权力等级秩序。在中国社会主义解放政治的实践过程中，过程与结果也是异曲同工。马克思主义意识形态作为被认可的中国解放政治的真理，自诞生之日起就与维护它的权力体系处于一种循环关系中，作为真理它引导权力的实施，而权力的实施又扩张了它的势力范围。马克思主义意识形态从理性化理想中脱颖而出，又因为权力机制的扩张构筑了理性的独尊。理性化理想的雄心在于相信人类不必再处于命运的掌握之中，人们可以改变和创造历史，理性精神会在人类历史上以至高无上的能力大行其道，但是理性化理想的实践历史，却塑造了理性自身的敌人。

事实上，尽管马克思主义意识形态能够认识到非理性的作用，但是当它试图通过新的理性化或者说是辩证理性化来消解非理性时，也就落入了理性固有的历史叙事圈套："只有理性君临一切，只有理性才能命令一切。合理性的便把它永远化，绝对化；只有他底理性的范

① ［俄］尼古拉·别尔嘉耶夫：《人的奴役与自由——人格主义哲学的体认》，徐黎明译，贵州人民出版社1994年版，代序言。

畴，可以解明世界，只有精神的活动可以提高人格。总而言之，历史之所以进展，社会之所以发达，只是有理性为其指针，精神为其原动力的原故。其余的一切都应该蔑视，纵不然，也不过只有附带的仅少的价值和意义罢了。"① 当年自居为中国左翼文化运动重要哲学家的彭康，依据马克思主义理论，激烈批判以往理性化理想形式的种种弊端，但是非常可惜的是，他并没有意识到自己秉持的价值理念所存在的内在缺陷。其实像彭康一样，大部分（中国）马克思主义信徒都忽视了马克思主义理性化理想形式难以解决的内在矛盾。

从马克思主义意识形态解放政治的表现形式来看，中国左翼文学（化）运动是一个重要的"战野"。当时左翼文人知识分子尤其是激进派，曾经这样诉说"革命"追求："真正的无产阶级革命乃是唤起民众自发地将国家权力从统治阶级夺来，组织半国家。在这种半阶级底政权底下，消灭敌方阶级，使社会组织更进于高级的阶级，一切人民才能获得真正的自由平等，社会才没有剥削者与被剥削者。"② 左翼文人知识分子通过文学艺术的意识形态化帮助革命成功的愿望，不过是一种为社会急剧变革而奋斗的理性化想象在社会运动和社会心理上的焦灼反映。但是这种理性化想象一旦成为现实社会意识，便成为群众运动极其重要的驱动力。理性化理想也从思想精神领域转入实践领域，并开始主宰人的行为。这一方面是对其行为的肯定，是革命阶级群体确认的形式；另一方面带来的是对事物的扭曲和变形，强调了马克思主义意识形态理性化想象的功能性，却忽视了这种理性化理想的认识局限。周扬曾经这样回忆实现无产阶级理性化理想的"革命"状态："左翼文化运动是党所领导的整个革命运动的一个组成部分。要是你不懂党怎么从错误路线中发展过来，你就没办法解释很多问题。……'左联'是在这场论战结束以后成立的。二八年的'创造社'、'太阳社'，不但反对鲁迅，他们自己内

① 彭康：《哲学底任务是什么?》，《文化批判》1928 年创刊号。
② 《新辞源·十三·革命》，《文化批判》1928 年第 5 号。

部也打，就象文化大革命期间的派性斗争一样（众大笑）。自己斗起来，比斗敌人还厉害。这个我有体验。派性这个东西很反动，但它开始的时候是革命的。派性斗争，打自己人打得厉害，甚至敌人也不打了，就是你一派，我一派，我专门对付你，你专门对付我。根本的敌人反而不打了。……不过那时候没有实权，你扣帽子也不怕。……什么叫'左'呢？就是提出目前还不能实行的方针，超过了现实的革命阶段。"① 这种令人啼笑皆非的"革命"状态的产生，其根源与其说是因为"左"，毋宁说是因为理性化想象极端膨胀之后走向了自己的反面，所谓"错误路线"只不过是它在政治领域的具体体现。

事实上"现代社会远远不是由理性统治者全盘理性化的社会"②，人类灵魂深处的诸多欲望、冲动和情感并不一定服从理性的节制，崇尚发挥理性能力的心理和思维倾向，也并不必然要求将所有事物完全理性化。但是当这种理性化的心理倾向进入公共话语空间后，却很容易成为思想教条，产生独立的功能，特别是它在表层上的鼓动和阐述，更容易引导人进入理性的僭妄状态。中国左翼文学运动以来所形成的意识形态与文学艺术关系的理论框架，从根本上来说，就是理性僭妄的结果。当年有许多人极力反对左派在意识形态与文艺之间"乱点鸳鸯谱"，郁达夫说："虽然中国政治上的德谟克拉西是没有的，但文艺却不能和政治来比。倘不加研求而即混混然说中国的文艺和中国的政治一样，那是不对的。"③ 被视为"狂人"的高长虹对政治与文艺的认识不但不张狂，反而较为理智："文艺与政治，也许不能够脱离了相互的关系，但它们终是两件事。什么文艺是不是革命文艺，不必要问他合不合于什么政治理论。革命不是政治所能专有的。革命可以解作这一个

---

① 赵浩生：《周扬笑谈历史功过》，《新文学史料》1979 年第 2 辑。

② ［美］E.希尔斯：《论传统》，傅铿、吕乐译，上海人民出版社 1991 年版，第 388 页。

③ 达夫：《复爱吾先生》，载《"革命文学"论争资料选编》，人民文学出版社 1981 年版，第 734 页。

时代对于那一个时代的革命，不止是政治的，而也是经济的，教育的，艺术的，两性的，而是全个生活的。这一种政治上的革命理论也许不同于那一种政治上的革命理论，但艺术上自有他自己的独立的革命理论，不必受政治上的理论的支配。讲革命文艺，而要借助于政治上的理论，即便不使这所谓革命文艺做成借的文艺，至少也缩小了文艺的范围，减少了他的生命。"①左翼文人知识分子尤其是激进派，由于极力强调意识形态理想，反而陷入理性的张狂状态，就只能"从错误路线中发展过来"。当年韩侍桁就说："左联认错的态度，以我私人的经验看来（因为我一度曾是参加过其组织的），可以列成这样的公式：有了某种错误，若被一个较不重要的本身的分子提出来，必定不能得到公认，这错误仍要尽量地维持其存续，非要到了社会环境不能再允许，而指摘的人日见增多起来，这错误是不被接受的。……象这样'认错'的态度，我们可以预定，左翼团体在将来——在现今也罢——还必定是隐藏着错误，固执着错误，进行着错误的路，然后再来修正错误。"②

中国左翼文学运动所建构的意识形态与文艺的关系框架，毫无疑问的确在中国共产党政治革命和巩固政权方面发挥了巨大的作用。但是毋庸讳言，这不但是以文艺的自律性生命为代价，而且是以胜利的果实巩固和强化了理性的僭妄。其是是非非、风风雨雨人们有目共睹。今天，对理性化理想的质疑早就提上了议事日程，人们普遍认识到把思想和观念当成事实本身、把关于世界的模式当成世界本身的理性化想象有多么可笑，人们已经认识到，"意识并不真正是统率一切的主人，有更为深刻的诸种因素在直接有意识的经验和思考这一表象的背后起作用；也就是说，人们逐渐相信，正如太阳系中的情形一样，现实世界并不围绕着人类理智或意识运作，而是后者遵循着地球

① 高长虹:《大众文艺与革命文艺》，载《"革命文学"论争资料选编》，人民文学出版社 1981 年版，第 745—746 页。
② 韩侍桁:《论"第三种人"》，载《三十年代"文艺自由辩论"资料》，上海文艺出版社 1990 年版，第 375—376 页。

引力及其它规律"①，认为一切社会领域和社会生活都服从于理性化理想的宰制，不过是一种典型的现代理性错觉。尽管人类的社会生活似乎已变得理性化，但迄今为止发生的所有理性化都只是部分性、区域性的，我们社会生活许多最重要的领域，比如情感、欲望、意志等，迄今为止可能依然滞留在非理性之中而难以理性化。

理性的霸权和僭妄，无视主宰人与他的世界之关系的基本的非理性机制。人类本质上具有的理性的信仰和无限度的运用理性的能力，使人们忽视了那些更深层的、无意识或非理性的力量，而正是这种无意识、非理性的力量驱使着大量人群的"盲目"。理性化理想的自我神圣化，带来的是理性对人的整体力量的僭妄，一厢情愿地把人类历史过程置于自动控制之下的愿望，只能导致后患无穷的灾难。理性的无限度扩张，最终使自己从理性走向非理性、从有意识走向无意识，自己成为自己的敌人。

人类所处的历史和发展困境，在于人们自身都陷身于理性化想象之中，包括反对理性扩张的人，也必须依仗理性化的自我调节能力，进行理性霸权的祛魅。我们无法想象一种没有理性想象参与的社会状态。排除理性化想象的参与无异于饮鸩止渴，其灾难性后果更为可怕。祛除理性的霸权和理性的僭妄，不但要限制理性的越位和泛滥，还需依靠理性的自我革新能力。"一旦人们拒绝一种绝对理念的虚构来解释人是如何随着各种科学的进步而建构了它的理性的，这时，人们便会明白到，理性思想的进步的法则，就是充满危机的运动，甚至是充满巨大危机的运动，在理性的历史中，同样有革命。"②因此，理性化想象必须同时具有自我分析、自我意识、自我批判和自我革新的形式和力量。

文人知识分子由于掌握知识权力和文化资本而自恃为理性的代言

---

① ［美］弗雷德里克·杰姆逊：《后现代主义与文化理论》，唐小兵译，陕西师范大学出版社 1987 年版，第 198 页。

② ［法］让-皮埃尔·韦尔南：《神话与政治之间》，余中先译，生活·读书·新知三联书店 2001 年版，第 218 页。

人，所以他们的自我反思就成为理性革新的重要主体环节。我们应当仔细品味保罗·约翰逊研究文人知识分子得出的结论："在我们这个悲剧的世纪，千百万无辜的生命牺牲于改善全部人性的那些计划——最主要的教训之一是提防知识分子，不但要把他们同权力杠杆隔离开来，而且当他们试图集体提供劝告时，他们应当成为特别怀疑的对象。……任何时候我们必须首先记住知识分子惯常忘记的东西：人比概念更重要，人必须处于第一位，一切专制中最坏的就是残酷的思想专制。"① 理性的僭妄是异化在意识或思想领域内所采取的形式，是异化了的思想和意识形态。而思想或精神专制，恰恰就是理性的无限度泛滥、膨胀和越位之后产生的必然结果，"我们所作的是，我们向理性本身要求它所是的理性。为了理解理性思想的本质和作用，我们在某种意义上用它的武器反过来对准它自己"②。因此，理性的革新必须永远含有一种争取自身解放的努力，必须为怀疑和批判精神保留一块领地，这是理性自身的解放政治。

四、战胜精神专制的，正是精神的革命

康德在《答复这个问题："什么是启蒙运动？"》中，区别了理性的公开运用和私下运用③，并立言："必须永远有公开运用自己理性的自由，并且唯有它才能带来人类的启蒙。"④ 20 世纪后半叶最伟大的

---

① [英] 保罗·约翰逊：《知识分子》，杨正润等译，江苏人民出版社 1999 年版，第 470 页。

② [法] 让-皮埃尔·韦尔南：《神话与政治之间》，余中先译，生活·读书·新知三联书店 2001 年版，第 215 页。

③ 理性的公开运用是指任何人像学者那样在全部听众面前所能做的那种运用，理性的私下运用是指一个人在其公职岗位或职务上所能运用的自己的理性。理性在其公开运用中必须是自由的，在其私下运用中必须是服从的。

④ [德] 康德：《历史理性批判文集》，何兆武译，商务印书馆 1990 年版，第 24 页。

思想家福柯，继续阐述和发挥了康德的伟大命题，他在《什么是启蒙？》中写道："康德把启蒙描述为人类运用自己的理性而不臣属于任何权威的时刻；就在这个时刻，批判是必要的，因为它的作用是规定理性运用的合法性条件，目的是决定什么是可知的，什么是必须作的，什么是可期望的。理性的非法运用导致教条主义和它治状态，并伴随着幻觉。另一方面，正是在理性的合法运用按它自己的原则被清楚规定的时候，它的自主性得到保障。在某个意义上，批判是在启蒙运动中成长起来的理性的手册，反过来，启蒙运动是批判的运动。"① 今天，当我们力图超越理性的霸权和理性的僭妄的时候，这两位大哲先贤关于理性运用的告诫，依然是震古烁今的旷世希声。

人类从启蒙时代到革命时代，乃至今天所谓的后现代（或后后现代），理性的自我拷问依然是一个未完成的历史主题。正如福柯所叹息的："我不知道是否我们将达到成熟的成年。我们经验中的许多事情使我们相信，启蒙的历史事件没有使我们成为成熟的成人，我们还没有达到那个阶段。"② 不但启蒙运动没有使人类达到成熟阶段，20世纪的革命运动没有做到这一点，后革命时代依然没有完成人类成熟的使命。而且，人类由于对理性能力的自我崇拜，使理性在无限扩张的惯性机制中滑向深渊，往往在每一个时代都以血的惨痛代价，换来自身的警醒。

恩格斯曾经强调："……人们总是通过每一个人追求他自己的、自觉预期的目的来创造他们的历史，而这许多按不同方向活动的愿望及其对外部世界的各种各样作用的合力，就是历史。……在历史上活动的许多单个愿望在大多数场合下所得到的完全不是预期的结果，往往是恰恰相反的结果，因而它们的动机对全部结果来说同样地只有从属的意义。""……探讨那些作为自觉的动机明显地或不明显地，直接

---

① ［法］米歇尔·福科：《什么是启蒙？》，载汪晖、陈燕谷主编：《文化与公共性》，生活·读书·新知三联书店1998年版。

② 同上。

地或以思想的形式，甚至以被神圣化的形式反映在行动着的群众及其领袖即所谓伟大人物的头脑中的动因——这是能够引导我们去探索那些在整个历史中以及个别时期和个别国家的历史中起支配作用的规律的唯一途径。"①对理性化理想及其具体形式意识形态想象的分析，目的在于寻求对理性化理想内在结构和外在功能的理解，获取衡量现实选择和未来趋向的准绳。理性的霸权和僭妄所蕴含的人类历史本身的痼疾，充分展示了历史发展和人类意志的对抗。人们相信依靠自己独有的理性光芒就可以重新塑造世界的革命梦想，已经随着20世纪那些悲剧事实的出现而日渐式微，但理性霸权依然以其他形式左右人的精神世界。

马克思在《评普鲁士最近的书报检查令》中说："精神的谦逊总的说来就是理性，就是按照事物的本质特征去对待各种事物的那种普遍的思想自由。"②但理性的运用又往往独尊其大，将独立性演绎为普遍性，以理性的专制和独裁，控制人的精神世界的方方面面。对于一切形式的专制和独裁，马克思满怀激情地大声申辩："你们赞美大自然令人赏心悦目的千姿百态和无穷无尽的丰富宝藏，你们并不要求玫瑰花散发出和紫罗兰一样的芳香，但你们为什么却要求世界上最丰富的东西——精神只能有一种存在形式呢？……每一滴露水在太阳的照耀下都闪现着无穷无尽的色彩。但是精神的太阳，无论它照耀着多少个体，无论它照耀什么事物，却只准产生一种色彩，就是官方的色彩！精神的最主要形式是欢乐、光明，但你们却要使阴暗成为精神的唯一合适的表现；精神只准穿着黑色的衣服，可是花丛中却没有一枝黑色的花朵。"③精神的专制和独裁，往往就是让五彩缤纷的世界只有一种颜色，让精神的诸种形式都披上黑色的衣服，让"阴暗"成为精神的唯一合法的形式。这种专制和独裁的普遍性的可怕之处，就在

---

① 《马克思恩格斯选集》第4卷，人民出版社2012年版，第254、256页。
② 《马克思恩格斯全集》第1卷，人民出版社1995年版，第112页。
③ 同上书，第111页。

于它在人类精神的诸种形式中，都能找到合理、合法的体现者和代言人，让一切自由的精神形式都成为它的奴仆，让一切都围绕着它独享的"自由"运转（中国左翼文学运动就身不由己地陷入了此种误区）。面对理性自我膨胀形成的专制与独裁，只有精神的革命，才能摧毁它，才能重建理性的尊严。我们对理性的期待，不但是要遵循并坚守理性运用的合法性条件，而且仍然必须坚信理性正在逐渐摆脱不成熟状态，因为人类不断朝着改善前进！让我们相信明天太阳照常升起，因为世界在太阳的照耀下将会更加色彩斑斓、悦人心目。

如果让我说，中国左翼文学运动最值得我们纪念的是什么？我会毫不犹豫地说：正是那些文人知识分子不屈不挠反抗一切形式的专制、独裁和黑暗的大无畏革命精神！每当遥想七十多年前那场轰轰烈烈的左翼文化（学）运动，总是忍不住想起托克维尔对法国大革命的评价：

> 这是青春、热情、慷慨、真诚的时代，尽管它有各种错误，人们将千秋万代纪念它，而且在长时期内，它还将使所有想腐蚀或奴役别人的那类人不得安眠。①

---

① ［法］托克维尔：《旧制度与大革命》，冯棠译，商务印书馆 1992 年版，第 32 页。

中 篇
在作家领地寻找奇迹

第七章　从虚妄返归真实：鲁迅生命尽处的"梦与怒"

　　大约七八年前，我写过一篇《鲁迅生命尽处的自我理性审视与调整——从〈关于太炎先生二三事〉〈因太炎先生而想起的二三事〉说起》（《鲁迅研究月刊》2009 年第 1 期）。该文主要围绕鲁迅临终前怀念太炎先生的精神动机展开：（1）鲁迅怀念太炎先生的文章，隐藏多重心理动机和深刻精神线索，具有浓重的自我评价和自我确证色彩；（2）进化论和阶级论是一种理性的认知逻辑和阐释工具，在鲁迅的精神世界中具有互文性特点，但均非鲁迅的本源动力与终极信仰；（3）在现实境遇尤其是革命阵营内部问题的刺激下，鲁迅寂寞心境中的不宽恕姿态，是他一贯直面黑暗的不屈战斗精神的展现；（4）鲁迅在生命的最后岁月，又开始了一个精神界战士新一轮自我形象的理性审视和思想信仰的自我调整。对前三个层面的命题，拙作的论述较为透彻。但因种种限制，最后一个命题未能说透彻，这就是临终前的鲁迅，将如何调整自己的政治信仰？如何重塑自我的精神动力？如何再造作为社会人和政治人的自我形象？

一、再谈鲁迅的"转变"

遗憾的是，那场规模罕见的"国防文学"大论战[①]后不久，鲁迅就去世了。他没能来得及将生命尽处的自我理性审视与调整，更全面、更真切地落实到有生之年。鲁迅生命的终结，使这一命题具有了事实的难以确定性、理解的多重可能性和阐释的多维开放性。

因为鲁迅自我理性审视与调整的戛然而止，我们只能依据他生前的种种"迹象"，在感同身受中进行一种设身处地的分析、判断与推论。悖论与循环之处在于，这种分析、判断与推论，又因鲁迅自我理性审视与调整的未完成性而缺乏最终的实证性和确定性。我们所能确证的，是诸多"迹象"的存在与支撑，使这一命题无法被证伪。解决这个命题面临这样一种学术困境，并不能掩盖和否定该命题对于我们理解鲁迅尤其是后期鲁迅的重要性。

其重要性更在于：因为鲁迅精神的典型性和辐射性、符号化和仪式化，这个命题常常以直接或变形的方式，再现于后来者的精神视野和价值场域；不但屡屡勾起后来者对历史的沉重记忆与痛切反思，而且深刻影响着后来者的精神构成、价值倾向与人文诉求。鲁迅身后留下的这个命题，仍然在拷问我们的灵魂。它不但关乎我们对鲁迅整体形象的认识、理解、建构与阐发，而且关乎那段文学历史的叙事的真实性和准确性。鲁迅虽死，但他依然而且必将长久在场。

我对这一命题的关注，最初源于对瞿秋白关于鲁迅从"进化论"到"阶级论"这个所谓"定论"的疑问。大约 2001 年左右，承蒙杰祥兄寄赠夏济安《黑暗的闸门：中国左翼文学运动研究》英文版复印件，又引发了我对这个问题的进一步思考。后来，我越来越清晰地意

---

① 仅据人民文学出版社 1982 年出版的《两个口号论争资料选编》统计，在查阅到的 300 余种刊物上就发现了有关的论战文章 485 篇。

识到这个命题对我们理解鲁迅尤其是后期鲁迅的重要性、不可回避性、不可替代性。正如李欧梵为《剑桥中华民国史》写的《文学趋势：通向革命之路 1927—1949》对夏济安观点的进一步阐发："如已故的夏济安生动地概述鲁迅晚年时所说，左联的解散'引发了他生活中最后一场可怕的危机。不但要他重新阐明自己的立场，就连马克思主义，这么多年来他精神生活的支柱也岌岌可危了'。左联的解散，突然结束了反对右翼和中间势力的七年艰苦斗争，鲁迅现在被迫要与从前的论敌结盟。更有甚者，'国防文学'这个口号以其妥协性和专横性向他袭来，既表示他的马克思主义的信仰受挫，又表示他个人形象受辱。"① 显然，即使我们不考虑这个命题对后世的影响性与牵连性，鲁迅生命尽处的自我理性审视与调整，也足以凸显鲁迅和左联核心成员在人事、组织与具体观点方面发生纠葛的深层原因所在。这个命题背后，隐藏着鲁迅精神世界一个重要而又内在的价值倾向与立场选择问题，亦即鲁迅后期社会理想和政治信仰究竟如何、将会如何的问题。

关于这个命题的通俗而又"历史"的说法，我认为是鲁迅的"转变"问题。从这个视野和角度来看，这个命题的前身，在 1928 年革命文学论战时就已闹得沸沸扬扬。1928 年革命文学论战，是新文化运动后当时中国思想文化界最重要也是最热闹的事件，左翼的郑伯奇和右翼的李锦轩对此均有生动形象的描述。新文化运动中那些叱咤风云的人物，此时或高升或退隐，可是鲁迅依然站在中国思想文化界的潮头，自然也就更加引人侧目。由于鲁迅先是和创造社、太阳社激烈论战，后又"联合"成立中国左翼作家联盟；那么鲁迅加入左联，则被时人视为"转变"。"转变"问题不仅成为当时文坛的焦点，甚至成为街谈巷议的话题。北平的东方书店，敏锐地抓住这个文坛乃至社

---

① 　[美] 费正清、费维恺编：《剑桥中华民国史·1912—1949 年·下卷》，刘敬坤等译，中国社会科学出版社 1994 年版，第 502 页。

会的热点现象，在 1930 年底 1931 年初迅速出版了黎炎光编辑的《转变后的鲁迅》。该书上编是"鲁迅近作及其答辩"，中编是"拥鲁派言论集"（包括郭沫若的《"眼中钉"》、钱杏邨的《鲁迅》等大作），下编是"反鲁派言论集"（主要是梁实秋的文章）。至于散见在各类文章尤其是花边新闻中的相关言论，更是不绝如缕。私下的议论，也就可想而知了。

鲁迅死后不久，不少人又炒作当年的这段公案。1936 年 11 月 9 日上海《申报》刊登了一篇新闻报道《平文化界悼念鲁迅》。这篇新闻报道综合社会各界对鲁迅去世的种种反响，提炼了当时人们聚焦鲁迅的四个热点问题，均瞩目于如何评价鲁迅。其中第二个，就是关于"转变"问题的描述与概括："鲁迅于民国十六年后之二三年内，曾因创作态度问题，与当时属于前进之分子之创造社、太阳社等人物，从事笔战。其后民国十八年左右，氏之态度变更，左翼作家大同盟成立，前进文人，纷纷加入。宣言发表时，署名其首者，赫然为鲁迅氏。此后，即一贯的社会主义思想立场，发表言论，文坛上谓氏此时期态度之变更，为'转变'。意谓由人道主义立场，转向社会主义立场也。"①

因为这篇报道，以及《质文》上郭沫若的文章、《中流》上雪苇的文章均论及"转变"问题，王任叔专门写了一篇文章《鲁迅的转变》为鲁迅辩护。这篇文章的结论是："鲁迅先生自始至终是个历史的现实主义者，一九二七年以后与一九二七年以前，他并没有什么'转变'，或'转变'得'迟缓'。自然，随着历史的进展，鲁迅先生也迈征了，但那不是一般意义上说来的'转变'，我以为。"② 王任叔的文章表面上是否定"转变"命题的存在，但实际上不过是否定来自

---

① 《平文化界悼念鲁迅》，载中国社会科学院文学研究所鲁迅研究室编：《1913—1983 鲁迅研究学术论著资料汇编》第 2 卷，中国文联出版公司 1986 年版，第 148 页。
② 王任叔：《鲁迅先生的"转变"》，同上书，第 136 页。

"左"和"右"两个阵营对鲁迅"转变"或"投降"的嘲讽与指控。这篇文章所特意着墨的，实际上是以鲁迅思想、精神的一贯性和连续性，来证明鲁迅"转变"的历史必然性与逻辑合理性；尤其"迈征"一词，看似异于"转变"或"投降"，其实终究离不开一个"变"字。

如果说"转变"尚属中性词，那么另一个深含贬义的词"投降"，更是在当时的文人圈子中广为散播，几近贯穿鲁迅生命的最后十年；鲁迅死后依然波澜迭起，迄今常常涟漪泛起。只不过因为言论空间的逼仄，今之褒贬者均浅尝辄止而已。应该看到，与"转变"说的中性色彩相比，"投降"说满含贬损与刻薄，是对鲁迅的一种恶意嘲讽与严厉指控。当时有一篇为鲁迅辩护的文章说："代表资产阶级作家们，异口同声地说鲁迅在投降。与其说他们是侮辱鲁迅，不如说是挑拨离散普罗文学运动的实力。"① 其实，讽刺与指控鲁迅"投降"者，并不是"资产阶级作家们"的专利；考诸史实，有不少左联核心成员，在私下乃至公开场合，都曾得意扬扬地宣称"鲁迅向我们投降"。现在回过头去再看这段公案，个中的前因后果、是非曲直、余波所及，颇值得回味。尤其是再看看那些将鲁迅视为"同路人"或"党外的布尔什维克"的论调，历史的幽暗与复杂则更加发人深省。

且不论关于"转变"的那些褒与贬。无论是出于尊重历史真相的诚实，还是出于准确理解、阐释鲁迅的需要，由进化论转向阶级论、由人道主义立场转向社会主义立场，亦即鲁迅最后十年的社会理想、政治信仰与价值取向等问题，确乎是他生命历程中的一个重要精神事件。与之相关的还有许多不能忽视的衍生问题，比如鲁迅接受马克思主义、认同革命、加盟左联之后的艺术创造力问题。在鲁迅活着的时候，李长之对此就有敏锐的感觉："鲁迅在这一个阶段里，一方面是转变后的新理论的应用了，一方面却是似乎又入于蛰伏的状态的衰

① 于因：《鲁迅的投降问题》，载中国社会科学院文学研究所鲁迅研究室编：《1913—1983 鲁迅研究学术论著资料汇编》第 1 卷，中国文联出版公司 1985 年版，第 618 页。

歇。在这一时期，他的著作是不多的，他的文章，也又改了作风，并没能继续在上一阶段里所获得的爽朗开拓的气度。……大体上看，鲁迅时时刻刻在前进着，然而，这第六阶段的精神进展，总令人很容易认为是他的休歇期，并且他的使命的结束，也好像将不在远。"① 事实上，这个问题不但关涉鲁迅个人的艺术创造力问题，更关涉着人们长期难以直抒胸臆的文学与革命、文学与政治的复杂关系命题。

有关"转变"命题的研究，迄今没有得到专门的梳理。不但依然众说纷纭，更由于言论空间的有限性而步履蹒跚。从该命题研究的历史与现状看，大多数著述对这一命题的探讨，思路和逻辑与当年的王任叔大致类似；即使异于"转变"的历史必然性与逻辑合理性的相关研究，比如一些海外现代中国文学研究者的相关研究，也大多着眼于具体现象，就事论事地分析鲁迅与左联核心成员的矛盾冲突，在更深层因素的揭示上往往是点到为止，或许在他们看来这不是一个问题。今天我们需要充分而明确地意识到，鲁迅"转变"的历史必然性和逻辑合理性，固然是鲁迅精神世界的重要一维；但理想与现实的不一致性、理论与实践的不协调性，尤其是鲁迅与左联核心成员之间的对抗性，由此引发的鲁迅晚年精神世界的内在矛盾性和差异性，更是需要我们深入思考并加以辨析的问题关键。至于衍生的鲁迅接受马克思主义、认同革命、加盟左联之后的艺术创造力等命题，因为长期以来人们对革命是什么、政治是什么、文学又是什么等基本问题都难以穿透壁垒，那么这一研究能否进入问题的核心地带、真相地带和实质地带就可想而知了。

需要我们严肃思考的，或如阿伦特所说："……理解现代革命最难以捉摸然而又最令人刻骨铭心的方面，那就是革命精神——重要的是牢记，创新性、新颖性这一整套观念，在革命之前就已经存在，然

① 李长之：《鲁迅批判》，载中国社会科学院文学研究所鲁迅研究室编：《1913—1983 鲁迅研究学术论著资料汇编》第 1 卷，中国文联出版公司 1985 年版，第 1287—1288 页。

而革命一开始这套观念就烟消云散了。"① 真相往往发生在革命的第二天。鲁迅在生命的最后十年涉足"革命"，是不是同样要面对革命精神、创新性和新颖性的烟消云散呢？再由此透视鲁迅的"转变"及其衍生问题，尤其是鲁迅生命尽处的自我理性审视与调整，鲁迅自我的内在丰富性和复杂性、革命真相的丰富性和复杂性、文学与政治关系的丰富性和复杂性，可否进一步清晰而准确地呈现在我们眼前？

二、"懂世故而不世故"

之所以再回首鲁迅"转变"这个历史话题，自然是将鲁迅生命尽处的自我理性审视与调整，视为鲁迅"转变"历程的一个尾声。这是一个未完成的"转变"，但"转变"的种子毫无疑问已经萌芽。尽管鲁迅没有留下类似从"进化论"到"阶级论"那样自我阐释的文字，但从他生命最后几年对"友军中的从背后来的暗箭"的愤怒、指责和抱怨来看，尤其是在"国防文学"论战中的公开决裂，以及生命尽处仿佛回光返照般的高亢创作热情与昂扬斗志，足以显示一个新的"转变"已经处于乃至突破了临界点。由于人间鲁迅很快为死亡所捕获，由于鲁迅的公开决裂还只是呈现为具体的人与事，由于鲁迅临终前几年的文字更多地侧重于感性述说，因此得出一个简单的"转变"结论自然显得武断。问题的关键，不是"转变"这个结论本身，而在于我们如何理解与阐释鲁迅生命尽处的那些"转变"的迹象及其可能的走向。

以鲁迅思想、精神的一贯性和连续性，来证明鲁迅"转变"的历史必然性与逻辑合理性，至今已觉不新鲜。且不说坊间的那些阐释如何五花八门，仅从人的存在的连续性这样一个基本事实看，这种论证

---

① ［美］汉娜·阿伦特：《论革命》，陈周旺译，译林出版社 2007 年版，第 34 页。

也具有重复论证的嫌疑，某种意义上只是证明了一个本来是不证自明的现象。正如有的心理学家所看到的："我们人类在自己的一生当中，可以改变许多，然而却永远还是原来的自己——这一点最让我们惊叹。尽管自我同一性在不断更新、在一切关系领域不断拓展，尽管我们与周遭世界的关联不断变幻，我们的骨子里始终有不变的本色。"①从一个人一生的事迹和史迹中，寻找大量现象来说明一个人思想与精神的"同一性"，难道不是轻而易举的事情吗？这类研究当然不是可有可无，而且依然可以丰富和深化我们对研究对象的认知与理解。但对鲁迅这样一个独特而重要的历史人物而言，在类似的论证已经比较丰富与充分的状态下，我们需要另辟蹊径，去更多地关注鲁迅思想和精神世界中的那些矛盾性、差异性乃至断裂性的因素与现象。

就一个人的存在而言，无论是转变还是固守、是断裂性还是连续性、是同一性还是差异性，除了那些来自外在事物和现象层面的影响与刺激外，还应该有一个更为内在、更为隐蔽的立足点和动力源起着关键的支点作用。对鲁迅而言，这个更为内在、更为隐蔽的立足点和动力源，我以为就是他的"天真"。之所以有此印象，除了来源于阅读大量褒扬鲁迅的文字外，还来源于曾引起鲁迅误解和不屑的沈从文。沈从文在鲁迅的生前身后，尽管留下了不少对鲁迅的"微词"，但这并不妨碍他内心深处某个层面对鲁迅的认同和共鸣。尤其是在那篇《一个人的自白》中，沈从文刻意模仿鲁迅《〈呐喊〉自序》的那段自传性叙事，难道不是处于文学理想国轰然倒塌临界点的沈从文，在鲁迅的命运中感受到了自我的某种相似性？难道不是在鲁迅因"天真"而与世相违的那种寂寞、无奈和痛苦中，寻找到了高度的认同与共鸣？

事实上，沈从文对鲁迅"天真"个性的认同与共鸣，不仅仅是自

---

① ［瑞士］维蕾娜·卡斯特：《依然故我》，刘沁卉译，国际文化出版公司 2008 年版，第 7 页。

己将要落难之际的某种心理应激，而是有着一贯性和连续性的稳定认知与评价。众所周知，因"丁玲信"事件，鲁迅与沈从文互有"微词"。鲁迅在1925年4月30日"得丁玲信"，尔后将这封信判断为沈从文的化名来信："且夫'孥孥阿文'，确尚无偷文如欧阳公之恶德，而文章亦较为能做做者也。然而敝座之所以恶之者，因其用一女人之名，以细如蚊虫之字，写信给我……"① 这一事件经过后人的研究，已经证明是鲁迅误判。但鲁迅之所以是鲁迅、沈从文之所以是沈从文，在于他们不以私人之好恶抹杀对方之光彩。比如鲁迅在1936年与埃德加·斯诺的谈话中，将沈从文列为新文学运动以来"中国涌现出来的最优秀的作家""最优秀的短篇小说家"之一。说如果"丁玲信"事件是引发沈从文对鲁迅颇多"微词"的原因，那也属人之常情。但沈从文同样能"避免私人爱憎和人事拘牵"，公正、客观地看待并充分肯定自己看到的鲁迅的"可爱处"和"可尊敬处"。

在1926年发表的《北京之文艺刊物及作者》中，沈从文就评价鲁迅说："把他四十年所看到社会的许多印象联合在一起，觉得人类——现在的中国，社会上所有的，只是顽固与欺诈与丑恶，心里虽并不根本憎恨人生，但所见到的，足以增加他对世切齿的愤怒却太多了，所以近来杂感文字写下去，对那类觉得是伪虚的地方抨击，不惜以全力去应付。文字的论断周密，老，辣，置人于无所脱身的地步，近于泼刺的骂人，从文字的有力处外，我们还可以感觉着他的天真。"②

在1934年出版的《沫沫集》里那篇《鲁迅的战斗》中，沈从文不但认为"对统治者的不妥协的态度，对绅士的泼辣态度，以及对社会的冷而无情的讥嘲态度，处处莫不显示这个人的大胆无畏精神"，更认为鲁迅的战斗"还告了我们一件事情，就是他那不大从小利害打算的可爱处。从老辣文章上，我们又可以寻得到这个人的天真心情。

---

① 鲁迅：《250720 致钱玄同》，载《鲁迅全集》第 11 卷，人民文学出版社 1981 年版，第 452 页。

② 《沈从文全集》第 17 卷，北岳文艺出版社 2009 年版，第 27 页。

懂世故而不学世故，不否认自己世故，却事事同世故异途，是这个人比其他作家名流不同的地方"；而且将之与他认为趋时、世故、懂得获得"多数"的郭沫若相比较，认为"鲁迅并不得到多数，也不大注意去怎样获得，这一点是他可爱的地方，是中国型的作人的美处。这典型的姿态，到鲁迅，或者是最后的一位了。……使'世故'与年青人无缘，鲁迅先生的战略，或者是不再见于中国了！"①

还应该看到，判定鲁迅"天真"，不仅是沈从文的一种理性判断与陈述，还是他阅读鲁迅的一种心理体验与艺术感悟。比如，在1940年发表的《从周作人鲁迅作品学习抒情》中，沈从文就说周氏兄弟："一个充满人情温暖的爱，理性明莹虚廓，如秋天，如秋水，于事不隔。一个充满对于人事的厌憎，情感有所蔽塞，多愤激，易恼怒，语言转见出异常天真。"②

可以说，无论是在"为人"层面还是"为文"层面，沈从文都将"天真"这项桂冠戴在鲁迅头上。从某种意义上看，沈从文堪称鲁迅的一个"另类"知音。在沈从文的字典中，"天真"这个词意味着什么？过多的推断或许有妄作解人之嫌。但沈从文用"天真"一词来评价"五四精神"，则是一个重要的价值参照系。比如他在1940年发表的《"五四"二十一年》中说："世人常说'五四精神'，五四精神的特点是'天真'和'勇敢'。"③在1948发表的《纪念五四》中，更是用"天真"这个词进行深度阐释："五四精神特点是'天真'和'勇敢'，如就文学言，即生命青春大无畏的精神，用文字当成一个工具来改造社会之外，更用天真和勇敢的热情去尝试。幼稚，无妨，受攻击，也无妨，失败，更不在乎。大家真有信心，鼓励他们信心的是求真，毫无个人功利思想夹杂其间。要出路，要的是信心中的真理抬头。要解放，要的是将社会上愚与迷丢掉！改

①《沈从文全集》第16卷，北岳文艺出版社2009年版，第165—170页。

② 同上书，第259页。

③《沈从文全集》第14卷，北岳文艺出版社2009年版，第135页。

革的对象虽抽象，实具体。一切出于自主自发，不依赖任何势力。"①
过多的联想或许容易引发误判，正如鲁迅将"丁玲信"误认为是沈
从文扮作女人来信一样。但沈从文用同样的"天真"一词，来评价
鲁迅和"五四精神"，是否蕴含着他眼中鲁迅超越常人的真正价值所
在呢？

"天真"一词固然有多重含义，但在沈从文那个性十足、绝不流
俗的语言运用中，是表征和形容来自人之天性的真实、真诚、本真、
纯真、善良、正直、赤诚、坦荡等类含义，与《老子》所谓"含德
之厚者，比于赤子"、《孟子》所谓"大人者，不失其赤子之心者也"
等古之论述，含义取向大致类同；与世故、圆滑、虚伪、投机、欺
诈、蒙骗、狡诈、无特操等品格，毫无疑问是截然相反的。具体到鲁
迅，则主要指涉其在人格、个性、品行、节操等方面的特征和品质，
尤其是这些特征和品质在精神境界层面所抵达的高度。

其实，不仅仅是沈从文慧眼独具。用"天真"或类似词语来评价
鲁迅的个性、品质和人格者，在鲁迅的时代不乏其人。仅列举几例有
代表性的评价。比如张定璜认为："鲁迅先生不是和我们所理想的伟
大一般伟大的作家，他自己也知道自己的狭窄。然而他有的正是我们
所没有的，我们所缺少的诚实。"② 比如张申府对鲁迅的"真"，是只
嫌其少不嫌其多："他的东西，实在看了令人痛快。他不是一般的文
人。他的东西似乎有时过损。也不是一般文人的损法。人的最不可恕
的毛病是虚伪。鲁迅是恰与这个相反的。……鲁迅的文章只应向更
真切处作。"③ 鲁迅去世后，上海《时事新报》刊登了一篇特写《盖棺
论定的鲁迅》，专辟一节"不知世故是天真"，直言"我以为'天真'

---

① 《沈从文全集》第 14 卷，北岳文艺出版社 2009 年版，第 298 页。

② 张定璜：《鲁迅先生（下）》，载中国社会科学院文学研究所鲁迅研究室编：《1913—
　 1983 鲁迅研究学术论著资料汇编》第 1 卷，中国文联出版公司 1985 年版，第
　 88 页。

③ 张申府：《终于投一票》，同上书，第 146 页。

是鲁迅的本性"。①

　　人之"本性"，通常状态下要展现于人之言行和日用人伦，从而为他人所感知与评价。源自"本性"又体现于日用人伦的"天真"，不但为鲁迅赢得了如沈从文这样"暌违已久"的"另类"知音的高度认同，更在友善者那里获得深切共鸣。比如曹聚仁将之比于伊尹："孟子说伊尹将以道觉斯民，自任以天下之重，但一面说：'伊尹耕于有莘之野，非其义也，非其道也，禄之以天下，弗顾也。系马千驷，弗视也，非其义也，非其道也，一介不以与人，一介不以取人'。这才是鲁迅先生人格的写照。鲁迅先生和胡适先生的分野正在于此，胡适先生爱以他的学问地位'待价而沽'，鲁迅先生则爱受穷困的磨折，并不曾改变他的节操，至死还是'非其义也，非其道也，一介不以与人，一介不以取人'（见《遗嘱》）。"② 再比如李长之感慨鲁迅的坦诚和担当精神："在中国，自己敢于公开承认是左翼［《南腔北调集》，页四六］而又能坚持其立场的，恐怕很少很少，许多怕落伍，又怕遭殃，就作出一种依违两可的妾妇状了，即此一端，也可见鲁迅的人格。"③

　　我们不难发现，在沈从文和鲁迅的同代人眼中，"天真"不是口无遮拦的率性或者固执己见的任性，而是鲁迅审慎之思想、自由之精神、独立之人格、天然之良知、自我之意志、处世之伦理、耿介之情操在为人、为文等层面展现出来的特性，是鲁迅个性、人格、品质、品行的代名词，是鲁迅精神一个弥足珍贵的象征。在"天真"背后所矗立的，是鲁迅对"赤子之心"的葆有与秉持，对真实和独立自我的矢志不移的坚守。这种展现、葆有、秉持和坚守，不但与趋时、趋利、媚世、媚势、媚权、世故、虚伪、圆滑、投机等品性无缘，而且

① 《盖棺论定的鲁迅》，载中国社会科学院文学研究所鲁迅研究室编：《1913—1983 鲁迅研究学术论著资料汇编》第 2 卷，中国文联出版公司 1986 年版，第 145 页。

② 曹聚仁：《论多疑》，同上书，第 527 页。

③ 李长之：《鲁迅批判》，载中国社会科学院文学研究所鲁迅研究室编：《1913—1983 鲁迅研究学术论著资料汇编》第 1 卷，中国文联出版公司 1985 年版，第 1286 页。

绝不屈服于外在的任何压力与诱惑；只会听从自己内心深处的召唤，只会服从真理、正义和良知的引导；至少也得经过深思熟虑，才会走向自己认为是"真"的那一面，亦即黑格尔所谓的"由自己决定自己是什么"①。

由此来看，别人眼中的鲁迅的"转变"或"投降"，表面看是来自某种主义、思想、理论的魅力、蛊惑或者"围剿"；但根本的立足点和动力源，来自鲁迅精神世界的某种深层自我心理需要，来自鲁迅自身道德标准、伦理规范和价值情操的内在支撑，来自鲁迅人格建构和自我意志的诉求、延伸与扩展，是鲁迅的"由自己决定自己是什么"。所以，如果与那些阐释鲁迅"转变"之必然性与合理性的鸿篇大论对照看，倒是鲁迅死后的一篇新闻特写，更简洁明快地凸显了鲁迅的个性、人格与品质："鲁迅的自信力很强，旧的东西他看不来，新的东西因为愿心许得太过，他又不相信，他只要他要说的话，骂他所要骂的人。他执笔为文，自由自在，不受别人的拘束，不受什么旗帜的哄骗。"②

可以化繁为简地认为，"天真"既是鲁迅人生选择与价值取向的内在立足点和动力源，又是鲁迅自我坚守在日用人伦领域的具体展现。换句话说，"天真"的本性是鲁迅思想和精神的一个原点；一切来自本性之外的思想、理论、观念等精神元素和心理体验，最终都要经过"天真"这个自我本性标尺的认同或者拒绝，然后才外化为日常言行和日用人伦中的取舍。由此来看，鲁迅所接受和信奉的，必定是经过"自我"深思熟虑、审慎思辨而独立选择的；让他再逾越真理哪怕是一步，都需要他重新进行分析和判断。

对于鲁迅的坚守自我的本性，敌对阵营的直言不讳，有时比同一阵营的谀辞更接近事实本身。1937 年 1 月 25 日，叶公超在《晨报》

① [德] 黑格尔：《美学》第 2 卷，朱光潜译，商务印书馆 1979 年版，第 175 页。
② 《盖棺论定的鲁迅》，载中国社会科学院文学研究所鲁迅研究室编：《1913—1983 鲁迅研究学术论著资料汇编》第 2 卷，中国文联出版公司 1986 年版，第 147 页。

发表了一篇《鲁迅》。该文因为颇有讽刺、攻击之嫌疑，遭到了左翼阵营的抨击。逆耳之言固然并非全是"忠言"，但"忠言"也并非不能来自对立面。叶公超是否有指摘之意暂且不论，但他的确抓住了鲁迅精神中"自我本性的坚守"这样一个重要的命题："他实在始终是个内倾的个人主义者，所以无论他一时所相信的是什么，尼采的超人论也好，进化论也好，阶级论也好，集体主义也好，他所表现的却总是一个膨胀的强烈的'自己'。"①

倘若这个"自我本性的坚守"，采取"躲进小楼成一统"的姿态，倒也与世无争。问题的关键在于，当这个"膨胀的强烈的'自己'"，采取积极入世的姿态，在"由自己决定自己是什么"之后，加入一个不需要有"自己"、仅仅需要"自己"去"服从"和"服务"的组织或团体时，会遭遇什么呢？汉娜·阿伦特在论及某些主义及其作为时说，它"宣传的真正目的不是说服，而是组织——'无须拥有暴力手段而能累积权力'。出于这个目的，意识形态内容的创新只能被看做是一种不必要的障碍。"②鲁迅有没有意识形态内容方面（比如文学与阶级、政治等的关系）的创新或可不论，就是保持自我的独立性与自我的主体性这么一件事关个体自由之事，难道是可能的吗？会不会被视为一种障碍呢？

三、"一生不曾屈服，临死还要战斗"

章乃器的挽联"一生不曾屈服，临死还要战斗"，堪称道尽鲁迅悲壮生命历程的神来之笔。可是这悲壮的战斗姿态，何尝不是鲁迅的

---

① 叶公超：《鲁迅》，载中国社会科学院文学研究所鲁迅研究室编：《1913—1983鲁迅研究学术论著资料汇编》第2卷，中国文联出版公司1986年版，第663页。

② ［美］汉娜·阿伦特：《极权主义的起源》，林骧华译，生活·读书·新知三联书店2008年版，第463页。

无奈和痛苦所在？沈从文曾为已死的鲁迅感慨："对工作的诚恳，对人的诚恳，一切素朴无华性格，尤足为后来者示范取法。……至于鲁迅先生那点天真诚恳处，却用一种社交上的世故适应来代替，这就未免太可怕了。因为年青人若葫芦依样，死者无知，倒也无所谓，正如中山先生之伟大，并不曾为后来者不能光大主义而减色。若死者有知，则每次纪念，将必增加痛苦。其实这痛苦鲁迅先生在死后虽可免去，在生前则已料及。"① 其实，这痛苦死后虽可免去，生前又何尝只是料及？鲁迅最后十年尤其是临终前的几年，在自我心理的体验上，难道不是饱尝了"痛苦"的煎熬与折磨？而这"痛苦"的不堪忍受，又岂是"谬托知己""沽名获利"的"敲门砖"所能形容？

鲁迅最后的十年，虽然是他的地位和声望如日中天的时期，但他在精神和心理上又有多少悠闲、惬意和舒适呢？尤其是临终前那几年所遭受的精神压力与心理伤害，应该丝毫不亚于他生命中的其他"黑暗"时期。许广平记载过一件令人黯然的事：1936 年的夏天，鲁迅已经病入膏肓，病症稍有减轻后，"在那个时候，他说出一个梦：他走出去，看见两旁埋伏着两个人，打算给他攻击"②。指责鲁迅者，或许说这是他有"迫害狂"的佐证。但如果尊重史实、了解鲁迅当年处境者，就不能不承认：这个梦，主要就是简单的日有所想、夜有所思，是过多的焦虑、压力乃至恐惧在梦境中的变形和回响；真正的来源绝非出于鲁迅的向壁造车，实乃萦绕在鲁迅身边的那些来自外界的种种"攻击"。

一个人面对来自外部世界的"攻击"，首先触发的是心理的应激和精神的防卫，是感觉、直觉、情绪、情感、潜意识等层面的本能自我保护反应，其后才是知性和理性的分析与判断。即使后发的知性

---

① 沈从文：《学鲁迅》，载《沈从文全集》第 16 卷，北岳文艺出版社 2009 年版，第 287—288 页。

② 景宋：《最后的一天》，载中国社会科学院文学研究所鲁迅研究室编：《1913—1983 鲁迅研究学术论著资料汇编》第 2 卷，中国文联出版公司 1986 年版，第 362 页。

分析和理性判断，对"攻击"的性质作出"合理"的解释与认定，在思想与观念上化解和谅解"攻击"的攻击性质，也难以代替和消除感觉、直觉、情绪、情感、潜意识等层面的心理应激和精神防卫的高度紧张印迹。

解铃还须系铃人。"攻击"的化解和消除，最终要依靠日用人伦中基本的、正面的日常事实体验和心理感受进行累积式修复与改善。简单概括，对"攻击"性质的评判或者说是否"敌人"的最终判断，既来自自我理性的审视、分析与认定，更来自精神和心理底层的感觉、直觉、情绪、情感、潜意识等层面的更基础、更内在的切身感受与体验；既来自价值领域的参照与指引，更来自经验领域的印证和支撑。

说一千道一万，外人的评价终究是隔岸观火，最权威的认定当然要来自当事人。即使当事人的认定从价值领域或理性判断上看是错误的，也不能代替和抹杀当事人在精神和心理层面那些负面的切身体验与实际感受之客观存在性和真实性。简单地说，是否是攻击，是否是对手，是否是敌人，最终要取决于当事人的综合理解与判断；因为"攻击"不是指向你我，而是引发了当事人的应激与防卫，主要针对当事人产生影响、发生意义。鲁迅一生所面对的攻击和敌人，的确数不胜数。那么最后十年尤其临终前那几年，鲁迅自己认定的主要的攻击和敌人是什么呢？熟读鲁迅最后十年的著述和书信者，从鲁迅的无奈、不满、厌恶、讽刺、抱怨、指责乃至最终发难来看，自然不难发现鲁迅在经验领域和精神、心理层面遭受压力、折磨和痛苦的主要来源所在。仅举几例就可一叶知秋：

> 今之青年，似乎比我们青年时代的青年精明，而有些也更重目前之益，为了一点小利，而反噬构陷，真有大出于意料之外者，历来所身受之事，真是一言难尽，但我是总如野兽一样，受了伤，就回头钻入草莽，舐掉血迹，至多也不过呻吟几声的。只

是现在却因为年纪渐大，精力就衰，世故也愈深，所以渐在回避了。①

　　我之退出文学社，曾有一信公开于《文学》，希参阅，要之，是在宁可与敌人明打，不欲受同人暗算也。②

　　但，敌人是不足惧的，最可怕的是自己营垒里的蛀虫，许多事都败在他们手里。因此，就有时会使我感到寂寞。但我是还要照先前那样做事的，虽然现在精力不及先前了，也因学问所限，不能慰青年们的渴望，然而我毫无退缩之意。③

　　叭儿之类，是不足惧的，最可怕的确是口是心非的所谓"战友"，因为防不胜防。例如绍伯之流，我至今还不明白他是什么意思。为了防后方，我就得横站，不能正对敌人，而且瞻前顾后，格外费力。身体不好，倒是年龄关系，和他们不相干，不过我有时确也愤慨，觉得枉费许多气力，用在正经事上，成绩可以好得多。④

　　或说，鲁迅树敌多多，来自同一阵营的不能算作敌人，只能算是"人民内部矛盾"。俗语说得好，站着说话不腰疼。给当事人造成的精神压力和心理伤害，可是只有当事人去承担！廉价的理解、同情和开导无济于事。在鲁迅眼中，敌人不足惧，叭儿不足惧，那么，是谁让他感到焦虑、疲惫、可怕和难以名状的愤怒呢？难道不是那些

---

① 鲁迅：《330618 致曹聚仁》，载《鲁迅全集》第 12 卷，人民文学出版社 1981 年版，第 185 页。
② 鲁迅：《340501 致娄如瑛》，同上书，第 399 页。
③ 鲁迅：《341206 致萧军、萧红》，同上书，第 584 页。
④ 鲁迅：《341218 致杨霁云》，同上书，第 606 页。

精明的"青年""自己营垒的蛀虫"和口是心非的"战友"？难道不是那些"元帅""工头""英雄""指导家""状元"们？如果尊重鲁迅的个体经验和心理感受的话，那么给鲁迅造成精神压力和心理伤害的来源，难道不是一目了然吗？熟知鲁迅最后十年经历者，尤其熟知鲁迅与左联关系史者，更不难看到真正或者主要给鲁迅造成精神压力和心理伤害的，究竟来自谁、来自何方。

问题的严重性更在于，这种精神压力和心理伤害不可避免地要给鲁迅的精神世界和思想领域，带来理性和感性、理论和经验等诸多层面的矛盾感和混乱感，很容易引发他内在精神世界的矛盾、差异乃至断裂，使他对自我本性的坚守常常处于进退失据的尴尬困境。当年一篇嘲讽鲁迅的文章，或许充满恶意，但至少在现象层面点出了鲁迅的困境所在："既然做了 CP 在文学上的'旗手'，当然一切文学上的理论都须跟着 CP 的政治主张走，于是由'普罗列塔列亚文学'而走到'民族革命战争的大众文学'，纵然受到了同志们以及社会人士们的诽笑责难，也只有硬着头皮作'韧性'的斗争，这种'哑子吃黄莲'的苦闷，我们也应该替死了的人坦白申诉的。……鲁迅在后期文坛生活中，最凄惨的无过于由'普罗文学'转变到'民族革命战争的大众文学'这一段。"① 事实上，对于这种"哑子吃黄莲"的境地，作为当事者的鲁迅本人，比谁都清楚；个中甘苦，可谓冷暖自知："今天要给《文学》做'论坛'，明知不配做第二，第三，却仍得替状元捧场，一面又要顾及第三种人，不能示弱，此所谓'哑子吃黄莲'——有苦说不出也。"②

鲁迅生命的最后十年，饱受病痛的折磨，最后的几年更是病入膏

---

① 梅子：《鲁迅的再评价》，载中国社会科学院文学研究所鲁迅研究室编：《1913—1983 鲁迅研究学术论著资料汇编》第 3 卷，中国文联出版公司 1987 年版，第 1114—1115 页。

② 鲁迅：《350912 致胡风》，载《鲁迅全集》第 13 卷，人民文学出版社 1981 年版，第 212 页。

育。他在抵抗疾病、衰老等不可抗力的同时，还要去迎战来自外界的"攻击"。那时的鲁迅，该是怎样的力不从心与苦不堪言呢？对于鲁迅自身来说，如果真能如他所说的去"回避"，那么这些也就不会构成精神和心理层面的压力、折磨和痛苦。但他又"毫无退缩之意"，既不想放弃对自我本性的坚守，又不肯扭曲自己的意志；宁可"横站"，也要直面这惨淡的人生。鲁迅的同代人、俄罗斯的别尔嘉耶夫曾说："革命是使人贫乏也使人丰盈的一种重要体认。"① 毋庸多言，造成鲁迅既想"回避"又"毫无退缩之意"状态的根源，来自他最后十年所投身的"革命"领域，来自他对"革命"的期冀和切身的体验与感受，亦即来自革命的"诱惑与奴役"。

考诸鲁迅一生的史迹，对于革命、对于马克思主义，无论是在经验和现象层面还是在理性和理想领域，鲁迅的独特之处在于他始终能秉持自己内在的认识和独立的判断，绝难接受政治势力、社会团体、领袖权威、人情世故等外部因素的左右与摆布。需要注意的是，鲁迅对革命的认识、理解、判断和感觉，具有整体性思考和经验主义特征，即立足于人类社会的总体视野来衡量革命的理想、事实、价值和意义。

他在生命的最后十年，对革命现象与革命本质的打量与审视，尽管主要侧重于共产党的革命，但这也只是他所思考的人类社会革命链条中的一环。当然，这一环毕竟是他感受最深切、体会最复杂的一环。所以，当他从理性和理论的领域介入经验的和实践的领域，从革命的旁观者纵身跃入革命的洪流；理性的、理论的乃至理想的革命形态与经验的、实践的和现实的革命形态之间发生的重大差异和矛盾，也就如影随形般矗立在他眼前。或许，之前的惶惑和疑虑不但没有消除，反而因为革命实践的复杂性和矛盾性而日益加重。

---

① ［俄］尼古拉·别尔嘉耶夫：《人的奴役与自由——人格主义哲学的体认》，徐黎明译，贵州人民出版社 1994 年版，第 173 页。

应该说，鲁迅对共产党革命的认同与参与，迥异于同一阵营的那些职业、半职业革命文人的狂热、献身与尊奉。王任叔的判断是恰切的："他一开始就对于人类有个伟大的理想，而欲实现这理想，他又不欲空谈而注重实作。"① 对鲁迅而言，认同和接受共产党的革命理念与革命理想，是他"不欲空谈而注重实作"的具体表现。但认同与接受，只是意味着他将之视为看待社会发展与变革的一种思想框架和理论武器，很难说会构成他自我存在本性的动力源与终极信仰。正如叶公超所言，无论是超人论还是进化论，无论是阶级论还是集体主义，这些只不过是鲁迅的"自我"在不同人生时段的价值取向的具体选择而已。尤其是超人论和进化论逐渐丧失自我阐释、自我推动的能量后，鲁迅精神世界在理性认知层面的对比逻辑和经验事实层面的参照意识，在历练中必然要渐次增强；鲁迅自我坚守与选择中的警惕性，当然也会水涨船高。

这就不难理解鲁迅在逐渐认同与接受"革命"的同时，为何始终保持着冷静、慎重甚至是怀疑。早在轰轰烈烈的国民革命年代，鲁迅对自我与革命就有清醒的定位："老实说，远地方在革命，不相识的人们在革命，我是的确有点高兴听的，然而——没有法子，索性老实说罢，——如果我的身边革起命来，或者我所熟识的人去革命，我就没有这么高兴听。有人说我应该拚命去革命，我自然不敢不以为然，但如叫我静静地坐下，调给我一杯罐头牛奶喝，我往往更感激。"② 到了 1928 年革命文学论战时，在已经基本接受马克思主义作为理解、阐释社会发展与变革的一种思想框架和理论武器后，鲁迅依然没有减少对革命前景的忧虑与警醒："……革命被头挂退的事是很少有的，

---

① 王任叔：《鲁迅先生的"转变"》，载中国社会科学院文学研究所鲁迅研究室编：《1913—1983鲁迅研究学术论著资料汇编》第 2 卷，中国文联出版公司 1986 年版，第 134 页。

② 鲁迅：《在钟楼上——夜记之二》，载《鲁迅全集》第 4 卷，人民文学出版社 1981 年版，第 30 页。

革命的完结，大概只由于投机者的潜入。也就是内里蛀空。这并非指赤化，任何主义的革命都如此。但不是正因为黑暗，正因为没有出路，所以要革命的么？倘必须前面贴着'光明'和'出路'的包票，这才雄赳赳地去革命，那就不但不是革命者，简直连投机家都不如了。虽是投机，成败之数也不能预卜的。"①

暂且不论鲁迅对革命的认识与理解，是否主要来自经验主义和现象层面的支撑。即使在理论、理性乃至理想层面，鲁迅的认同与接受也不是盲目和尊奉，而是有着极其鲜明的独立性和悲观主义色彩。比如他对革命及其前景的忧虑与预估，迄今依然振聋发聩："古时候一个国度里革命了，旧的政府倒下去，新的站上来。旁人说，'你这革命党，原先是反对有政府主义的，怎么自己又来做政府？'那革命党立刻拔出剑来，割下了自己的头；但是他的身体并不倒，而变成了僵尸，直立着，喉管里吞吞吐吐地似乎是说：这主义的实现原本要等三千年之后呢。"②仔细琢磨鲁迅这段话的剑锋所指，我们就不能不联想起多少年后霍弗的类似看法："如果一种教义不是复杂晦涩的话，就必须是含糊不清的；而如果它既不是复杂晦涩也不是含糊不清的话，就必须是不可验证的；也就是说，要把它弄得让人必须到天堂或遥远的未来才能断定其真伪。"③

人们常说，理论是灰色的，唯有生命之树长青。假使这种忧虑和预估，只是出自虚无思想、悲观主义在鲁迅精神世界的惯性作用，那么，革命的光辉灿烂图景，自然会用活生生的事实去矫正鲁迅的悲观与虚无。可是，当一种理论和理想仅仅是或者主要是在口头上蛊惑人心，经常性地无法获得经验和现实层面的支撑，或者说经验和现实层

---

① 鲁迅：《铲共大观》，载《鲁迅全集》第4卷，人民文学出版社1981年版，第106页。

② 鲁迅：《透底》，载《鲁迅全集》第5卷，人民文学出版社1981年版，第104页。

③ ［美］埃里克·霍弗：《狂热分子》，梁永安译，广西师范大学出版社2008年版，第109页。

面的观感，足以架空乃至解构理论和理想时，会对一个认同者、接受者造成怎样的震荡、冲击和精神困扰呢？仅从鲁迅对同一阵营革命文人们的观感中就可以印证，理想与现实、理论与实践的差异和矛盾，在鲁迅眼中的的确确是存在着。比如王平陵曾讽刺和攻击左翼作家说："大多数的所谓革命的作家，听说，常常在上海的大跳舞场，拉斐花园里，可以遇见他们伴着娇美的爱侣，一面喝香槟，一面吃朱古力，兴高采烈地跳着狐步舞，倦舞意懒，乘着雪亮的汽车，奔赴预定的香巢，度他们真个消魂的生活。明天起来，写工人呵！斗争呵！之类的东西，拿去向书贾们所办的刊物换取稿费，到晚上，照样是生活在红绿的灯光下，沉醉着，欢唱着，热爱着。象这种优裕的生活，我不懂先生们还要叫什么苦，喊什么冤，你们的猫哭耗子的仁慈，是不是能博得劳苦大众的同情，也许，在先生们自己都不免是绝大的疑问吧！"① 王平陵是不是污蔑革命文人暂且不论，关键是鲁迅怎样看待这些现象呢？

鲁迅在诸多公开场合虽较少点名指摘，但私下里却毫不掩饰自己的厌恶和鄙夷："创造社开了咖啡店，宣传'在那里面，可以遇见鲁迅郁达夫'，不远在《语丝》上，我们就要订正。田汉也开咖啡店，广告云，有'了解文学趣味之女侍'，一伙女侍，在店里和饮客大谈文学，思想起来，好不肉麻煞人也。"② 对于革命实践中诸如此类违背革命理想和革命伦理的人与事，鲁迅的鄙夷、不屑与不满，更有众所周知的"梯子论"可以佐证："梯子之论，是极确的，对于此一节，我也曾熟虑，倘使后起诸公，真能由此爬得较高，则我之被踏，又何足惜。中国之可作梯子者，其实除我之外，也无几了。所以我十年以

① 王平陵：《"最通的"文艺》，载中国社会科学院文学研究所鲁迅研究室编：《1913—1983鲁迅研究学术论著资料汇编》第1卷，中国文联出版公司1985年版，第772页。

② 鲁迅：《280815致章廷谦》，载《鲁迅全集》第11卷，人民文学出版社1981年版，第633页。

来，帮未名社，帮狂飙社，帮朝花社，而无不或失败，或受欺，但愿有英俊出于中国之心，终于未死，所以此次又应青年之请，除自由同盟外，又加入左翼作家连盟，于会场中，一览了荟萃于上海的革命作家，然而以我看来，皆茄花色，于是不佞势又不得不有作梯子之险，但还怕他们尚未必能爬梯子也。哀哉！"①由具体而实际的革命现象得来的这类经验和体会，在鲁迅最后十年的著述尤其是书信中，可谓比比皆是。相信识者能察，自不必多言。

四、"在梦与怒之间是他文字最美满的境界"

如果说理论、理性和理想层面的疑惑和矛盾，不足以给鲁迅带来精神压力和心理伤害；那么在现实和经验领域遭遇的"革命"之种种"真相"，尤其是他那独立的自我所遭受的种种"围剿"，如果在日积月累中达到了触目惊心的地步，他认识、理解和判断革命的整体性视野与经验主义思维模式，显然要遇强则强，足以引发他再次乃至多次重新审视他所认同和接受的思想框架和理论武器。鲁迅置身其中又难以摆脱的革命之种种矛盾、种种纠葛与种种斗争，当然也会再次乃至多次诱发和强化他在理性和理想层面本来就已存在的怀疑主义和虚妄感。

从外到内的如此种种，如果量变累积到质变阶段，则足以"轰毁"鲁迅在思想和精神领域的连续性和一贯性，进而导致差异性、矛盾性乃至断裂性的产生。鲁迅那个独立的、膨胀的、强烈的"自己"，在寻求新的存在动力源层面上，势必又会要求"自己"开始新的一轮"从新做过"。

---

① 鲁迅：《300327 致章廷谦》，载《鲁迅全集》第 12 卷，人民文学出版社 1981 年版，第 8 页。

　　1928 年革命文学论争之后，鲁迅之所以在理性层面接受马克思主义并怀着理想主义精神投入革命事业，必定有着来自历史、现实与理想等诸多层面的深刻复杂原因。在众多的阐释中，大众哲学家艾思奇的理解可谓高人一筹："'五四'以后鲁迅先生所以终于能够走到辩证唯物论的方面来，接受了马克思主义，也正是由于他在战斗中看见了真正民主的现实力量（不是借多数以压制别人，而是以创造多数人和全社会的友爱合作自由发展的高级社会为目的，以争取一切人能以同志关系相待而又不妨碍相互的个性发展的合理社会为目的的现实力量）——即无产阶级力量的缘故。"①艾思奇的解释堪称高屋建瓴，尤其是括号里面的解释，不但符合原典马克思主义的真实内涵，而且将实现人类社会理想模型的巨大可能性（亦即革命的诱惑性）突出出来，切合了鲁迅"对于人类有个伟大的理想"的一贯憧憬与自我诉求。问题在于，鲁迅在理性和理想层面接受马克思主义，是否意味着他在文学的和革命的实践领域完全认同与信任这一主义的实践者们呢？

　　显然，鲁迅并没有将那些革命文学鼓吹者尤其是自封的革命者等同于革命事业本身，反而是在历史经验和现实刺激的基础上，一直带着浓重的怀疑精神和忧虑意识，去审视他的新同盟者们。正如王任叔所说，鲁迅是个历史的现实主义者，历史和现实的经验与教训，时时刺激和提醒他去察其言观其行。应该说，鲁迅的评判标准，更多地是经验的、历史的与现实的，而非理论的、理想的和虚拟的。比如左联成立大会，本应是一个团结的大会、胜利的大会，可是鲁迅不肯扭曲自己的意志去说冠冕堂皇、鼓舞人心的话，反而根据历史经验和切身体会大泼冷水、大唱反调，尤其说左翼作家很容易成为右翼作家，致使不少人会后火气冲冲去责难斡旋者冯雪峰。再比如合作了一年多

---

①　艾思奇：《鲁迅先生早期对于哲学的贡献》，载中国社会科学院文学研究所鲁迅研究室编：《1913—1983 鲁迅研究学术论著资料汇编》第 3 卷，中国文联出版公司 1987 年版，第 432 页。

后，当鲁迅对"友军"们又增添了新的经验与体会，就旧账新账一起算，不但将左联的骨干力量创造社"极左倾的凶恶的面貌"推上前台，斥之为"翻筋头""才子＋流氓"；而且一针见血地借题发挥说："这情形，即在说明至今为止的统治阶级的革命，不过是争夺一把旧椅子。去推的时候，好像这椅子很可恨，一夺到手，就又觉得是宝贝了，而同时也自觉了自己正和这'旧的'一气。……奴才做了主人，是决不肯废去'老爷'的称呼的，他的摆架子，恐怕比他的主人还十足，还可笑。"①

　　鲁迅对革命实景的警醒、对革命前景的忧虑，尤其是对诸多"友军"的不屑与不满，和别尔嘉耶夫对"革命创造新人"的焦虑异曲同工："马克思在青年时的论著中曾说，劳工不具有人的高质，他们是更加非人性、更加丧失人的本性的生存。但后来，在马克思主义的历史中却产生出关于无产阶级的神话，其影响甚大。"②鲁迅当然深谙革命摧枯拉朽又泥沙俱下的道理，当然知道再神圣的事业也必须由具体的个人去承担与实践，当然明白革命的预言与承诺往往迥异于革命的现实与后果；所以，面对来自历史的浓黑经验与教训，他只能"梦坠空云齿发寒"："……中国革命的闹成这模样，并不是因为他们'杀错了人'，倒是因为我们看错了人。"③可是，这沉重而肃然的感叹，并不仅仅来自于刚刚过去的革命历史，正在发生的革命的错综复杂景观、日益积累的负面经验与体会，更足以使他担心这一革命的历史将会重演。

　　鲁迅很清楚，自己终究不过是革命的一个同路人。当他向冯雪

---

①　鲁迅：《上海文艺之一瞥》，载《鲁迅全集》第 4 卷，人民文学出版社 1981 年版，第 301—302 页。

②　[俄] 尼古拉·别尔嘉耶夫：《人的奴役与自由——人格主义哲学的体认》，徐黎明译，贵州人民出版社 1994 年版，第 187 页。

③　鲁迅：《〈杀错了人〉异议》，载《鲁迅全集》第 5 卷，人民文学出版社 1981 年版，第 95 页。

峰抱怨说，"你们到来时，我要逃亡，因为首先要杀的恐怕是我"①，难道不是意味着自己并不属于"你们"？难道不是在内心深处已经深切感受到"你们"一词的幽暗？如果说，因为与冯雪峰、瞿秋白等人的良好关系，鲁迅和前期左联的合作，大致还算顺利。可是，随着他们的离去、新的掌权者登上舞台，鲁迅和左联的冲突越积越多，双方渐行渐远，终致势如水火了。郑学稼曾说："'中国的高尔基'对于文化政策的执行者，不是完全服从的，也有反抗。但聪明的他，把反抗的事件，化为对付个人。"② 如果说在左联的前期，鲁迅"把反抗的事件，化为对付个人"之说尚能成立，那么面对左联后期发生的越来越多的"攻击"事件，他还会把问题的根源仅仅定位在"个人"吗？

他对两萧抱怨说："敌人不足惧，最令人寒心而且灰心的，是友军中的从背后来的暗箭；受伤之后，同一营垒中的快意的笑脸。因此，倘受了伤，就得躲入深林，自己舐干，扎好，给谁也不知道。我以为这境遇，是可怕的。我倒没有什么灰心，大抵休息一会，就仍然站起来，然而好像终竟也有影响，不但显于文章上，连自己也觉得近来还是'冷'的时候多了。"③ 他对胡风诉苦说："最初的事，说起来话长了，不论它；就是近几年，我觉得还是在外围的人们里，出几个新作家，有一些新鲜的成绩，一到里面去，即酱在无聊的纠纷中，无声无息。以我自己而论，总觉得缚了一条铁索，有一个工头在背后用鞭子打我，无论我怎样起劲的做，也是打，而我回头去问自己的错

① 李霁野：《忆鲁迅先生》，载中国社会科学院文学研究所鲁迅研究室编：《1913—1983鲁迅研究学术论著资料汇编》第2卷，中国文联出版公司1986年版，第115页。

② 郑学稼：《鲁迅正传》，载中国社会科学院文学研究所鲁迅研究室编：《1913—1983鲁迅研究学术论著资料汇编》第3卷，中国文联出版公司1987年版，第1181页。

③ 鲁迅：《350423致萧军、萧红》，载《鲁迅全集》第13卷，人民文学出版社1981年版，第116页。

处时，他却拱手客气的说，我做得好极了，他和我感情好极了，今天天气哈哈哈……。真常常令我手足无措，我不敢对别人说关于我们的话，对于外国人，我避而不谈，不得已时，就撒谎。你看这是怎样的苦境？"① 仔细琢磨鲁迅的话，虽然不必过度阐释，但也决不可忽略鲁迅用语背后的复杂含义，比如说"友军"究竟意味着怎样的心理距离？"里面"是不是一个蕴含壁垒森严意味的指称代词？他又为何"冷"而处于"苦境"呢？如果设身处地考虑鲁迅的遭遇和切身体验，那么他这些用语背后有没有显示出他潜意识层面的心理界限乃至精神防卫呢？

郑学稼曾经勾画过"左联"的文艺运动路线图："在一九二七年，中共的'八七会议'以后，它的文艺政策，就是要建立以成仿吾、李初梨们为代表的'普罗文学'。到一九三二年'红军'有了根据地，并建立'苏维埃政府'后，它的文艺政策，是呼喊创造'社会主义的写实文学'，因为中共把江西的'天国'，成为'社会主义'的社会。但这只算是过去的尘迹。历史告诉我们，自从希特勒上台，第三国际的主席由史米特洛夫充当起，中共执行它的决议：从事'民族阵线'的运动，不需要那'苏维埃政府'，并高挂'国防政府'的大牌。既然在政治上有了激变，那在文化中也不能没有与之相适应的变更。由于产生了'国防文学'。"② 无论怎么说，具体的"个人"是没有能力决定这一文艺运动路线图的，除非掌握足够的权力，更何况这一路线图的设计与规划来自苏俄的遥控。正如鲁迅看到了"你们"，问题的根源并不在于"个人"，而在于由无数那样的"个人"构成的一个所谓的"里面"，乃至"里面"的"里面"。"里面"的个人，也必须按

---

① 鲁迅：《350912 致胡风》，载《鲁迅全集》第 13 卷，人民文学出版社 1981 年版，第 211 页。

② 郑学稼：《鲁迅正传》，载中国社会科学院文学研究所鲁迅研究室编：《1913—1983 鲁迅研究学术论著资料汇编》第 3 卷，中国文联出版公司 1987 年版，第 1181 页。引文最后一句中的"由于"，按前后逻辑来看，疑为"于是"之误。

照"里面"的最高政治意志去执行组织的路线、方针、政策和计划；自行其是必然会被视为严重违背组织的背叛行为。一般的"个人"之于群体、组织和运动，实在是可以微不足道的。

关于当年"联合"的原因和内幕，鲁迅必定比今天的我们知道和感受得更多。曾经和鲁迅、和左联论战的梁实秋，后来讥讽说："我离开上海到青岛，'普罗文学'也不久便急剧的消灭了，其消灭的原因是极有趣味的，是由于莫斯科的一场会议，经过的情形具见于美国伊斯特曼所著《穿制服的艺术家》一书中。没有货色的空头宣传当然不能持久，何况奉命办理的事当然也会奉命停办！"① 当年创造社、太阳社成员们放下"武器"，向鲁迅举起橄榄枝，实乃执行组织命令而非内心的心甘情愿；倒是前前后后的一系列"围剿"，颇能代表他们的真实意愿和个人意志。如果说矛盾、纠葛和斗争仅仅来源于"个人"，那问题反而好解决，等着真正的革命者到来就是。但鲁迅知道，他面对的是"友军"，是"你们"。"友军"们能够"奉命办理"，但"由自己决定自己是什么"的鲁迅，能够"奉命办理"吗？

或许正如革命文学论战时对手们对他的嘲讽与抨击，不放弃独立性和理想主义的鲁迅，势必会成为"中国的堂吉诃德"。假如鲁迅没有在1936年死去，而是依然活着，结局又将如何呢？后虽有人有种种分析，但这终究都是假设，因为鲁迅倒在了病魔和攻击中。但在见到冯雪峰的大约两年前，他就已经预测着命运的某种可能："倘当崩溃之际，竟尚幸存，当乞红背心扫上海马路耳。"②

郁达夫评价鲁迅说："当我们见到局部时，他见到的却是全面。

---

① 梁实秋：《鲁迅与我》，载中国社会科学院文学研究所鲁迅研究室编：《1913—1983 鲁迅研究学术论著资料汇编》第 3 卷，中国文联出版公司 1987 年版，第 734 页。

② 鲁迅：《340430 致曹聚仁》，载《鲁迅全集》第 12 卷，人民文学出版社 1981 年版，第 397 页。

当我们热衷去掌握现实时，他已把握了古今与未来。"①此评价用之于鲁迅如何对待革命，诚乃不刊之论。之所以说鲁迅认同与接受马克思主义，只是他视之为看待社会发展与变革的一种思想框架和理论武器，而不能构成他自我存在本性的动力源与终极信仰，就在于他是在中外古今的格局中、在历史与现实的错综复杂中、在人类革命链条的视野中，来认同与接受这一事业的。这种认同和接受，只能是他"对于人类有个伟大的理想"的一个"中间物"。差异、矛盾和断裂之处在于，当革命阵营里的"蛀虫"充斥在他四周，当革命之种种遭遇逾越了他的心理承受阈限，当这个"中间物"的现实形态严重违背和扭曲了他心目中的理论模型和理想建构，他还会将问题的根源仅仅归结为作为"个人"的"元帅""工头""英雄""指导家"和"状元"吗？

在生命的临终岁月，他为何不顾朋友的劝告、不顾组织的疏通，执意暴露"某一群"？他为何毫不顾及徐懋庸们的安危与恐惧："这初看不过是'含血喷人'的手段，是平常的，殊不知这其中有着非常恶毒的一手，那就是暴露左联的秘密，咬实我和左联的关系，揆其目的，岂不是同时要使另外一种人来迫害我么！"②用宗派主义、内部矛盾、右倾机会主义、"左"倾幼稚病等原因来解释鲁迅的执意决裂，显然不是糊涂就是欲盖弥彰了。鲁迅的执意决裂，自然更不是一时的忍无可忍。徐懋庸来信只不过是压垮骆驼的最后一根稻草。当组织的前进路向由理想主义转向实用主义，鲁迅面临的就不仅仅是理想主义诉求的失落了。如果说之前的大多数矛盾、纠葛、冲突，还可以归因于人事纠纷和具体观念分歧；那么在左联解散和国防文学论战事件中，尽管表面上鲁迅已经认同和接受组织的决定，但再也无法掩盖鲁

---

① 郁达夫：《鲁迅的伟大》，载中国社会科学院文学研究所鲁迅研究室编：《1913—1983鲁迅研究学术论著资料汇编》第2卷，中国文联出版公司1986年版，第700页。

② 徐懋庸：《一封真的想请发表的私信》，载中国社会科学院文学研究所鲁迅研究室编：《1913—1983鲁迅研究学术论著资料汇编》第1卷，中国文联出版公司1985年版，第1460页。

迅和"友军"在革命的理论建构和理想形态层面存在的根本性分歧。只不过这种根本性分歧，是以文学论争和人事纠葛的面貌呈现出来罢了。

作为一个文人的鲁迅，当然无法左右革命的伟力。但他的冲冠一怒，为他那来自存在本性的"天真"自我，画上了浓重而悲壮的一笔。仔细看看他在生命最后几年的文章、书信，就能深切地感受到新一轮的"从新做过"，在执意决裂前就已经开始了。在《我的第一个师傅》这样充满温暖记忆的文章中，鲁迅都忍不住随手写入"中国的邪鬼，是怕斩钉截铁，不能含糊的东西的"。尤其值得回味的，当属临死前一个月所写的《女吊》，其结尾更是令人深长思之："被压迫者即使没有报复的毒心，也决无被报复的恐惧，只有明明暗暗，吸血吃肉的凶手或其帮闲们，这才赠人以'犯而勿校'或'勿念旧恶'的格言，——我到今年，也愈加看透了这些人面东西的秘密。"

执意决裂，当然不是最终目的。决裂后，他将如何调整自己的政治信仰、如何重塑自我的精神动力、如何再造作为社会人和政治人的自我形象？如果他继续活着并依旧保持自我的独立，那么他最后十年所经历的一切，是否会成为他创作更深刻文学作品的绝妙素材？然而，后人无法替鲁迅作答。昔人已去，空留一个未能完型的命题。鲁迅生命尽处的遭遇和"转变"迹象，不能不令人深深警醒："催生群众运动的知识分子的悲剧根源在于，不管他们有多么讴歌群体运动，本质上都是个人主义者。他们相信有个人幸福可言，相信个人判断和原动力的重要性。但一个群众运动一旦成形，权力就会落入那些不相信也不尊重个人者之手。"[1]

天不假鲁迅以时日，却留下了一个"临终还要战斗"的悲壮身影。上苍没有给他更多的时间去"从新做过"。但即使再一次"从新

---

[1] [美] 埃里克·霍弗：《狂热分子》，梁永安译，广西师范大学出版社 2008 年版，第 172 页。

做过"，他又如何避免革命伟力的秋风扫落叶呢？如果不是他的"友军"们在他活着时听命于王明，那么还会有以后伟大领袖的推崇吗？值得庆幸的是，鲁迅到死都依然保持了"一生不曾屈服"的姿态，从没有丧失来自存在本性的"天真"自我。叶公超尝言："他的思想里时而闪烁着伟大的希望，时而凝固着韧性的反抗狂，在梦与怒之间是他文字最美满的境界。"① 如果细细体会鲁迅生命最后几年的文字，我们难道不可以更深切地感受到他的"梦与怒"吗？在那些满溢着"梦与怒"的文字中，我们难道不是更深切地感受到他从虚妄又回归了真实？

---

① 叶公超：《鲁迅》，载中国社会科学院文学研究所鲁迅研究室编：《1913—1983 鲁迅研究学术论著资料汇编》第 2 卷，中国文联出版公司 1986 年版，第 665 页。

第八章　诗与真：20 世纪 40 年代的
郭沫若及其抗战历史剧

郭沫若完成文人和政治活动家的双重角色定位，是在抗战期间。尽管北伐时期他投笔从戎、纵情战场，但因国共分裂、坚决反蒋，旋即流亡日本。政治舞台的大幕刚刚开启就关闭了。亡命日本十年，诗人、革命家的激情转换为学者的沉毅和坚忍，郭沫若徜徉于中国古代社会的漫漫典籍、埋首于青铜甲骨堆中，在江户川畔樱花树下成就了名动天下的一代学术。如果不是无耻日寇进犯中华，或许郭沫若就此不再涉足险恶政坛。

一、"愤怒出诗人"：政治遇挫与艺术移情

都说造化弄人，可时势亦造英雄。沈从文曾言，"让我们把郭沫若的名字位置在英雄上、诗人上，煽动者或任何名分上，加以同情和尊敬"①，话音刚落数年，日寇的入侵就将郭沫若推向政治的风口浪尖，历史英雄的位置再次向他招手。这就是被一些学者称为颇具"邦德 007"色彩的郭沫若秘密归国和此后抗战期间的政治周旋。

关于郭沫若秘密归国抗战，学界尚有不同认识。一般认为，中日战端一触即发，国民政府内部亲日派亟须对日谈判渠道，而当时传闻郭沫若因学术影响受知于日本政界一些重量级人物，故而被纳

---

① 沈从文：《论郭沫若》，载李霖编：《郭沫若评传》，上海现代书局 1932 年版。

入国民政府的政治视野。比如1934年上海《社会新闻》第七卷第四期就刊出《郭沫若受知西园寺》，称日本政界元老西园寺公望十分赞赏郭沫若的《中国古代社会研究》《两周金文辞大系》和《甲骨文字研究》等著作，并在别墅设宴招待郭沫若。日本报界和民间也流传在"二二六事件"中，西园寺公望曾庇护过郭沫若。1932年"五一五事件"中遇刺的日本首相犬养毅，亦醉心于郭沫若的《两周金文辞大系》和《甲骨文字研究》。

尽管郭沫若归国抗战的前前后后尚有很多谜团①，但可以肯定，郭沫若在日本的学术影响提升了自身的政治分量。必须指出，郭沫若是应国民政府召唤秘密归国抗战的，所以就有了郁达夫两封信中"委员长有所借重"之语（张群、陈布雷、陈仪、钱大钧、邵力子等均系为郭归国向蒋进言者），也就有了国民政府驻日使馆和间谍网（参与其事者主要有许世英、王芃生、钱瘦铁、金祖同等人）多方协作护送郭沫若秘密归国的惊心动魄，当然也就有了郭沫若抵沪之后共产党方面李初梨、夏衍、钱杏邨等人才获知消息一说。

"登舟三宿见旌旗"后以什么样的方式"投笔请缨"？这是郭沫若归国后面临的重大人生抉择。是在国民政府谋职（在朝）还是从事青年教育工作（在野）？抑或如沈尹默所建议的继续研究古代文化？面对复杂的政局，郭沫若尽管有些犹疑，但从政念头应该是始终占据上风的，他秘密归国途中步鲁迅七律写就的那首《又当投笔请缨时》就已表明心迹。1937年9月下旬写就的《在轰炸来去》②，不但记载了他

---

① 关于郭沫若归国抗战的过程，目前有三份资料值得重视：一是殷尘的（金祖同）《郭沫若归国秘记》（言行出版社1945年版），二是武继平的《"日支人民战线"谍报网的破获与日本警方对郭沫若监视的史实》（载中国郭沫若研究会、郭沫若纪念馆编：《文化与抗战：郭沫若与中国知识分子在民族解放战争中的文化选择》，巴蜀书社2006年版），三是蔡震的《文化越境的行旅：郭沫若在日本二十年》（文化艺术出版社2005年版）。参照郭本人的记述和其他事实，这一事件的大致脉络可以基本还原，此非本书重点，故不赘述。

② 载《郭沫若全集·文学编》第13卷，人民文学出版社1992年版。

和国民政府党政军诸多高层大员的频繁接触，而且屡屡提及 1921 年在上海城隍庙算卦先生预言他 46 岁"交大运"之事（1937 年正值 46 虚岁），并感慨万分："我自己近来都有点相信命运了，就是我自己托福的事实在很多，这怕是托的国家民族的福吧？"

应该说，郭沫若对自己的前途有着相当高的政治期冀。但战局的迅速发展不允许这一愿望顺利实现。1937 年 9 月南京见蒋时，蒋希望他留在南京并许诺一个"相当的职务"，可日寇的快速推进使一切充满变数。11 月上海沦陷后，他在"情绪相当寂寞中"准备去南洋募集款项从事办报和其他文化工作。这只是无奈之举，所以到了香港就踟蹰不前。"前途的渺茫，不免增加了自己的惆怅"，战乱流离中的郭沫若长叹"大业难成嗟北伐，长缨未系愧南迁"，追问自己"临风思北地，何事却南来？"①百般思虑和听取朋友建议后，他又返回广州准备复刊《救亡日报》。1938 年元旦，焦灼期待中的郭沫若接到陈诚的电报"有要事奉商，望即命驾"，在前途未卜的疑虑中，他于 6 日晚乘火车奔赴武汉。此后他不但站在了中国文化抗战的潮头，而且也卷入了国内党派纷争的政治旋流。

在国共两党角逐政坛的复杂局面下，郭沫若的从政之路并非一帆风顺。一般认为，他归国不久就和共产党取得组织联系，并最迟在 1938 年夏天恢复了党籍。②尽管对这一问题学界尚有争议，但无论是从政治理想层面还是现实政治选择来看，郭沫若和共产党保持了密切联系与协作是毋庸置疑的事实。无论从哪个角度说，共产党和郭沫若都不会公开宣示，郭沫若需要以自由人身份发挥政治作用。或许郭沫若有自己的政治主见，但对于他这样一个中国文化界举足轻重的人

---

① 郭沫若：《洪波曲——抗日战争回忆录》，载《郭沫若全集·文学编》第 14 卷，人民文学出版社 1992 年版。本节以下引文未加注释者，均出自该文。

② 重庆时期担任周恩来联络员的吴奚如在《新文学史料》1980 年第 2 期发表《郭沫若同志和党的关系》，认为郭是"特别党员"。有学者表示质疑。也有学者表示见过郭沫若恢复党籍的铁证，即郭为于立群入党介绍人之一，限于保密制度这份材料尚未公开。

物，国共两党都无法视为等闲之辈，在合作抗战的大前提下争相展开了对他的"礼遇"。因为郭沫若的政治选择，将会影响一大批文人知识分子的党派政治倾向，而文人知识分子党派背景的抉择，将影响一个政党的道统、学统乃至政统的合法性。

国民党方面对郭沫若的安置蠢笨至极，除了加官晋爵鲜有其他作为，即使加官晋爵也不到位。郭沫若应陈诚之邀刚到武汉就曾以国民革命军总政治部副主任（中将军衔）头衔唬走防护团，而蒋介石许诺的那个相当的职务，不过是国民政府军事委员会政治部第三厅厅长，军衔还是中将。郭沫若加入国民党比陈诚都早，同级别的贺衷寒、康泽等人政治资格更远逊于他，而且安排了复兴社头目刘健群出任副厅长。无论是出于政治不信任还是党内派系平衡，蒋介石的安排显然"委屈"了郭沫若。和周恩来微妙沟通后，"实在是不愉快"的郭沫若不辞而别转赴长沙。彼时的郭沫若心情相当复杂，以至于在长沙"使酒骂座"，醉酒后骂别人是政客，更骂自己是"混账的政客"，并连打自己三记重实的耳光。之后主要在周恩来的斡旋下，郭沫若才同意出任厅长一职。

应该说，这是郭沫若归国后和共产党的第一次重大政治合作。即使这样，国民党也不放心，在经费、人员、审查等各方面处处掣肘，使三厅工作无法按郭沫若的意志正常运转。蒋介石、陈诚、张群、陈布雷等人除了常常给予暗示和警告，要他注意政治倾向、远离共产党外，还授意中间派的张季鸾、王芸生"专访"郭沫若，告诫他不要"脚踏两边船，应该死心塌地踏上一边"。

国民党蠢笨的政治运作不但没有拉拢到郭沫若，反而将他远远推离。1940年9月，蒋介石免去郭沫若第三厅厅长一职，转任文化工作委员会主任以示慰留，但只能做研究工作，不得从事对外政治活动。归国之初寄希望于蒋介石领导全国抗战并意图有所作为的郭沫若，和国民政府渐行渐远。曾经反蒋而且与国民党政治理念背道而驰的郭沫若，和共产党在抗战的洪流中愈走愈近。标志事件就是1941

年 11 月 16 日在重庆、桂林、延安、香港和新加坡同时举行的声势浩大的郭沫若 50 寿辰暨创作 25 周年纪念活动，特别是周恩来那篇文章《我要说的话》。

这次祝寿活动和这篇文章，之所以在郭沫若评价史上举足轻重、意义重大、意味深长，关键在于将"新文化""革命"视野中的郭沫若生命流程，纳入共产党建构的革命文化谱系即新民主主义文化体系中，通过对郭沫若 50 年人生行径进行总结性的政治历史叙事，不但奠定了他在革命文化中的卓越地位，而且鲜明昭示了郭沫若努力的方向，就是中国革命文化的方向，是其他人尤其是文人知识分子学习的榜样和典型。共产党通过这次祝寿活动，实施了一次对党内外文人知识分子的号召和集结，意图为自己的政治纲领和目标的实现，吸引和网罗文化人才。

文人知识分子是现代思想精神资源的重要布道者，在以"党治"为主要政治运作形式的现代中国，文人知识分子与现代革命的互动关系，对现代中国思想文化体系的形成意义重大。政治革命成功的关键，在于民心向背。一个政党一个阶级不可能完全依靠暴力获得社会各阶层的广泛赞同，必须有一套宣传、说服机制，向社会各阶层言说政治革命的合理性、合法性，获得大众的理解与支持。文人知识分子是最有资格实践这一功能的社会力量。共产党政治革命依据列宁社会主义意识只能依靠知识分子从外部灌输进去的理论，高度重视和利用文人知识分子宣传马克思主义意识形态的作用。一旦文人知识分子支持社会政治革命，意味着他们将会在自己熟悉和擅长的领域，履行宣传、教育和说服职能，以专业权威身份将他们所接受的信仰学说和价值观念，向社会各阶层广泛传播和推广。

这类文人知识分子，兼具知识人和政治人的双重社会角色。成为这类文人知识分子，基本条件有二：一是必须拥有和掌握那些被社会评判系统所认可的知识和精神资源，成为一个或多个领域的精英，具有向社会发言的专业权威；二是自愿加入政治斗争的行列，成为某一党派的工作人员，为该党派实现政治理想服务。用葛兰西的话来说是"有机知识分子"，用兹纳涅茨基的术语来说是"党派圣哲"，即依赖一种或多种专业的知识和精神资源，为某一党派或集团的政治实践和目标，提供意识形态阐释和评判的文人知识分子，其基本任务和职责在于证明和宣传新秩序相对于旧秩序的绝对优越性，从而使该党派或集团的政治斗争达到思想精神上的合法化、合理化，以谋求社会大多数成员的认同、赞成和支持。这类文人知识分子即使独立自足的品行如何坚强，在政治洪流的挟裹下，也会慢慢改变自己的原则和品格，往往也就具有了霍弗所说的"狂热分子"的特征。

50寿辰之际的郭沫若，完成了人生中最重要的政治抉择。这显然不能仅仅从政治行为角度考量，更远非政治机会主义所能解释。郭沫若以"士"入"仕"，以文人知识分子和社会政治活动家的双重身份活跃于社会政治舞台，功名利禄绝非其终极目的，为服膺的社会政治理想前赴后继，应是主要精神动力。1941年前后抗战已进入战略相持阶段，国内党派之争日趋激烈，尚未御侮于外就兄弟阋于墙。国民党作为执政党，尚未将日寇逐出国门就叫嚣一个政党、一个领袖，溶共、限共、反共，置民族大义于不顾加紧灭共、铲共，极端事件即"皖南事变"。国民党谋求一党专制、压制民主自由的恶浪再创历史新高。这是晚清、五四以来接受启蒙理想洗礼的大多数文人知识分子所无法容忍的。在国民政府亲历政治挫折，又加以黑暗现状印证，激发了郭沫若对这一反动政权的彻底厌恶。

《女神》时代就表白自己是一个"无产阶级者""共产主义者"的叛逆者郭沫若，岂能甘作乡愿？高长虹曾言："皖南事变发生的时候，他曾有一次公然对张治中说：他当然是同情叶挺的。这都是他勇敢过人的地方。把重庆的文化界比作鸡，他是鸡头上美丽的花冠。"① 五四激情未泯、政治理想涌动的郭沫若，在黑暗政治的中心重庆，压抑

---

① 王锦厚等选编：《百家论郭沫若》，成都出版社1992年版。

不住久埋的愤怒，终于像一只雄鸡那样引吭高歌——在现实世界，和国民党政治生态彻底决裂，与共产党一道向国民党专制发出强烈的抗议，发出对自由民主最强烈的呼吁；在虚幻世界，叛逆诗人的艺术灵感再次附体，愤怒的诗人在戏剧的王国实现了一次诗与政治的激情相遇。

二、"政治檄文中的一个高峰"：审美对黑暗政治的抗议

顾仲彝曾评论《三个叛逆的女性》"全是为所谓革命思想和反抗思想而作的"[①]，从1920年起就有心将聂氏姐弟故事戏剧化的郭沫若，在山城重庆阴暗压抑的政治氛围中，抑制不住政治遇挫的忧愤，于1941年11月又因"革命思想和反抗思想"将之改就成《棠棣之花》，并于20日作为祝寿活动的重要一环在抗建堂开演。这是抗战期间郭沫若凭借审美激情向黑暗政治抗议的开端。"《棠棣之花》的政治氛围是以主张集合反对分裂为主题，这不用说是参合了一些主观的见解进去。望合厌分是民国以来共同的希望，也是中国自古以来的历代人的希望。"[②]《棠棣之花》的公演，不但印证了狂飙诗人的创造激情依旧，更天衣无缝地配合了共产党对国民党专制与分裂的抨击。

人们或许来不及细细品味这一戏剧更多的内涵，但在剧作激情上演的有限时空，却找到了宣泄政治焦虑和郁积的契机。短短两月内该剧三度公演达四五十场次，依然无法满足观众寻找政治共鸣的渴望，以至于剧团在《新华日报》刊发启示，"敬向连日向隅者道歉"并"敬告已看过三次者请勿再来"。参与其事的周恩来竟然连看七遍，

---

① 顾仲彝：《今后的历史剧》，载王训昭等编：《郭沫若研究资料》，中国社会科学出版社1986年版。

② 郭沫若：《我怎样写〈棠棣之花〉》，载《郭沫若全集·文学编》第6卷，人民文学出版社1986年版。

并指出剧作特别强调了"士为知己者死"的主题。这既是政治与艺术的相互移情，又是政治与艺术的心有灵犀。

且不说普通观众如何在剧作中寻求共鸣，也不说党派人士如何看待剧作的政治命意。仅就戏剧艺术水准而言，独立批评家李长之可谓一语中的："这是一个经过了22年（从民国九年到现在）的改作的艺术品，其中包括了作者无数次的人生体验，无数次的诗的冲动，无数次的舞台的技术的斟酌，所以结果能那样美备，剧的效应能那样强大。……文艺创作原不只是暴露黑暗，而且更重要的，乃是创造光明！"①《棠棣之花》是青春和热情的象征，这青春和热情已经不是单纯的浪漫诗人对世界的单纯向往，而是步入政治成熟期的诗人凭借再度勃发的青春与热情，向黑暗复杂的世界表达鲜明的政治抗议和期望。

该剧不但掀起了文人知识分子配合共产党抗议国民党黑暗专制的浪潮，而且焕发了诗人《女神》时代的风采——《屈原》的创作在《棠棣之花》第二次公演期间就已纳入作者艺术视野。山城重庆也在期待一次更加激情的政治与艺术的共鸣，以至于作者尚未动笔消息就不胫而走，在《屈原》创作开始的前一天也就是1942年元旦，报章开始公开预告"今年将有《罕默雷特》和《奥赛罗》型的史剧出现"。

各方都在关注着蓄势待发的郭沫若。志同道合者在期待，敌对的论客讥讽他早已"失去了创造社第一期的光辉"，"扶着竹竿赶不上时代"。他在1941年9月6日写就的《今天创作的道路》②中宣称："中国目前是最为文学的时代，美恶对立、忠奸对立异常鲜明，人性美发展到了极端，人性恶也有的发展到了极端。这一幕伟大的戏剧，这一篇崇高的史诗，只等有耐心的、歉抑诚虔、明朗健康的笔来把它写出。"不出三个月，他就将预言变为了现实。正如田汉所说，"将入夔

---

① 李长之：《〈棠棣之花〉》，载王训昭等编：《郭沫若研究资料》，中国社会科学出版社1986年版。

② 载《郭沫若全集·文学编》19卷，人民文学出版社1992年版。

门才若尽，又倾山海出东方"，从 1 月 2 日到 11 日不到 10 天的时间，大气磅礴、文笔充沛的《屈原》就来到世间。而且这 10 天他做过 4 次演讲，每天平均会客 10 人，还替别人看稿、应酬、看电影，每天平均写作不到 4 小时，也就是说总共用了不到 40 个小时。天官府 4 号逼仄的蜗庐内，处于创作高热状态的郭沫若难以平缓高亢的政治激情与艺术冲动，甚至急切粗放到完全打乱了原先预定的写作屈原一生的步骤，"提笔写去，即不觉妙思泉涌，奔赴笔下。此种现象为历来所未有"，"各幕及各项情节差不多完全是在写作中逐渐涌现出来的。不仅在写第一幕时还没有第二幕，就是第一幕如何结束，都没有完整的预念。实在也奇怪，自己的脑识就像水池开了闸一样，只是不断地涌出，涌到平静为止"。[①] 作者激情难抑、文思泉涌、一气呵成，峻急时竟然将墨色头号派克笔笔尖斲断，完稿之后还处于兴奋和陶醉状态达三周之久。可以想象，作者奋笔疾书、笔走龙蛇之际，更是何等的斯文旺盛、激情充沛！

这喷薄而出的激情，还属于政治阴霾中的山城重庆，属于心机各异的各色人等。《屈原》完稿后诸多报刊纷纷索求，最终经孙伏园之手刊载于《中央日报》。国民党中宣部副部长潘公展一眼就看出剧作的皮里阳秋，破口大骂："怎么搞的？我们的报纸公然登起骂我们的东西来了！"可是即使撤掉孙伏园，也无法挽回山城重庆压抑已久的政治宣泄。在共产党全力支持下，《屈原》终于在柴家巷国泰影剧院粉墨登场。诸多报刊连篇累牍报道"上座之佳，空前未有""堪称绝唱"，《新华日报》广告"中华剧艺社空前贡献沫若先生空前杰作重庆话剧界空前演出音乐与戏剧空前试验"。还应该加上"空前的政治影响"，因为那雷电轰鸣般的演出盛况背后，是久埋心底的政治郁闷雷霆般的爆发。

---

① 　郭沫若：《我怎样写五幕历史剧〈屈原〉》，载《郭沫若全集·文学编》第 6 卷，人民文学出版社 1986 年版。

36年后该剧主要演员依然难忘那"政治爆炸"般的演出场景和效果："36年前，《雷电颂》在重庆引起了强烈的政治反响，轰动了整个山城。特别是在青年、中年以及老年的知识界中，人们在教室内外，在马路上，在轮渡上，常常会发生'爆炸了吧……'的怒吼声"，"它象'利剑'一样刺痛了国民党反动派。他们曾召集文艺界跳脚大骂，说这是要造反。但观众却冒着重庆的炎热，挤坐着和靠墙站立着，在40多度高温的剧场里挥汗如雨地看戏。台上台下强烈的互相感应着，共鸣着。"① 本是战乱流离岁月，山城重庆的1942年却因为《屈原》的上演而成为"最为文学的时代"。这文学不是风花雪月、浅唱低吟，更非心旷神怡、静穆高远，它是民众蓄势已久的政治欲望的集体上演，是曲折表达被压抑者政治情感的一种政治行为艺术，当然也成为党派力量所倚重的一篇特殊的政治檄文，无怪乎毛泽东数年后说"有大益于中国人民"，周恩来因回延安述职未观看演出而感到"殊为遗憾"。

《屈原》的确是一声惊人的霹雳、一道灿烂的闪电。文学史家王瑶评述说："他对史实考证得很精确，笔力博大浑融，而且感情丰富激越，尤其在发掘这位伟大诗人的性格和爱国忧时的悲愤感情上，获得了惊人的成功。……尤其是屈原的'独白'——那雄浑壮美的《雷电颂》，倾泻出摧毁黑暗势力、追求光明新生的火一般的激情。它既符合特定剧情中人物性格的需要，又是震撼现实中'黑暗王国'的革命风雷。"② 这是对历史精神的真切追复而非溢美之词。恰如徐迟所言：《屈原》剧本的创作与公演，不是一般舞台上一般的历史剧，而是我国政治历史舞台的自身场景，凭借文本效应和舞台效应，郭沫若及共鸣者纷纷登上政治的艺术象征舞台，"发出了摧毁'一切沉睡在

---

① 金山：《痛失郭老》、张瑞芳：《郭老，我们的一代宗师》，载上海师范大学中文系编：《中国当代文学研究资料·郭沫若专集》（一），1980年4月印行。

② 王瑶：《中国新文学史稿》，上海文艺出版社1982年版，第516—517页。

黑暗里'的腐朽事物的愤怒的语言之光，语言之火"①。这是在汹涌澎湃的艺术象征空间，政治郁闷者凭借艺术进行移情和宣泄，向古今中外一切横暴者发出的愤怒吼声。恰如郭沫若所说："人类的文学艺术活动，在它的本质上，便是一种战斗；对于横暴的战斗，对于破坏的战斗，对于一切无秩序、无道理、无人性的黑暗势力的战斗。"②《屈原》有如时代精神传声筒和战斗号角，发出了诗人最为强烈的政治控诉和示威，发出了中国文人自古以来铁肩担道义的狂妄之鸣。诗人再度勃发的青春热情和批判怒火终于达到了顶峰。

诗人的审美怒火一旦点燃就会熊熊燃烧。由《棠棣之花》《屈原》盛况演出带来的政治移情和审美宣泄更加昂扬，那种在戏剧王国里才能体验到的极度共鸣和陶醉，进一步唤起了诗人艺术创造的欲望。《屈原》完稿后一个月，从 2 月 2 日到 11 日，郭沫若书案上的一个"铜老虎"催生了才气卓绝的《虎符》；五六月间，影射色彩比《虎符》更具针对性的《高渐离》脱稿了。短短半年时间，文气纵横的郭沫若一口气创作了关于战国时代史事的四个剧本：《棠棣之花》中桃花吐艳，春光和煦；《屈原》中橘柚已残，雷霆咆哮；《虎符》中桂花芬芳，飒爽倜傥；《高渐离》中初雪来临，寒冬即至。以春夏秋冬天时运转来做戏剧的时空情调，或许是一种艺术心绪的暗合，却仿佛显露出"天命"在人心："战国时代，整个是一个悲剧时代，我们的先人努力打破奴隶制的束缚，想从那铁的桎梏中解放出来，但整个的努力的结果只是换成了另一套的刑具。"两千多年前的桎梏重现、打碎枷锁的精神复活，"所差就只有使用者的用意和对象之不同"。③

仿佛意犹未尽，借历史精神和戏剧舞台宣泄审美激情和政治欲望

---

① 徐迟：《郭沫若、屈原和蔡文姬》，载王训昭等编：《郭沫若研究资料》，中国社会科学出版社 1986 年版。

② 郭沫若：《中国战时的文学与艺术》，载《郭沫若全集·文学编》第 19 卷，人民文学出版社 1992 年版。

③ 郭沫若：《献给现实的蟠桃——为〈虎符〉演出而写》，同上书。

的冲动并没有戛然而止，《孔雀胆》《南冠草》两部历史剧又顺势而来。至此，郭沫若的抗战六大历史剧悉数降临到那个"最为文学的时代"。"一例伤心千古事，荃茅那许别薰莸"，尽管时空转换、物是人非，但历史悲剧精神的感悟和当代艺术再现，应和了那个时代最广大人群内心的要求和良知的呐喊，使郭沫若成为那个时代最为批判现实、最为豪放大气的文人。政治和艺术在历史精神展现中水乳交融，向黑暗世界谱就了既是审美的也是政治的檄文。

三、"把人当作人"：人文颂诗与乌托邦想象

文心源于时运，时运关乎文运。审美激情和政治郁积凭借舞台艺术的集体宣泄和上演，反证了那并不是一个文人的自由时代，而是一个文禁森严、黑暗压抑的腐朽时代。所以当《棠棣之花》《屈原》以强烈的舞台效应震撼重庆后，《虎符》问世一年后才被批准上演而且不能重演；《高渐离》送审时未获通过，也就没有上演机会；《孔雀胆》走上舞台连演 8 天，尽管观众热烈专家却集体沉默；《南冠草》上演时无论作者、演出者还是观众仿佛都已激情过去。徐迟曾言《屈原》中的《雷电颂》有一点像席勒的单纯时代精神号角，后世多数论者多从政治、文化层面评价郭沫若抗战历史剧的价值和意义，论及艺术内涵往往也难以引起更多共鸣。仿佛那"雷电轰鸣"的戏剧场景，只是一个过去时态的象征，剧本和舞台效应也停留在那个逝去的时代。或许那"爆炸了吧"的怒吼声过于强大，遮蔽了郭沫若抗战历史剧更丰富的艺术包孕性。

古往今来大凡杰出的文学作品，不仅包含与受众阅读期待视野产生共鸣的现时体验，更应有丰富、细腻、多维的历史文化信息积淀。审美体验是感觉、知觉、情感、意志、理性甚至是欲望、潜意识等人类各种精神能力在面对审美对象时的一种总体反应。如果将审美体验

降格为纯粹的感性体验、简单的知觉感应和美的情感体验，忽视或排斥审美体验过程中不可或缺的认知功能、道德体验和理性判断作用，只会造成对文本的狭隘化封闭化理解。尽管审美体验最初来源于感觉、知觉和情感的愉悦与快感，但审美体验之所以最终要高于这种愉悦与快感，就是因为它还熔铸着认知的满足、理性的判断、道德的评价、欲望的宣泄、意志的扩展甚至是潜意识的浮现等元素。

文学审美体验的多元、复调式结构所包容的，是人的全部精神力量在另一个虚幻世界的真实展现。对于真实世界而言它是虚幻的，对于人的精神世界而言则是真实可靠的。这个虚幻的世界是一种创造，是真实世界的延伸、补偿或替代。在这个充满张力和丰富可能性的虚幻世界，体验者获得的是一种摆脱现实世界庸常限制的精神自由。在这样一个"心造的幻影"中，体验者既可以沉湎于这个非实然的虚构世界，放任在日常现实生活中遭受重重压抑的自我，也可以欣赏、流连于虚幻世界的美妙体验，实现共鸣与升华，还可以任精神天马行空、肆意嬉笑怒骂，从而赋予自己知识、感觉、情感、意志、欲望、道德体验和价值判断等一系列范畴的想象自由。更为重要的是，通过文学审美体验活动，人们能够形成新的对于真实世界的感觉、知觉、情感、意志、道德评价和理性判断，改变人们心灵世界对于真实世界的价值判断标准，进而促使人们为了"理想"的模型而激活自身改变现实世界的能量。

文学审美体验的多维内涵，体现了文学实践及其功能的全部可能性要求。当然，在文学创造、接受和审美效应的产生与传播状态中，文学审美体验的多维内涵并不总是得到等量齐观、完整和谐的总体展现，也不可能产生均衡的审美效应。文学审美体验内涵的实质意义与可能意义有一种距离，这一距离因历史变迁、理解方式、阐释视野的差异而发生变化，往往随历史境遇的不同而有所侧重，往往因时代的特殊要求而展现某一维度的内涵。实质意义与可能意义之间的可变距离，使文艺作品成为一个复杂、多维、历时性的张力系统，包孕和展现的生活与生命内涵极为复杂、深邃。

文学审美体验作为一种精神形式的独特性在于，它使人们以"文学审美"的体验与形式理解自身的存在以及存在的这个世界，以文学审美的方式提出人类其他精神形式所无法提出和解答的命题。如果从文学审美体验整体视野审视郭沫若抗战历史剧，它之所以在现代文学长河中依然熠熠生辉，就在于它以文学审美体验为中枢，建构了一个多维度、多层面的复合型戏剧艺术结构。通过对庸常历史和现实世界的重新规划与设计，剧本及其舞台效应创造了一个崭新的虚幻艺术张力世界，使作者与受众在真实世界和审美世界的间离效果中，达到自我本质的确证、精神的移情，激发出改变现状的生命冲动，它的戏剧审美张力和诗性智慧也就会走出所谓公认的戏剧主题的遮蔽。

如果说借审美宣泄政治忧愤是郭沫若抗战历史剧最显在的价值旨向，那么诗性冲动则堪称是其首当其冲的艺术神灵。郭沫若浪漫不羁的诗人气质和情怀在剧作中充分张扬，使剧作充盈着诗性的灵动与激昂。当年的许多亲历者，对剧作或许多有微词，但对剧作炫目的诗意却多有赞赏。比如老舍曾根据自己的审美趣味指出《棠棣之花》的诸多不足，但是也公正地指出"全剧富于诗意，如柳子厚文章，清丽坚俏"[1]，还有人直接赞美《屈原》"整个的剧本便是一首淳美崇高的诗"[2]；赞美者更是推崇备至，比如说《屈原》"对《橘颂》的应用简直创造了极善之美的艺术品，晶莹的清光将直照耀到人类的灵魂"[3]。之所以引用前人意见，实在是笔者有诸多共鸣，特别是读至《棠棣之花》中盲叟自白"啊，桃花落地的声音，都可以听得见呀"，更是感慨良多。

阅读郭沫若抗战历史剧最直接的感受，或许正如多少年后曹禺所

---

① 老舍：《看戏短评》，载王训昭等编：《郭沫若研究资料》，中国社会科学出版社1986年版。

② 刘遽然：《评〈屈原〉的话剧与演出》，同上书。

③ 柳涛：《谈〈屈原〉悲壮剧》，同上书。

说的"诗和戏揉成了一体，别开了生面"①。然而，诗性、诗意不仅仅是一种艺术感悟和体验，还是最直觉化的人的精神的此在艺术展现，弥漫于人的灵魂世界，引发人的精神想象与追求。恰如郭沫若剧作赋予盲叟的意义："人类社会中有无形的一种正义感与同情心，此人即其综合之象征"。郭沫若抗战历史剧本身即是一种象征，就是运用诗性、诗意，赋予剧作内涵丰富的包孕性和多向性，激发出此在世界更多的精神底蕴和冲动。

对郭沫若本人而言，这种诗性、诗意一旦和他的政治诉求相结合，就不但催生审美对黑暗政治的抗议，还会包孕他更多的对人生、对世界、对历史、对社会、对未来的诸多愿景。考诸郭沫若一生，其行为浪漫、传奇而顺势，其思想博大、驳杂而多变，但文人的郭沫若和政治活动家的郭沫若——士与仕双重品格的奇妙组合，却是其内在精神品格和文化心理结构中一个不变的显著特征，即使在哑然失语的晚年，这一品格也以诡异的形式展现。应该说，郭沫若士与仕双重品格最为张扬的时期就是 20 世纪 40 年代，那时他有名言——"史学家是发掘历史精神，史剧家是发展历史精神"，并引证亚里士多德的话说："诗人的任务不在叙述实在的事件，而在叙述可能的——依据真实性、必然性可能发生的事件。史家和诗家不同！"②抗战历史剧是他一生中不多见的将自己精神世界中的政治资源和政治愿景进行艺术化表达的一次文学创造高峰，是在历史精神的再现和演绎中抒发畅想、展望未来的一次艺术大爆发。

艾思奇祝贺郭沫若五十寿辰时在延安《解放日报》撰文称赞"他是自由，民主，真理的讴歌者，也是勇敢的实践的追求者"③。后人或许对此不以为然，但这一评价用于 20 世纪 40 年代的郭沫若可谓知人

---

① 曹禺：《郭老活在我们心中》，《光明日报》1978 年 6 月 20 日。
② 郭沫若：《历史·史剧·现实》，载《郭沫若全集·文学编》第 19 卷，人民文学出版社 1992 年版。
③ 王锦厚等编：《百家论郭沫若》，成都出版社 1992 年版。

论世。以抗战历史剧中影响最大的《屈原》为例，郭沫若以屈原自比的意图已是众所周知，限于当时恶劣的政治环境，郭沫若犹抱琵琶半遮面，但多年后就不再遮掩在屈原身上找到的共鸣："他不是单纯的诗人，而同时是一位有深刻的思想和正义感的政治家。"①正是沿着对历史人物、历史精神的这种自比，郭沫若获得了独立"发展历史精神"的思想和艺术平台。当年独立人士孙伏园撰文说："郭先生的《屈原》剧本上满纸充溢着正气。有人说郭先生的《屈原研究》的态度和方法是'新朴学'，那么他的《屈原》剧本实在是一篇'新正气歌'。……这是中国精神，杀身成仁的精神，牺牲了生命以换取精神的独立自由的精神。"②

郭沫若作为"新正气歌"的吟诵者，绝非政治机会主义者顺风使舵，从创造社时代就本着内心要求从事文艺活动的郭沫若，依据多年来对社会人生的理想期冀，在激情飞扬的历史剧中，凭借成熟的、独立的内心要求和艺术良知，将现代文人知识分子抗议黑暗专制的义愤之诗推向了高潮，将中国自古以来文人知识分子的天性和正义感发扬到了一个时代巅峰。彼时外患未除、党争难见分晓，中国的政治前途还徘徊于黑暗与光明的角逐中，敢于发出抗议暴政的怒吼，需要莫大的勇气。

自古文人多浪漫，浪漫文人多"左"倾。这种浪漫和"左"倾体现为政治思想，往往将人民作为言说的终极本位、将未来理想世界作为言说的终极目的。郭沫若抗战历史剧中的人物，大多善恶分明、忠奸对立、正反对垒，具有强烈的象征意义和符号化特征，剧中正面人物也往往以大段独白表达对正义、良知、忠诚、道义、美、善、爱、自由等人类崇高价值理念的呼告，更不吝惜笔力以浓彩重墨强烈谴责

---

① 郭沫若：《序俄文译本史剧〈屈原〉》，载《郭沫若全集·文学编》第17卷，人民文学出版社1989年版。

② 孙伏园：《读〈屈原〉剧本》，载王训昭等编：《郭沫若研究资料》，中国社会科学出版社1986年版。

反面人物假、丑、恶的本性。尽管剧中人物思想单纯化、性格单一化、形象平面化、脸谱化，剧情发展有时过于浪漫化、简单化，剧本也凸显了作者本人有意无意的精英视角和立场，但是剧作采取简洁明快、黑白分明的人物塑造和叙事方式，恰恰强烈地突出了悲剧的壮烈内涵和戏剧艺术背后的政治立场。

郭沫若对自己政治资源和政治愿景的梳理，可能不如政治家、理论家们那样清晰明了，但是在 20 世纪 40 年代他的两种相互支撑的政治思想取向已经完型，这就是民本思想和马克思主义者们梦想的未来世界，而且作为思想精神底色蕴藏在绚烂多彩、大气磅礴的戏剧艺术冲动之中。这一政治理想转换为戏剧叙事艺术，即是对人的自由本质的呼吁、对人的高尚品格的赞美与期冀。郭沫若抗战历史剧为后世留下了"一个明天的'干净世界'之希望"①。

郭沫若在阐释自己的历史剧创作动机时曾说："把人当成人，这是句很平常的话，然而也就是所谓仁道。我们的先人达到了这样的一个思想，是费了很长远的苦斗的。"尽管思想达到这样一个高度，但是"人的牛马时代"并没有真正结束，做稳了奴隶的时代和暂时做稳了奴隶的时代不过循环交替，即使在进步思想已经比较完备的现代社会。然而人追求真善美、鞭挞假恶丑的崇高向往并未止息，所以"要真正把人当成人，历史还须得再向前进展，还需得有更多志士仁人的血流洒出来，灌溉这株现实的蟠桃"②。这种历史精神既是悲剧精神更是崇高精神，超越了悲剧艺术的单纯审美体验，进而激发人们抗斗方死的成分、获取方生的成分。

可以说，郭沫若抗战历史剧对戏剧艺术悲剧价值、崇高价值的领悟和叙事，应和了人类社会及其历史、人的本质存在的诸多应然性等

---

① 翦伯赞：《关于〈孔雀胆〉》，载王训昭等编：《郭沫若研究资料》，中国社会科学出版社 1986 年版。

② 郭沫若：《献给现实的蟠桃——为〈虎符〉演出而作》，载《郭沫若全集·文学编》第 19 卷，人民文学出版社 1992 年版。

命题，不仅在当时因为时代共鸣而大放异彩，而且具有超越叙述历史往事、影射黑暗现实的艺术品位和艺术高度，不仅突破了历史真实与艺术真实的逻辑范式，较深刻地展现了悲剧艺术内在的美学品格和哲学风范，而且较全方位地展现出文学审美精神的丰富包孕性和独特性。

"……人们应该从审美开始，关注纯粹美学的、形式的问题，然后在这些分析的终点与政治相遇。人们说在布莱希特的作品里，无论何处，要是你一开始碰到的是政治，那么在结尾你所面对的一定是审美；而如果你一开始看到的是审美，那么你后面遇到的一定是政治。"[①] 对郭沫若抗战历史剧当如是观。郭沫若抗战历史剧从历史史实、民族精神中演绎出对人的自由本质、人性崇高价值的呼唤，堪称是独具一格的政治人文颂诗和浪漫乌托邦想象。从戏剧艺术的诗性角度而言，郭沫若抗战历史剧实现了审美与政治的较完美融合，这对中国现代文学而言更具有特殊的价值和意义。

审美与政治的关系，既非必然联系也非必然对立，二者分属不同的精神领域，是否产生联系主要取决于作家本人的自主意愿，取决于作家融合二者的能力。难点在于是以政治目的要求审美，还是以文学目的要求审美。如果是后者，那么必须尊重审美的独立性和自律性，在审美的限度内抒发政治目的，"艺术不能为革命越俎代庖，它只有通过把政治内容在艺术中变成元政治的东西，也就是说，让政治内容受制于作为艺术内在必然性的审美形式时，艺术才能表现出革命"[②]。郭沫若抗战历史剧之所以具有超越性戏剧艺术品格，无疑深刻地把握了审美艺术与元政治的辩证法。

后人论及郭沫若及其文学，往往以整体代替局部、以后事论说前

---

① ［美］詹明信：《晚期资本主义的文化逻辑：詹明信批评理论文选》，张旭东编，陈清侨等译，生活·读书·新知三联书店、牛津大学出版社1997年版，第7页。
② ［美］赫伯特·马尔库塞：《审美之维》，李小兵译，广西师范大学出版社2001年版，第163页。

事。一位日本学者的看法很是公道："'郭沫若作为文学家，过于政治化了'，这种批评在日本是很普遍的；可是我认为，郭沫若的政治性，无论从好的意思还是坏的意思说，它只不过是文学家的政治性。不用说，就是我自己，如果连这种程度的政治性都没有，那就是所谓自欺欺人。"① 20 世纪 40 年代郭沫若的政治倾向已经昭然若揭，但是在艺术领域依然葆有独立、自足、自由的品性，这是文人知识分子本着内心要求实践其天职的必然原初冲动："无论任何能发生价值的活动没有不是本着内心的要求。最积极的革命活动，假如不是本诸内心的要求，即是没有深切的自觉，那你，会不能持久，你会得不到结果或生出反结果。……艺术是价值的创造，它根本是为人生的。怎样的生活，无论是内心的或外在的，才可以使人生美满，怎样的自然和社会才适合美满的人生，如何而后可以创造那些美满者适合者或消灭那些相反的部分，这是艺术的一些基本命题。……为了大众，为了社会的美化与革新，文艺的内容断然无疑地是以斗争精神的发扬和维护为其先务。目前的中国乃至目前的世界，整个是美与恶、道义与非道义斗争得最剧烈的时代，也就是最须得对于斗争精神加以维护而使其发扬的时代。"② 通过戏剧的审美效应，郭沫若既将自己戏剧艺术创作的水准推向巅峰，又将自己的人文理想和政治想象发扬到时代极致。

"他沉默的努力，永不放弃那英雄主义者的雄强自信，他看准了时代的变，知道这变中怎么样可以把自己放在时代前面，他就这样做。"③ 沈从文的话虽不无讥讽郭沫若趋时趋势的意味，但是 20 世纪 40 年代郭沫若勇于把自己放在时代前面的根本精神动力，毫无疑问应该就是在"人的牛马"时代，对人的自由本质、高尚品性的坚定信

① 　丸山升：《郭沫若——他的一个方面》，载上海师范大学中文系编：《中国当代文学研究资料·郭沫若专集》（一），1980 年 4 月印行。

② 　郭沫若：《今天创作的道路》，载《郭沫若全集·文学编》第 19 卷，人民文学出版社 1992 年版。

③ 　沈从文：《论郭沫若》，载李霖编：《郭沫若评传》，上海现代书局 1932 年版。

仰与诉求："我主要的并不是想写某些时代有些什么人，而是想写这样的人在这样的时代应该有怎样合理的发展。"① 郭沫若抗战历史剧尽管成为一时的政治武器，但是一个文人知识分子的良知和天性，使他在艺术世界保持了独立、自尊、严肃的品格，更使他通过雄浑壮美的戏剧艺术，把握了历史的真理、人之存在的真理，达到了海德格尔所谓的人的存在的境界："真理的本质揭示自身为自由。自由乃是绽出的、解蔽着的让存在者存在。"②

---

① 郭沫若：《献给现实的蟠桃——为〈虎符〉演出而作》，载《郭沫若全集·文学编》第 19 卷，人民文学出版社 1992 年版。

② ［德］海德格尔：《路标》，孙周兴译，商务印书馆 2000 年版，第 221 页。

第九章　创伤体验与茅盾早期小说

　　本书所谓茅盾早期小说，是指他从1927年8月下旬开始创作《幻灭》到1932年12月上旬《子夜》完稿这五年间的小说。如此界定，是因为这个时段既是确立茅盾著名文学家社会角色的过程，也蕴含茅盾小说创作的一个本质性内在逻辑发展线索——文学和政治、理性和审美、颓废和抗争、虚无和理想的对立与冲突。在促成和化解这些巨大内在矛盾的诸因素中，创伤体验及修复产生了举足轻重的更为隐蔽的精神和心理能量。作为反向心理刺激力的创伤体验与茅盾早期小说的内在关系长期被忽视，即使论及者也往往一笔带过，比如夏志清谓之"绚烂中带有哀伤"[1]，但并未深究为何哀伤、如何哀伤、哀伤又如何造就了绚烂。

一、"矛盾"起源于童年

　　王德威在《革命加恋爱——茅盾，蒋光慈，白薇》中认为："这几位作家不仅在小说世界里建构他们的革命加恋爱，也同时在现实世界里身体力行，（有意或无意的）搬演一场又一场'革命加恋爱'的好戏。只有透过历史与虚构交错的阅读行为——即把生命看成实中

---

① 　夏志清：《中国现代小说史》，刘绍铭等译，复旦大学出版社2005年版，第114页。

有虚的建构，把小说看成虚中有实的生命——我们才有可能了解'革命'与'恋爱'在现代中国文学史上的复杂意义。"①对茅盾而言，生命的虚实既是现实和文本的互动，又是因果的积淀和渊源的变形，更需阅读"历史与虚构交错"背后更复杂的深层内在因素，如何诱发创伤体验的形成与修复，从而激发人与文的虚实交错，从而形成历史与虚构交错中的斑驳人性光晕和人文景观。

如果暂不考虑创伤体验与各种诱因之间的互动关系，仅从创伤体验的承受能力看，个性机制、人格特征无疑是一个重要内在前提。茅盾个性机制和人格特征中最显著的，是强势理性、知性生命创造力和弱势感性生命创造力之间的统一对立。茅盾日后备受创伤体验煎熬，很大程度上取决于童年时代就渐次形成的矛盾个性机制所造就的独特感受和体验方式。

一般来说，大多数人童年体验的形成与父母关系极大。所谓"严父慈母"所传达的，不仅是父母形象问题，更是父母对儿童的塑造、引导和影响功能。对茅盾而言，父母形象的塑造、引导和影响，和正常未成年人相比严重失衡。茅盾记忆中的父亲不是一个强势形象，又因"父亲的三年之病"，父亲不但不能以强势形象对未成年茅盾的人格、意志等精神构成产生示范和激励，反过来还可能产生潜移默化的消极影响。父亲对茅盾的积极影响主要是理性设计方面，比如"大丈夫当以天下为己任"的教导。就人格机制、情感倾向、意志强弱等非理性精神层面而言，母亲对茅盾的影响不但是全能的，某种程度上还是强势女性对弱势男性的压抑和遏制。茅盾人到中年曾感慨"在二十五岁以前，我过的就是那样的在母亲'训政'下的平稳日子"②，晚年还自陈"幼年禀承慈训而养成之谨言慎行，至

---

① 王德威：《现代中国小说十讲》，复旦大学出版社 2003 年版，第 95—96 页。
② 茅盾：《我的小传》，载唐金海等编：《茅盾专集》第 1 卷上册，福建人民出版社 1983 年版，第 353 页。

今未敢怠忽"①，都足以说明强势母亲形象给茅盾留下多么深刻的记忆和影响。

茅盾的母亲堪称女强人。"沈老太太确是一位个性倔强的人物，而且仿佛还有点近乎冷酷，所以一般和她接触的人，常会感觉得一种冷峻的压抑"②，孔另境的印象尚且如此，茅盾自不待言，读读《我的家庭与亲人》《我的学生时代》，不难判断出强势母亲如何影响与塑造了未成年茅盾。人们往往赞颂母爱伟大，可是母爱有时也会对未成年人的心理成长和精神塑造形成压抑和剥夺，未成年人的心理和精神世界未必会依照母爱的理性逻辑指标发展。现实生活中缺失父亲形象，本来就易造成男性未成年人阳刚之气的匮乏，茅盾性格中谨慎、稳重、胆怯、懦弱等特点，显然与家庭结构中父亲角色的实质性缺位关系至大。尽管母亲具备"严父兼慈母"双重角色，但也只是父亲部分职能的替代。男权女权在现实生活中不仅是一种性别展示，更是一种日常政治实践。母亲的全能角色，一方面使未成年茅盾能按照父亲遗嘱（理性教导）循序渐进成长，另一方面也使未成年茅盾难以辨清和习得男女角色在家庭和社会中各得其所的形象定位。茅盾的女性化精神气质（如宋云彬戏称"孔太太"、史沫特莱所谓 a young lady）是否与父亲缺位、母亲全能家庭结构中形成的童年体验有关？"恂恂小丈夫的气度"实乃造化弄人所致，茅盾生命中最重要的女人，无论个性、精神气质还是社会能力，都气势如虎——强势的母亲，强势的妻子，强势的情人。不必责怪母亲在茅盾成人历程中的霸权角色，如果没有母亲的强势引导和干预，未必会有大成功者茅盾。

需要特别指出，如果从恋父恋母情结审视，在没有"父与子"冲突的人生境遇中，茅盾的恋母情结混合着依赖和叛逆双重取向。母亲

---

① 茅盾：《〈我走过的道路〉序》，载唐金海等编：《茅盾专集》第 1 卷下册，福建人民出版社 1983 年版，第 951 页。
② 孔另境：《一位作家的母亲——记沈老太太》，载唐金海等编：《茅盾专集》第 1 卷上册，福建人民出版社 1983 年版，第 37 页。

的强势全能角色，固然易使未成年茅盾产生性别角色的认知错位和体验偏执，但也会反向激励未成年茅盾向往与渴慕强势男性形象。未成年茅盾胸有大志、壮怀激烈的一面亦不容小觑，这既是源于父亲的理性教导，也是出于对强势男性角色的向往，还来自性别的社会认同惯例的矫正。这在他少时的国文中略见一斑，以至于老师赞叹："行文之势，尤蓬蓬勃勃，真如釜上之气"，"慷慨而谈，旁若无人，气势雄伟，笔锋锐利"，"目光如炬，笔锐似剑，洋洋千言，宛若水银泻地，无孔不入"，"此子必成大器"。[1] 少时茅盾也因此萌生"著作一种伟大小说，成一名家"的志愿。[2] 如此雄心壮志和成名欲望，既符合社会惯例对男性发展的指标和评判，也展示出茅盾精神结构和心理模式中强势的理性和知性生命创造力的那一面。

如果说"禀承慈训，谨言慎行"体现的是他个性中稳重、柔顺、懦弱、自保等内敛的侧面，那么"大丈夫当以天下为己任"的雄心壮志则显示了他个性中强势、外倾和扩张的那面。这种性格组合，有没有隐含他人格机制中那个"矛盾"的种子？有没有孕育他早期作品精神品格和艺术气质的萌芽？如果说谨言慎行、循规蹈矩常与强烈的自我实现意识产生矛盾，如果说这种矛盾在平和的日常状态能找到折中、妥协的办法，那么在激烈的非正常状态又如何协调？茅盾耄耋之年所谓"中年稍经忧患，虽有抱负，早成泡影"[3]，仿佛轻描淡写，但在那段惊心动魄的非正常的不可抗拒的激烈状态中他遭遇了怎样惊心动魄的心灵苦痛？他又怎样忍耐并渐渐修复了心灵创伤？

童年体验作为人生的原型经验，奠定的是一个人基本的心理认知、感受和体验框架与模式。创伤体验是一种心理认知和感受的效

---

① 桐乡市茅盾纪念馆编：《茅盾文课墨迹》，2001 年。

② 志坚：《怀茅盾》，载唐金海等编：《茅盾专集》第 1 卷上册，福建人民出版社 1983 年版，第 47 页。

③ 茅盾：《〈我走过的道路〉序》，载唐金海等编：《茅盾专集》第 1 卷下册，福建人民出版社 1983 年版，第 951 页。

果，与个体心理承受能力关系极大，同类事件所诱发的心理效应也往往不同。如果说鲁迅等人的童年体验（特别是创伤体验）与日后创作有明显关联，那么茅盾在这方面则略显隐曲和转折。如果说鲁迅童年体验中突如其来的不可抗力发挥了作用，那么茅盾更多的则是缓慢的潜移默化的累积效应，即使"助父自杀"事件，从茅盾的回忆推断，也未必对他的未成年心理产生强烈震惊与冲击，如果造成创伤体验也属轻度。然而这种累积能量的潜移默化，却为成年茅盾的精神结构、心理模式和人格机制，铺就了生命底色，奠定了生存基调。

童年体验作为人之初对世界的最早生命感受，之所以会成为以后诸种体验的原型，就是因为早年的心灵震惊会不断以变形的方式重现在生命形式的展开中，以置换的方式再现那种原初体验。历史的发展具有惊人的相似，人的生命形式的铺展何尝不是？未成年时代"训政"下的平稳日子固然没有多少惊涛骇浪，可是心灵的百般错综犹如静默深渊下的激流，一旦遭遇狂风巨浪便会放大、扩散它的能量，原型也往往造就人生的定型。

二、政治创伤与文学想象力的解放

1927 年国共分裂引发的政治创伤、精神虚无和生存危机，促成了茅盾生命的转型。如果说母亲"训政"下的岁月，体验的是循规蹈矩、循序渐进的安稳；如果说进商务、革新《小说月报》、从事共运、卷入大革命洪流，体验的是独当一面、叱咤风云的豪迈；那么大革命失败遭遇的政治挫折，体验的却是理想失落后的幻灭、理性崩溃后的虚无、意志萎靡后的颓废。如果说在这次重大政治创伤之前，按照父母和自我的理性构想，他顺应社会潮流基本能达到自我实现，性格组合中矛盾的各层面也能够找到平衡与妥协；那么这次政治遇挫导致的灾难性后果，使他从内在精神世界到外在事业功名，都遭到毁灭性冲击，坠入未曾有过的心理创伤和精神危机。过去的一帆风顺终于被狂风暴雨击碎，成年茅盾必须独自去闯这人生的险关，过去从父母、社会习得的哪些人生体验会被放大和扩展？哪些能够助他一臂之力挽回人生的颓败？

1927 年大革命失败导致的政治创伤，对茅盾而言的确是突如其来。然而对大多数中国文人知识分子来说何尝不是同样猝不及防的血腥灾难？为何同样政治遇挫的创造社、太阳社反而激情反弹、越挫越勇，揭竿而起提倡"革命文学"？人们常说性格决定命运，政治遇挫前的茅盾，即使是何等意气风发、指点江山，也没有压抑住强势理性意志背后那些弱势感性因素的萌动。从事早期共运、积极宣传马列期间，尽管获得陈独秀、李达、李汉俊等早期领导人的欣赏，但他似乎缺乏革命者所应有的坚定不移的意志、毫不犹豫的精神和奋不顾身的热忱，郑超麟回忆说："我们做党内工作的人对于沈雁冰的评价，认为他不是一个积极的党员，但如果党组织派给他什么任务，他会毫不迟疑地完成的。"[1] 当他从共产主义发源地上海奔赴革命大本营广州再奔赴革命中心武汉，轰轰烈烈的大革命在别人看来"含着无限的鼓舞"，可是在他（静女士）眼中，"那时的广州是一大洪炉，一大漩涡。——大矛盾！""这时的武汉又是一大漩涡，一大矛盾！"[2] 不是由此判定茅盾的革命态度有问题，而是说当他践行理性设计的梦想而斗志昂扬时，他的精神结构、心理模式、人格机制、情感取向等层面中那些弱势的、内倾的因素并未泯灭，只是暂时被抑制在外部世界轰轰烈烈景象的阴影中，只是偶尔发出对轰轰烈烈景象的迷惑和疑问。多年后他坦言"没有做成革命家，所以就做了作家"[3]，在促成他放弃革

① 郑超麟：《怀旧集》，东方出版社 1995 年版，第 169 页。
② 茅盾：《几句旧话》，载唐金海等编：《茅盾专集》第 1 卷上册，福建人民出版社 1983 年版，第 364、365 页。
③ ［法］苏珊娜·贝尔纳：《走访茅盾》，丁世中、罗新璋译，《新文学史料》1979 年第 3 辑。

命家梦想转而成为小说家的过程中，断然不能缺乏这些迷惑和疑问及其背后那些精神力量的支撑。

政治创伤带给茅盾的，首先是一种残酷的心理事实和严重精神危机，是一种不想承受、无法承受却又不得不承受的怆痛。在外部不可抗拒的强大摧毁性力量面前，他本来就充满矛盾纠结的精神结构、心理模式、人格机制、情感取向、意志系统等内在层面，再也无法找到平衡和妥协之道；过去那些因强势理性、知性生命创造力勃发而被抑制的弱势感性生命创造力，终于在无奈的苦痛心境下有了大展风采的机遇。残酷的心理创伤和精神危机，对小说家茅盾的诞生，是一种诱因和起点。

人遭遇创伤体验的第一个本能反应，大概都是疗伤。十字街头的血雨腥风、庐山牯岭的清风明月、人生理想的破碎，成了启动过去被压抑的精神资源和心理能量、从事文学创造的导火索，于是有了《幻灭》《动摇》和《追求》。大约一年后他回首那段惨痛的心路历程，依然感到沉重不堪："经验了动乱中国的最复杂的人生的一幕，终于感到了幻灭的悲哀，人生的矛盾，在消沉的心情下，孤寂的生活中，而尚受生活执著的支配，想要以我的生命力的余烬从别方面在这迷乱灰色的人生内发一星微光，于是我就开始创作了。"[1] 1927 年的国共分裂，轰毁了沈雁冰作为一个政治活动家的梦想，但一个署名茅盾的作家却就此站在现代中国文坛。正如安敏成所说："沈政治上的失败，以及由此导致的他对政治现实内部复杂的张力（或矛盾）的领悟，在某种意义上解放了他的文学想象力。"[2] 文艺是苦闷灵魂的象征，茅盾早期小说既是政治遇挫、创伤体验的产物，也是他生命意志和精神苦闷的转移与再生，还是过去被压抑的弱势感性生命创造力的扩散与放大。

---

[1] 茅盾：《从牯岭到东京》，载唐金海等编：《茅盾专集》第 1 卷上册，福建人民出版社 1983 年版，第 331 页。

[2] ［美］安敏成：《现实主义的限制：革命时代的中国小说》，姜涛译，江苏人民出版社 2001 年版，第 125 页。

《蚀》三部曲的创作，不但帮助他疗救了近于崩溃的灵魂，也解决了因政治灾难无法谋职的生计问题，更重要的是确立了茅盾作为著名文学家的社会角色和地位（当时大多数人尚不知茅盾即是沈雁冰）。然而这次生命转型却是"不得已而舞文弄墨"："我对于文学并不是那样的忠心不贰。那时候，我的职业使我接近文学，而我的内心的趣味和别的许多朋友——祝福这些朋友的灵魂——则引我接近社会运动。我在两方面都没专心，我在那时并没想起要做小说，更不曾想到要做文艺批评家。"① 与其说这是过往经验的回顾与总结，毋宁说是以后状态的预言和写照。当颓废、幻灭和虚无等创伤体验诱发了茅盾那本来处于弱势的感性生命创造力，这种感性生命创造力又诱发了他的艺术才情；当艺术才情转化为虚构的小说世界从而对实然世界发挥作用后，理想失落、理性崩溃、意志萎靡后的颓势被遏制住，曾经一度溃败不堪的理性世界的那些外倾趣味也悄悄复苏。

对茅盾影响巨大且使他陷入更深焦虑状态的，与其说是《蚀》带来的掌声，毋宁说是严厉的批判。这批判深深刺激了曾热衷于社会政治活动的茅盾，使他自感政治消极的自卑，激发他去辩解，同时也勾起他恢复理性和知性生命创造力的欲望。本来，《蚀》三部曲是作者目睹"性与革命"的能量激情释放后，在别人看到小资产阶级知识分子灰色软弱的地方，在别人贬斥的革命加恋爱的绯色漩涡中，以小说这种艺术形式营造了动荡年代"性与革命"对人的生存的支撑和溃败；本来，《蚀》是作者精神世界中那些理性教条和禁忌被彻底轰毁后，在创伤体验刺激下感性生命创造力借助小说艺术的一次爆发，是他情感世界一次艺术上的原生态展露。然而矛盾之处在于，当政治遇挫导致沉重创伤时，他对宏大理性设计产生了幻灭感；当借助小说创作恢复元气后，在此起彼伏的批判声中又对自己的颓唐状态产生了怀

---

① 茅盾：《从牯岭到东京》，载唐金海等编：《茅盾专集》第 1 卷上册，福建人民出版社 1983 年版，第 332 页。

疑；他当然不赞成钱杏邨们的抨击，但又无法否认和钱杏邨们在大方向上的一致："批判者认为整篇的调子太低沉了，一切都幻灭，似乎革命没有希望了。这个批评是中肯的。但这并非我的本意。"① 这话尽管是半个世纪后所言，基调却和当年的《从牯岭到东京》一致。

《从牯岭到东京》表面是对批评之声的回应，内里却是对自我内心世界的一次清理。细读全文，第一到第六部分一直都在诉说怎样创作三部曲，絮絮叨叨中充满混乱与矛盾，一会儿说小说有自己的悲观思想情绪，一会儿又强调小说反映了"客观的真实"；第七部分从理论上批驳左翼激进派革命文学观念的浅陋与教条；到第八部分才图穷匕见："悲观颓废的色彩应该消灭了，一味的狂喊口号也大可不必再继续下去，我们要有苏生的精神，坚定的勇敢的看定了现实，大踏步往前走，然而也不流于鲁莽暴躁。"② 显然在茅盾的理性自觉意识中，既不满意钱杏邨们粗暴简单的指责，也不满意自己"竟做了这样颓唐的小说"。这份文献的复杂、微妙之处在于，这既是他对钱杏邨们横暴批判的答复，也是他的自我辩解、自我说服、自我表白和自我宣示，更是他对理性、知性生命创造力和感性生命创造力之间复杂纠葛进行自我调节的思想备忘录。

因《蚀》而招致批判，是茅盾精神历程的又一个界标。过去的研究多侧重于将茅盾和太阳社创造社论战纳入革命文学论争加以分析，阐述茅盾和左翼激进派对革命文学如何生成、发展的分歧。其实分歧不过是五十步笑百步，并无本质冲突。这场论战对茅盾至关重要，标志着他在文学领域开始集中面临和处理理性与审美、文学与政治、颓废与抗争、虚无与理想的复杂矛盾纠葛。他当然不甘心长期陷于虚无、幻灭、颓废等非理性的创伤体验状态而不能自拔，然而又不甘心放弃由虚无、颓废、幻灭等所激发的艺术创造力和审美诱惑力。与其

① 茅盾：《创作生涯的开始——回忆录〔十〕》，《新文学史料》1981年第1期。
② 茅盾：《从牯岭到东京》，载唐金海等编：《茅盾专集》第1卷上册，福建人民出版社1983年版，第345页。

说是和钱杏邨们论战，毋宁说是感性的茅盾和理性的茅盾、文学的茅盾和政治的茅盾在辩驳，是他人格机制中内敛的、内倾的层面和外倾的、扩张的层面在争锋。这种辩驳和交锋，一直延续到《子夜》的创作。甚至《腐蚀》和《霜叶红似二月花》中，那忧郁、内向和感伤的一面也惊鸿一瞥，泛起精彩涟漪。

三、创伤疗救与理性复苏

政治创伤体验激发、诱导茅盾进入了一生中最重要的文学创造阶段："一九二七年九月，我开始做小说，到现在已经整整五个年头了。五年来，除了生病，（合算起来，这也占据了两年光景）我的精神时间，几乎完全在小说的构思与写作。"[①] 令人奇怪的是，他认为这五年自己"里程碑"的作品竟然是《创造》《陀螺》《大泽乡》《林家铺子》《小巫》。如果不是出于《茅盾自选集》的编选要求，那只好理解为这五篇小说证明了他"这几年来没有被自己最初铸定的形式所套住"[②]。他在许多文章中一再声称"没有一篇自家得意的"作品，希望"能够写成更像样些的作品"，这一方面可视为自谦，另一方面也显示他深深忧虑自己的创作与所期许的"真正的深刻和独创"的确还有很大距离。不管怎样，这五年既是茅盾集中精力进行创作并达到巅峰的时期，也是他时时感受到创作瓶颈并努力寻求突破的时期。但突破口真的在于他所致力的题材和描写方法吗？题材和描写方法等小说形式的突破，能帮助他写出期许已久的"真正深刻和独创"的里程碑作品吗？

"茅盾是一位理智胜于情感的人，所以他能理智地分析现象，把

---

① 茅盾：《我的回顾》，载唐金海等编：《茅盾专集》第 1 卷上册，福建人民出版社 1983 年版，第 354 页。

② 茅盾：《我的回顾》，同上书，第 357 页。

握事实，他应付一切生活的遭遇几乎是不大动感情的，但这并不是说他没感情，他也具备一个文艺家所必须具备的热烈丰富的情怀，不过他不是外烁而是内蕴罢了，否则他是写不出这许多有血有肉的著作来的。"① 孔另境确乎知人论世。纵观茅盾一生，理智胜于感情可说是他的生命常态，而感情胜于理智则罕有。恰恰是罕有的理智近于崩溃、感情趋于爆发的时刻，激烈的非正常状态逼迫他进入小说创作这个精神避难所，他生命中的艺术创造力才被激发出来。或者说当沉重的创伤体验袭来，精神陷入虚无、幻灭、颓废状态时，他只能借虚幻的艺术创造行为抵制现实的重压、逃避理智的困顿。正如普实克所说："将刚发生的事件以文艺形式表现出来，其主要动机是要找到一种倾吐充斥于这一代人的心中的情感和感受的方式，不然的话，他会被逼得发疯的。"②

激烈状态总归罕有，茅盾外烁的理智也总是胜于内蕴的感情。当他借虚幻的小说创造行为缓解了现实重压和理智困顿后，他的强势理性、知性生命创造力也开始展示强韧的修复能力。茅盾一再强调自己是"经验了人生才来做小说的，而不是为了说明什么才来做小说的"③，最初的创作动机或许如此，可是当他从创伤体验的阴影中慢慢复苏，却开始"为了说明什么来做小说"。他把过去社会运动和政治实践中无法预期实现的理性设计与梦想，转移到文学领域，借小说这种艺术形式来思考和说明置身其中的世界以及这个世界带给他的"矛盾"。但是，当理性、知性生命创造力以强劲势头介入本该是感性的艺术才情大放光彩的小说园地，他还能继续保持创作《蚀》三部曲时那股近乎原创的、原生态的、本能艺术创造力的宣泄吗？

---

① 东方曦：《怀茅盾》，载唐金海等编：《茅盾专集》第1卷上册，福建人民出版社1983年版，第54页。

② 普实克：《茅盾》，载唐金海等编：《茅盾专集》第2卷下册，福建人民出版社1983年版，第1523页。

③ 茅盾：《创作生涯的开始——回忆录〔十〕》，《新文学史料》1981年第1期。

王晓明的感叹入木三分："他写小说的最初目的主要是舐伤口，他是靠着艺术气质对政治热情的不自觉的压制，才转变为一个小说家的，说得夸张一些，其实是只有半个灵魂在支撑他作这种转变。他能够在《追求》里那样尽情地表现幻灭感，是因为那另外半个灵魂还没有从创伤中恢复过来。但我知道这一半灵魂的顽强的生命力，它迟早总会缓过气来。到那时候，茅盾还能保持现在这样的艺术风姿吗？"①

茅盾后来说，为了向批判者辩解并表白革命必胜信念，"有意为之"写了《创造》。暂且不论他是否以后出于政治正确考虑对《创造》实施意义增值，额外赋予《创造》以革命必胜的创作意图，但这个"有意为之"，却是他精神世界中理性、知性生命创造力开始复苏的一个萌芽。尽管《创造》写于《追求》之前，但是《追求》仿佛广陵散绝的最强音，创伤体验达到极致宣泄后开始趋缓，从《创造》开始的"为了说明什么来做小说"的意图，开始逐渐盘踞在他小说创作的问题视野了。

《虹》是茅盾的理性、知性生命创造力重新崛起的重要标志。《虹》向来被视为茅盾最出色的作品之一，既标志着茅盾小说创作开始进入严密的理性设计和规划的较成熟阶段，又初步展示了理性设计和规划所带来的创作危机与困境，即如何妥善处理理性构想、理念取向和艺术才情天然流露之间的吊诡。作为一个复杂多维、气韵生动、七情六欲皆备、性格狷介丰满的小说人物，梅行素的形象塑造如何精彩，学界已经论述颇多，不必多言。需要特别指出的是，《虹》的后半部分与前半部分相比颇为逊色，也就是小说叙事中梅女士东出夔门之前蜀中岁月的描写，要远胜于梅女士到上海后逐渐"将身体交给第三个恋人——主义"的描写。在《蚀》三部曲中"我们处处看到作者认识到

---

①　王晓明：《惊涛骇浪里的自救之舟》，载《王晓明自选集》，广西师范大学出版社1997年版，第141页。

人力无法胜天这回事"①，而《虹》中虚无、幻灭、颓废的精神色彩已经开始销声匿迹，进而"取了希腊神话中墨而库里架虹桥从冥国索回春之女神的意义"②。

茅盾将原稿寄给《小说月报》主编郑振铎时曾附信一封，细说小说的象征和寓意："'虹'是一座桥，便是春之女神由此认出冥国，重到世间的那一座桥；'虹'又常见于傍晚，是黑夜前的幻美，然而易散；虹有迷人的魅力，然而本身是虚空的幻想。这些便是《虹》的命意：一个象征主义的题目。从这点，你尚可以想见《虹》在题材上，在思想上，都是'三部曲'以后将转移到新方向的过渡；所谓新方向，便是那凝思甚久而终于不敢贸然下笔的《霞》。"③且不论创作动机是出于某种精神寄托和象征，还是作家亲历本事和小说虚构叙事之间是否互动，一个基本事实是：不但《虹》的叙事虎头蛇尾，所谓"转到新方向""不敢贸然下笔的《霞》"，最终也未动笔。茅盾的理由是"人事变迁"④。当年他曾在《虹》后记中怅惘："或者午后山上再现虹之彩影时，将续成此稿。"⑤然而虹之彩影终未再现，姊妹篇亦未续成，与秦德君分手是否是"人事变迁"的真正含义？

如何融会贯通理性与审美、文学与政治之间的吊诡，是茅盾小说创作的真正障碍。《蚀》三部曲尽管存在小说结构等理性构思的不足，小说的精神氛围也充斥着矛盾、混乱和压抑的感觉，但政治创伤导致的深刻苦闷，切切实实促成了他艺术才情的爆发，他已经顾不上那些理性枷锁的羁绊，急切地沉浸到审美的激情体验中寻求灵魂的休憩，从而小说充盈着原创的艺术激情与魅力。到写作《虹》时，理性和知

---

① 夏志清：《中国现代小说史》，刘绍铭等译，复旦大学出版社 2005 年版，第104 页。

② 茅盾：《亡命生活——回忆录〔十一〕》，《新文学史料》1981 年第 2 期。

③ 同上。

④ 同上。

⑤ 茅盾：《〈虹〉跋》，载唐金海等编：《茅盾专集》第 1 卷下册，福建人民出版社1983 年版，第 816 页。

性创造力已经开始指导他的创作，"他的苦心不得不是继续地探求着
更合于时代节奏的新的表现方法"①。

　　"时代性"是那时茅盾指导自己创作、进行文学批评的一个重要
概念，《读〈倪焕之〉》中已有较为系统的论述，不必赘言。问题是：
他对所谓"时代性"有多少切身的真实体验？他过去那些刻骨铭心
的人生经验如何融汇到"时代性"这个具有虚构性质的概念中？作
为一种认识和理念的"时代性"概念和真实的、原生的、自在状态的
"时代性"又有多少合拍？他的思想信仰、政治理念如何与艺术真实
达成高度契合？《虹》的创作之所以虎头蛇尾（且不说是否与原型胡
兰畦、秦德君有关），在于前半部分的精彩来自他那尚未被社会政治
理念所整饬的艺术原初经验的自然绽放，而后半部分的粗疏在于他理
念中的"时代性"与时代真实状况、个体真实体验的间离。夏志清可
谓一针见血："《虹》结尾的失败并非是由于茅盾鼓吹共产主义思想，
而是他无法像在这部小说的前半部中用写实的和细腻的心理手法去为
这种思想辩护。在最后一部分里，无论在思想上或情绪上的描述，已
不复见先前那种真诚的语调了。"②

　　经过半个世纪的人生历练，茅盾都未意识到问题的要害："梅女
士思想情绪的复杂性和矛盾性，不能不说就是我写《虹》的当时的思
想情绪。当时我又自知此种思想情绪之有害，而尚未能廓清之而更进
于纯化，所以《虹》又只是一座桥。思想情绪的纯化（此为当时白色
恐怖下用的暗语），指思想情绪的无产阶级化，亦即小资产阶级知识
分子的思想改造。"③岂不知恰恰是"此种思想情绪之有害"，"尚未能
廓清之而更进于纯化"，才使他免于全面陷于"时代性"理念的虚构

---

①　茅盾：《〈宿莽〉弁言》，载唐金海等编：《茅盾专集》第 1 卷下册，福建人民出版
　　社 1983 年版，第 818 页。

②　夏志清：《中国现代小说史》，刘绍铭等译，复旦大学出版社 2005 年版，第
　　108—109 页。

③　茅盾：《亡命生活——回忆录［十一］》，《新文学史料》1981 年第 2 期。

与幻觉，才能在作品中更真实地展示自己思想情绪的原生态，也更真实地表现小说人物的独特艺术品格和复杂内涵。这种"有害"的、未达到"纯化"的思想情绪，才符合作者的、历史的和小说艺术的本真性与时代性，才是小说艺术创造的原初精神起点。《虹》正是在这样的心理和精神支点上建构了一个具有丰富底蕴的艺术世界，这也是它多年后读起来让人仍感到津津有味的艺术奥秘。

四、理性律令与审美想象的吊诡

如果说《蚀》三部曲是茅盾遭受严重政治创伤、理性近乎崩溃后的尽情发泄与审美慰藉，如果说《野蔷薇》是茅盾渡过精神危机后初步的心理调整和文学设计，如果说《虹》是茅盾的政治创伤修复、理性和知性生命创造力基本恢复风采的自我引渡之桥，那么《子夜》就是茅盾雄心勃勃意图用理性王国的精神律令驾驭文学创作的集大成者。

《子夜》向来被视为现代文学史上最重要的经典之一，20世纪90年代以来却面临着"祛经典化"的文学史评价危机，概括说来，即：《子夜》缺乏一部伟大经典作品所应具备的审美资质和超越性文学内涵。近年来不少学者又试图通过文本细读来证明《子夜》的文学价值和审美本性。反、正两方面观点，以蓝棣之《茅盾：〈子夜〉》、陈思和《浪漫·海派·左翼：〈子夜〉》为代表。表面看两文对《子夜》的评价相左，然而出发点却是一致，即《子夜》的艺术性问题：蓝文从"文学水准""主题先行""现实世界与艺术世界"三个层面切入，针针见血地指出《子夜》作为伟大作品的不足，得出了那个在学界引发争议的结论——"《子夜》读起来就像是一部高级形式的社会文件"；陈文从"浪漫""颓废""左翼"三个层面入手，深入挖掘《子夜》中精彩的、有个性的、能展示茅盾艺术家气质和艺术能力的"优秀的因素"。①

　　其实对《子夜》评价的众说纷纭，从它诞生之日起就已出现。如果沿用政治和艺术二分法视角看这些评论，1949 年前的研究和评论，在政治上、艺术上的褒与贬比现在的还要多彩多姿，因为那时还没有统一的法定意识形态来制约评论者畅所欲言。其中，政治评价方面影响最大的莫过于"瞿秋白模式"，直到今天大部分文学史和论文还在沿用瞿秋白的论调；艺术评价方面最获茅盾青睐的是吴宓的《茅盾著长篇小说〈子夜〉》，今天却几乎被遗忘。茅盾对瞿秋白从政治阅读角度进行的评价当然心怀感念，尤其是说《子夜》应用"真正的社会科学"来表现中国社会关系和阶级关系，无异于视为革命文学的"扛鼎之作"。

　　但茅盾没有忘记小说还是一种艺术，对《子夜》的艺术水准还颇为自负，或许是出于"谨言慎行"的习惯才很少表白与宣扬，半个世纪后他借追述吴宓的评价来表达艺术成就上的恨无知音赏。"吴宓还是吴宓，他评小说只从技巧着眼，他评《子夜》亦复如此。但在《子夜》出版后半年内，评者极多，虽有亦及技巧者，都不如吴宓之能体会作者的匠心。"②确如茅盾所遗憾的，后来的评论更是多着眼于《子夜》的题材、主题、结构、人物、篇幅甚至是气魄，很少论及小说的艺术气韵、美学意味和语言魅力。这与茅盾宣称"大规模地描写中国社会现象的企图"③以及对小说创作动机、主题思想的反复解说有关，也与当年左翼阵营特殊人物瞿秋白的评价和文学史写作的政治意识形态要求有关，更与《子夜》呈现在受众眼前的整体艺术面貌和主要阅读印象有关，当然还与研究者们纠结于自然主义、写实主义、现实主义等本来是西方人用来概括西方文学传统的概念、标签而不尊重小说文本有关。

---

① 两文分别载蓝棣之：《现代文学经典：症候式分析》（清华大学出版社 1998 年版）、陈思和：《中国现当代文学名篇十五讲》（北京大学出版社 2003 年版）。

② 茅盾：《〈子夜〉写作的前前后后——回忆录〔十三〕》，《新文学史料》1981 年第 4 期。据沈卫威教授考证，茅盾所引吴宓这个材料，实乃赵万里之作。

③ 茅盾：《〈子夜〉后记》，载《茅盾全集》第 3 卷，人民文学出版社 1984 年版，第 553 页。

正如茅盾所说："大家一致赞扬的作品不一定好，大家一致抨击的作品不一定坏，而议论分歧的作品则值得人们深思。《子夜》正是这样。"[1] 应该说，各持己见的评论者们都从某一角度把握了《子夜》的部分真实，之所以产生分歧主要源自《子夜》文本的复杂与含混。当年韩侍桁的批评眼光颇为敏锐："《子夜》不只在这一九三三年间是一部重要作品，就在五四后的全部新文艺界中，它也是有着最重要的地位。它是一部伟大的作品，但是它的伟大只在企图上，而并没有全部实现在书里。它虽然有着巨大的企图，但它并没有寻到怎样展开他的企图的艺术"；而且他一再提及小说具有浓厚的罗曼蒂克色彩，尽管他是以此来批驳左翼所提倡的"新写实主义"在《子夜》中得以实现的论调。[2] 韩侍桁的政治立场和批评目的暂且不论，但他触及了《子夜》创作的一个主脉搏，即茅盾在小说创作中如何解决理性构想、政治意图、社会分析、历史观念和艺术才情、个体经验、审美嗜好、美学风格之间的紧张、对立关系。本书即从这个视点立意，探讨茅盾的理性、知性生命创造力与感性生命创造力如何纠结于《子夜》的创作中，如何造就了《子夜》的小说生态系统和接受面貌。

必须首先确认，茅盾在小说艺术的理性构思方面的眼光、气魄、雄心与能力，在近百年文学史上也是少见的。《子夜》对现代中国社会的叙事能力，不仅仅是过去研究中常常涉及的对都市、农村、工厂、机器、经济、金融、舞厅、摩天大楼、声光电化、阶级斗争等五花八门的现代社会具体形态的把握，更在于对这些现代社会具体形态背后的时间意识、空间意识的艺术布局和驾驭，对时空布局背后人与社会精神状态的复杂纠葛的艺术领悟，对现代人置身于嘈杂的公共空间、个体置身于盲动的群体、个人受不可抗拒的社会动荡挟裹的无

---

[1] 茅盾：《〈子夜〉写作的前前后后——回忆录 [十三]》，《新文学史料》1981 年第 4 期。

[2] 韩侍桁：《〈子夜〉的艺术，思想及人物》，载唐金海等编：《茅盾专集》第 2 卷下册，福建人民出版社 1983 年版，第 944、945、956 页。

助、茫然和空洞感的艺术表现，对自我和他者在社会存在网络中相生相克的精神关联与肉身依赖这一无奈事实的深刻艺术洞悉。如果意识到《子夜》小说叙事对诸如此类现代命题的展现，就可以理解顾彬为什么说"茅盾用叙事形式提出的现代人的问题似乎只能从'欧洲'出发才能得到理解"①了。

《子夜》所追求的艺术哲学，那种对社会图景和历史流程充满绝对自信的艺术把握企图，那种"大规模地描写中国社会现象的企图"的理性欲望和冲动，实质上是西方现代性移入中国以来第一次大规模地在现代中国文学领域的宏大艺术展现。这种宏大小说叙事之视野的全面性、内涵的包容性、艺术情调的含混与复杂性，迄今也不多见。如果同意黑格尔"小说是资产阶级世界史诗"的说法，那么《子夜》在创造现代中国资产阶级社会史诗方面，确乎具有非凡的气魄、眼光和艺术敏感。

最近二十多年来受以"纯文学"观念为核心的审美意识形态影响，许多人误以为是茅盾的强大理性能力妨害了《子夜》审美理想和美学企图的铺展，"茅盾被当前新一代的中国文学批评界轻率地贬低为概念化写作的代表。而从世界文学的角度来看，他却是一个技法高明的作家"②。其实技法再高明，也无法彻底弥补因艺术元气分裂导致的创作困境。问题的关键在于，茅盾依据理性能力所把握的那些所谓真理，是否与历史真实尤其历史精神达到高度一致。现在已经有充分的事实证明，当年所谓的唯物辩证法创作方法、新写实主义、文学的党性原则等创作理念，和社会图景、历史流程的复杂真实底蕴存在着多么大的距离。

如果茅盾能找到一条既葆有强大的理性判断和驾驭能力，又符合自我艺术个性和艺术才情的小说创作道路，而不是拘泥于理念尤其是

---

① [德]顾彬：《二十世纪中国文学史》，范劲等译，华东师范大学出版社2008年版，第106页。
② 同上书，第112页。

政治判断的束缚，拘泥于题材、方法和技巧的困惑，那么《子夜》很可能会成为中国的《人间喜剧》《鲁贡-玛卡尔家族》《战争与和平》，茅盾也许就是中国的巴尔扎克、左拉和托尔斯泰，现代中国文学也将有自己的批判现实主义高峰。遗憾的是，《子夜》的伟大艺术企图的确没有在小说中全部实现。《子夜》最终没有达到小说艺术臻境的主要原因，就在于茅盾强势的理性、知性生命创造力和弱势的感性生命创造力，无法和谐共生出强大的小说艺术原创力。《子夜》也就在明晰和逻辑中充满了矛盾、仓促、含混与张力。

"没有寻到怎样展开他的企图的艺术"，也就意味着这种企图在艺术中将要弱化或萎缩。在茅盾对《子夜》创作的追述中，有一个常常被忽视却隐藏着《子夜》创作过程遭遇难以克服矛盾、陷入困顿的情况，这就是他的创作计划不断压缩：从都市—农村交响曲的《棉纱》《证券》《标金》，到缩减为只写都市的《夕阳》（或《燎原》《野火》），到"再次缩小计划"，"彻底收起那勃勃雄心"后成稿的《子夜》。他在《子夜》后记中解释说"因病，因事，因上海战争，因天热"才"仓卒成书"，其实这不过是托词而已。真正的原因或许茅盾自己也难以看清。压缩写作计划的过程，是他"勃勃雄心"不断衰退的过程，或者说他的理性企图，特别是用"真正的社会科学"对社会现状和历史趋势作出的分析和判断，难以与小说创作的内在规律和形式要求达到水乳交融，所以最终要退而求其次。

就是压缩计划后成稿的《子夜》中，展示他的理性企图的部分和体现他艺术才情、审美趣味的部分，也是分离而非共鸣的、人为嫁接而非自然生成的，以至于小说的斧凿痕迹颇为明显。显然，他的个体艺术经验和他的理性构想并不融会贯通，他的感性生命创造力和理性、知性生命创造力难以达到氤氲共生，他难以填平理性和审美、政治和文学之间的鸿沟。这条鸿沟是迄今境内现代中国文学家们一个难以跨越的坎，《子夜》当然是一个典型："它的不灭的功绩，是这本书给我们贫乏的文艺界中输入了一种新的眼见，它的材料至少是从来未被取用过地新鲜的，而且它的缺点，也是一个首创者的光荣缺点，它的缺点将成为无数未来的作家的有益的借镜。"[1] 韩侍桁的评价，我以为至今有效。

《子夜》文本的复杂性和艺术性，也绝非理性企图所能完全操控和替代。从文如其人角度看，《子夜》文本还是茅盾内在心理结构、精神征兆、个性机制、情感取向的一个多维度的外在投射。虽然创作《子夜》时的茅盾已经彻底从创伤体验中恢复过来，但是过往的人生经验不会彻底消泯。尤其是沉浸到小说的具体写作状态时，尽管怆痛之感早已恍如隔世，但以往的是是非非、喜怒哀乐绝非过眼烟云。时代女性、知识分子、小资情调、都市氛围、灯红酒绿、虚无颓废等亲历或目睹的那些人和事、情与境，对女性的迷恋、浪漫的追逐、弱势心理的回味、文人惆怅的积习等积淀或向往已久的那些内心的冲动和欲望，都在小说中泛起非凡的、天然的艺术魅力，构成了小说文本的精彩之处。

这些部分的描写和叙事，仿佛不再听命于理性律令的节制，而且采用的是当时屡受批评的"旧的"自然主义和罗曼蒂克手法，而非茅盾和他的左翼同仁们欣赏的新写实主义。这些之所以成为小说中富有艺术魅力的部分，既在于里面蕴藏着他深层的甚至是无意识的人生体验、冲动和欲望，又在于这是过去成熟创作经验的风华再现，更在于他的感性生命创造力和小说艺术的表达规律达到了共鸣状态。固然茅盾的理性企图和设计，更是小说创作的重头戏，比如人物塑造、结构和情节的设置、故事的展开等，充分展示了他的理性、知性生命创造力所具有的宏大气魄，然而这些部分的人为痕迹和浓重匠气也说明，茅盾并没有找到合情合理地表达他雄心勃勃的理性企图和观念设计的较完美的艺术方法。

值得强调的是，吴荪甫是小说中能够集中体现茅盾内在心理结构、

---

[1] 韩侍桁:《〈子夜〉的艺术，思想及人物》，载唐金海等编:《茅盾专集》第 2 卷下册，福建人民出版社 1983 年版，第 956 页。

精神征兆、个性机制、情感取向等层面的外在投射的人物形象，充分体现了他的理性、知性生命创造力和感性生命创造力的复杂纠结。简略来看这个人物的塑造，茅盾所谓原型取之于卢表叔以及从事工业的同乡，当然是创作事实，但是考诸中外文学史任何一个成功小说人物的原型，其来源绝非单一，往往是杂取种种、合而为一，而且作者的主体意识往往也投射于小说人物。卢表叔是茅盾生命历程中的贵人，或许从少年时代就成为茅盾心向往之而身不能至的强势男性楷模，吴荪甫身上有卢表叔的影子实属情理之中。可是，"魁梧刚毅紫脸多疱""二十世纪机械工业时代的英雄骑士和'王子'"的形象塑造，"大的野心""冒险的精神""硬干的胆力"的强人性格、气质，难道没有寄予着茅盾从童年时代就形成的对强势男性的渴望和羡慕？难道不是在艺术的虚构王国实现了现实实践中无法实现的理性设计中的那个期待的自我？难道没有蕴含着对现实人生缺憾的某种艺术补偿？

或许，关于吴荪甫外强中干的脆弱心理描写更能说明问题。当吴荪甫从资本家的角色退回到私人领域，特别是遭遇困境时的烦躁、沮丧、软弱、阴郁、恐惧、紧张、无奈等负面精神状态的描写，如果没有深切的人生体会与深层的心理经验，很难达到那样栩栩如生、绘声绘色的小说境界。这难道不是那个弱势、内敛、感性的茅盾的自我镜像和心理投射吗？这难道不是他从童年、青年直到人生的壮年遭遇过的诸种负面人生体验和心灵困境（特别是创伤体验）的又一次艺术释放和精神移情吗？看来，一个成功小说人物的最重要、最原始的原型，莫不是作者心灵中的那个无意识的自我。

五、观念枷锁与创造力的衰退

茅盾回顾自己早期小说创作时曾言："我所能自信的，只有两点：一、未尝敢'粗制滥造'；二、未尝为要创作而创作，——换言之，未尝敢忘记了文学的社会意义。这是我五年来一贯的态度。"[1] 然而态度不能决定一切，愿望不能必然实现。综观茅盾创作历程，他的不少小说不是虎头蛇尾就是未竟之篇，很多雄心勃勃的创作计划也难以实现，鲜有一气呵成、酣畅淋漓之作，连《虹》《子夜》这样的名篇都有匆促、未完之感。

是什么原因造成茅盾小说创作的这种困境？他的艺术才华在什么样的情境中才能较为淋漓尽致地发挥出来？我以为《蚀》三部曲可以说是一个难得的例外。"凡读过他的《追求》《动摇》《幻灭》的，莫不感到强烈浓厚刺戟神经的时代性的麻醉酒味，轻盈活泼舞态翩翩的流利文字，抑郁悲恨的热情，和一腔不可发泄的慨叹"[2]，虽然半个多世纪时光流逝，可是这半个世纪之前的审美阅读体验至今令人心有戚戚焉。由此我们也可以看到，茅盾心灵深处那些最柔弱的部分和感性的生命能量，才是他艺术才情的藏身之所。

必须提及的是，政治创伤固然是激发茅盾艺术才情的最主要诱因，但是必须看到来自疾病、婚恋等层面的生理和情感创伤也是隐秘的重要艺术移情因素。茅盾可能是较多地公开抱怨疾病影响创作的作家之一：《蚀》是在"贫病交迫中用四个月的功夫写成的"[3]；写《路》时"痧眼老病大发"[4]；《子夜》动笔前"神经衰弱，胃病，目疾，同时并作"，写作期间酷热又损害了健康[5]；又说希望自己"能够写成更像样些的作品，如果神经衰弱和胃病不至于逐渐加深"[6]。就不必说他

---

[1] 茅盾：《我的回顾》，载唐金海等编：《茅盾专集》第1卷上册，福建人民出版社1983年版，第354页。

[2] 顾仲彝：《〈野蔷薇〉》，载唐金海等编：《茅盾专集》第2卷上册，福建人民出版社1983年版，第821页。

[3] 茅盾：《〈蚀〉题词》，载孙中田、查国华编：《茅盾研究资料》（中），中国社会科学出版社1983年版，第16页。

[4] 茅盾：《〈路〉第一版校后记》，同上书，第18页。

[5] 茅盾：《〈子夜〉跋》，同上书，第19页。

[6] 茅盾：《我的小传》，载唐金海等编：《茅盾专集》第1卷上册，福建人民出版社1983年版，第353页。

曾反复申辩的使他滞留牯岭无法参加南昌起义的严重腹泻和重症失眠，也不必说秦德君回忆他在日本期间体质虚弱、经常生病了。[①] 疾病影响创作是事实，可是他这种反复述说背后隐含着怎样的心理动机？是为作品的不成熟委婉开脱以取得谅解？是感慨"多愁多病身"的文人旧习？还是弱势心理借助理性文字的无意识表达？

无论如何，疾病带来的不仅是生理创伤，也能转化为精神的孤独、苦闷、痛楚、抑郁等心理创伤，这对他的创作心理和艺术构思会造成什么影响？如果说生理创伤和文学创作之间的关系尚需更为准确的科学依据，那么婚恋带来的情感创伤对茅盾及其创作的影响是显而易见的。无论是青年时期在母亲"训政"下不敢接受王会悟的爱慕、无奈与早有娃娃亲的孔德沚结婚，还是以后和秦德君那段说不清剪还乱的爱恨情仇，这些事件给予茅盾的情感创痛，又怎样以更为隐曲的移情方式转化为作品的重要资源？作品中那些有关感情的叙事是不是他悲欢离合的情感世界的一面镜像？值得注意的是，在1928—1932年创作高峰期间，茅盾疾病、婚恋创伤的爆发与修复，恰好与政治创伤的爆发与修复叠合在一起。这或许既是祸不单行，也是牵一发而动全身。

所谓悲愤出诗人、痛苦出诗人，大革命失败导致的政治创伤体验和疾病婚恋带来的生理、情感创伤纠结、积淀在一起，将他心灵底层那些最柔弱的体验和感性的生命能量激发出来，使他不但把握了小说的艺术性，也把握了那个观念和意志并不一定能定义和把握的真正的"时代性"。但是他在自我的理性意识中，却越来越倾向于"真正的社会科学"引导下的观念的"时代性"。表面的，这是他的理性、知性生命创造力越来越被号称真理的那些观念的力量所俘获，感性的生命创造力越来越被"纯化"和边缘化；内里的，这是他自童年时代就

---

① 参见沈卫威：《一位曾给予茅盾的生活与创作以很大影响的女性（一）——秦德君谈话录》，《许昌师专学报》1989年第2期。

慢慢形成的充满矛盾的精神结构、心理模式、人格机制、情感取向、意志系统在文学领域的天然释放和艺术定型。

顾彬在谈及茅盾时认为："分析当代时势最好应保持一定距离，而不是从自身经历出发。茅盾因此需要遵循某些规定，如果这些规定由中国共产党发出，那么历史和文学之间，政治宣传与艺术创作之间就存在一种事属必然的紧张关系。问题是，叙事者最终应该站在哪一方？是明确地站在革命和科学的立场，还是站在那些毋宁说同命运和预兆相关联的力量一边？也就是说，是为了符合正确的马克思主义观点而牺牲人物自身，还是宁愿相信他对时代进程的切身洞察？——这些进程并不总是符合逻辑的。"① 我以为，遭受严重政治创伤体验之后的茅盾、从喧嚣的社会舞台退回到个人内心世界的茅盾，在作为小说家的最初时刻，站在了对社会、对时代、对历史、对人生、对自我的切身洞察的那一面，或许这些切身洞察刺激了神经却不一定符合所谓的规律和逻辑。然而，随着创伤体验的慢慢修复，随着理性、知性生命创造力的卷土重来，他渐渐站在了革命的、科学的、马克思主义的或者说想象中的真理的那一面。这不仅是茅盾也是大多数左翼作家的选择。

通过对茅盾早期创作生涯中几部里程碑式小说的分析，我们可以清晰地看到：他精神结构中的理性和知性力量，是怎样诱导他一步步地陷入理性逻各斯的牢笼和观念的枷锁中；他的由创伤体验所激发出来的富有含混张力的艺术才情，是怎样一步步地被理性自我所阉割、被所谓的真理所规训。当他努力将自己的思想情绪达到"纯化"境界后，他找到了自己的社会定位，却渐渐迷失了艺术的原创力和本真的自我，他的艺术创造力再也难以逾越理性和知性的迷障。

---

① ［德］顾彬：《二十世纪中国文学史》，范劲等译，华东师范大学出版社 2008 年版，第 107 页。

第十章　寻找真正的萧红：创伤·幻想·诗性智慧

　　夏志清《中国现代小说史》对中国现代文学研究的推动有目共睹，尤其使一度被历史尘埃湮灭的张爱玲、沈从文等作家重见天日，并迅速攀升到经典庙堂。该书当然也存在不少问题与失误，比如萧红的付之阙如。夏先生为此深感遗憾："四五年前我生平第一次系统地读了萧红的小说，真认为我书里未把《生死场》《呼兰河传》加以评论，实在是最不可宽恕的疏忽。"① 历史往往以曲解的形式展开自身的生命历程，学术研究亦复如此，夏先生的"疏忽"未必"不可宽恕"，反而可能无意中避开了一个难以把握的研究对象，焉知不是塞翁失马？不然，假如没有这个疏忽，夏先生又该怎样解读和品评萧红呢？能否像评说张爱玲那样精确地把握萧红小说的神韵，从而使之绽放出令人眩晕的应有艺术光彩呢？

一、萧红研究的难题与不确定性

　　萧红研究存在的最令人费解的难题，大概莫过于萧红生平本事和人生行径存在太多的"罗生门"现象。对一个作家生平本事、人生行径等史料掌握的丰富程度，对研究其作品的重要性不言而喻。一般

---

① 夏志清：《中国现代小说史》，刘绍铭等译，复旦大学出版社 2005 年版，中译本序第 16 页。

来说，在大多数的作家研究中，毫无疑问，史料越多越能使人们全面、准确地逼近这个作家的真实形象，加深对其作品的感悟、理解与解读。有关一个作家及其作品的诸多史料，一般情况下是相互印证和相互补充的，即使出现矛盾和疑惑，大多也能澄清和梳理个八九不离十。再甚者，即使谜团无法破解，一般也不会影响人们的整体判断和基本印象。可是这些常见的有关作家生平本事、人生行径的套路，在萧红面前却难以行之有效。因为关于萧红生平本事、人生行径中任何一个谜团的破解，都有可能动摇乃至改变萧红研究中业已形成的一些所谓定论。

　　事实上，萧红研究中存在的谜团，还真不是一般作家研究中常遇到的问题。比如生卒年月，中国现代文学史上绝大多数重要作家的生卒年月大概无人质疑，可是萧红是出生于 1911 年 6 月 1 日农历端午节这一天还是之后的第二天？再比如家庭，哪个重要作家及其祖宗八辈的陈谷子烂芝麻不是在一遍又一遍的翻来晒去中原形尽显？可是萧红的生父是张廷举还是那个所谓被张姓地主害死的贫农呢？按萧军的记载，萧红姐弟俩对此都有过怀疑，而且张廷举还曾对萧红图谋不轨。[①] 再比如学界几乎形成定论的那个欺骗萧红同居的人，是叫汪恩甲还是王恩甲或者汪殿甲？这是三个人、两个人还是一人幻影成三人？萧红是被骗还是自愿和这个人私奔终至困居东兴旅馆？而这个旅馆竟然还叫作东兴顺旅馆？至于几乎被视为爱情经典的两萧结合，仿佛一开始就很难说是英雄救美的浪漫传奇，这个美丽的传说掺杂着多少并不美丽甚至有些残忍的动机和情节？其间又有多少变数和阴差阳错呢？

　　当然谜团还有更多，比如在生命的最后阶段，萧红、端木蕻良、骆宾基那段纠缠不清的感情真相究竟何在？比如萧红和汪恩甲、萧军所生的那两个孩子的下落？再比如写下那首千古悼亡杰作的戴望

---

① 萧军：《萧红书简辑存注释录（二）》，《新文学史料》1979 第 3 辑。

舒有没有如他自己所说参与萧红的送葬？面对萧红研究中的诸多谜团，张志忠教授感叹道："如果说，在遇到萧军、写出《生死场》之前，默默无闻的张乃莹（萧红本名）往事无考，仅凭本人的自述（季红真断定其中有许多是在'极度病痛与孤独的处境中产生的幻象'）不足取信于人，尚且可以理解，何以在成为著名作家和社会公众人物以后，始终生活在人们的关注和朋友、亲人的身边，如葛浩文所言，'虽然在政治上萧红不属于任何党派，也不是文艺社团中的活跃分子，但她却与当时文坛的许多知名人士有深厚的友谊'，除了先她而辞世的鲁迅、叶紫，几乎每个结识她的人都写过纪念文字，但是，对她的生平仍然无法梳理清楚，反而是越说越糊涂，甚至在最接近萧红的人们笔下写出来的事情也相去甚远、互相矛盾。"①

萧红研究面临的这些难题，至少迄今为止的的确确是越说越糊涂。萧红生平本事、人生行径的诸多"罗生门"，不但证明了客观至上、实证至上的研究方式存在多大程度的局限与虚妄，更说明了萧红研究不但比其他作家研究存在更多的复杂性和模糊性，而且其不确定性的程度也是难以想象的。两本比较有影响的萧红传记的作者，对此先后都望洋兴叹。葛浩文教授在 20 世纪 70 年代写作《萧红评传》时就说："本书传记部分的主要目的是要把萧红毕生的史迹，以编年方式介绍给读者。遗憾的是这一目的并不能完全达到；主要原因不是由于资料欠缺（请参看所附的书目），而是因为目前有关萧红的资料有的是无法求证，有的互相矛盾，不足采信。"② 大约近三十年后季红真教授同样也发出不平与无奈之声："和所有的女作家一样，萧红的思想和才华长期地被人们漠视，私生活却不断地被爆炒。以至于关于她的生平，至今仍然众说纷纭，莫衷一是，许多资料出入极大，无法考

---

① 张志忠：《"一生都在逃亡"——读季红真〈萧红传〉兼谈萧红研究》，《当代作家评论》2001 年第 5 期。

② ［美］葛浩文：《萧红评传》，北方文艺出版社 1985 年版，第 4 页。

证。经过反复查考，仍然难辨真伪，只能存疑。"① 萧红研究中诸多材料的真伪难辨、相互矛盾、难以统一，的确如两位学者实实在在感受到的那样扑朔迷离。尽管以后很多学者对不少谜团做了扎实、详尽而艰难的考释和辨析，但是最终的结论好像也仅仅是一种推断而已，很难说是言之凿凿的不刊之论。

不管这些谜团怎样的扑朔迷离，总归有个唯一的真相隐藏在背后，不能说没有勘破的可能。可是，萧红研究中还有很多主观性很强的命题，比如关于萧红言行、小说的理解与阐释问题，也就是我们文学研究和文学史述史中对萧红及其小说的解释与判断，准确性、精确度到底有几许呢？比如关于萧红的爱情、婚姻悲剧，不少学者要么归罪于封建家庭、时代动荡和遇人不淑，要么对萧红那句"我一生最大的痛苦和不幸，都是因为我是一个女人"进行过度阐释。固然这些因素都是造成萧红人生悲剧的重要成因，可是要知道遭遇封建家庭、时代动荡和遇人不淑的作家不在少数，要说因为是一个女人，民国时代至少应该有两万万女性，为什么她／她们并没有沦落到萧红那样的悲惨地步？所以郝庆军就质疑说："萧红的悲剧，来自封建礼教的束缚和封建家庭的压迫，这是一种较为普遍、也很方便的说法，但这种解释往往遮蔽了许多值得深思的命题，妨碍了对人性深处的幽暗面作进一步探询的可能性。萧红的不幸固然是社会造成的，但她自己，她性格中的不和谐因素，她的心理层面中存在的某些不健康是否也应负一定的责任？"② 应该说，这位学者的眼光不但独到、犀利，而且引人深思。因为在人文学科的研究领域，绝大多数说明性和阐释性命题，基本上很少有谬误之辨和对错之分，关键在于是否说明准确和阐释到位，用一些放之四海而皆准的空话、大话，来解释一个唯一的作家及其唯一的行为、唯一的作品，就不能不说是隔靴搔痒。如此解释

---

① 季红真：《萧红传》，北京十月文艺出版社 2000 年版，第 1 页。
② 郝庆军：《爱的永远憧憬和追求——关于萧红的一段情感遭际的考证》，《南京师范大学文学院学报》2005 年第 1 期。

下去，中国现代文学史上的作家们会不会变成统一定做的单面人呢？我们在关注事件成因的共性条件时，是否更应该寻找那些独特性的因素呢？

如果说有关萧红言行的说明是否准确、阐释是否到位，似乎最终并不妨碍人们对萧红小说的阅读与阐发，那么迄今为止我们有关萧红小说的解读与阐释，是否能够挺直腰板、理直气壮呢？恐怕问题也是多多。之所以说夏志清先生的"疏忽"萧红是塞翁失马，是因为不知道他是从众随俗，还是别出心裁地阐发萧红作品的独特性和独创性。关于萧红小说的解读和阐释，存在不少大而空且用在其他作家作品头上亦无不可的主观臆测性评判，这些主观臆测性评判存在的问题不是对与错的问题，而是是否准确、到位的问题。萧红作品研究中存在的这种现象，不仅关乎如何恰切定位和评价萧红及其作品的问题，还牵涉到我们的文学研究、文学史述史的自我调整与再建构这样一个重要命题。

在萧红评价史上，鲁迅的《萧红作〈生死场〉序》、胡风的《〈生死场〉读后记》和茅盾的《〈呼兰河传〉序》可谓厥功甚伟。假如没有这三个文坛大腕的褒扬，萧红很难说能获得以后的文学史地位，因为历史叙事有时候也很势利。这三个文坛大腕站在民族的、国家的、社会的、阶级的、男权的乃至无意识的诸多宏大立场，品评和阐发萧红小说的精彩之处，将萧红及其小说定位于文学史发展的主流叙事图景中，萧红的文学史形象和地位也因权威的证词而确立下来。毫无疑问，这三个人的评价为以后的萧红研究奠定了基调。然而，所谓成也萧何败也萧何，鲁、胡、茅等人的评价是否准确把握住了萧红小说的神韵呢？他们将萧红定位于文学史主流叙事图景的那些权威证词是否有强作解人之嫌呢？

之所以说他们的评价为以后的萧红研究奠定了基调，就在于以后关于萧红小说的研究尽管更换了理论和概念，但大多还是在延续他们的致思模式。比如在近些年的"萧红热"中女权主义理论的大显身手。女权主义理论对萧红地位的提升也是有目共睹，正如王彬彬教授所判断的："萧红的大红大紫，萧红的成为'伟大作家'，与女性主义在 80 年代进入中国并被用于文学批评和研究有直接的关系。不妨说，是女性主义文学理论进入中国，才使萧红从一个在文学史上并不占有重要地位的作家，一跃而成为一个大作家的。"① 女权主义理论的运用毫无疑问拓展了萧红研究的视野，但问题在于女权主义理论运用者们的研究模式，和鲁、胡、茅的模式有什么本质差别呢？除了立场、理论和概念的不同，目光是否同样聚焦于过去我们研究中常说的所谓作品的思想内涵、主题意蕴、价值意义等层面呢？

这当然不是否定思想内涵、主题意蕴、价值意义等命题在萧红研究中的重要性，而且以往的研究在这些层面对萧红小说的挖掘也是成绩显著，比如，"我们读到了一个启蒙的萧红，左翼的萧红，抗日的萧红，阶级的萧红，诗性的萧红，女性主义的萧红，倾向于革命但最终和延安失之交臂的萧红，以及一个孤独地漂泊着的萧红……"②，再比如，"我们当代文坛讨论的所有问题，萧红那里几乎都有。譬如，底层写作问题、身体叙事的问题、民族国家的问题、性别的问题、终极关怀的问题、生命价值的问题，甚至包括早期后殖民的问题，更不用说民族化和文体的问题等等。"③ 毫无疑问，思想内涵的包孕性、主题意蕴的多样性和价值意义的开放性，是杰作所应具备的重要品质。可是对大多数杰作来说，思想内涵的包孕性、主题意蕴的多样性和价值意义的开放性，是在杰作的独特性和独创性得以确定的基础上展示出来的，而且往往构成了杰作之所以成为杰作的原因。

可是，"萧红之所以成其为萧红的东西"，萧红小说尤其是《生

---

① 　王彬彬：《关于萧红的评价问题》，《中国现代文学研究丛刊》2011 年第 8 期。

② 　郭冰茹：《萧红小说话语方式的悖论性与超越性——以〈生死场〉和〈马伯乐〉为例》，《中国现代文学研究丛刊》2011 年第 6 期。

③ 　季红真：《错动历史中的文学飞翔——对萧红的再审视》，《南开学报》（哲学社会科学版）2011 年第 4 期。

死场》和《呼兰河传》的独特性和独创性，是否得以明确揭示和确定了呢？启蒙的萧红、左翼的萧红、抗战的萧红、革命的萧红、女权的萧红、身体叙事的萧红、底层写作的萧红、民族国家的萧红、早期后殖民的萧红，乃至文体的萧红、诗性的萧红等阐释，是萧红小说的独特性和独创性使之然呢，还是人们解读萧红小说后的理论放大与观念拔高呢？或者说，学者们解读出来的这些思想内涵、主题意蕴和价值意义，是萧红小说的独特性和独创性吗？

不管怎样评价萧红，有一个根本前提是必须的，这就是阅读体验。正如有的学者解读出了萧红作品的诸多内涵、意蕴、价值和意义；有的学者解读出了萧红小说创作存在缺陷、生涩别扭、并不成熟；而我的阅读体验告诉我，迄今为止人们关于萧红小说独特性和独创性的解读还存在极大的不确定性，很多结论似是而非，貌似定论实则经不住推敲。目前为止我们大多数关于文学的观念和理论，基本上都无法精确定位和穿透萧红的小说，难以让我们抵达如雾似幻的萧红文学世界的静默深渊，充其量只能让我们滞留在似有若无的感觉层面去体察萧红小说的神韵。从某种意义上说，已有的文学知识谱系、价值观念和意义系统，因为无法根除黑格尔意义上的"理性的狡黠"，还有可能将我们的阅读体验和艺术感觉带错方向。

陈思和教授在解读和评价《生死场》时认为："《生死场》写得很残酷，都是带毛带血的东西，是一个年轻的生命在冲撞、在呼喊。我觉得这样的东西才是珍品。她的生命力是在一种压不住的情况下迸发出来的，就像尼采说'血写的文学'。这样的作品，在文学史上具有至高无上的价值。这不能用一般的美学的观念去讨论，它要用生命的观念去讨论。"[①] 我赞同陈思和教授的判断，因为他所说的"一般的美学的观念"，不但构成了我们以往萧红研究的基本观念前提和理论预设，而且在某种意义上也成为我们抵达萧红小说独特性、独创性幽深

[①] 陈思和：《中国现当代文学名篇十五讲》，北京大学出版社 2003 年版，第 276 页。

地带的绊脚石。

我们中国现当代文学的既有知识谱系、价值秩序和意义系统，在赋予萧红以文学史地位、价值和意义的同时，也有意无意地成为限制萧红小说研究走向澄明之境的话语牢笼。比如鲁迅，他在灯下读完《生死场》后的第一阅读体验是"周围像死一般寂静"的艺术通感，可是他很快将这种感觉引向"我们还绝不是奴才"；所以他所谓的"越轨的笔致"，在某种程度上是否是阅读体验与文学的知识谱系、价值秩序和意义系统发生间离和抵牾后的审慎落笔呢？再比如茅盾，在明明感受到萧红小说"寂寞""凄婉"的韵味和格调时，没有在尊重自己细腻阅读体验的基础上继续走向萧红小说的幽深地带，反而退却到主流叙事话语和模式上去探讨萧红小说的所谓卓越之处。之所以以鲁迅、茅盾为例，就是因为后世的研究者们大多在重蹈他们的老路。

二、创伤与退行

发现和品评萧红小说的独特性和独创性，应该有"越轨"的眼光。

事实是，有关萧红小说的很多评价和定论，在某种意义上近乎评价者的自说自话。关于萧红生平本事、人生行径的"罗生门"，已经和萧红本人没有多大关系；关于萧红小说评价的仁智之见，也和萧红小说的独特艺术韵味存在不小的距离。她的生平本事、人生行径已经往事如烟，她的小说也已成为独立、自足而开放的文本系统，只是静静地留待后世去发现和品评。即使有朝一日关于萧红生平本事、人生行径的诸多谜团得以落实和澄清，也未必能从根本上有助于我们对萧红小说独特性和独创性的发现和评判。要寻找真正的萧红，当务之急是首先要解构或跳出我们中国现代文学研究固有的知识谱系、价值秩序和意义系统及其衍生的那些观念枷锁的限制。

　　这个问题之所以重要，是源于一个基本事实：文学作品和研究文学作品的那些理论、概念、思路是两码事。这两个领域尽管有很大的共生性和相通性，但文学作品更多地是人类社会这一自然形成的秩序中以自发生长为主要特征的产品，而文学观念、文学理论等基本上属于人为设计和理念建构的产物，而且在根本上是文学作品的派生物，尽管它在实践中逐渐获得了独立性和自足能力。这类似于意识形态和经济基础之间的关系，意识形态尽管是建立在经济基础之上，但它获得独立性和自足能力后，既有可能促进生产力的增长，也很有可能阻碍生产力的发展。

　　西梅尔的《现代文化的冲突》一书，从文化高度对类似命题进行过分析与辩证："一当生命产生出它用以表现和认识自己的某种形式时，这便是文化：亦即艺术作品、宗教作品、科学作品、技术作品、法律作品，以及无数其他作品。这些形式蕴含生命之流并供给它以内容和形式、自由和秩序。尽管这些形式是从生命过程中产生的，但由于它们的独特的关系，它们并不具有生命的永不停歇的节奏、升与沉、永恒的新生、不断分化和重新统一。这些形式是富有创造力的生命的框架，尽管生命很快就会高于这些框架。……框架一旦获得了自己固定的同一性、逻辑性和合法性，这个新的严密组织就不可避免地使它们同创造它们并使之获得独立的精神动力保持一定的距离。"[①] 如果我们将文学作品和文学观念、文学理论的关系，类比于这种生命和形式的相生相克、对立统一，似乎并无不当。窃以为，寻找真正的萧红的起点，应该建立在文学作品和文学观念、文学理论的分野基础上。

　　事实上，最大的解构还不是打碎，而是跳出和放弃，返回最初的原点。换句话说，我们应当挣脱既有文学观念和理论的绑架，在文学起源和发生意义的层面上，去寻找真正的萧红；从作为存在者的萧红

---

① 刘小枫主编：《现代性中的审美精神——经典美学文选》，学林出版社 1997 年版，第 415 页。

和小说创作之间的主体间性，来理解萧红及其小说；亦即从本源意义和发生学角度，来探询小说这种艺术形式和存在者萧红的互文性是什么。简单地说，萧红小说创作的内在驱动力是什么？小说写作满足了她怎样的精神意志和心理需求？当然还包括下文专门要谈的她的生命意志如何转化为独创的艺术世界，她创造了一个怎样的艺术自我从而实现了情感的宣泄、意志的转换、精神的移情和生命的绽放。

萧红小说得以创生的因素万万千千，当然包括人们已经重复了很多遍的封建家庭、社会动荡、遇人不淑等外部条件，当然也包括屡见不鲜的那些性别抗争、身体欲望、生命关怀等内部要件。所谓民族的、国家的、社会的、阶级的、时代的、女性的、个人的、身体的那些元素，毫无疑问都会构成萧红小说创生与存在的基础。问题在于，并非只有萧红及其作品存在于那样的一个时空中，几近相似的条件也曾催生过面貌各异、风格独特的作家作品，比如庐隐、石评梅，再比如丁玲、张爱玲。我以为，在赋予萧红小说以独特性和独创性的艺术生成过程中，创伤体验及其内在转换是一个迄今未被说清说透且至关重要的因素。创伤体验之于文学创作的影响，在中国现代文学作家群体中固然较为常见，但萧红的创伤体验及内在转换的独特性和罕见性在于，她是用退行的方式实现了艺术创造。

萧红的创伤体验毋庸多言。她 16 岁走出呼兰小城，20 岁与家庭决裂，像无头的苍蝇一样乱飞一通，经行哈尔滨、北平、青岛、上海、东京、西安、武汉、重庆，一路风雨兼程，颠沛流离，疲于奔命。在奔往异乡的坎坷路途上，她饥寒交迫，贫病交加，居无定所，为情所困，半生尽遭白眼冷遇，终于在生命的第 31 个年头，香消玉殒在碧海蓝天的浅水湾畔。葛浩文教授说他在写《萧红评传》时越来越感到不安，萧红所受的痛苦在感觉上越来越真实，以至于难以终笔，仿佛他不写最后一行，萧红就不会死。[①] 我相信葛浩文教授的感

----

① ［美］葛浩文：《萧红评传》，北方文艺出版社 1985 年版，第 153 页。

觉是真实的，也正是因为类似的感觉，本书行笔至此，断然决定放弃述说她那些让无关外人听来也心碎的凄惨往事，因为这种述说也是一种痛苦和残忍。简直无法想象她那样孱弱的身心，是如何承受那些生命中无法承受的惨烈之痛。

笔者在以往的作家研究中从来没有过心情如此不能平静，以至于动容，踟蹰良久才能落笔。尽管对她那些身心创痛是那么熟悉，可是又多么希望那是陌生的不实传言。我一直认为，只有凭借感性的语言，才能在她的文学世界里走得更深、更远，可最终还是发现因为无法抑制情绪而难以做到，只能无奈地回归到理性的语言表达与思路。我想说的是，萧红所遭受的那些身心创痛，无论是源自外部世界的逼迫与摧残，还是源自内部世界的脆弱与阴暗，无论是真实发生过还是出于她某些病态的精神幻想，这些已经不重要，重要的是这些创痛已经化为她的一种存在的实在感，一种客体的心理体验事实。

人生在世，无非是趋利避害，寻求最大的满足与幸福。可是人生不如意事十之八九，对大多数人来说，烦恼与苦痛往往多于满足与幸福。对于萧红来说，她所遭遇的苦难和创伤，远远超过常人，在中国现代文学史上几乎找不出一个作家可以与她在这方面一比高低。她的一生几乎是在受难中度过，来自外界不可抗力的、身心的和人际关系中的诸多创伤，轮番向她袭去。按照心理学家的说法："所谓创伤，是指那些对人的情感构成沉重负担的、由于生活中不常出现而让我们缺乏可参照的应对模式的经历。"① 考诸萧红一生所遭遇的苦难与痛楚，人世间常见的诸种创伤体验类型，她几乎都饱尝过个中滋味，可怕的是类似的创伤体验却经常出现以至于成为她生活中的通常模式；尽管有了可参照的应对模式，可怕的是她却无力抵挡那些难以抗拒的力量，比如穷困与疾病。更可怕的是，有的创伤模式，她仿佛中了蛊

---

① ［瑞士］维蕾娜·卡斯特：《依然故我》，刘沁卉译，国际文化出版公司 2008 年版，第 153 页。

瘾一样，在一遍遍地重演。

如果可以将萧红遭受的创伤进行简单归纳概括，那么最刺眼的无非就是爱的极度匮乏与残缺。亲情、爱情在她总是遥遥不及，或许唯独友情常伴她左右，可是这里面又包含着多少不忍与怜悯呢？友情又何尝能替代亲情和爱情的那种亲密无间、生死依恋呢？如果说当她执意远走他乡时，已经在内心深处与亲情永诀；那么唯独爱情之殇，她却一次次飞蛾投火，无所畏惧，至死痴心不改。关于她的爱情之殇，我更愿意引用后世作家的感言："她那过于剧烈的人生，不从容，不体面，不能全归咎在别人身上，那些千疮百孔的爱，不会总是这个男人或者那个男人造成。她鲁莽又脆弱，风情又乖张，气场强大却身体孱弱，是电光石火的好恋人，却或许真的并不适合厮守。她对爱的热望简直让人畏惧，仿佛永远在卖火柴的小女孩濒死的时刻，要奢侈地燃尽所有火柴，哪怕得到的无非一点暖一点亮。"[1]

面对创伤，人最本能的应激措施是修复。如果说鲁迅的坚忍、郭沫若的宣泄、茅盾的脆弱，最终换取的是战胜创伤体验，赢得了补偿性的人生辉煌，可萧红却是一个经常被创伤碾碎而难以在现实中获胜的人。即使以后她获得了认同、欣赏乃至声望，可是这些于她的破碎人生又有何补？面对创伤经历，她并不善于从中汲取经验教训，进而获取处世智慧和生存技巧，"差不多她是靠直觉和本能行事的人，而不是靠头脑和理智。……对人世，我想她从来就没看清过，她就像一个小火炉，一个鱼跃飞身扑进这滚滚红尘，然而她这小火炉终究是不能烫伤任何人，她只是伤了自己。"[2]尤其在爱的饥渴与盲目追逐中，她更有一股死不罢休、与汝皆亡的愚蠢。之所以说她愚蠢，是因为按照黑格尔的说法，爱是自我本质在对方身上的显现，可是她在无法确定甚至找不到显现对象的时候，就无所顾忌地跳入爱的幻影中。

---

[1]　马小淘：《人间腊月天》，《文艺争鸣》2011 年第 5 期。

[2]　魏微：《悲惨的人生　温暖的写作——写给萧红百年诞辰》，《文艺争鸣》2011 年第 3 期。

可是，对于她的任性，她的执拗，她的盲目，她的鲁莽，她的愚蠢，她的乖张，她的极端，乃至她的病态，我们无法苛责，因为"绝没有任何时候比在我们爱时那样对痛苦没有防备；绝没有任何时候比在我们失去所爱的对象或它的爱时那样无依无靠的悲惨"①；因为她遭受的苦难与痛楚太多太多，即使造成创伤的根源全部来自她自身，这个世界对她的惩罚也太过残酷，以至于有时我们不能不无奈地感叹：她在前世究竟造过什么孽，以至于今生惨遭如此涂炭？对于这样一个近乎大半生都在经历创伤之痛的弱女子，对于这样一个几乎失却了人世间所有最可宝贵的爱的叛逆者，几乎每一次讲述她生命中那些无法承受的悲情与惨淡，都会深深刺痛我们的心灵，仿佛感同身受一般。

对萧红的幼稚、单纯和率性，丁玲曾经十分不解，"我很奇怪作为一个作家的她，为什么会那样少于世故，大概女人都容易保有纯洁和幻想，或者也就同时有些稚嫩和软弱的缘故吧"②。可是同为女人的丁玲，却知道何时应该放弃纯洁、放弃幻想、放弃稚嫩、放弃软弱。假如萧红有丁玲三分之一的世故和强势，也不至于身世浮沉雨打萍。遭遇创伤，每个人都会寻找自救之道，只不过有的人有意为之，尽力改善，终于扭转颓势，获得补偿，成为命运的强人；有的人则逆来顺受，任其摆布，终究难挽溃局，成为人生的惨败者。萧红显然基本上属于后者，她是在懵懵懂懂中跟着感觉走的那类人。尽管她也获得了另外一种形式的补偿，可是这补偿已经基本无益于她的有生之涯。萧红面对创伤，实在谈不上主动修复，只能说是转换。这个转换尽管无法改善她现实生命中的苦痛，却为她开辟了一片独特的艺术领地，引导她最灿烂的生命之花在一个虚构的时空中绽放。这个转换的中间环节，我以为就是她那"少于世故"的31岁生涯中的精神退行行为。

---

① [奥] 西格蒙德·弗洛伊德：《论文明》，徐洋、何桂全、张敦福译，国际文化出版公司2007年版，第77页。

② 丁玲：《风雨中忆萧红》，载《丁玲全集》第5卷，河北人民出版社2001年版，第135—136页。

作为心理学术语，退行（regression）是指个体尤其是成年个体在遭遇挫折和应激时，心理活动和行为方式退回到较早年龄阶段的水平，以原始的、幼稚的方法应付当前的情景，是一种反成熟的倒退现象。尽管我们几乎不可能寻找到可靠的心理学数据乃至精神病理学证据，来说明萧红人生行径在多大程度上属于通常意义上的典型退行，但她短暂生命中少于世故乃至不更世故的率性、天真与不计后果，足以说明她应对社会万象的能力和成熟度远远低于她的同龄人，更何况她还是一个高智力的受过教育的人。一般意义上的退行行为的判定，是按照文化的既成秩序、规范、习俗和社会大多数人的经验模式、精神特征与心理状态的水平来衡量和诊断的，通常分为消极意义上的退行，比如拒绝长大和成熟，积极意义上的退行，比如缓解与抵御痛苦、恐惧与焦虑。萧红在应对和处理社会事务尤其是爱情事件的过程中，显得那么稚嫩、天真、盲目、草率乃至"弱智"，足以印证她的很多行为已经具备退行的主要特征。

萧红的退行行为，当然不属于主观意志层面的拒绝成熟，她往往是因为日常生活中的无能为力而不由自主乃至无意识地倾向于精神和情感上的退行。她很少将积极的心理防御措施应用于日常生活，以便通过积极心理防卫获得恢复和降低退行行为造成的消极影响。尽管退行行为在日常生活中给她带来了人生行径的进退失据和精神与情感世界的紊乱，但是却在一个幻想的世界中帮助她找到了一个独立而强大的自我。萧红的退行行为异于常人并远远超出常人之处在于，她将退行行为中的积极能量转化到了艺术的世界，退行行为中的积极防御措施激活了她生命中潜藏的天赋力量，最终转化为撼人心魄的艺术创造能力。

从心理学角度来看，人在匮乏和缺失的情形下，身心机能往往处于失衡和失调状态，此时人的机体的潜在力量会本能地启动修复程序，激发出一种寻求平衡与和谐的内在驱动力，通过种种力所能及的措施与手段，来解除处于失衡和失调状态的身心危机。在种种措施和手段中，幻想乃至妄想常常受到那些对现实无能为力者的青睐，所以弗洛伊德认为："据说我们每一个人都在某些方面表现得像一个妄想狂，通过建立一个希望来纠正他所不能忍受的现实世界的某些方面，并把妄想纳入现实。相当多的人通过妄想再造现实来获得确实的幸福，免受痛苦。"① 毫无疑问，艺术是这种幻想乃至妄想的高级形式。

从萧红所遭受的几乎持续不断的创伤经历来看，从她在生活世界中所表现出来的诸种退行征兆来看，实然世界中的挫败、痛苦和困局，已经在她的日常生活场景中筑起了一座不可逾越的高墙，使她几乎丧失了大部分应对困难、抵御风险的能力。当无力回天的挫败经验，最终吞噬掉她力图改善现状的意志时，幻想乃至妄想很可能就成为最后的防火墙，幻想乃至妄想的防御力量也就会积极寻找宣泄的渠道。在萧红而言，幻想乃至妄想的最积极形式，就是文学艺术。

当萧红借助于小说艺术返回内心、返回自我的时候，一个可以暂时消解现实苦痛，乃至可以超越不可战胜的现实高墙的幻想世界，就悄然出现了："艺术能够给人提供的所有幸福只在于，我们为我们的内心体验创造了这样一种理想的观照场所，在这观照场所中，我们的有机生命力就通过移情到艺术作品中，而以一种不受遏制的方式充分地展开了。"② 在这样一个虚幻的理想的观照场所中，萧红凭借几乎是天赋的艺术幻想能力，转换了现实中迫不得已的退行行为。萧红退行行为中的积极防御能力，以艺术世界中的幻想升华，实现了对现实世界的创造性回归：她借助于小说艺术，为自己的精神世界找到了一个表达存在并使身心得以诗意栖居的场所；在这个幻想的世界中，她不但克服了在现实世界中的挫折感和溃败感，更实现了自我本质的确证和自我精神优势的展示。

---

① ［奥］西格蒙德·弗洛伊德：《论文明》，徐洋、何桂全、张敦福译，国际文化出版公司 2007 年版，第 77 页。

② ［德］W. 沃林格：《抽象与移情》，王才勇译，辽宁人民出版社 1987 年版，第135 页。

三、"只有不确定和未知的世界里才有天才的位置"①

退行行为给萧红带来的，不仅仅是使她能够暂时脱离日常生活世界的苦痛，躲进自由而纯净的文学世界，以求得心灵在幻想空间的短暂休憩，获得缺憾的弥补与生命的平衡；而且还使她较少地避免了文学观念、文学理论带给文学本身的种种异化，从而使她能在文学的更为本源的意义上实现生命与精神的自在、自为与自由绽放。

之所以强调文学观念和文学理论带给文学本身的异化，是因为这种异化不但较为普遍地存在于我们的文学认知视野，而且以强势话语权力妨碍了我们探寻萧红小说的独特性和独创性。和萧红小说相关的异化，至少在以下两个方面比较突出：

一是认为文学是客观世界、现实世界、日常生活世界的模仿、反映、再现、表现等。这种认识在特定范围内固然有效，但作为普遍有效的文学艺术观念则极为狭隘。它及其以后次生的诸类观念，在某种意义上将文学艺术和人的生存世界割裂开来，并将之抛入二元论的认识模式中。殊不知文学艺术本身就是人的生存世界的一个有机组成部分，文学艺术也是人存在的一种重要形式。如果同意黑格尔"艺术不仅不是空洞的显现（外形），而且比起日常现实世界反而是更高的存在，更真实的客观存在"的说法，那么我们就不能不承认文学艺术"给我们的却是在历史中统治着的永恒力量，抛开了直接感性现实的附赘悬瘤以及它的飘忽不定的显现（外形）"。②

二是认为文学观念与文学理论对文学创作具有重要指导意义。从原则上来看这个说法或许没错，但事实在于，文学观念和文学理论是后发于文学作品和文学现象的产物，是对文学作品和文学现象的一种

---

① ［英］威廉·赫兹列特：《论天才与常识》，载［英］拉曼·塞尔登编：《文学批评理论——从柏拉图到现在》，刘象愚等译，北京大学出版社2003年版，第159页。

② ［德］黑格尔：《美学》第1卷，朱光潜译，商务印书馆1979年版，第12页。

经验主义的不完全归纳、概括和总结。它主要通过理性和逻辑的力量，将文学作品和文学现象的特殊性，抽象和提升到普遍性的层面，而且会随着特殊性的增多逐渐修正和补充自身体系的自足性。显然它的后发性、抽象性、自足性以及经验主义特征，决定了它不可能具有永久的普遍性和通用性，因为总有不符合观念和逻辑的异类存在。也就是说，面对异类，文学观念和文学理论不但会失效，还会因为自身的惰性与整合性，阻碍文学生命力的蓬勃展开与创新。那么，这样的文学观念和文学理论又如何对文学创作进行指导呢？

　　萧红显然不属于一个符合既有文学观念和文学理论的期待视野的作家。无论是萧红生前还是死后，有不少人并不认同萧红的小说。即使体验到萧红小说独特性的认同者，也往往出于对文学史裁定机制和权威效应的服从，以"诗化小说""散文化小说"等名目，将她悄悄拉回到文学观念和文学理论的常规轨道上。而萧红本人凭借她那股天然的冲劲与野气，几乎毫不认同文学观念、文学理论的整合与规训："有一种小说学，小说有一定的写法，一定要具备某几种东西，一定写得象巴尔扎克或契诃甫的作品那样。我不相信这套。有各式各样的作者，有各式各样的小说。"①

　　有意思的是，聂绀弩记载的那次聂萧对谈，堪称文学观念、文学理论和文学作品、文学现象之间的一次形象而生动的规训与反规训：一个按照当时主流文学观念、文学理论来要求文学，依据"小说学"的原则评点并指导萧红小说如何写；一个则是按照文学的自然生长规律来展示文学的本性，根本不买"小说学"的账——说我不会写小说，我气不忿，偏要写。对谈的结果自然是关公战秦琼，聂绀弩或许意犹未尽，可萧红已"晕头转向"，干脆一走了之。聂绀弩对萧红小说的指点，是一次凝固的文学理论、文学观念力图对流动的文学创作

────────────

① 聂绀弩：《回忆我和萧红的一次谈话——序〈萧红选集〉》，《新文学史料》1981年第 1 期。

进行指导的典型案例。如果聂绀弩记载的"你会成为一个了不起的散文家，鲁迅说过，你比谁都更有前途"这句话确凿无误，那么鲁迅也是在文学观念和文学理论的期待视野中去理解和评判萧红的。

"审美与认知标准的最大敌人是那些对我们唠叨文学的政治和道德价值的所谓卫道者。"[1] 这个最大敌人的行列，还应该加上那些规训和宰制文学天然生命创造力的文学观念和文学理论。在萧红不自觉抗拒规训的过程中，她的幼稚、任性、执拗、不更世故等反成熟化的退行行为，恰恰使她在无意中坚守了文学的本性。否则，如果她接受了外在的无法加以内化的文学观念和文学理论，如果她"理智"地接受文学权威们的教诲并躬行之，或许会得到更多的赞美和更高的评价，乃至步入"伟大的作家"行列。那她只会成为一个符合别人要求的、别人塑造出来的、失去大部分自我本性的萧红，而不是今天我们看到的这个如雾似幻又才气四溢的天然萧红。足可以与萧红抗拒规训的退行行为呈鲜明对照的，自然非丁玲莫属。可是随着时光的无情推移与筛选，两人作品的艺术生命力自然也毋庸一比高下了。

对于萧红不按文学的习俗与常规出牌的特点，葛浩文教授的观察是细致的："在萧红的散文中，读者很难找到富有哲理式的长篇大论，至于文学理论或宣传式的文章，她显然既无雅兴，也缺乏学养。此外，在她的作品中，也几乎看不出那些可帮助我们了解她创作动机，写作习惯和方法的痕迹（这偶然在她的书信，谈话记录中出现）。即使连她本人可能也说不出那些使她产生灵感，创造体裁，以及她所受外在影响及各种成就的因素。"[2] 毫无疑问萧红当然也要在已有的文学知识谱系、价值秩序和意义系统中汲取经验和智慧，也要经过学习与模仿练就娴熟化用艺术材料的过程，就像她自比《红楼梦》里的香菱那样。但是她的天性和天禀要求她只接受她能认同和内化的文学经验

---

[1]　[美] 哈罗德·布鲁姆：《西方正典：伟大作家和不朽作品》，江宁康译，译林出版社 2005 年版，第 28 页。

[2]　[美] 葛浩文：《萧红评传》，北方文艺出版社 1985 年版，第 160 页。

与智慧，她更多地是"在梦里写文章"，也就是说她主要是出于满足深层的乃至无意识的某种自我心理需要和精神意志而写作。在这样的心理状态和写作中，面对宇宙、世界、社会、人生和身心，她深切体察和感受到了自我存在的价值与意义，实现了自我主体与表现对象之间的互文性，她的艺术意志就此获得了自由自在的外在显现和外化形式。萧红小说艺术世界的独特性和独创性，也就应运而生了。

那么，萧红小说艺术世界的独特性和独创性究竟是什么呢？根据对萧红小说尤其是《生死场》《呼兰河传》的阅读体验，我认为是退行行为为她提供了一个返回本源和发生意义上的文学创生路径；她的难以被整饬和规训的天然生命力与艺术才华，历经生之苦闷与折磨，终于在"诗性的智慧"的本源和发生层面上，无法遏制地绽放开来。

在维柯目光如炬的哲人视野中，"诗性的智慧，这种异教世界的最初的智慧，一开始就要用的玄学就不是现在学者们所用的那种理性的抽象的玄学，而是一种感觉到的想象出的玄学，象这些原始人所用的。这些原始人没有推理的能力，却浑身是强旺的感觉力和生动的想象力。这种玄学就是他们的诗，诗就是他们生而就有的一种功能（因为他们生而就有这些感官和想象力）；他们生来就对各种原因无知。无知是惊奇之母，使一切事物对于一无所知的人们都是新奇的"，"同时，他们还按照自己的观念，使自己感到惊奇的事物各有一种实体存在，正象儿童们把无生命的东西拿在手里跟它们游戏交谈，仿佛它们就是这些活人"，"他们就以惊人的崇高气魄去创造，这种崇高气魄伟大到使那些用想象来创造的本人也感到非常惶惑。因为能凭想象来创造，他们就叫作'诗人'，'诗人'在希腊文里就是'创造者'。"① 正如维柯卓绝的天才眼光所看到的那样，真实的原始人对世界和宇宙的反应，并不是幼稚、无知乃至野蛮的，而是本着生命本能，以"诗

① ［意］维柯：《新科学》，朱光潜译，商务印书馆1989年版，第181—182页。

性的智慧"对外部世界作出反应，并将这些反应转换为神话、隐喻、象征等诗学的和形而上学的存在形式。而萧红的小说艺术世界，仿佛就是这种本源意义上的文学创生或者说原始意义上"诗人"的一次重现。

正如弗洛伊德在心理学层面所看到的，"在精神的王国中，原始的东西是如此普遍地与在它基础上产生的变化了的形式并存"，"在精神生活中，一旦已形成的东西不可能消失，一切东西在某种程度上都保存下来，并在适当的条件下（如，当退回到足够的程度）还会再次出现"[①]。在我们迄今未被勘透的精神世界中，在人类精神的原型和母题意义上，的确潜藏着无数人类一以贯之的诗性智慧和创造性直觉。而这些诗性智慧和创造性直觉，对于大多数人而言，因为现实生活世界的规训尤其是所谓的"进步"幻象而被压抑乃至扼杀。正如创造比之于庸常总是那么罕见，发源于生命之流的那些形式和框架，不但很快就和创造它们的精神动力拉开距离，而且往往因为维护自身的同一性、逻辑性和合法性，凭借在现实生活世界持久形成的同化力量，常常以习俗、规范和秩序的名义，阻挠乃至扼杀生命和精神的创新冲动。

所以维柯感慨不已："使心智脱离感官的就是与我们的近代语言中很丰富的那些抽象词相对应的那些抽象思想。……人们现在用唇舌来造成语句，但是心中却'空空如也'，因为心中所有的只是些毫无实指的虚假观念，以至近代人再也想象不出象'具有同情心的自然'那样巨大的虚幻的形象了。我们也同样没有能力去体会出那些原始人的巨大想象力了，原始人心里还丝毫没有抽象、洗炼或精神化的痕迹，因为他们的心智还完全沉浸在感觉里，爱情欲折磨着，埋葬在躯体里。"[②] 然而，是地火就要奔突，就要燃烧，人类本性深处的诗性智

---

① ［奥］西格蒙德·弗洛伊德：《论文明》，徐洋、何桂全、张敦福译，国际文化出版公司 2000 年版，第 65 页。

② ［意］维柯：《新科学》，朱光潜译，商务印书馆 1989 年版，第 184 页。

慧和创造性直觉，总要千方百计地寻找释放渠道。人类社会迄今为止的一切创造者，正是凭借未被扼杀掉的来自生命和精神深处的天生的自由与幻想能力，冲决了庸常世界的清规戒律，为诗性智慧和创造性直觉寻找到了一种"重现"的形式。

诗性智慧和创造性直觉，不是通过纯粹理性、历史理性、实践理性以及判断力的精确方式重现，而是凭借类似于原始意义上的那种巨大的幻想能力，诗意地把握和再造一个超越琐碎实然世界、贯彻人的创造本性的世界。根据我的阅读体验，萧红小说无疑应当属于这种诗性智慧和创造性直觉意义上的"重现"形式。如果说《生死场》的残忍叙事背后已经包孕着原始意义上生命力的坚忍、丰富和深刻，那么从第十一节"年盘转动了"开始的抗日主题和情节的置入，就以略显突兀的方式将萧红的幻想力重新拉回到实然的现实世界，无拘无束的艺术创造力必然也要遵循现实世界的规则。可是到了《呼兰河传》，萧红生命和精神世界深处的幻想能力，彻底地回归到了本源和发生意义上的文学创造世界。正如谭桂林教授所看到的："萧红是一个体验型、情绪型、自传体型的女性作家，愈是在个人感受与生存幻觉的迷天雾地中，她的天赋才华与独特个性就愈能够得到充分发挥。"[①] 正是在一个混沌、粗糙然而充满了人性原始力量的物我两忘的艺术世界里，萧红的自然本性最终得到了彻底释放，她获得了自由自在创造像"具有同情心的自然"那样巨大幻象的能量，从而抵达了本源和发生意义上的文学艺术创造本性的核心地带。

布鲁姆在探究经典之所以成立的理由时认为："一部文学作品能够赢得经典地位的原创性标志是某种陌生性，这种特性要么不可能完全被我们同化，要么有可能成为一种既定的习性而使我们熟视无睹。"[②] 萧红小说的独特性和独创性即原创性，在于它是一种很难被同

---

① 谭桂林：《论萧红创作中的童年母题》，《中国现代文学研究丛刊》1994年第4期。
② ［美］哈罗德·布鲁姆：《西方正典：伟大作家和不朽作品》，江宁康译，译林出版社2005年版，第3页。

化的陌生性。这种陌生性往往因为自身的不可复制性、不可同化性，被庸常的通用心理状态、经验模式和精神习性所排斥，在日积月累的习俗、规则和秩序中被漠视，或者被错误地拉回和整合到固有的轨道上去。黑格尔尝言："诗是原始的对真实事物的观念，是一种还没有把一般和体现一般的个别具体事物割裂开来的认识，它并不是把规律和现象，目的和手段都互相对立起来，然后又通过理智把它联系起来，而是就在另一方面（现象）之中并且通过另一方面来掌握这一方面（规律）。因此，诗并不是把已被人就其普遍性认识到的那种内容意蕴，用形象化的方式表现出来；而是按照诗本身的概念，停留在内容与形式的未经割裂和联系的实体性的统一体上。"① 萧红小说的独特性和独创性，正是以这种未被割裂的"诗"的方式，实现了文学创造力的自我确证要求，而且通过"诗性的智慧"实现了文学创造乃至人的自由禀赋。所以说，萧红不但是维柯意义上的"诗人"，也是黑格尔意义上的"诗"的创造者。

或许，萧红是不能用"伟大的作家"来称呼的。因为"伟大的作家"这顶辉煌桂冠，是世俗世界为自己所辖的文学领域设置的等级秩序中的最高一环，在某种意义上是人性中利益对等交换的本能要求的华丽产物。但是，我们可以说萧红是一个天才的小说家和诗人，因为她几乎不受世俗世界有关文学艺术的那些观念的束缚，几乎完全依仗天然的禀赋、天然的幻想力和原始意义上的创造冲动，自在自为地潜入到自由的本质地带，以小说的艺术形式展现了"自由的本质在于由自己决定自己是什么"②。

萧红的小说（当然主要指《生死场》《呼兰河传》），是汉语文学世界的一朵奇葩。尽管这是萧红根据她的现世经验绘制的一个诗学的梦想的世界，谱写的一首凄婉而残酷的幻象的挽歌，但是她却在这

---

① ［德］黑格尔：《美学》第 3 卷下册，朱光潜译，商务印书馆 1981 年版，第 20 页。
② ［德］黑格尔：《美学》第 2 卷，朱光潜译，商务印书馆 1979 年版，第 175 页。

个梦想的世界和幻象的挽歌中，让平凡琐碎的现世经验世界大放异彩，让我们几度蒙尘的诗性智慧和创造性直觉被唤醒，去遐想更高的意义、更深的目的和更纯的人性。萧红的小说艺术世界中，蕴藏着一种具有普遍性力量的艺术通感，即触发和唤起人类经常遗忘的原始意义上的精神遗迹的力量。这不但赋予了萧红小说自身以独特性和独创性，而且为我们现世的文学世界开辟了一个陌生然而又是那么熟悉的独特文学理想国；更重要的是，它能启迪我们在这种艺术通感的体验中，遥想那久已失落的人类童年时代未被异化的生命创造力，如何再次回荡在我们的内心世界。

"后来的一切哲学，诗学和批评学的知识都不能创造出一个可望荷马后尘的诗人"[①]，所以萧红是唯一的，不会再有一个可望萧红后尘的类似的"诗人"出现。然而，人类社会中潜藏的生生不息的渴望完美的存在冲动，总是时时回首早于文明的轴心时代就已存在并绽放过的那些原始的生命创造力和巨大幻想能力，而且会以崭新的形式重演着"诗性的智慧"。

---

① ［意］维柯：《新科学》，朱光潜译，商务印书馆 1989 年版，第 477 页。

第十一章 文学史·杨逵形象·述史肌质

韦勒克在《文学理论》中曾宣称:"确立每一部作品在文学传统中的确切地位是文学史的一项首要任务。"[①] 作为一项迷人而又危险的工作,文学史编撰的首要任务毫无疑问是发现、选择和评价杰出的作家作品。文学史家们在编撰文学的有关历史时,当然有各自期许和依据的价值标准,但是都毫无疑问地把"好"的作家作品作为述史核心。我们还没有见过一部以"坏"的作家作品作为述史核心的文学史著作。大概没有一位文学史家会把自认为"坏"的作家作品列入文学史序列。尽管有时有些入选作家作品并不优秀,也只能说明文学史编撰者的眼光欠佳。期待入史,毫无疑问是很多作家无法拒绝的诱惑。被列入文学史序列的作家,不但证明了自身具有加入文学传统的资质,而且会获得一种历史地位、声望,尤其通过文学史这种形式的传播,获得了不朽的可能。

一、杨逵及其作品的已有文学史形象

对于杨逵这样的作家而言,入史已经不是问题,问题在于应该如何定位和评价,如何把杨逵及其作品的独特性、创造性及其在中国文

---

① [美] 勒内·韦勒克、[美] 奥斯汀·沃伦:《文学理论》,刘象愚等译,江苏教育出版社 2005 年版,第 311 页。

学传统谱系中的价值准确标示出来。本书拟通过研读内地出版的文学史著作，在观测杨逵及其作品已有的文学史定位和评价的基础上，探讨进一步丰富和细化杨逵及其作品文学史形象的可能。鉴于内地出版的中国现当代文学史著作数量惊人，自 20 世纪 70 年代末以来的 40 多年间，内地已出版 517 部各类文学史著作（不含单纯的当代文学史），仅 21 世纪以来就有 229 部，[①] 因此，很难想象能将内地出版的现代文学史在短期内加以全部研读。更鉴于大量文学史著作存在很多惊人的相似性，因此选择性研读不失为一条捷径，尽管这样做有挂一漏万之嫌。

本书选择性研读的文学史著作主要有：钱理群、温儒敏、吴福辉著《中国现代文学三十年》，北京大学出版社 1998 年修订版（以下简称"钱温吴本"）；严家炎主编《二十世纪中国文学史》中册，高等教育出版社 2010 年版（以下简称"严本"）；朱栋霖、丁帆、朱晓进主编《中国现代文学史：1917—1997》下册，高等教育出版社 1999 年版（以下简称"朱丁朱本"）；黄修己主编《20 世纪中国文学史》下卷，中山大学出版社 2004 年版（以下简称"黄本"）；吴福辉著《插图本中国现代文学发展史》，北京大学出版社 2010 年版（以下简称"吴本"）；顾彬著《二十世纪中国文学史》（范劲等译），华东师范大学出版社 2008 年版（以下简称"顾本"）；杨义著《中国现代小说史》第 2 卷，人民文学出版社 1988 年版（以下简称"杨本"）。选择这七部文学史著作进行研读的理由如下：其一，这七部史著都涉及杨逵及其作品文学史形象的叙事。其二，编撰者均是现代文学研究领域的资深学者，在内地现代文学研究领域具有广泛影响性。其三，这七部史著各具特色，从不同角度代表了内地现代文学史编撰的较高学术水平。其四，这七部史著在内地甚至海外均产生了较大反响：钱温

---

① 洪亮：《中国现代文学史编纂的历史与现状》，《中国现代文学研究丛刊》2012 年第 7 期。

吴本是普通高等教育"九五"教育部重点教材；严本是普通高等教育"十五"国家级规划教材；朱丁朱本和黄本是"面向21世纪课程教材"；吴本是近两年内地出版的获得较高学术评价的现代文学史著作；顾本的作者尽管是外国人，但其特立独行的文学史编撰方式一度引发内地学界的争论，与内地学者的文学史编撰方式形成交集，故而纳入研读范围；至于杨本，尽管是专门体裁的文学史，但出版年代较早、影响较大，对杨逵及其作品的叙事较详细，故而也纳入研读范围。

　　为了尊重学术事实，更为准确地反映这七部文学史著作中有关杨逵及其作品形象的描述与判断，本书尽最大可能按照客观性原则进行概括与总结，尽管很难达到真正的客观。因已经列出出版信息，对这七部文学史著作原文进行引用时不再加注，只在正文的相关叙述中标明页码，以免累赘。

　　钱温吴本是近三十年来在内地产生广泛影响的文学史著作，我称之为近三十年来现代文学史编撰的"扛鼎之作"。该著最早由上海文艺出版社于1987年出版，署名钱理群、温儒敏、吴福辉、王超冰，修订后改由北京大学出版社于1998年出版。由于本书的目的不是梳理该著版本变迁，故采用修订版。该著第二十九章"台湾文学"之"二　台湾现代文学的代表性作家"，对杨逵及其作品有三大自然段的叙述（第657—658页），约1100字。首先，概括了杨逵作品的主题——"更注意从历史变革的层面谛视无产者的命运和社会的变迁"，介绍了《送报夫》的主要内容及传播的简略情况。其次，以《泥人形》《鹅妈妈出嫁》为例，概括了杨逵作品艺术特色——"有时采用比较隐晦的象征手法写作"。最后，概括了杨逵作品的总体特征："杨逵关注现实，参与社会变革，思想开阔，性格豪爽，又受普罗文学思潮影响，其创作大都由现实直逼时代的思想制高点，虽然有浓重的意识形态意味，但视野广远，大气磅礴，有一种粗犷的力度。他的小说，艺术上不算完整，但很适合他所处的那个渴求反抗与解放的年代。"该著还提及了《模范村》《萌芽》和《春光关不住》等作品，以及杨逵"多数作品都是用日文创作，后译为中文"。

严本中册第二十章"抗战时期的中国沦陷区文学"之第一节"'日据'时期的台湾文学"，关于杨逵及其作品的专门论述大约有一页半的篇幅（第364—366页），1500字左右。首先，以杨逵简略的生平经历为线索，对杨逵主要作品进行介绍、分析和评价。其次，在具体分析了《送报夫》后，指出："这样一种突破了单纯的民族主义的创作视野，显示出了杨逵社会关怀的深广和左翼的文学倾向。"最后，介绍了《鹅妈妈》《模范村》《泥娃娃》等作品的主题和内容，主要评语有："杨逵小说对日本经济殖民掠夺性的揭露，不仅为日据时期的台湾文学开辟了一个重要主题，而且对战后台湾文学有重要影响"，"杨逵小说对殖民性的腐蚀有着高度的警觉"。

朱丁朱本下册第三十六章"台湾文学"之第一节"台湾文学概述"，有一个自然段讲述杨逵及其作品（第213页），300多字。首先，用一句话概括了介绍杨逵生平经历。其次，引用了龙瑛宗、钟肇政和叶石涛对杨逵及其作品的评价。对杨逵及其作品的评价主要是："其代表作《送报夫》《模范村》等作品着力表现了广大民众不屈不挠的反抗斗志，激励人们为追求光明未来而努力奋斗。"

黄本下卷第十五章"台湾文学"之"1.台湾文学概述"，有一个自然段讲述杨逵及其作品（第230页），约500字。首先，简要介绍了杨逵生平经历，指出杨逵在光复后由日文创作转向中文创作。其次，列举了杨逵代表作，简要介绍了《送报夫》和《模范村》的主题，指出《送报夫》"透露出初步的社会主义思想"。最后，引用了《光复前台湾文学全集6》对杨逵小说的相关评论。

吴本第四章"风云骤起"之第三十八节"港台：分割、自立与新文学的生长"，有400多字涉及杨逵及其作品（第446—448页）。首先，将杨逵视为"遵循乡土文学的传统进行创作"的作家，指出战时台湾出现了"最特殊的迂回文学，一批使用日文的本土作家曲折地写出或尖锐、或隐晦的反抗殖民地统治、抵制向殖民文学'同化'的作品"。其次，简要叙述杨逵文学活动的同时，重点指出了《送报夫》"这样带有社会主义思想的小说"和"将留日知识者的善良空想和当前残酷现实作比"的《模范村》。最后，在综述光复后的台湾文学时，提到杨逵在1957年写出第一篇中文作品《春光关不住》，由于该著是插图本，故还配发了两张照片《杨逵像》和《1937—1938年的杨逵》。

顾本第三章"1949年之后的中国文学：国家、个人和地域"之"一 从边缘看中国文学：台湾、香港和澳门"中涉及杨逵（第238—239页）："台湾在日据时期居然产生了以反殖民、热爱故乡（台湾）和怀念祖国（中国）为主题的社会批判性文学，这在今日看来可能有些不可思议。作家采用了隐晦的写作手法可能是一种解释，比如杨逵（1905—1985），他和吴浊流等人没有像同时代的人一样被日本思想同化。"奇怪的是顾本为这段话在第239页加了一个注释①，列举了马汉茂的一些说法，比如"杨逵一生主要在日本人和国民党的监狱中度过"以及"杨逵很可能投降了日本侵略者"；同时也举出"对杨逵作品的推崇"的研究成果：Angelina C. Yee 的《书写殖民地本身：杨逵的抵抗和民族身份的文本》。

杨本第十一章"台湾乡土小说"对杨逵及其作品的叙述设有专节，即第三节"杨逵 压不扁的玫瑰"。实际上该节只有"一 杨逵小说及其显示的民族正气"（第721—732页）专门叙述杨逵及其作品，有7300多字。由于杨本有关杨逵的叙事篇幅较大，其叙述也就从容有余，本书不能一一引述，只能择其要者。一如杨本的述史风格，对杨逵生平经历和作品的叙述亦以褒扬手法落笔。在论及杨逵及其作品的主题和内容时，称"杨逵是继赖和之后，台湾写实文学的二世祖"，"尽管杨逵自认是赖和衣钵的传人，但他初试锋芒，便跨上了非赖和所及的社会历史制高点，赖和是民间行医的志士，创作立足于民众，根基沉实；杨逵是受进步思潮洗礼的漂泊的革命者，创作既立足民众，又放眼世界与未来，显示出更开阔的社会视野"；杨逵"善于从宏观的历史层面上把握台湾社会现实及其命运"，"杨逵以一片忠肝义胆，在作品中架设使台湾同胞和祖国人民息息相通的'心桥'，勿须怀疑，在一苇可渡的台湾岛上，存在着万古不灭的中华民族之魂"。在论及杨逵作品艺术特色时，主要评语有："由于处在殖民地社会环境从事创作，杨逵除了运用明白晓畅、充满理想的现实主义创作方法，还采用隐晦曲折、富有暗示性的象征手法进行坚韧的战斗"，"杨逵小说的风格是豪放的，思想开阔，慷慨激昂，寓乐于悲，着墨粗犷。他创造的是壮美，是力的文学"。杨本专门详细分析、解读和评价的作品有《送报夫》《模范村》《泥娃娃》《萌芽》《春光关不住》《顽童伐鬼记》《鹅妈妈出嫁》。

通过上述整理和概括，这七部文学史著作有关杨逵及其作品的叙事总体来看有几个特点：其一，将杨逵作为台湾现代文学发轫时期的重要代表作家。其二，重点介绍与评述的是《送报夫》《模范村》《泥娃娃》《鹅妈妈出嫁》等作品。其三，重点突出杨逵的反抗斗志、左翼立场和民族主义精神，特别关注杨逵对精神同化尤其是殖民主义同化的警惕。其四，着重分析杨逵创作的现实主义风格，注意到了曲折手法的运用和历史视野的开阔。其五，在评价杨逵作品的审美特色方面，注重阐释其粗犷的、力的美学风格。其六，隐含了杨逵斗士风采与其作品的互文性问题。上述这些特点表明：内地出版的文学史著作关于杨逵及其作品的叙事，已经基本形成了一个稳定的叙事结构和模式；对其生平经历、代表作品的选择与评价，有着基本的共识；杨逵对台湾现代文学的奠基性贡献得到充分认可。

对一个人及其创造物的观照与评价，通常存在着一般评价系统和专业评价系统两个视野，也就是非专业视野和专业视野。一般评价系统所采取的往往是综合的、模糊的、收敛型的评估模式，通过删繁就简等手段对一个人及其创造物进行归纳和概括；而专业评价系统往往采取分析的、精确的、发散型的评估模式，通过阐幽发微等手段对一个人及其创造物进行认知和阐发。对一个文学家及其创造物的评价而言，两者最典型的衔接与交汇点，我以为是文学史述史。文学史述史承担着意识形态宣传、文学教育、文学知识普及、审美能力培养等各种社会职能，主要预设对象是大学文学及相关专业学生以及文学爱好者，而这个群体在向社会传播文学信息的过程中起着相当重要作用，如果再考虑到中小学语文教材关于文学信息的介绍与讲述基本上也来自文学史述史，那么显而易见它就成为社会各阶层接受文学信息的最主要、最权威的渠道。因此，文学史述史系统中的研究和评估结果，代表了社会整体系统对文学诸问题的中等层次的认知、理解和接受，趋近于社会整体系统对文学认知、理解与阐发水平的平均值。内地出版的文学史著作对杨逵及其作品的选择、描述、评价和阐发，体现的是内地社会整体系统对杨逵及其作品形象的认定与评判的平均值，意味着杨逵不但是台湾现代文学的创始作家，也是现代中国文学史序列中不可或缺的作家。显然，这种认定与评判并不代表内地学术界关于杨逵及其作品研究的最高水平，但是却可以体现内地文学研究系统对杨逵及其作品的典型和普遍判断。这种认定与评判，构成了对杨逵及其作品进行深度研究的基本学术起点。

二、提升述史"肌质"，丰富"杨逵形象"（上）

经过六十多年的探索与实践，内地的文学史编撰已经基本形成一种稳定的述史模式。稳定其实也意味着它难以实现文学史编撰的整体创新和突破。关于如何实现文学史编撰的整体创新，另有专篇论述（见本书上篇之《文学史的限度挑战与理想》）。本书所关注的是，在文学史编撰整体创新难以取得突破的情况下，通过分析"杨逵形象"的文学史叙事，探究如何提升文学史述史的质量问题。

内地文学史编撰的程序，一般首先考虑文学史观、价值体系、框架结构、述史线索、文学史诸事实的筛选标准等宏观问题，这些宏观问题差不多解决了之后，才进入微观的文学史编撰的具体叙事过程。在文学史编撰的具体叙事中，也形成了大体一致的叙事模式和结构，比如对入选作家的叙事，一般要包括时代背景、生平经历与作品的介绍、分析和评判等元素；对入选作品的介绍、分析和评判，一般在结合作家生平经历和历史背景的情况下，采取二分法的叙事模式，也就是内容与形式／思想主题与艺术特色的模式，然后再分层次逐一进行概括、总结与评判，比如思想主题一、二、三，艺术特色一、二、三。本书研读的七部文学史著作（顾本除外）基本上就是以这种模式和结构对杨逵及其作品进行叙事的，尽管详略和取舍各有不同，但文学史叙事的基本套路大致相似。目前，内地学者有关文学史编撰问题的讨论热点依然集中于文学史观、价值体系、框架结构、述史线索、筛选标准等问题，遗憾的是很少见到有关微观层面的文学史具体叙事问题的研究。

文学史是一种讲述文学历史的叙事体裁，基本职能是对历史上的文学现象进行梳理、筛选和品评，目的是传播文学知识、提升审美能力、陶冶艺术情操、延续文学传统、凝聚民族精神、强化文化认同乃至意识形态教化，等等。内地文学史著作虽然数量惊人，但是价值体系、框架结构等多大同小异，学术水平也参差不齐，述史品位的高下立然可判。究其缘由，文学史编撰中"肌质"的充盈、丰沛与否，是一个重要因素。高深莫测、晦涩难懂、驳杂繁复，未必是文学史著作高品质的体现；文学历史的精彩和卓越，未必要通过眼花缭乱的理论和术语来表达；通俗易懂、雅俗共赏的语句，未必不能"直指人心，见性成佛"。文学史著作固然要兼备考据、义理、辞章和经济四个品质，但是以历史学述史模式为依托的编撰手法却是其基本形态。通过述史，将文学史事实及其意义说准、说清、说透是其最基本的规则。要实现这项基本职能，建构富有张力和弹性的"肌质"，就是文学史编撰不可或缺的一项重要技术。

这里提到的"肌质"这个术语，来源于"新批评"大家兰色姆的"结构—肌质"（structure-texture）理论。这个理论强调：诗歌作为一个意义的综合体，具有逻辑结构和肌质两个不同的特征；具有鲜明个性且以想象不到的方式展现活力的是细节，细节的独立性就是诗的肌质，它在某种程度上"依赖"于诗的逻辑起点，但并不完全由逻辑结构所决定；善于处理"结构—肌质"的关系，是诗人最珍贵最罕见的天赋。① 本书无意详述这个理论，只是将其术语和思路借用到文学史编撰中，意图有益于文学史编撰难题的解决。所以，如果将文学史观、价值体系、框架结构、述史体系、文学事实筛选等宏观命题，视为文学史编撰的"逻辑结构"；那么具体的微观层面的叙事问题，就可以视为文学史编撰的"肌质"。内地出版的文学史著作，复制现象普遍，个性之作、创新之作不多见。除了文学史编撰宏观层面的"逻辑结构"存在瓶颈外，文学史编撰微观层面的"肌质"问题，是一个绝对不能忽视的薄弱环节。细节往往决定成败，再有高屋建瓴的文学史观、再有整合力的价值体系、再有凝聚力的框架结构、再有丰富内容的述史体系、再有水平和品位的筛选标准，如果不借助于微观层面的具体文学史叙事亦即文学史的"肌质"来展现，那么其学术效力想必事倍功半。而出色的文学史"肌质"，往往能将平淡无奇的文学史"逻辑结构"，润饰和提升到一个更高的层次。

顾彬谈及评价 20 世纪中国文学史的依据时，提出了"语言驾驭力、形式塑造力和个体精神的穿透力"三个标准。② 事实上，这何尝不可以成为文学史编撰者进行文学史叙事的标准呢？文学史著作是具有相对独立性的存在，何尝不可以使自身具有较高的意味和品位？文学史编撰不仅仅是一种专题历史的研究工作，也是一种创造"有意

① ［美］约翰·克罗·兰色姆：《新批评》，王腊宝、张哲译，江苏教育出版社 2006年版，第 182—187 页。

② ［德］顾彬：《二十世纪中国文学史》，范劲等译，华东师范大学出版社 2008 年版，"前言"第 2 页。

味的形式"的写作，还具有可以启迪人心、发人深省的哲学探究色彩。海登·怀特所谓历史叙事具有诗性和修辞性特征，对文学史编撰而言同样有效。因此，当文学史观、价值体系、框架结构、述史线索、文学史诸事实的筛选标准等问题难以突破时，述史"肌质"的提升，就是文学史编撰的一条创新之路。

以杨逵为例。以历史背景、时代精神、生平经历、作品解读作为框架和线索，编织作家作品形象，是文学史编撰的学术惯例。但是如何融会贯通这些元素，将作家作品的独特性和创造性展现出来，却非轻而易举。如果仅仅是点到为止，很可能就会隔靴搔痒、似是而非、浮于表象。比如，很多文学史著作都提及杨逵的政治行为，可是杨逵的政治行为发生在什么样的政治生态环境中？这种政治生态环境对杨逵及其作品产生了什么重要影响？他的政治行为和作品之间的深度关联是什么呢？尽管日据时代的台湾在法律和政治范畴上并不从属于中华民国，那时的杨逵也是一个以日文进行创作的作家，但是顾彬以台湾和大陆的发展"基本脱节""穿着纯粹的日语外衣"为理由，判定日据时代台湾文学"应该算作日本文学史，而不是中国文学史的一部分"，[①] 这种说法绝对难以成立。如果按照这个逻辑，思想的信奉是否可以作为划分的标准？思想信奉可是比单纯的语言文字运用更具根本性，那么我们是否可以据此判定信奉孔子的伏尔泰的思想属于中国思想史呢？举个最简单的例子，英语在全世界普及性最高，用英文写作的作家比比皆是，但是能说他们及其作品属于英国文学史吗？显然，表象的世界并不意味着意志的世界。两岸同根同源同脉是基本事实，不会因为法律、政治乃至语言运用的暂时变异而改变其民族本性和文化根性。泰纳曾言："人类情感与观念中有一种系统；这个系统有某些总体特征，有属于同一种族、

---

① ［德］顾彬：《二十世纪中国文学史》，范劲等译，华东师范大学出版社 2008 年版，第 235 页。

年代或国家的人们共同拥有的理智和心灵的某些标志，这一切是这个系统的原动力。"① 杨逵在日本殖民侵略的苦难遭遇中以日文写作，是在日寇实施文化灭绝的极端历史状态下的被迫之举；目的不是屈从殖民统治，而是表达不屈不挠的抵抗精神；这恰恰是他们那代作家出淤泥而不染的风骨和神采所在，也是中华文化原动力在日据台湾时期威武不屈的见证与象征。杨逵主要不是因为憧憬文学而从事文学创作，恰恰相反，文学作品是他高扬而坚定的政治反抗意志的果实；他将一个区域、一个时代和一个民族、一种文化共同拥有的情感感应和精神诉求，汇集在自己的政治反抗和文学创造中，是他那个时代、那个区域的那代人在艰难跋涉中追求理想存在模式的精神路标。

显然，内地出版的很多文学史著作并未将这个问题述说透彻。主要原因应该在于，述史者对一个世纪以来台湾所遭遇的独特政治和文化灾难存在着经验层面的隔膜。先是日寇殖民统治，后继两岸对立分治，政治、军事的对峙固然无法割断民族认同和文化传承，但是台湾的历史和文化在这样的特殊遭遇中，必然要生成自己独特的生存形态和运作方式，必然在延续民族精神和继承文化传统方面形成特殊的区域特征和时代特征。犹如中华文化"独尊儒术"之前的齐鲁文化、吴越文化等区域文化的存在，台湾文化当然也具有独特的精神气质、习俗惯例、典章文物等具体形态和特征（这本身就说明中华文化富有包容性）。指出台湾社会政治、经济、文化的区域性和独特性，目的在于：当我们强调台湾作家对中华文化生生不息、百折不挠的认同感和向心力的时候，应该充分认识到，台湾文化的区域性特征和独特形态会使该区域作家的文学创作具有独特个性和别样风采。这种文学创作的区域色彩和独特风貌，是衡量和评价该区域作家作品不可或缺的一

---

① ［法］H．A．泰纳：《英国文学史》，载［英］拉曼·塞尔登编：《文学批评理论——从柏拉图到现在》，刘象愚等译，北京大学出版社 2003 年版，第 429 页。

个重要尺度。

杨逵及其作品显然是体现这种同一性和差异性的典型作家作品。对这种同一性和差异性的辨别、分析和判断，并不是笼统地冠以台湾文学、殖民历史、两岸分治等类似术语所能说准、说清、说透的，需要进行细致而审慎的探究，况且每个具体作家还都有自己个性独具的人生脉络、生命体验、价值诉求和表达方式。以文学史的有限篇幅，准确、清晰、透彻地讲述这种同一性和差异性，需要深厚的学术功力和恰切的表述技巧。

再比如杨逵的左翼政治立场和民族主义精神之间错综复杂的关系。很多学者可能会因为这两种思潮论域的差异而纠结于概念和理论。文学史编撰的稳妥之举，一般也是分而述之、不加深辨。然而概念和理论只有依托于具体事实才有意义，正如伊格尔顿所说："'文本的真实'与历史的真实是相关的，但不是对历史真实的想象性置换，而是某些以历史本身为最终源头和指涉的表意实践的产物。"[①] 对杨逵而言，他的生平经历、生存状态和这两种思潮之间，存在着天然的主体间性；或者说杨逵及其作品、两种思潮，不但和历史事实本身相关，而且在某种意义上就从属于历史事实本身，是历史事实状态的个体化表意实践。所有这一切，尤其是杨逵作品的起源和精神旨归，最终汇聚在一起使他成为所处历史时代的一面明镜。在那个时代，杨逵所秉持的这两种精神与价值取向，和内地左翼作家所展现的基本一致，都是同一主体的精神诉求的不同面相；争取民主自由和民族解放不但并行不悖，而且还相互支撑、相互依托；犹如那个时代内地左翼作家将反抗专制独裁和救亡图存深度结合在一起，杨逵及其作品不但展示了这两种精神向度以及两者之间的复杂性，更充分表达了两者在起源和目标上的同构性和互文性。更为重要的是，杨逵及其作品和内

---

① [英] 特里·伊格尔顿：《批评与意识形态》，载 [英] 拉曼·塞尔登编：《文学批评理论——从柏拉图到现在》，刘象愚等译，北京大学出版社 2003 年版，第474—475 页。

地作家精神诉求的遥相呼应，体现的是中华民族在一个特殊历史状态下的共同精神主题和价值诉求。这或许就是一个民族、一种文化虽然遭遇劫波，依然能够将其普遍的向心力和凝聚力以具体的个体特殊方式加以呈现的结果。

显然，丰富文学史中的"杨逵形象"，仅仅判定其政治反抗的正义性，分析其左翼立场、民族主义的合理性，阐明历史背景、时代精神、生平经历与其文学创作的关联，还不足以充分说明杨逵及其作品的文学史地位和艺术价值。无论动机和意愿如何，文学史所要面对的毕竟只能是文学产品。问题的关键是杨逵如何在文学创作中，将上述元素内化为作品的有机内涵，最终留下"撄人心"[1] 的杰出文学作品。这就要牵扯到文学史编撰的审美标准和审美评价问题。

三、提升述史"肌质"，丰富"杨逵形象"（下）

文学史编撰中审美标准的确立和审美评价的运作，取决于文学史编撰者对审美价值和美学范型问题的理解与运用。"审美"本身是一个复杂而笼统的概念，统辖着审美主体、审美对象、审美意识、审美态度、审美经验、审美体验、审美趣味、审美观念、审美价值、审美理想等彼此依存又相互交叉的诸多子概念。过去三十多年，中国现代文学研究界在实际的学术运作中，往往不深入辨析这些子概念的差异，而是综合、杂糅运用。以至于审美观念、审美经验、审美价值等几个有限的子概念，在具体学术语境中趋向于代行"审美"的整体职权。这也不是多么不合学术规范的事，因为一个学者借鉴运用其他学科的概念很难做到界限分明，就是本学科学者在实际运用中也很难做

---

[1]　鲁迅：《摩罗诗力说》，载《鲁迅全集》第 1 卷，人民文学出版社 1981 年版，第 68 页。

到毫厘不差。概念、术语和理论本来就是研究的拐杖，是后发于现象与经验的归纳、概括和总结。

问题的关键在于，学者们在综合运用"审美"这个概念时，赋予了它怎样的内涵和外延，产生了什么样的学术效力。最近三十多年来对审美概念综合杂糅运用的后果，是在文学研究界形成了一股推崇审美性、文学性的学术潮流，审美性和文学性成为评价作家作品的最高标尺；而对审美性和文学性的理解，往往集中于几个层面，比如超越性、永恒性、人性、品位、审美愉悦等。十多年前评论这种现象时，我称它为"审美自治论"。尽管近年学术界已经反思文学性、审美性等观念的弊端，但焦点多集中于不满这些观念造成文学及其研究和社会现实的脱节。这个问题无论是在理论领域还是学术实践层面，并未得到妥善和彻底地解决。尤其是文学史编撰领域对作家作品的选择和品评，还遗留着浓重的痕迹，较为稳定的"审美意识形态"氛围，依然持续影响着文学史编撰的筛选和评价。

熟知中外文学史和文学理论者大概都会知道，所谓文学性、审美性、超越性、永恒性和艺术性等，从来就没有纯粹地存在过，从来都是以历史的和相对的特殊形态存在，这些特殊形态的内涵和特征往往并不一致。显然，"审美"这个综合概念的能指和所指，是在历时性和共时性的氤氲互生中滑动运行，并产生理论效力。伊格尔顿曾感慨："画家亨利·马蒂斯曾经说过，一切艺术都带有它的历史时代的印记，而伟大的艺术是带有这种印记最深刻的艺术。大多数学文学的学生却受到另外一种教育：最伟大的艺术是超越时间、超越历史条件的艺术。"[①] 何止是受文学教育的学生，如果教育者不把这个命题视为"真理"，又如何向学生传授这样一种理念？故意传授伪知识、伪命题的教育者大概微乎其微吧。实际的状态是，每个时代的人都依据

---

① ［英］特里·伊格尔顿：《马克思主义与文学批评》，文宝译，人民文学出版社1980年版，第6—7页。

所处时代的思想状况和精神趣味，对审美观念给予符合自身时代想象和理论期待的认定与界说，从而实现特定历史时期内的有效解说与阐释。

"审美自治论"的一度流行，既与时代状况的制约有关，又与误读文学审美观念的内涵与外延密切相关。在文学研究和文学史编撰的筛选和评价机制中，人们经常以是否带来"审美愉悦"来评价作家作品的水准与品质，来说明、解释文学现象的发生、传播、接受和影响。可是审美愉悦到底是什么？显然，人们在运用中往往倾向于感觉、知觉和情感层面，而对意志、理性、欲望乃至道德等层面置若罔闻。梅内尔认为，"我一直把我们对优秀艺术品所产生的情感或综合情感称作'愉悦'，这是因为还找不到更合适的字眼"。显然这里所说的"情感"并非一般意义上的理解，而是一种全能代指，因为他接着指出，"从特征上讲，审美愉悦来自于构成人类意识能力的锻炼和扩大的愉悦。……人类意识可以被理解为经验、理解、判断、决定四个层次的运作"[1]。梅内尔的论述，我认为触及了如何整体理解和阐释审美观念这一命题。文学研究和文学史编撰中的筛选和评价活动，实际上是评价者的感觉、知觉、情感、意志、理智、欲望乃至潜意识等各种精神能力在面对审美对象时的一种综合的总体精神反应，融汇着体验的快感、认知的满足、理性的判断、道德的评价、意志的扩展、欲望的转换等各种元素的交叉活动，绝非通常意义上的单一审美愉悦所能涵盖。实际上不仅是中国现代文学研究界，就是恩格斯有关历史的和美学的论述、韦勒克有关外部研究与内部研究的分类，也存在着单一化和狭隘化理解、运用审美观念的倾向。充分理解了审美观念的这种复杂性和整体性，也就不难理解海德格尔为什么要在《艺术作品的起源》中回环往复、曲折晦涩地论证作品、艺术和真理之间的

---

[1]　［英］H.A. 梅内尔：《审美价值的本性》，刘敏译，商务印书馆2001年版，第26—27页。

关系，因为艺术、作品和世界有着天然的主体间性关联。

审美标准的确立和审美评价活动的展开，显然要依赖评价者所认定的审美价值和美学范型。当我们将曾经被驱逐的大量丰富内涵重新召唤到审美观念的领地，将审美体验／经验理解为一种富有包孕性和兼容性的人类精神的独特存在形式时，文学作品所拥有的审美价值和美学范型的多样性也就会相应绽放。绍伊尔断言："审美特质被理解为一种历史产物，于是，那种宣称艺术是与一切非艺术因素无关的独立物的观点被抛弃了，价值判断不再遵循过去大多从'古典'文学中推导出来的标准，美学本身也成为一种受历史条件制约的艺术观。判断'美'的标准不再是绝对的，而是相对的，即在历史进程中不断变化运动的。艺术作品不再是风格形式上具有不变价值的实体，而必须以历史的观点重新被评价。只有在历史这面镜子中，一种审美现象才能获得其价值。"① 我要说的是，在相当重要的程度上，只有当审美观念和美学范型恢复了固有的丰富内涵后，历时性的、有效的审美评价活动才能持续展开，人们才有可能重新选择、发现和评价审美对象。

之所以不厌其烦地阐述这个理论问题，就因为误读文学审美观念，导致了杨逵及其作品的文学评价尤其是文学史形象建构存在着不足与遗憾。这种状况存在已久：从《送报夫》获日本《文学评论》征文二等奖时评委们对小说艺术性的保留意见，到胡风翻译该作时指出的"结构底松懈"，再到以后不少学者评价杨逵作品"文学性""艺术性"偏低。以至于一些采取同情式研究的学者也委婉表示"杨逵的创作可能存在朴拙和粗粝的叙述"② 。关于此，正如有的学者所概括的：

---

① ［德］赫尔穆特·绍伊尔：《文学史写作问题》，载中国社会科学院外国文学研究所《世界文论》编辑委员会编：《重新解读伟大的传统——文学史论研究》，社会科学文献出版社 1993 年版，第 150—151 页。

② 朱立立、刘登翰：《论杨逵日据时期的文学书写》，《中国现代文学研究丛刊》2005 年第 3 期。

"关于杨逵作品的评论，的确有一种几乎是共同的现象，那就是对于杨逵小说的'文学性'或'艺术性'的评价一直不是作家、评论家们关心的问题。……'文学杨逵'的形象好像都是由于其作品所表现的'非文学'意义而得以牢固地建立起来的。"[①] 这个现象的实质，并不是评价者有意进行贬低，而是在很大程度上源于评价者内心深处凝固而窄化的审美价值和美学范型。须知，审美观念和美学范型虽然具有独立性，但是它后发于文学现象和文学作品，是对文学现象和文学作品的一种经验主义的归纳、概括和总结；反过来看，文学现象和文学作品又为这种经验主义提供了事实印证，即"名著作为一个对象，具有批评标准的重要意义"[②]。经过这种循环论证式的共时性累积和历时性沿革，审美观念和美学范型及其评价标准，就会随着文学现象、文学作品的确立、传播与影响，逐渐形成自身的稳定结构、意义功能和实践取向。

事实上，再完美的文学作品，也未必能将审美价值和美学范型的全部内涵等量齐观、集体展现出来，只能突出其中一个或几个层面。能进入文学史序列的作家作品，大多数不是因为完美而全面地展现审美价值和美学范型，往往是由于在一个或几个层面展示出审美的力量而留名历史，这种力量不仅仅局限于布鲁姆所谓的"娴熟的形象语言、原创性、认知能力、知识以及丰富的词汇"[③]，更不会局限于研究界过去理解的审美价值和美学范型的指涉。这种审美力量，事实上就是我们常说的文学作品在一个或几个层面上的独特性和创造性。丰富杨逵及其作品的文学史形象，关键就在于其审美力量也就是独特性和创造性的辨析、确定与评价。

[①]　黎湘萍：《"杨逵问题"：殖民地意识及其起源》，《华文文学》2004 年第 5 期。

[②]　[英] H.A. 梅内尔：《审美价值的本性》，刘敏译，商务印书馆 2001 年版，第 38 页。

[③]　[美] 哈罗德·布鲁姆：《西方正典：伟大作家和不朽作品》，江宁康译，译林出版社 2005 年版，第 20 页。

文学史编撰的目的不是排座次，而是梳理文学源流，勾勒文学传统，鉴别、阐发每一个作家的独特性和创造性。每一部作品的独特性和创造性，都是其他作品的独特性和创造性所无法替代的。犹如自然界的争相斗艳、绚烂多彩，花朵的娇艳欲滴无法替代碧草的青绿怡人，参天大树的高耸入云也无法替代低矮灌木的匍匐蔓延；美和艺术的展现，不尽然是"家族相似性"，还是个体多样性和不可重复性。韦勒克深谙此道："我们要寻找的是莎士比亚的独到之处，即莎士比亚之所以成其为莎士比亚的东西；这明显是个性和价值问题。甚至在研究一个时期、一个文学运动或特定的一个国家文学时，文学研究者感兴趣的也只是它们有别于同类其他事物的个性以及它们的特异面貌和性质。"① 那么，杨逵及其作品的独特性和创造性或者审美力量究竟何在呢？

泰纳曾经抗辩，"如果有些作品中的政治和教义都充满生机，那就是祭坛和主教座上的雄辩的布道文、回忆录、彻底的忏悔录；所有这一切都属于文学"② 。以以往的所谓艺术性、文学性来评定杨逵及其作品，显然是拿其他作家的独特性和创造性的标尺来衡量，是以他人之长来比较杨逵及其作品之短。诸如语言运用的娴熟、结构布局的均衡、叙事能力的卓越、情节设置的巧妙、主题意蕴的含蓄、感情蕴藉的委婉之类，并不是杨逵作品之所长。这些人们惯用的标准，无法准确、透彻地勘探杨逵及其作品的独特性和独创性。杨逵作品的审美力量，自有其朴拙、粗砺、壮美的别样风采和独特魅力，因为在他的那个年代，"文学是战斗的！"③

众所周知，辛亥志士林觉民的《与妻书》不是文学创作，可是其

---

① ［美］勒内·韦勒克、奥斯汀·沃伦：《文学理论》，刘象愚等译，江苏教育出版社 2005 年版，第 6 页。

② ［法］H.A.泰纳：《英国文学史》，载［英］拉曼·塞尔登编：《文学批评理论——从柏拉图到现在》，刘象愚等译，北京大学出版社 2003 年版，第 432 页。

③ 鲁迅：《叶紫作〈丰收〉序》，载《鲁迅全集》第 6 卷，人民文学出版社 1981 年版，第 220 页。

艺术感染力不知胜过多少文学作品；中国古典时代也不知有多少台阁体、宫廷诗在艺术上华丽一时，如今却湮灭无闻。19世纪俄罗斯那些伟大的批评家们，的确是屹立在人类批评史上的高峰，他们对文学的理解与评判确乎鹤立鸡群："衡量作家或者个别作品价值的尺度，我们认为是：他们究竟把某一时代、某一民族的［自然］追求表现到什么程度。"[①] 杨逵及其作品的价值和文学史意义，就在于他凭借坚忍不拔的抵抗一切暴虐的政治意志、"用文艺作品底形式将自己的生活报告于世界的呼声"[②]，将他那个时代、那个区域、那个社群的内心追求，表现到了他那个时代所能达到的一个历史高度。即使仅仅凭借这个因素，他也会成为他那个时代、那个区域的经典作家，何况其作品的审美力量还有独特的艺术个性和风貌。

随着时光的流逝，人们在记忆深处打捞那个时代、那个区域的精神遗迹时，在杨逵作品中得到的，可能比那些汗牛充栋的历史资料更为细腻、丰富和鲜活。而且，所有遭受过或正在遭受奴役与剥削的人们，也能在他的作品中找到深深的同感和强烈的共鸣，因为"这是东方的微光，是林中的响箭，是冬末的萌芽，是进军的第一步，是对于前驱者的爱的大纛，也是对于摧残者的憎的丰碑。一切所谓圆熟简练，静穆幽远之作，都无须来作比方"[③]。

当我们从以往对审美性、艺术性、文学性的误读中解放出来，重新走入杨逵及其作品的世界，其独特性和创造性就会破土而出。提升有关杨逵及其作品的述史"肌质"，丰富文学史叙事中的"杨逵形象"，也就有了坚实的支点和明确的方向。在文学史中准确、全面、透彻地叙述"杨逵形象"，就不仅仅是一种理论可能，而是变为一个具体的文学史编撰的技术问题和实践问题，这将对文学史

---

① 《杜勃罗留波夫选集》第2卷，辛未艾译，上海译文出版社1983年版，第358页。
② 杨逵：《送报伕》，胡风译，《世界知识》1935年第2卷第6号，译者前言。
③ 鲁迅：《白莽作〈孩儿塔〉序》，载《鲁迅全集》第6卷，人民文学出版社1981年版，第494页。

编撰提出新的要求。通过如何丰富文学史中的杨逑形象这个具体学术个案，我们能够预测：如何具体而圆熟地提升文学史述史"肌质"，从而实现文学史编撰的突破，将是文学史编撰者即将面临的挑战。

第十二章 "武侠"金庸：反抗理念桎梏，回归文学本源

从 20 世纪 80 年代开始至今，文学研究界用了三十多年时间，在话语形式和研究范式上颠覆了主流政治意识形态的话语霸权地位，在文学史、文学批评和文学理论各领域取得了诸多成果，具有了相对自治的学术能力，也建立了一套或多套相对自治的话语体系。然而在一个过渡时代，思想文化的转变虽然有风云激荡、群情激昂的一面，但是要转化为日用人伦从而实现移风易俗之功效，不仅需要时光长久的积淀和社会制度体系缓慢的变迁，可能还需要以一代甚至几代人精神的压抑、窒息、庸俗和破败为代价。必须警惕已有成果背后，"酱缸文化"坚韧、坚强、依然作祟的阴影。这不仅是指外在的束缚与钳制，更是指我们内心世界的自我矮化与奴化。而我们又必须充分肯定已有成果的价值和意义，不然微弱的前行也会被内心的沮丧所驱逐。

一、文学史价值等级与金庸登堂入室

在最近三十多年中国现当代文学研究的诸多成果中，金庸由难登大雅之堂的通俗武侠小说作家跃居中国现当代文学经典作家的庙堂，是一个值得认真反思与回味的学术案例。这不仅因为金庸小说在特定时代的文化语境中，暗合了文艺本来就具有的解放功能和民主价值；也不仅因为主流政治文化实质上颓败后，商业文化、平民文化、消费文化、文人文化等各种弱势文化类型的趁虚而入；还因为金庸小说从

挑战固有文学研究的知识谱系、价值秩序和意义系统，到最终被接纳、得到盛赞这一过程背后，隐藏着我们思想精神、价值尺度和学术理路变迁的诸多内在脉络。这个脉络盘根错节、错综复杂，牵扯面不仅仅限于文学及其研究。本书无意对此进行知识考古与价值评判，而是借机思考一个问题：金庸小说入史并跨入经典行列，反馈出最近三十多年中国现当代文学研究怎样的成就与局限？本书拟从文学的知识谱系、价值秩序、意义系统与金庸小说阐释有效性的关系切入。

在 20 世纪 80 年代，如果要将金庸列入中国现当代文学经典作家，几乎会被斥为异想天开。即使在 20 世纪 90 年代，关于金庸是否是 20 世纪中国文学大师、金庸武侠小说可否入史、可否进入大学讲堂的言论，都引起了文学系统内部的激烈争论，引发了社会媒体的热议和聚焦。如今质疑之声已经式微，金庸已经名正言顺地步入 20 世纪中国文学大师行列，金庸小说研究堂而皇之地走上了不少大学的讲堂，有相当多的相关专业论文和著作发表与出版，金庸小说被各类中学语文教材及其选本节选，每年有相当多的本、硕、博毕业论文将金庸及其小说作为选题，这还不包括"金迷"们的无数亚学术成果。"金学"可谓已经蔚然大观。

在金庸及其小说步入经典的过程中，学术权威和专家学者理所当然起了盖棺定论的作用。中国现当代文学研究界褒扬金庸及其小说最有影响的学者，当属北京大学严家炎教授。他屡屡发表言论盛赞金庸及其小说（比如"一场静悄悄的革命""20 世纪中华文化的一个奇迹"等），在北大开设"金庸小说研究"课程，出版学术论著《金庸小说论稿》。最近严家炎教授主编的《20 世纪中国文学史》中关于金庸及其小说的论述（该部分由黎湘萍研究员撰稿），仅在篇幅上就远远超过其他台港作家乃至多数内地作家。学术界褒扬金庸者当然不止严家炎教授，有不少专家学者都是"金迷"。必须指出，在金庸及其作品步入经典行列的过程中，读者的数量和能量是第一推动力。上至政要下至黎民的惊人阅读众数，让矜持的学院派精英们低下高贵的头颅，破例打破了精英文学与通俗文学的森严壁垒。这当然不是专家和权威对大众的无奈让步，而是专家和权威调整了学术理路和文学价值标准之后的一种理性判断和结论，当然更在于金庸小说一定有一种独特的魅力在发生作用。

文学研究尤其是文学史述史体系，往往是一个统一而严谨的而非矛盾和杂乱的理性言说的逻辑体系，往往要对文学事实进行裁剪和粘贴，从而达到符合某种知识谱系、价值秩序和意义系统的理性想象所要求的和谐程度，进而具有权威性和说服力。而且所有的文学现象，包括文学运动、思潮、流派、作家、作品，都必须在一个具有统一尺度的平台上接受检阅和认定。文学研究尤其是文学史述史的知识谱系、价值秩序与意义系统的标准，应该具有公平、公正和公开的特点，才能实现自我说服和说服他人的研究与述史目的。尽管真实的文学图景和这个理性勾画出来的图景可能存在很大偏差。这个统一的尺度，研究者和编撰者或直言其事，或暗藏心中，甚至局部有矛盾和混乱之处，但在整体的逻辑、结构和线索上却是统一的。金庸及其小说进入经典行列，显然也要接受这样一个统一的知识、价值和意义平台的检阅与评判。

英国学者 H.A. 梅内尔曾在《审美价值的本性》一书的开篇提出一个问题："我们有什么根据，按什么原则能够断定一件艺术品是好的、伟大的，或是不好的，为什么它和另一个艺术品比起来更好或更差？"[1] 我们如果怀着同样的问题意识追问：金庸及其小说跨入经典行列的根据何在？如果暂不考虑金庸小说本身的因素，那么这个判定的直接根据，主要应当来自经几代学者辛苦营造起来的中国现当代文学的知识谱系、价值秩序和意义系统。在现代中国文学研究的表述中，或许基本不采用鲁迅比郭沫若伟大、巴金比老舍优秀之类的比较高低上下的方式，一般在文字表述上也看不出有一个纵论英雄长短的

---

[1] ［英］H.A. 梅内尔：《审美价值的本性》，刘敏译，商务印书馆2001年版，第1页。

明显的裁剪和衡量标尺，但是在文学研究尤其是述史秩序中，的的确确存在一个"排座次、分果果"的问题，比如谁是专章作家、谁是专节作家、谁可以合并处理统而论之、谁又可以置之不顾之类。这既是一个文学研究和述史的技术问题，更是一个"论功行赏"的价值分配问题。如果说知识谱系本身具有价值中性的色彩，那么价值秩序和意义系统则必须是一个能区分高低贵贱、好坏优劣的等级森严的秩序，无论它是明显的还是隐晦的。文学研究和述史一旦进入评价程序，那么它的价值倾向与选择功能也就同时启动，正如有的学者所言："任何文学批评的前提条件就是对构成艺术本质的东西的了解——对艺术在人生中的作用的了解。然而，涉及艺术作用的任何理论基础都必然涉及到一个得到认可的价值等级。"① 这个价值等级在文学研究和述史中的存在，几乎是不可或缺的一个本质要件和一项天赋权利，即使是所谓最有客观色彩和价值中立倾向的史料梳理，其筛选和取舍也不可能不折射出价值等级的魔力。

　　文学研究和述史中的价值等级秩序，不仅是自身的一种本质规定性和天赋权利，也是人文学术研究的一种魅力，符合人类天性中追求意义的某种冲动与本能，阿德勒认为："人类生活在'意义'之中。我们一生中所经历的事物并不仅仅是单纯的事物，更为重要的是这些事物对我们人类的意义。……我们一直是以自己赋予现实的意义来感受现实，我们所感受的不是现实本身，而是现实被我们所赋予的意义，或者说我们的感受是我们自己对现实的解释。"② 文学研究和述史追求意义的本性和使命，决定了它必须用价值等级来区分意义的大小轻重，也决定了即使在技术层面，它也无法直面历史的原生态，更何

---

① [美] 约·舒尔特-萨斯：《文学评价》，载 [加拿大] 马克·昂热诺、[法] 让·贝西埃、[荷兰] 杜沃·佛克马、[加拿大] 伊娃·库什纳主编：《问题与观点：20 世纪文学理论综论》，史忠义、田庆生译，百花文艺出版社 2000 年版，第 377 页。

② [奥地利] 阿尔弗雷德·阿德勒：《自卑与超越》，曹晚红、魏雪萍译，汕头大学出版社 2009 年版，第 1 页。

况那个原生态已经一去不复返了。克罗齐所谓一切历史皆是当代史、柯林伍德所谓一切历史皆是思想史、海登·怀特所谓历史写作的诗化和修辞性特征，不过是道出了后来者追古述往的某种真实状态而已。显然，要处理本来杂乱无章的自然生长状态的历史，必然要依靠逻辑理路和价值线索，正如韦勒克所言："解决问题的关键在于把历史过程同某种价值或标准联系起来。只有这样，才能把显然是无意义的事件系列分离成本质的因素和非本质的因素。"① 至于这个价值系统能否从历史本身中恰切地抽象出来、和历史真相有多大程度的吻合，则要看研究者和述史者各自的神通了。

显然，价值等级在文学研究和文学史述史中起了某种聚敛式的"轴心"作用，在某种程度上它比知识谱系的建构作用更大。知识的中性性质，决定了知识具有依附性特征——依附于价值倾向。在人文学术研究中，观点总是指导性的，知识和材料是用来证明观点的，所以正如有的学者所言："在大量七零八落的文化资料中，总能找到事实，在对它进行'恰当'说明以后，能证明他接受为真的概括就是真的，而他斥之为假的东西就是假的。"② 再仔细考察人文学科研究及其各环节的思维和逻辑特征，不外乎一个搜集、归纳、推理、论证和总结的过程。在这个过程中，任何一个研究者都不可能占有全部的材料，而且论证和推理过程是建立在不完全归纳方法的基础上的。因此从严格的逻辑来说，不能保证推理和结论的绝对正确性，这也就意味着人文学科的言说很难具有真理性，尽管它经常貌似具有真理的权威。

正是基于这些关于文学研究和文学史述史的元命题的考虑，本书所关注的重点在于：接纳金庸及其小说入史并跨入经典行列，涉及文

---

① ［美］勒内·韦勒克、［美］奥斯汀·沃伦：《文学理论》，刘象愚等译，江苏教育出版社 2005 年版，第 308 页。

② ［波兰］弗·兹纳涅茨基：《知识人的社会角色》，郏斌祥译，译林出版社 2000 年版，第 52 页。

学研究的知识谱系、价值秩序和意义系统的修正和重建问题。这个修正和重建，不仅仅是专家权威们正视读者力量之后在知识结构和学术视野方面作出的调整，更是一个在内在价值尺度上的自我说服过程。关键在于：这个内在价值尺度如何调整、调整到什么程度才能达到足以令人信服地接纳金庸及其小说进入经典行列？这个内在价值尺度的内涵主要是指什么？

二、既有评价尺度与金庸小说阐释有效性（上）

英年早逝的海外学者安敏成教授在他的代表作《现实主义的限制：革命时代的中国小说》一书中曾举过一个例子："1930 年沈从文在评论新文学运动的实绩时，就曾惊讶于理论家的倡导与实际出版的文学作品内容之间产生的差异"。他同时指出现代中国文学及其研究中存在的一种普遍倾向："西方人借以概括自身传统的种种主义被他们匆忙而热切地攫取。……学者们相信中国文学的未来就寄托在他们相信的文学范型之上。"① 如今虽然世易时移，但是安敏成教授所说这种现象并未消失，西方人用以概括和总结自身文学传统的主义、概念和思路，依然是中国现当代文学及其研究最重要的学术标签。

经过几代学者孜孜以求的努力而建构的中国现当代文学的知识谱系、价值秩序和意义系统，几乎无不打着西方人概念、主义和理路的烙印。所谓的现代性、启蒙、国民性、马列、革命、进步、民主、科学、自由主义、激进主义、保守主义、审美、抒情、浪漫主义、现实主义、现代主义、人性、后现代等诸如此类五花八门的这个概念那个"主义"，不但都是来源于西方，而且都浸染和渗透着西方话语系统

---

① ［美］安敏成：《现实主义的限制：革命时代的中国小说》，姜涛译，江苏人民出版社 2001 年版，第 2—4 页。

中普遍主义的价值色彩，对当今的大多数学者来说，这一话语系统的骨架和背景不是来自苏俄就是来自欧美。这是弱势文明遭遇强势文明之后迫不得已、又无可奈何的选择："普遍主义是作为强者给弱者的一份礼物贡献于世的。我恐惧带礼物的希腊人！这个礼物本身隐含着种族主义，因为它给了接受者两种选择：接受礼物，从而承认他们在已达到的智慧等级中地位低下；拒绝接受，从而使自己得不到可能会扭转实际权利不平等局面的武器。"①

指出中国现当代文学研究中存在的浓厚的文化殖民主义色彩，并不意味着否定这些来自西方的理论和主义。如果没有这些理论和主义的支撑，我们简直无法想象中国现当代文学的研究大厦该如何建构。关键在于如何使这些理论和主义恰当地适应中国现当代文学的历史和现实语境，如何使用它们恰如其分地阐释中国现当代文学的独特个性、经验和价值，也就是韦勒克意义上的"寻找的是莎士比亚的独到之处，即莎士比亚之所以成其为莎士比亚的东西"②。尤其是在作家作品的择优汰劣过程中，如何借鉴这些理论和主义，标示出优秀作家作品的独创性，更是重中之重。

事实上，中国现当代文学本身就是在外来文化的强势影响下产生的，对它的研究形成以外来话语系统为骨架的阐释传统和评价尺度也属必然。这个阐释传统和评价尺度，包含着学术认知与评判的种种惯例与规则，包含着对中国现当代文学总体的思想和艺术共性的归纳和总结。而这些惯例、规则、思想和艺术共性构成的价值谱系，构成了对每一个作家、每一个作品的衡量坐标，如果没有这个坐标，研究者们不但难以达成对话，甚至会处于失语状态。这种状态是近世以来学术研究专业化发展趋势造就的一种必然现象，这既可以保证学术研究

① [美] 伊曼努尔·华勒斯坦：《历史资本主义》，路爱国、丁浩金译，社会科学文献出版社 1999 年版，第 50—51 页。

② [美] 勒内·韦勒克、[美] 奥斯汀·沃伦：《文学理论》，刘象愚等译，江苏教育出版社 2005 年版，第 6 页。

的对话性与传承性，又可以维护学术研究的高端特点与精英性。学术的体制化和科层化，在某种程度上既意味着它的自治性和自律性，也意味着它具有封闭性和排他性的特点。

久而久之这种状态会产生一种副作用，借用詹姆逊的术语来说就是"语言的牢笼"。本来那些概念、理论、主义、名词等的存在，是为了更好地阐释文学现象，可是当它的革命性、先锋性一旦转化为常识性和基础性，其阐释能力不再新锐而是出现庸常和失效的情形，就很可能形成观念的枷锁，造就研究中的森严壁垒和画地为牢，阻碍研究者进一步"在灵魂中冒险"。经常出现这种情况：这个学术体制外的研究有时可能作出一针见血的到位评说，体制内的学者反而"不识庐山真面目，只缘身在此山中"。比如金庸及其小说就是一个典型案例，是学术体制外强大的阅读力量反馈了其小说的特殊魅力，促使学术体制为其敞开大门。再比如一些海外中国现当代文学研究者的成果之所以在大陆产生很大影响，某种程度上是因为他们很少受到大陆学界研究传统副作用的影响。"语言的牢笼"现象，事实上是学术研究的一种自我异化，正如马克思异化理论和卢卡奇物化理论所揭示的人成了自己创造物的奴隶，研究者受到自己话语系统的束缚，成为自己的研究武器的俘虏。所以研究者的创新，在某种程度上是打碎这些枷锁从而更上层楼，研究者很多时候是在和自己战斗。研究系统的更新也是如此。归根究底，原因很简单：作家作品不是为学术研究而存在的。

正是基于上述考虑，尽管不少杰出学者乃至学术体制外的"金迷"们对金庸及其小说做了很多精彩的研究，其中也有很多令人共鸣之处，但是我对研究界关于金庸及其小说的阐释之有效性和价值评判之准确性，还是保有一定的疑虑：我们长期以来建构的中国现当代文学的思想和艺术共性的那些特点，能否有效地作为金庸及其小说分析与评判的知识参照、价值坐标和意义背景？在这样的学术视野和价值范畴中，金庸及其小说的独创性是否能得到准确的揭示？金庸小说步入经典的最根本原因和其真正魅力何在？

一般来说，文学史述史系统中的研究和评估结果，代表了社会整体系统对文学诸问题的中等层次的认知、理解和接受程度，趋近于社会整体系统对文学认知、理解与阐发水平的平均值，是一般社会意识系统和专业意识系统发生关联的重要中介。因此它对作家作品的分析与评价，应该具有最广泛的公信度，尽管它可能不具有前沿性和先锋性，但对文学研究系统的总体而言却有着不可取代的权威性和代表性。鉴于"整个文学研究领域的问题皆反映到文学史的问题之中"①，因此在文学研究的各种言说形式中，对作家作品最能起盖棺定论作用的也就非文学史述史莫属。因此通过观察中国现当代文学史述史体系中对金庸及其小说的评说，可以从学术平均值的角度管窥现有的文学知识谱系、价值秩序和意义系统与金庸小说阐释有效性的关系这个问题。

以严家炎教授主编的《二十世纪中国文学史》为例，编撰者从四个方面对金庸及其小说进行了概括和评价："第一，金庸以侠义题材的长篇小说来表现中国的社会生活"；"第二，金庸塑造的众多人物，为现当代文学画廊增添了不可或缺的典型"；"第三，金庸的叙事描写的方法，可谓多样多变"；"第四，金庸长篇小说的结构，是中国小说所特有的，其结构极适合于表现中国人的历史感、现实感"。② 这个评价或许不如一些论文、专著中的评价更为前沿和先锋，但是作为文学史述史话语是适中和稳健的，符合文学史述史追求最大公信力的写作策略。我要提的问题或许是吹毛求疵：（1）把主体词金庸换成梁羽生，评价效果会不会出现大的偏差？ （2）把金庸武侠小说换成张恨

---

① ［加拿大］伊娃·库什纳：《文学的历史结构》，载［加拿大］马克·昂热诺、［法］让·贝西埃、［荷兰］杜沃·佛克马、［加拿大］伊娃·库什纳主编：《问题与观点：20世纪文学理论综论》，史忠义、田庆生译，百花文艺出版社2000年版，第136页。

② 严家炎主编：《二十世纪中国文学史》下册，高等教育出版社2010年版，第179—182页。

水通俗小说，结论是不是同样基本适用？（3）这种评价和我们总结的中国现当代文学的那些共性尤其是所谓思想和精神主题的共性，有多大距离？

提出这个疑问，绝不是贬低、否定这些评价，而是认为，既有的中国现当代文学研究传统中的价值秩序、内在尺度等规则，既有的对中国现当代文学总体思想艺术主题的描述与概括，如果用来阐释金庸及其小说，其适用性和有效性是值得再思考的，尤其是用于判定金庸小说为经典是否具有充分的说服力。20世纪50年代到80年代的文学研究和述史目标，很大程度上是以现当代文学的历史发展进程来配合国史的建构，背后是党史和意识形态的规约与规训。要知道这一时段的文学研究和述史绝不是完全被迫的，国史、党史和意识形态要求在很大程度上已经内化为研究者主体意识和价值体系的核心部分，研究者已习惯于自觉不自觉地运用这样的历史意识和价值秩序来建构文学研究和述史体系。到了80年代中后期，"20世纪中国文学""重写文学史"等口号纷纷出笼，学者开始主动背离先前的规约和规训，用启蒙的、审美的、现代性的、20世纪中国文学、百年中国文学、现代中国文学、汉语新文学甚至是共和国文学等各种各样的价值秩序、美学武器和学术尺度来重新打造现当代中国文学史。在这个变化了的知识谱系、价值秩序和意义系统中，沈从文、张爱玲、钱锺书、张恨水等都晋身为大师，他们的作品被奉为经典。除了当年他们都享有盛名之外，更主要的是在他们作品中很容易就会找到和我们文学研究的知识谱系、价值秩序和意义系统相吻合的地方。简单地说，他们作品的内在品质，符合我们的文学研究的想象性建构。金庸及其小说尽管现在也被很多人奉为经典，但是情况却与其他作家作品不同。我以为问题在于：在现有的主流文学研究的想象性建构中，金庸及其小说的经典性，并未得到恰切、到位的阐释，尤其是在价值等级井然有序的述史系统中，我们还无法更为妥当地安置和处理这个"别样"的经典。

三、既有评价尺度与金庸小说阐释有效性（下）

上述问题绝非是拆除精英文学和通俗文学的森严壁垒所能解决的。问题的根源在于我们关于文学的各种知识和价值系统的封闭性、排他性和局限性。

卡勒在解释什么是文学时，举了一个例子："什么是杂草？"他的结论是："杂草就是花园的主人不希望长在自己园里的植物。假如你对杂草感到好奇，力图找到'杂草的状态'的本质，于是就去探讨它们的植物特征，去寻找形式上或实际上明显的、使植物成为杂草的特点，那你可就白费力气了。其实，你应该做的是历史的、社会的、或许还有心理方面的研究，看一看不同的地方、不同的人会把什么样的植物判定为不受欢迎的植物。"① 的确，文学之于人类的意义和价值，犹如花草树木之于自然界。自然界通过草木葱郁、繁花似锦，来展示自身的绚丽多姿；人类也通过五光十色的文学作品，来展示自身精神世界的五彩斑斓。而文学经典之于人类，犹如奇花异草之于自然界。自然界的花草树木，有其自然生长的状态和规律，人类文学作品的生长和发展，同样有着难以为人类理性意识所完全掌控的自然生长状态。人类也是在自然界的自然状态中按照自然节奏成长、衍化，尽管人类凭借自己的能动性，创造出了马克思所说的"人化自然"，并在某种程度上改变了某些自然节奏，但这些和真正的自然状态、自然规律与节奏相比，不过沧海一粟。

我们迄今为止的有关文学的知识和价值坐标，固然是文学的真实状态在我们精神世界的投影和写真，但是和处于自然生长状态的文学还是有一定的距离，更何况我们每一个个体的知识接受能力具有有限

---

① [美] 乔纳森·卡勒：《当代学术入门：文学理论》，李平译，辽宁教育出版社1998年版，第23页。

性，根本不可能全部掌握和理解处于自然生长状态的文学的本真面目。所以关于何谓文学、何谓经典的知识谱系、价值秩序和意义系统，实在是一个变动不居的历史演绎过程，取决于一个特定社会的特定认识、理解和判定，正如有的专家所言："社会决定一个特定的话语形式是否被看做一个审美客体。从这一角度看，不存在一个永恒的美的领域，在那里伟大的作品漂浮在一个永恒的艺术天堂中。艺术的定义是由特定社会中占主导地位的意识形态决定的。"[①] 这和卡勒的见解，真是英雄所见略同。

按照文学的自然生长状态、自然发展节奏来研究文学，实在是文学研究突破自身"语言的牢笼"的当务之急。1928 年革命文学论战时，后期创造社李初梨、成仿吾等人引进日本青野季吉等人"自然生长"概念，但实际上他们依然是按照他们的马克思主义理论来"组织"文学。其后，关于文学研究要按照文学自然生长状态进行的言论仿佛空谷足音了（这可能是我识见寡陋的结论）。最近朱寿桐教授主编的《汉语新文学通史》标示"以文学发展的自然节奏来建构全新的文学史体例"[②]，仿佛有遥相呼应的意味（由于没有细读全书，不能过多评论）。正如前文所一再论述的，我们的文学研究搞了很多概念、理论和主义，的确在某种程度上抓住了文学史的某些本真部分，但是又丢掉了文学史的其他本真状态，形成事实上的肢解文学、阉割文学的历史，甚至是人为地再创造文学的历史。如果借用朱寿桐教授的一个概念来形容，就是用意念理性、意念伦理来想象和建构文学史。这个想象和建构出来的文学状态和真实的文学状态之间存在的距离，一旦超过了合理的阈限，那么"语言的牢笼"就会展示出理性的僭妄和逻各斯的霸权。其实文学的生长和发展本身，和理论概念根本就是两码事，前者是自然的事实状态，后者是思维和逻辑的概括与总结。如

---

① ［英］拉曼·塞尔登编：《文学批评理论——从柏拉图到现在》，刘象愚等译，北京大学出版社 2003 年版，第 243 页。

② 朱寿桐主编：《汉语新文学通史》，广东人民出版社 2010 年版，封面勒口简介。

何缩小两者之间的距离，是研究者需要切实面对的学术关键。大凡杰出的作品，尤其是我们视为经典的作品，没有几部是按照概念、理论和主义的范式创作出来的。

鉴于此，我以为应该从中国文学自然生长状态这个学术视野出发，才能更为准确地鉴定金庸小说之于中国现当代文学的价值和意义，才能更为准确地描述出金庸小说的独创性。如果我们抛开理论的傲慢与偏见，正视中国现当代文学产生和发展的自然生长性，就不能不承认它犹如自然界的花草树木一样，种类繁多、五花八门、争奇斗艳。是我们的理论想象，界定了哪些是杂草朽木、哪些是奇花异卉。这个理论想象中，有真知亦有偏见。正如自然界花草树木的生长形式千变万化，中国文学由古典走向现代，路径绝非一条或者几条，而是万千条，每个作家都有可能开拓出一条路，道路宽广且长远者就可能成为典范。学界过去关于新文学产生的"挑战—回应"模式、内在转换模式等说法，实在过于笼统而不具体，适于总体概括而不宜于个体分析，尤其面对金庸及其小说这样并不符合我们一贯的所谓正宗的文学理念和价值体系的文学案例。这样看来，金庸小说难道不是中国文学由古典走向现代的蹊径独辟吗？

从我们过去所概括的诸多中国现当代文学的传统来看，金庸及其小说的确是个异数。甚至可以说金庸及其小说是几乎完全游离于既往研究所概括的文学主流及其发展趋势的，如果真有这么一个主流及其发展趋势的话。过去人们常说张爱玲是个异数，认为正是日伪统治下那个特殊的政治文化环境才造就了张爱玲的大红大紫，她的小说叙事所展现的内涵或者取向，游离于现代文学主流叙事之外。但是张爱玲小说的"边缘处的奇异智慧"，最终还是得到了文学研究和文学史述史的妥当安置，因为她描写的毕竟是现代的人和事，小说中对人性的深刻甚至毛骨悚然的洞察与展现，语言艺术上对古典文学神韵的再现，等等，都可以在既有文学研究的知识谱系、价值秩序和意义系统中寻找到支撑点。张爱玲小说还因此被一些学者视为中国文学由古典向现代转化主流道路之外的另一条路径。还有就是现在几乎没人把张爱玲小说视为通俗小说。事实上，张爱玲及其小说和大多数作家作品一样，在我们既有的有关文学现代性的种种知识和价值体系中，是能够得到充分和恰当的阐释的。而对金庸及其小说我们充其量能形成共识的就是，产生于现代社会的、现代人写的、供现代人阅读的小说。至于小说本身是否具有现代性资质或者具有现代艺术的特征，就是仁智之见了。

　　和中国现当代文学史上大多数作家相比，金庸小说诞生于不同的政治实体。你可以站在某个制高点上批判这个政治实体是殖民政治，其治下充满铜臭气，其文化低级庸俗，但是这个政治实体对私人领域尤其是私人精神领域的侵犯相对而言是较少的，这就保证了作家有接近天然状态的自由创作心境。我们都知道内在的天然的自由心态，对一个作家创造性的展现来说是多么重要的事情。当然你可以说金庸小说迎合市民趣味、追求商业利益等，我以为这对一个内心自由又充满艺术创造力的作家来说，只不过是一个契机而已。既赢得了大众的喝彩、获得了商业利润，又满足了一个作家艺术创造力的实现，何乐而不为？更何况满足市民阶层的精神需求难道就价值等级低吗？作家通过创作获取利益难道就境界庸俗吗？人们常说"条条大路通罗马"，可是只有到达罗马的路才是成功之路。通俗文学和严肃文学的划分，实在是人为地制造文学等级和学术壁垒，无视文学自然景观的自在性，违背了文学的自然生长性，更违背了现代社会"人生而平等"的普世价值观。中国最伟大的作品《红楼梦》，当年不也是被文坛正统视为文学百花园里的杂草吗？古今中外有多少杰作曾经被所谓雅文学和严肃文学所排斥，最终却登上了经典之榜？而多少喧嚣一时的所谓雅文学、严肃文学最终被历史所湮灭？犹如自然界的草长莺飞、杂花生树，中国文学由古典向现代转换，有鲁、郭、茅、巴、老、曹的路径，有沈从文、张爱玲等的路径，当然也应该有金庸的路径。而金庸路径的最重要的标示，就是其小说的独创性。准确寻找出这个独创性,我们才能准确判定金庸及其小说在中国现当代文学史上的价值和意义。

事实上,严家炎教授主编的《二十世纪中国文学史》涉及了触及金庸及其小说独创性的门径,这就是那四条中出现三次的"中国"一词。无独有偶,朱寿桐教授的《汉语新文学通史》也有类似的评价:"金庸作品最突出的地方,就是蕴含于其中的那种现在中国人已经失落了很久的'中国'的氛围和意象"①(该部分由梁雅雯女士撰稿)。尽管这个词也经常出现在其他有关金庸及其小说的相关论文和专著中,可是我以为文学批评和述史是不一样的,文学批评展示得更多的是私人见解,而述史则是吸纳众人智慧,有定评的价值意味。我以为上述两部文学史著中出现的"中国"一词,可以成为深入探究和触摸金庸小说独创性的重要学术切入点。其实中国现当代的大多数作家作品,几乎没有不具有"中国"特色的,但是问题在于这个"中国"是显性基因还是隐性基因,在于这个"中国"是否具有独创性,在于这个"中国"是泯然众人还是木秀于林。我注意到朱寿桐教授的《汉语新文学通史》在修饰"中国"这个词时用了"失落"和"地道"两个词汇,我以为这两个词可以启示我们去探索能恰切评价金庸及其小说的学术空间和知识增长点。可能是由于述史体系的技术限制,我感到两部文学史关于金庸小说"中国"的阐述还没有得到深度开掘,还有很大学术空间需要开拓。其实在我们固有的中国现当代文学研究的知识谱系、价值秩序和意义系统中,这已经难能可贵了。这不但意味着对金庸及其小说价值评价的适用尺度发生了变化,也反馈了中国现当代文学研究冲破固有知识谱系、价值秩序和意义系统的学术更新潜力。由此出发,我们不但可以探讨金庸及其小说成为经典的可能性,还可以进一步标示出支撑金庸及其小说可能成为经典的独创性。

---

① 朱寿桐主编:《汉语新文学通史》下册,广东人民出版社 2010 年版,第 567—568 页。

四、"扩展了文学理想国"

爱德华·杨格在《论独创性的写作》中认为："独创性的作品是，而且应当是，最受欢迎的作品，因为它们是伟大的施主；它们扩展了文学的理想国，给它的疆域增添了新的省份。"[①] 我感到，如果判定金庸小说是经典、具有独创性，那么这个独创性最重要的标示，既不在于它可以名列"最受欢迎的作品"，也不在于它将通俗武侠小说提高到和严肃文学比肩的地位，而是在于它"扩展了文学的理想国"，给中国现当代文学的版图增添了"新的省份"。

如果说金庸小说以武侠题材虚构了古典中国的江湖世界，那么在这个虚构的古典的江湖世界中，却亦真亦幻地存在着古典中国精神世界的许多真实精神密码。大凡中国文人，既有"达则兼济天下"的入世理想，亦有"穷则独善其身"的出世遁路。如果走向庙堂的路被堵死，指点河山的梦想被风吹雨打去，他们往往就要在幻灭中实现华丽的转身，或隐遁于喧嚣闹市，或逍遥于幽深山林，或笑傲于风云江湖。无论是侠之大者为国为民，还是侠之小者路见不平，千古文人的侠客梦中，江湖世界亦是庙堂世界和世俗世界的重演；无论这个江湖是真实的叱咤风云还是虚幻的黄粱一梦，千年来文人修齐治平的梦想和性情，在江湖世界的刀光剑影、儿女情长中得以延伸与补偿。文人精神在梦幻的江湖和武侠的世界里纵横驰骋，既是文人个体意志和性情的折射与满足，也是中国文化整体氛围和取向的再现与重生。"一第一剑平生意"，"纵死犹闻侠骨香"。江湖和武侠，实在不过是现世的遥遥回响而已。

以江湖和武侠为中介，续中国千年文人梦，炉火纯青而又臻至化

---

① ［英］拉曼·塞尔登编：《文学批评理论——从柏拉图到现在》，刘象愚等译，北京大学出版社 2003 年版，第 155 页。

境和巅峰者，大概非金庸莫属。众多学者和金迷们对金庸及其小说的五彩缤纷的阐说，往往也能知人论世、切中肯綮。无论是纯熟的文白相得益彰的文字表达，还是蕴藉丰厚、隽永深刻的小说寓意和象征，等等，都可窥视出金庸小说所达到的艺术境界。但我以为，如果从小说和世界的关系这个层面来审视，谈论金庸小说的人物、手法、技巧、主题、语言、结构、情节、形象、类型、意境等小说范畴之内的各类具相问题，甚至是文化底蕴、艺术境界等所谓小说的深层命题，其实都还拘泥于小说的物象层面，或者说还是只属于小说的内部技术事务。只有上升到艺术哲学的高度，从小说与世界的哲学意义层面的关联上，或可触摸到金庸小说之于中国现当代文学的独创性，分辨出中国文学中"这一个"的独特价值和魅力所在，也就是为中国现当代文学理想国的疆域增添了什么样"新的省份"。

金庸本人旧学功底深厚，又饱受西学浸染，更有丰富的现代社会人生阅历。这使他的小说创作具备了容量丰厚的精神资质，具备了富有包孕性的艺术幻想平台，也就使小说本身具有了穿越古今世界、融会虚实人生的艺术创造支点。金庸小说丰富而含混的艺术张力、文化韵味和历史底蕴，实在也不是向壁造车者可以偶得之的，时代、机遇、积淀、环境、嗜好等内外诸因素缺一则可能南辕北辙。创作者个体的万事俱备，又加之时代、地缘和环境等各种因缘际会，金庸武侠小说绽放异彩也属水到渠成之事。说金庸将通俗武侠小说提升到与严肃文学比肩的地位，也是以固有文学价值体系为参照而得出的必然结论。但金庸小说的成就如果仅仅止步于此，那就还谈不上"扩展了文学的理想国"。

最近一个多世纪以来，我们的价值观将现代与古典、西方与东方的状态关系置换为新与旧、进步与落后的价值关系。我们用我们对世界的意义感受代替了世界的真实状态，或者说我们的意义感受夸大了古典世界和现代世界的差异。其实在很多根本问题或者说本质问题上，古典世界和现代世界的同一性要远远大于差异性、连续性要远远大于断裂性，比如人性的善恶、道德的优劣、艺术品位的雅俗等很多方面。即使从人类文明的程度这样一个具有比较意味的视野来观测，现代社会的人性也未必比古代社会的人性更高级或者更文明。现代世界和古典世界相比，并没有我们想当然的优位性和超越性，有的只是我们的感觉和幻想，有的只是我们赋予自身的意义和价值。所以我以为，金庸小说扩展中国现当代文学理想国的成就在于：它立足于现代社会的精神视野，借助于武侠和江湖这个表象的世界，不但复活了久已失落的中国文人的气度，也重新绽放了中国古典社会精神文化的魅力；更为重要的是，它以文学的方式延续和复活了现代中国的精神世界和古典中国的精神世界中那股一脉相承的文化元气；而这个文化元气，才真正标示出现代中国的精神世界和古典中国的精神世界的一脉相承的内在连续性。

金庸小说虽然身披江湖与武侠的"鲜活生命衣裳"，然而这个用纯熟的文白相得益彰的汉语形式打造的江湖和武侠世界，却是中国社会的一个镜像世界，延续数千年的中国人的精神气质、文化心理、群体性格、情感方式、人格类型、人生境界、道德诉求、价值取向等，都浓缩在武侠与江湖这个外在化的特殊世界中。中国人尤其是中国文人的精神、意志和欲望，在这个镜像世界中延伸、变形乃至得以补偿；中国人尤其中国文人的精神生活的感受和展现、情感生活的体验和表达、感觉世界和对待世界的态度与方式，在这个小说的镜像世界中得以重组、复苏乃至重建。倘若金庸小说只是让人凭吊和瞻仰逝去中国的精神遗迹，是不足以扩展中国现代文学理想国的。正如前文一再强调现代中国世界和古典中国世界的内在连续性，这个内在连续性不仅体现在典章、制度、文物、风俗等文化的外在层面，更体现在一脉相承、绵延不断的中国精神的"内在律"层面。金庸小说不但让我们梦回古典中国世界的精神长河中，更让我们深深意识到，那些曾经存在于古典中国世界人们心灵深处的那些基本的精神元素和基本的价值诉求，不但未远离我们而去，而且依然顽强而鲜活地生存于现代中国的世界，依然以现代的方式展现其生命力。如果存在一个类似中国现当代文学所谓"国民性"的"中国人的人性"这么一个本质的话，那么金庸小说实现了"中国人的人性"从古典到现代的穿越与相逢、复活与再生，中国文化的基因和元气也因这"中国人的人性"的复现而泛出生命的灵光和异彩。

过去人们曾经批评金庸小说人物形象的类型化、人物性格的扁平化、小说结构的模式化、心理结构和情感方式的单一化，其实我倒以为内涵的简洁明快，却可以使小说具有更大的外延和更丰富的包孕性，比如光明与黑暗、崇高与卑劣、善良与邪恶、真诚与虚伪、纯美与丑陋等小说美学生产装置所产生的审美光晕和价值效应，达到了戏剧化的激烈矛盾冲突带来的审美巅峰体验，从而使小说塑造的江湖和武侠的世界更加富有象征意味和寓言价值，人性的世界、精神的世界更加富有弹性、涵盖性和辐射性。由此从古典中国到现代中国，人性的基本内涵与诉求也得以一脉相承，中国文化元气的魅力得以再生。弗洛伊德在《文明及其不满》中曾言："在精神王国中，原始的东西是如此普遍地与在它基础上产生的变化了的形式并存"，"在精神生活中，一旦已形成的东西不可能消失，一切东西在某种程度上都保存下来，并在适当的条件下（如，当退回到足够的程度）还会再次出现。"① 金庸小说就是借助"武侠和江湖"这样一个让人既熟悉又陌生化的古典化的审美镜像世界，以变形的方式复苏了中国人精神王国和文化品性中那些更为原始但是也更为基本的构成元素，并且这些文化的和精神的原始素质依然有着鲜活而酣畅淋漓的生命力。

布鲁姆在筛选西方伟大作家和不朽作品时曾言："我试图直陈其伟大之处，即这些作家及作品成为经典的原因何在。答案常常在于陌生化（strangeness），这是一种无法同化的原创性，或是一种我们完

---

① ［奥］西格蒙德·弗洛伊德：《论文明》，徐洋、何桂全、张敦福译，国际文化出版公司 2000 年版，第 65 页。

全认同而不再视为异端的原创性。"① 如果我们判定金庸及其小说为中国现当代文学经典的话，那么我想金庸及其小说能够赢得经典地位的独创性的标志，就是他将失落已久的中国人尤其是中国文人的精神世界，重新复活在现代中国人的精神视野和体验世界中。而那些失落的中国人尤其是中国文人的精神世界，对现代中国人来说本来应该是那么熟悉与温馨，如今却已经变得如此"陌生化"。中国现当代文学追求现代化的匆忙和焦灼的功利步伐，也将中国文化的元气排斥和遗忘得太多、太久。

五、回归文学的基本价值、意义和功能

本书之所以质疑在我们固有的文学研究的知识谱系、价值秩序和意义系统中阐释金庸及其小说的有效性，除了认为在这个知识谱系、价值秩序和意义系统中难以把握和阐释金庸及其小说的独创性之外，认为还存在一个基本问题：当我们用通俗文学、严肃文学、现实主义、浪漫主义、现代主义、古典主义等中国现当代文学研究传统体制内的概念、理论和主义去阐释时，往往忽略了文艺之于人类的最基本的价值、意义和功能，也就是艺术起源意义上的价值、意义和功能问题。金庸小说所叙述的我们既熟悉又陌生的江湖和武侠世界，在暗合了"陌生化"和"间离效果"带来的审美光晕和价值效应的同时，更暗合了本源意义上的艺术的存在和绽放形式及其价值功能。这也就是我们为什么有时将金庸小说视为现代中国人的精神游戏和成人童话。而游戏和童话所蕴含的，既是人类精神世界基本品质的原型结构，也是人类艺术诸种形式的原型命题或者母题。精神游戏和童话的世界，

---

① ［美］哈罗德·布鲁姆：《西方正典：伟大作家和不朽作品》，江宁康译，译林出版社 2005 年版，第 3 页。

不过是我们这个世界的雏形而已。精神游戏和童话所包含的各类原型结构或命题，埋藏着人类心理活动的底层元素和精神活动的基本结构，无论是在个体还是在群体的发展中，都会找到置换性的再现和重生的痕迹。

在我们中国现当代文学的研究成果中，不乏运用荣格等人的原型学说来阐释具体的中国现当代文学作家作品者，但是由于我们的研究过于强调文学之于现世的具体的价值和意义，拘泥于具体作家作品和文学现象在中国现当代文学框架中的价值和意义，往往缺乏以整体和宏观的视野从文学的本源意义上思考和研究中国现当代的作家作品之于现代中国人的价值和意义。弗洛伊德谈及价值标准的运用时曾说过："人们不可避免有这样的印象：往往运用错误的判断标准——他们为了自己而追求权力、成功和财富，并羡慕他人拥有这些，低估了生活的真正价值。但是，做出这类一般的判断时，就忘却人类世界及其精神生活是多姿多彩的危险。"① 引述这段话的目的，不是评判我们现当代文学研究的各类价值标准的正误，而是强调要注意其适用性和有效性问题。尤其是对金庸及其小说这样游离于文学研究主流传统视野之外的文学现象，由于学术体制的排他性和学术壁垒的禁锢性，我们往往会失去从艺术的本源状态进行考察与审视的宏阔格局与气度。昆德拉曾言："小说考察的不是现实，而是存在；而存在不是既成的东西，它是人类可能性的领域，是人可能成为的一切，是人可能做的一切。小说家通过发现这种或那种人类的可能性，描绘出存在的图形。但是再说一遍，存在意味着'在世之在'。这样，人物和世界双方都必须作为可能性来理解。"② 或许，只有站在"可能性"这个支点上，有关艺术本源意义上的追问才会产生效力，研究者才能追复和重建存在于作品

---

① [奥] 西格蒙德·弗洛伊德：《论文明》，徐洋、何桂全、张敦福译，国际文化出版公司 2000 年版，第 61 页。

② [捷] 米兰·昆德拉：《小说的艺术》，唐晓渡译，作家出版社 1993 年版，第44—45 页。

世界的"存在的图形"和"这种或那种人类的可能性"。

　　艾略特在《传统与个人才能》中论及历史感和欧洲文学传统时，有一段著名论述："历史感不仅感知到了过去的过去性，也感知到了它的现在性；这种历史感迫使一个人不但用铭刻在心的他们那一代人的感觉去写作，而且他还会感到自荷马以来的整个欧洲文学以及处在这个整体之中的他自己国家的文学同时存在，组成了一个共存的秩序。这种历史感既是永恒感又是暂存感，还是永恒与暂存交织在一起的感觉，就是这种意识使一位作家成为传统的。与此同时，它使一位作家敏锐地意识到他在时间中，在同时代诗人中的位置。"[①]的确，对现代中国的文学而言，不但自《诗经》《楚辞》以来的整个文学依然鲜活地存在于我们的内心，而且数千年来形成的中国文化的精神血脉也依然流淌在现代中国文学长河的底层。我们无法逃离传统的掌心，尤其是那些曾经产生"轴心"价值和意义的文化基因与文化元气，依然以潜在的形式支配我们的精神世界乃至我们的肉身。那些来自现代文学发展过程和研究传统的理论、概念、主义之类，或许可以解决自身内部的学术问题，但是当它面对整个文学的共存秩序时，就会显得捉襟见肘，其价值评判系统往往会发生紊乱。比如我们将鲁迅和李白置放在一起进行价值评判，很可能被视为"关公战秦琼"，是风马牛不相及的"乱点鸳鸯谱"。更深层的问题在于二者不是不可以对照或比较研究，而是在于我们的知识谱系、价值秩序和意义系统制造出了难以逾越的壁垒和界限。我们还缺乏一个将中国文学的共存秩序置放在一个统一尺度的平台上进行意义分析、价值评判的知识谱系和价值秩序。像金庸及其小说，如果不考虑依然存活在现代社会的中国文学和中国文化的共存秩序，仅仅根据现代文学自身的知识谱系、价值秩序和意义系统，是无法准确判定其独创性和经典性的。

----

①　[英] 拉曼·塞尔登编：《文学批评理论——从柏拉图到现在》，刘象愚等译，北京大学出版社 2003 年版，第 411 页。

　　事实上，无论是艺术存在的本源意义还是艺术存在的历史感，都提醒我们必须警惕套在自己头颅上的枷锁。文学研究和文学史述史的权威效应，也督促我们必须有内在反省能力和学术自我净化能力。由于文学研究和文学史述史肩负意识形态宣传、文学教育、文学知识普及、审美能力培养等各种社会职能，显而易见它就成为社会各阶层接受文学信息的最主要、最权威的渠道，因为世界上没有多少人是自己经过大浪淘沙式的阅读和比较后得出莎士比亚、托尔斯泰是经典作家的。这也许就是文学研究和文学史述史得以存在的理由所在。然而这个存在绝非凝固的存在，我们必须有"一切坚固的都将烟消云散"的危机感，唯如此方可使我们的文学研究和述史秩序在危机中充满活力，重塑再生产的能力。金庸及其小说从处于价值等级低端的通俗作品到最终登上大雅之堂，也正说明我们的知识谱系、价值秩序和意义系统所标举的评判尺度存在着多么大的创新空间。当然，我们今天对金庸及其小说的评判，不具有终极价值评判意义。金庸及其小说是否是经典，还需要时间之神的最终裁决。因为我们没有资格和权威信誓旦旦地宣称我们的判定就是真理。海德格尔在《艺术作品的本源》中曾言："艺术作品决不是对那些时时现存手边的个别存在者的再现，恰恰相反，它是对物的普遍本质的再现。"[1] 金庸及其小说的价值和意义，还必将被置放于不同的时空中被重新阅读和判定，因为这个"物的普遍本质"不是凝固的存在，而是一种流动的精神现象，一种其本性无法直接在场的存在，或者反过来说，是一种其本性时时以千变万化的方式现身的存在。鉴于此，我们也能必然、必须说出我们所能说的，这也是研究者的一种"绽出的存在"。

　　过去总是迷惑海德格尔为何将艺术和真理联系在一起，现在或许可以推论：当作品的世界照亮了被遮蔽的存在时，就是到达了真理绽

---

[1] ［德］马丁·海德格尔：《林中路》，孙周兴译，上海译文出版社1997年版，第20页。

放的姿态，真理也就存在于艺术绽放的那一刻的此在中。正是在这一刻的此在中，真理也到达了自己的本质——自由。可靠的、有效的文学研究和文学史述史，应该就是催促这种真理到达绽放之境的助产士。"天晓不因钟鼓动，月明非为夜行人"，历史上的作家作品不是为身后的文学研究和文学史述史而存在的，所谓"诸佛妙理，非关文字"亦可喻此。但是，既然存在文学研究和文学史述史这种可以宣讲过往文学精彩与神髓的形式，就应该让这种形式发挥出最大的效能。而一个杰出历史人物的影响力、一部杰出文学作品的魅力，往往在于其本身具有丰富的包孕性和开放性，在于后来者理解和阐释的不可穷尽性，在于其影响力和魅力总是能不断冲破评判者们套在其身上的种种标签、理论、概念、模式和定论，总是每隔一段时间、每换一个空间就展现出某些不可磨灭的精神感召力和影响力，总是能穿越漫长的时空界限实现古今心灵的对话。对于后来者来说，问题在于如何追复、领略历史上那些杰出的精神律动。

必须时时警醒：我们的研究不能为固有的知识谱系、价值秩序和意义系统所束缚。事实上这种现象绝非仅仅存在于中国现当代文学研究体系，就是文学艺术本身也会遇到凝固的精神力量的限制。布朗肖就认为："艺术的深刻困惑，这在文学中表现得尤为显著，因为文学鉴于文化和语言形式而直接向着历史行动的发展敞开，这种歧途，它使艺术在对价值的颂扬中寻找自身，而价值只能使艺术处于从属地位，这些使我们看到了艺术家在一个他自视并无依据的世界里的困境。……艺术必须成为它自己的在场。"[1] 显而易见，研究者的困境也类似于艺术家的困境，所面临的是选择从属于价值的颂扬还是对真理的追求，所面临的都是自己精神世界的遮蔽和去遮蔽，都是如何才能抵达真理的澄明之境。

---

[1]　[法] 莫里斯·布朗肖：《文学空间》，顾嘉琛译，商务印书馆 2003 年版，第 221—222 页。

　　格罗塞曾言："我们的确有权利要求艺术去致力于社会功效的方面——就是，在道德方面；因为艺术是一种社会的职能；而每个社会的职能都应该效力于社会组织的维系和发达。但是我们倘使要求艺术成为道德的，或者正确一点说，成为道德化的，那我们就不对了，因为我们的那种要求，等于使艺术不成其为艺术，艺术只有致力于艺术利益的时候，才是艺术最致力于社会利益的时候。"① 无论是面对文学研究还是文学艺术，我们都应该重新体味格罗塞这段话所包含的原理。文学艺术只有致力于文学利益的时候才能最致力于社会利益，也才能达到自身最自然的本真状态；文学研究只有尊重文学艺术自身的最自然的本真状态时，才能达到自身所能达到的真理之境。对研究者而言，问题的关键还在于研究者的研究，如何将自身创造物对自身的异化降低到最小的程度，如何成为自身"绽出"的最自然化的在场。所谓"苦海无边，回头是岸"，无非告诉我们：回到原点，回到本源。只有在原点和本源意义上，在文艺的共存秩序中，我们才会重新发现文学艺术的最天然的自在、自为的自由活泼状态，也就是文学艺术的最自然的真理境界。

---

① ［德］格罗塞：《艺术的起源》，蔡慕晖译，商务印书馆 1984 年版，第 240—241 页。

下　篇
在文本洞天感悟奇妙

第十三章 《伤逝》:"娜拉出走"与现代女性解放神话

古往今来大凡优秀的文学作品,无不具有一种独特的平衡作用和张力机制。它的多维文学旨向,始终在当下状态、历史境遇、接受者的经验视野和作品的虚构世界之间来回摆动,始终在现实社会和想象世界之间发生相互转位的体验张力。文学作品的语言是具有审美价值的表现性语言,它促使接受者不断重构自己的阅读期待视野,将文本从其封闭的形态中解放出来,成为一种具有生命意蕴的当下存在。因此,文本的意义不仅呈现出共时态的多元性,而且具有历时态的非同一性。文本及其背景和解释,提供了意义诞生的多种可能,促成了以文本为支点的开放性结构的形成。它使得文本在时间的延伸和空间的扩展中显示出强大的诱惑力,吸引一代又一代的读者从中体察微言大义,不断建构其意义和价值系统。

简单说来,文本是一个开放性的未完成的境遇结构,它不断展示当下体验、历史内涵和存在的终极意义。《伤逝》即是一部具有历时态的审美自足性和共时态的生命体验性的作品。所以自它诞生以来,人们就不断从文学社会学、文化批评、精神分析学、比较文学、结构主义、叙事学、新批评以及文学本体论等多维层面对它进行阐释。从"黑暗社会""经济压力""个性解放思想局限""知识分子的局限"等社会学层面的探究,从文化研究、女权主义视角审视《伤逝》表达的文化心理冲突和性别文化对抗,从生命哲学的视角观测《伤逝》展现的生命终极意义,等等,都令人"至今已觉不新鲜"。然而意义往往诞生于"偶像的黄昏"时刻,世俗法则终止之处即是艺术法则开始之处，"我思故我在"，当人们将生命的激情和理性的经验源源不断地注入作品，它就会获得鲜活的生命和血性律动的灵魂。阅读和诠释就会成为永无止境的意义探寻之旅。正是在这个意义上，本书尝试解读《伤逝》的另一种可能。

一、"娜拉出走"与鲁迅的质疑

大家大概会记得茅盾在论及《彷徨》（涓生是他的重要论据）时说过的一段话："《彷徨》呢，则是在于作者目击了'新文化运动'的'主将们'的'分化'，一方面毕露了妥协性，又一方面正在'转变'，革命的力量需要有人领导！然而曾被'新文化运动'所唤醒的青年知识分子则又如何呢？——在这样的追问下，产生了《彷徨》。"① 如果剥离茅盾论述中社会学层面的阶段论色彩，不难看出他实际上已经指出了《彷徨》所寓示的对"新文化运动"所追求的现代性理念内在矛盾的反思：启蒙者"转变"了，启蒙的价值理想失落了，被唤醒者不是如子君死于"无爱的人间"，就如涓生那样陷于无地彷徨的"虚空"。这是因为"铁屋子"的万难毁坏，还是启蒙理想的内在缺陷？许多当代学者也敏锐地感觉到了这点，比如汪晖在《反抗绝望：鲁迅小说的精神特征》中论及《伤逝》时写道："爱情、觉醒这类'希望'因素乃是先觉者得以自立并据以批判社会生活的基点，恰恰在'希望'自身的现实伸延中遭到怀疑。这种怀疑很可能不是指向新的价值理想本身，而是指向这一价值理想的现实承担者自身：'我'真的是一个无所畏惧的觉醒者抑或只是一个在幻想中存在的觉醒者？！因此，觉醒自身或许只是一种'虚空'？！在这里，'绝望'的证实也决不仅仅是'希望'的失落，不仅仅是爱情的灭，而且包含了对'觉

---

① 茅盾：《关于〈呐喊〉和〈彷徨〉》，《大众文艺》1940 年第 2 卷第 1 期。

醒'本体的忧虑。"① 但是，汪晖在准确地指出了《伤逝》蕴含的对觉醒本体的忧虑的同时，却令人遗憾地将《伤逝》包孕的对新的价值理想的怀疑排除在自己的视界之外。他从生命哲学的层面开掘《伤逝》的形而上意义和现代性体验时，却遮蔽了它们的历史内涵及其价值谱系。对《伤逝》终极价值意义的揭示，往往沦为普泛的人生体验，从而丧失了历史维度和现实旨归。如果沿着他们的研究继续往前，联系鲁迅走出"铁屋子"的犹疑，质疑和反思"娜拉出走"这样一个现代性的女性解放神话，就成为《伤逝》的一个重要价值旨向。

中国的女性解放运动在 20 世纪初即已开始，到 20 年代五四新文化运动前后一段时期内达到高潮。新文化运动的领袖们扮演了至为关键的角色。胡适在 1918 年翻译了《玩偶之家》，将易卜生主义介绍到中国。娜拉成为家喻户晓的人物，成为五四时期女性解放的象征，难以计数的年轻女性挣脱家庭的锁链和时代的羁绊，以"娜拉出走"为自己的行为辩护。她们从娜拉的名言"我只对我自己负有神圣的责任"中，获得憧憬希望与未来的动力。按当时流行的理解，一个中国娜拉对自己的基本责任就是应该有爱的权利。可是当众多的觉醒女性出走之后，不仅是她们自己，就是鼓舞她们出走的那些精神导师和理想家们，大多也没有意识到"女性解放"这一现代性价值理念的虚妄性、乌托邦色彩和男性中心主义的诱惑性。

正是鲁迅 1923 年 12 月 26 日在北京女子高等师范学校发表演讲《娜拉走后怎样》，以出走后的娜拉"不是堕落，便是回来"的悲惨境遇，向这一现代性价值理念及其推行者、实践者提出了深刻质疑：倘若没有强大有力的社会环境和制度的保障，觉醒者娜拉经不住物质、现实和众数的沉重压力与打击，最终结果只能是要么回去、要么堕落。鲁迅早在 1920 年所写的《头发的故事》里，借主人公 N 先生之口，尖锐地质疑"新文化运动"所提倡的诸多现代性价值理念的虚

① 汪晖：《无地彷徨——"五四"及其回声》，浙江文艺出版社 1994 年版，第 406 页。

妄性和乌托邦色彩："现在你们这些理想家，又在那里嚷什么女子剪发了，又要造出许多毫无所得而痛苦的人！……改革么，武器在那里？工读么，工厂在那里？仍然留起，嫁给人家做媳妇去：忘却了一切还是幸福，倘使伊记着些平等自由的话，便要苦痛一生世！我要借了阿尔志跋绥夫的话问你们：你们将黄金时代的出现豫约给这些人们的子孙了，但有什么给这些人们自己呢？"

鲁迅更是在1925年9月创作《伤逝》，以寓言化的小说境遇意识，形象化地展现"娜拉出走"这一现代性命题的幻想性特征和乌托邦色彩。因此《伤逝》不仅是写新一代知识者的精神追求和现实社会结构之间的矛盾，还是写娜拉们的出走充其量是一种时髦的姿态和浪漫的实验。"娜拉出走"只预设了"爱"这一至善至美的虚拟目标，却导致子君们死于"无爱的人间"。正如他在《娜拉走后怎样》中所发出的颇为矛盾和虚无的警告："人生最苦痛的是梦醒了无路可以走。做梦的人是幸福的；倘没有看出可走的路，最要紧的是不要去警醒他。"《伤逝》所展现的"用真实去换来的虚空存在"的生命体验，恰恰是对一切乐观主义的人生期待的深刻怀疑，是对现实的无可希望或绝望状态的证实，从而也是对"娜拉出走"这一现代性命题虚妄性的深刻反省。

二、对男性中心主义文化霸权的批判

《伤逝》对"娜拉出走"这一现代性价值理念内在矛盾的揭示，显然不止于此。毫无疑问，鲁迅是现代中国最伟大的女性关爱者。他在《伤逝》"真实"与"虚空"的对立紧张的矛盾叙事和结构中，还看到了男性价值世界在制造"娜拉出走"这一历史乐观主义女性解放神话中所起的助纣为虐的作用，看到了男性中心主义文化霸权对这一"神话"的终极价值目标的釜底抽薪作用。

从性别文化的视角解读《伤逝》者不乏其人。周玉宁的《性别冲突下的灵魂悲歌——〈伤逝〉解读》(《江苏社会科学》1994年第2期)认为，鲁迅在营造《伤逝》的现实环境的同时，"显示了男女性别意识的差异，理想与沟通的困惑"，当现实压力扑面而来时，"隔膜与厌弃便不可避免"。李怡的《〈伤逝〉与现代世界的悲哀》(《名作欣赏》1988年第2期)认为，《伤逝》的悲剧是"新时代难以避免的两性悲剧"，它"涵盖了一种更为广阔的现代世界的悲哀"，两性危机是人性的普在，涓生与子君爱情的"距离差"导致了"最终关系破裂"。李之鼎的《〈伤逝〉：无意识性别叙事话语》(《鲁迅研究月刊》1996年第5期)认为，《伤逝》的叙事本身呈现了强烈的"男性中心化"倾向，叙事者涓生的叙事话语、忏悔抒情基础之虚伪，与其说是他的人格或个人品质，毋宁说是父权制意识形态的虚伪，隐含作者所以从主观的性别关怀滑入客观的性别歧视，可说是男性中心文化所具有巨大的命运般的历史无意识力量施逞威风的结果。周玉宁和李怡在合理地理解《伤逝》蕴含的两性危机的同时，将它普泛化，抽去了其历史维度的批判旨归。李之鼎在发掘《伤逝》"男性中心化"的历史倾向时，却将批判矛头指向了创作主体。显然就造成《伤逝》悲剧根源的历史内涵而言，他们都有些许的"指鹿为马"倾向。

詹明信在《处于跨国资本主义时代中的第三世界文学》中，分析了鲁迅小说的民族寓言性质："……第三世界文化中的寓言性质，讲述关于一个人和个人经验的故事时最终包含了对整个集体本身的经验的艰难叙述。"[1]《伤逝》正是以民族寓言的形式，在展现"娜拉出走"这一现代性民族精神、民族性格集体体验的虚妄性特征时，集中而深刻地展现了它的男性中心文化的霸权性和引诱性，展现了它对女性这一历来受压抑群体的本体性漠视，以至古老的男性中心主义文化借助

---

[1] ［美］詹明信：《晚期资本主义的文化逻辑：詹明信批评理论文选》，张旭东编，陈清侨等译，生活・读书・新知三联书店、牛津大学出版社1997年版，第545页。

它而获得了现代性面具。

在《伤逝》的寓言世界中，涓生正是"娜拉出走"这一现代性价值理念的化身和推行者。无论是在会馆还是吉兆胡同的小南屋，涓生才始终是两人世界的中心。涓生始终视子君为他"启蒙"的对象，自认为自己的爱情追求和人生的要义是现代的，将子君置于被动和被赐予的位置："破屋里便渐渐充满了我的语声，谈家庭专制，谈打破习惯，谈男女平等，谈伊孛生，谈泰戈尔，谈雪莱……她总是微笑点头，两眼里弥漫着稚气的好奇的光泽。壁上就钉着一张铜板的雪莱半身像，是从杂志上裁下来的，是他的最美的一张像。当我指给他看时，她却只草草一看，便低了头，似乎不好意思了。这些地方，子君就大概还未脱尽旧思想的束缚。"当子君表明自己的态度——"我是我自己的，他们谁也没有干涉我的权利！"时，涓生竟然将这一私人化的爱情表态上升到一个很高的高度："这几句话很震动了我的灵魂，此后许多天还在耳中发响，而且说不出的狂喜，知道中国女性，并不如世故家所说那样的无法可施，在不远的将来，便要看见辉煌的曙色的。"在涓生眼中，子君的"稚气""未脱尽旧思想"，不是"无法可施"的，而他的狂喜，难道不正蕴含着男性中心主义的本能冲动和洋洋自得的自私？正是这个所谓的现代爱情的启蒙者与追求者，将自以为是的"纯真热烈的爱"表示给子君时，预先设想的那些居高临下的男性爱情攻略在爱情爆发的时刻竟毫无用处，"在慌张中，身不由己地竟用了电影上见的方法了。后来一想到，就使我很愧恧，但在记忆上却偏只有这一点永远留遗，至今还如暗室的孤灯一般，照见我含泪握着她的手，一条脚跪了下去……"涓生的形象和姿态，深刻体现了启蒙主义现代性理念的男性中心主义文化色彩，以及它对"娜拉出走"这一现代理念所持有的双重价值标准，更深刻显示了男性中心主义姿态的滑稽可笑和虚无懦弱。

男性文化霸权主义对子君们的双重价值标准的支点，具体体现为涓生两个冠冕堂皇和自欺欺人的借口："爱情必须时时更新，生长，创造"，"第一，便是生活。人必生活着，爱才有所附丽"。这恰恰体现了自私、虚伪、卑鄙的男性文化道德。然而当"外来的打击"悄然来临，他竟痛心"那么一个无畏的子君也变了色"，将怨艾洒向子君："其实，我一个人是容易生活的，现在忍受着这生活压迫的苦痛，大半倒是为她"，"她早已什么书也不看，已不知道人的生活的第一着是求生，向着这求生的道路，是必须携手同行，或奋身孤往的了，倘使只知道捶着一个人的衣角，那便是虽战士也难于战斗，只得一同灭亡"。当他以"真实"和"虚空"的灵魂肉搏掩盖男性的虚伪和卑怯，以"无爱"为理由逼走子君时，竟"心地有些轻松，舒展了，想到旅费，并且嘘一口气"。他向"新的生路"跨出的第一步，"却不过是写下我的悔恨和悲哀，为子君，为自己"，或者说只求得自己的心理安慰。

所以，自从涓生这一形象诞生以来，就遭到有识之士的猛烈批判，尽管他们尚未充分意识到男权中心主义文化对"娜拉出走"所代表的现代性理念终极价值目标的解构作用。其中最有代表性的当属张文焕的批判：

> 必须沉着、勇于负责的人，才有生活的出路，怨天尤人，只有自趋灭亡的一途，然而涓生则虽然喊着"新的生活"，但在他失业的时候，竟使子君有应付为难的感慨，若是坚决的鼓舞他，在他听来却是浮浮的，若是沉默的同情他，在他看来又是怯弱的，只有一种态度子君还不曾采用，就是"格外的快活"，若是如此，我又怕他要骂子君毫无心肝，而且触发了他的无名的毒恨，总而言之，是怨天尤人无所不用其极。

> 没有力量而谈恋爱，是谓昏聩，一旦失业便怨天尤人，是谓卑怯，失业之后不为两人的职业问题作正当的计划，却以脱离关系为唯一的办法，是以堂皇的求生，掩饰遗弃的罪恶，明知这样足以致人死命，却略不顾惜的毅然处之，是以他人的死，换取自

己的生，这种昏聩卑怯，自私残酷的行为，都源于不肯负责的这一点——对恋爱不负责，对良心不负责，对生活不负责——不肯负责的人，却想寻觅新的生路，自然只是梦呓而已。①

作为"娜拉出走"这一现代性观念的提倡者和受益者象征的涓生，实际上是男性文化符号的化身，代表着对女性解放的现代性价值理念众多解构之维中的重要一维——男性中心主义文化的霸权。而正是涓生眼中"未脱尽旧思想的束缚"的子君，代表着对"娜拉出走"这一现代性价值理念终极目标的追求。象征男性霸权符号宰制力量的涓生都能够认识到："'我是我自己的，他们谁也没有干涉我的权利！'这彻底的思想就在她的脑海里，比我还透澈，坚强得多"，"她却是大无畏的。对于这些全不关心，只是镇静地缓缓前行，坦然如入无人之境。"子君为那个男性世界创造的爱情神话所吸引，勇敢地脱离了家庭，为自己的爱人奉献一切。子君不是一个依附者，她有独立的人格，她所追求的"真实"是"娜拉出走"所预设的"纯粹的爱"，"我以为将真实说给子君，她便可以毫无顾虑，坚决地毅然前行，一如我们将要同居时那样。但这恐怕是我错误了。她当时的勇敢和无畏是因为爱。"子君在说出"我是我自己的，他们谁也没有干涉我的权利"时，"我自己"的对立面，不仅是指束缚她追求爱的封建家庭和诸种外部环境，而且还是指涓生。子君在涓生说出心中的"无爱"之后，她的不出走并非不可能。她的出走似乎满足了涓生的"无爱"，但她追求的是至情至爱，对她来说，无至爱、毋宁死。这是对涓生所表征的男性霸权虚伪、卑怯与自私的蔑视。当"爱"的神话破灭后，伟大、坚忍、圣洁的子君没有选择"堕落"，也没有认同"回去"，而是选择了"死"的抗争。"子君是去了，由她这无言的自去，可知这凄哀的女子，并没有忘记了人格的独立，并没想'捱着别人的衣角'，

---

① 张文焯：《子君和涓生——子君走后的涓生》，《国文学会特刊》1935 年第 3 期。

她实在还想带着创伤的心，无怨言无怨色的，在这无爱的人间，走她灰白的长途，无奈人间的酷虐，已经侵蚀了她脆弱的灵魂，终于不得不孤寂的死去。"①

三、两难的历史语境

《伤逝》正是从寓言的意义上，展示了以"娜拉出走"为代表的现代性价值理念在当时历史境遇中的两难处境，批判了它的男性中心主义文化功能和虚拟的乌托邦色彩。它设置了一个至善至美的终极价值目标，却以男性中心主义的价值观念和要求，瓦解了这一目标的根基。且不说"娜拉出走"如何沦为玩弄"自由恋爱"者的把戏——比如庐隐以她的切身体会所写的作品中，就经常出现欺诈与受害的主题：初出茅庐的娜拉式少女们因为爱情的幻想，在男人主宰的社会中陷入"自由恋爱"的圈套，她们起初的叛逆往往沦为堕落——在这一理念和自以为这一理念神圣无比的"理想家"那里，他们也如"涓生"那样将"子君"置于被解放的位置。他们明知女性是一个弱势群体，却很少考虑这一弱势群体的特殊要求。这恰恰体现了这一现代价值理念在当时历史境遇中的内在歧视性。它是一种以男性为中心的普遍主义的文化观念。它往往打着解放的旗号将男性的意志强加给女性，并按照自己的模式将女性塑造成没有自己本质的他者，以普遍主义的价值观遮蔽特殊群体的独异性。现代性的诸多价值理念之间应当是一种对话关系，如果一个社会的主流价值观念不能公正地提供对不同群体和个体的"承认"，它就构成强势群体和个体对弱势群体和个体的控制手段，成为一种宰制力量和压迫形式。在这个意义上，"娜拉出走"这一现代主流派观念，就构成了对弱势群体及其真实价值追

---

① 　张文焯：《子君和涓生——子君走后的涓生》，《国文学会特刊》1935 年第 3 期。

求的一个"至善""至美"的圈套。以至令人看到《伤逝》"竟是充满了伤感的情调，幻灭的悲哀，使我们对于男女之爱，感到根本的失望，尤其《伤逝》所显示的恋爱二字，简直是骗人的名词"①。

茅盾在评论《伤逝》时，以他杰出的艺术感知力敏锐地觉察到了"娜拉出走"这一现代价值观念及实践形式对弱势女性群体特殊要求的忽视："比起涓生来，我觉得子君尤其可爱。她的温婉，她的女性的忍耐，勇敢和坚决，使你觉得她更可爱。她的沉默多愁善感的性格，使她没有女友，当涓生到局办事后，她该是如何的寂寞呵，所以她爱动物，油鸡和叭儿狗便成了她白天寂寞时的良伴。然而这种委婉的悲哀的女性心理，似乎涓生并不能了解。"② 其实正是涓生所表征的男性中心主义霸权文化，一方面向娜拉们预约了黄金世界的出现，一方面又忽视女性群体的特殊要求，没有意识到支持娜拉们出走及生存的支点，仅仅只是一个纯净的"爱"的观念和理想。然而正是"浪漫爱情为男性提供了一个任其玩弄感情的手段……对浪漫感情的认可于双方都有利，因为这往往是女性克服加于其身的更为强有力的性压制的唯一条件。"③ 同时，也恰恰是男性中心主义霸权文化对女性的排斥和压抑，轻而易举地击碎了娜拉们的"爱"。梅仪慈就指出了这一支点的脆弱：当现代娜拉们与社会权威以及支配她们生活的旧秩序与价值观念决裂之后，突然变得无所依傍，只能从她们自己的感情和不确定的关系中获得支持，而这种关系本身又取决于不可靠的爱情。当自我肯定的权利终于得到的时候，却证明它是靠不住的东西，而依靠爱情和感情来维持生活的女人就更加容易受到其他苦难的伤害。④

鲁迅正是以他博大深厚的人道主义情怀、对女性的无比尊重与同

---

① 张文焯：《子君和涓生——子君走后的涓生》，《国文学会特刊》1935 年第 3 期。

② 方璧：《鲁迅论》，《小说月报》1927 年第 18 卷第 11 期。

③ ［美］凯特·米利特：《性政治》，宋文伟译，江苏人民出版社 2000 年版，第 46 页。

④ 参见 ［美］费正清编：《剑桥中华民国史·1912—1949 年·上卷》，杨品泉等译，中国社会科学出版社 1994 年版，第 535 页。

情和冷静而清醒的现代理智，在《伤逝》中以寓言形式一针见血地指出：娜拉们面对的"无爱人间"不仅是寓指黑暗的社会，而且也是寓指鼓动他们出走的现代性价值理念的男性中心主义权利空间。"娜拉出走"这一现代性价值理念的乌托邦幻想引诱娜拉们出走，可是这一观念的男性中心主义霸权与黑暗社会合谋，宰制和压抑着娜拉们到达至善至美的爱的彼岸。因此，它以现代价值理念的形式，体现了自古至今两性之间的支配与从属关系："在我们的社会秩序中，基本上未被人们检验过的甚至常常被否认的（然而已制度化的）是男人按天生的权利统治女人。一种最巧妙的'内部殖民'在这种体制中得以实现，而且它往往比任何形式的种族隔离更为坚固，比阶段的壁垒更为严酷，普遍，当然也更为持久。无论性支配在目前显得多么沉寂，它也许仍是我们文化中最普遍的思想意识、最根本的权利概念。"①

正如詹明信所说："寓言精神具有极度的断续性，充满了分裂和异质，带有与梦幻一样的多种解释，而不是对符号的单一的表述。……我们对寓言的传统概念认为寓言铺张渲染人物和人格化，拿一对一的相应物作比较。但是这种相应物本身就处于文本的每一个永恒的存在中而不停地演变和蜕变，使得那种对能指过程的一维看法变得复杂起来。"②《伤逝》作为一个具有审美自足性的艺术品，显然不会停滞于对能指过程的一维表达，当然也就不仅仅是寓示着"娜拉出走"所表征的现代性价值理念的终极目标与男性中心主义的对抗；它即使在展现这一维的命题时，也以杰出的艺术手法设置了"涓生忏悔"这一形式的复杂意向表达，也肯定了"娜拉出走"这一现代性价值理念的善的初衷，以小说深刻的境遇结构艺术，展示了"娜拉出走"这一现代性价值理念冲突矛盾的复杂多维内涵和两难的历史境遇

---

① ［美］凯特·米利特：《性政治》，宋文伟译，江苏人民出版社 2000 年版，第 33 页。

② ［美］詹明信：《晚期资本主义的文化逻辑：詹明信批评理论文选》，张旭东编，陈清侨等译，生活·读书·新知三联书店、牛津大学出版社 1997 年版，第 528 页。

意识。

当然，《伤逝》的多维、复合艺术内蕴也不仅仅限于反思现代价值理念的虚妄性这一层面。它更是一个自足的、开放的、完整的小说艺术空间。其实早在 1926 年，高长虹就已经朦胧地指出《伤逝》的多维复合内涵："似乎已闪出无名的，意外的新的期待，却终于写出更大的破灭与绝叫，且终于写出更深刻而悲哀的彷徨，则作者终是在较深刻的意义上而生活而创作呢，也还终是时代的原因呢？"① 因此，《伤逝》多维复合内涵的诸多"不确定性"和"空白"，吸引我们潜入它的"召唤结构"，寻觅造成"更大的破灭与绝叫"和"更深刻而悲哀的彷徨"的原因。《伤逝》的杰出之处，就在于一维的能指符号寓示着复杂多维的所指倾向，更在多维旨向的永恒变动中，给人以长久的现代性审美体验。因为"至善是一个目标，但这是一个水涨船高的目标，是永久达不到的目标。娜拉出走了，问题没有完结。"②

---

① 　高长虹：《走到出版界——写给〈彷徨〉》，《狂飙》1926 年第 1 期。
② 　《顾准文集》，贵州人民出版社 1994 年版，第 375 页。

第十四章 《蚀》：作为主题与象征的
"性与革命"

一、性与革命：作为一种集体无意识象征

多少年来，人们往往贬抑性而赞美革命。"只要一谈到性，回避沉默便成了人们的行为规范"①，性，或者美其名曰爱情，向来是古今中外文学想象世界中的一个永恒主题，无论是压抑还是泛滥，它都能寻找到散播欲望之火的明渠或暗道。而"革命在人类社会的命运中是一桩永在的现象。……各个不同时代的一切受压迫的劳苦大众为反抗奴役和等级制，无不付诸革命。"② 性与革命，以巨大的生命冲击力和心灵震撼力，往往给文学的想象空间遗留下许多纠缠不清的精神资源。革命与性，英雄与美人，以无比丰盈的诱惑和幻想，指涉着人们迈向自由与理性的乌托邦之境的沉迷与超越。

性与邪恶、卑鄙、淫秽等诸如此类的语汇结下不解之缘，"性"成了道德与政治权力话语的一种禁忌，而掌握道德与政治权力裁断话语的人们，则因贯彻禁忌与压抑而被视为品行高尚、政治正确。革命因为向人们允诺"从必然王国飞跃到自由王国"，以革命之后无限幸福与无限繁荣的预设而赢得人们的拥护与喝彩，"革命的积极性总抓

---

① ［法］米歇尔·福柯：《性史》，姬旭升译，青海人民出版社 1999 年版，第 3 页。
② ［俄］尼古拉·别尔嘉耶夫：《人的奴役与自由——人格主义哲学的体认》，徐黎明译，贵州人民出版社 1994 年版，第 166 页。

住人的情感"。① 或许，正是在"情感"这一层次上，性与革命找到了共通的历史叙事话语，具有了共通的生命和美学原则，为文学的想象世界，提供了一个激动人心的主题。

如果说寻求自由与快感是性与革命的生命原动力，那么这不仅是一种修辞夸张，而是点明了性与革命的生理和社会基础。诚如马尔库塞指出的，当马克思说人的解放时，实际上也就是指爱欲的解放，换言之，"推动人们去塑造环境、改造自然的，将是解放了的而不是压抑着的生命本能"② 。于是，"解放"便成为具有生物本能和社会本能的人的价值律令，诱惑着人们去释放被压抑的能量。然而激情过后往往是冷静，真实状态往往在性与革命爆发后的第二天降临人间。这时，人们才有时间去品味、反思性与革命爆发的前前后后。

茅盾的小说《蚀》三部曲《幻灭》《动摇》和《追求》，正是作者目睹了性与革命的能量激情释放之后，"经验了动乱中国的最复杂的人生的一幕，终于感到了幻灭的悲哀，人生的矛盾，在消沉的心情下，孤寂的生活中，而尚受生活执著的支配，想要以我的生命力的余烬从别方面在这迷乱灰色的人生内发一星微光"③ 。在别人看到小资产阶级知识分子灰色软弱的地方，在别人贬斥的革命加恋爱的绯色旋涡中，茅盾却以小说这种艺术形式，营造了在动荡时代性与革命对人的生存的支持和溃败。

---

① ［俄］尼古拉·别尔嘉耶夫：《人的奴役与自由——人格主义哲学的体认》，徐黎明译，贵州人民出版社 1994 年版，第 169 页。

② ［美］赫伯特·马尔库塞：《爱欲与文明——对弗洛伊德思想的哲学探讨》1966 年政治序言，黄勇、薛民译，上海译文出版社 1987 年版。

③ 茅盾：《从牯岭到东京》，《小说月报》1928 年第 19 卷第 10 号。

二、心路历程：追求—动摇—幻灭

茅盾在谈到创作意图时说过："我那时早已决定要写现代青年在革命壮潮中所经过的三个时期：(1) 革命前夕的亢昂兴奋与革命既到面前时的幻灭；(2) 革命斗争剧烈时的动摇；(3) 幻灭动摇后不甘寂寞尚思作最后之追求。"① 革命固然是《蚀》三部曲应有的主题，并且始终是制约小说人物心理状态和生活境遇的无法抗拒的力量，但是另一种更为内在的力量则来自"性"———一种展现和述说个体本质生存欲望的小说修辞形式。

《幻灭》中的静女士，在中学时代"领导同学反对顽固的校长"，因目睹"恋爱"侵蚀了"闹风潮的正目的"，愤而失望来到上海，以"静心读书"作为虚拟的生存目的抚慰自己，但"她自己也不明白她的读书抱了什么目的"。实际上困惑静女士的，是作为个人隐秘的生命本能的性："她对于两性关系，一向是躲在庄严，圣洁，温柔的锦幛后面，绝不曾挑开这锦幛的一角，看看里面是什么东西；她并且是不愿挑开，不敢挑开。"当慧女士以现身说法的方式进行性启蒙的述说后，惊讶"为什么自己失了常态"的静女士，自然将"事态"的原因归于"这多半是前天慧女士那番古怪闪烁的话引起的"。既恐惧又具有解密欲望的静女士，对于性如同革命一样，既涉足不深又幻想借此寻求希望与刺激。当她"一大半还是由于本能的驱使，和好奇心的催迫"而失身于帅座的暗探、女性猎逐者抱素（"反革命"的能指符号）后，得到的却是"偿还加倍的惆怅"和"痛苦失败的纪录"。这痛苦当然要寻找转移和宣泄的机会。

这时，革命作为"热烈，光明，动的新生活"的象征，"张开了欢迎的臂膊等待她"，革命的"一切印象——每一口号的呼喊，每一

---

① 茅盾：《从牯岭到东京》，《小说月报》1928 年第 19 卷第 10 号。

旗角的飘拂，每一传单的飞扬，都含着无限的鼓舞，静女士感动到落了眼泪来"。然而革命同样也不是庄严圣洁的处女梦，"一方面是紧张的革命空气，一方面却又有普遍的疲倦和烦闷"，"'要恋爱'成了流行病，人们疯狂地寻觅肉的享乐，新奇的性欲的刺激"，闹恋爱是革命以外唯一的要件，"单身的女子若不和人恋爱，几乎罪同反革命——至少也是封建思想的余孽"，更令静女士感到遗憾和嫌恶的，是"革命的人生观，非普及于人人不可"。静女士不能不追问："在这样的矛盾中革命就前进了么？"

在静女士对革命产生厌倦和困惑时，强连长这个崇尚战争与未来主义的人物走入静女士的世界。这个"追求强烈的刺激，赞美炸弹、大炮、革命"的人物，带给静女士的却是远离革命尘嚣的"庐山恋"。革命缺席之后性或者说恋爱的出场，让静女士终于盼到了"梦想的生活"，"她要审慎地尽量地享受这久盼的快乐。她决不能再让它草草过去，徒留事后的惆怅"。然而，以强烈的刺激为生命动力的未来主义者强连长，在恋爱这种刺激已经太多而渐觉麻木时，又转而寻求"强烈的刺激，破坏，变化，疯狂的杀，威力的崇拜，一应俱全"的战争未来主义。作为"美满的预想"的性或者爱情经历，对于静女士而言"简直是做了一场大梦"。

静女士经历了"革命—性—革命—性"循环式的诱惑和追求，得到的却是性与革命的激情沦为庸常之后的厌倦与困顿，亲身经验之后的结果只是希望的幻灭。作为生命本能和追求象征的性与革命，终究抵挡不住命运的无常："人们都是命运的玩具，谁能逃避命运的捉弄？谁敢说今天依你自己的愿望安排定的计划，不会在明天被命运的毒手轻轻地一下就全部推翻了呢？"《幻灭》讲述的有关性与革命的故事，带给人的只是幻灭与困惑："一切好听的话，好看的名词，甚至看来是好的事，全都靠得住么？"性与革命所象征的生命本能冲动和生存理想的追求，在《幻灭》中具有了某种形而上意味的叙事功能。

约翰·伯宁豪森在《茅盾早期小说的中心矛盾》一文中认为：

"运用两分法来设置搞革命与寻求个性完成这样一种中心矛盾，对于个性解放的追求，摆脱经济上的不稳定，异化感，摆脱没落的社会状态和传统文化的束缚（尤其是在家庭或社会上对于妇女的压迫），以挽救个性的自我同时又积极地投身于革命斗争以建成更为公正的社会，挽救民族，这就是茅盾早期绝大多数作品的中心主题。"① 这里所说的搞革命与寻求个性完成的两分法设置，其深层内涵实质上就是性与革命之于小说人物的心理支撑。在小说文本中，个性解放和政治伦理冲动具象化为性与革命的激情展现，或者说个性完成与搞革命不过是性与革命的冠冕堂皇的说法而已。"时代女性"的苦闷追求本身，就是革命的产物，同时又构成整体革命的有机组成部分；她们的身体与心灵，因革命的风起云涌而鼓起解放的翅膀，同时又因革命规则和残酷现实而呈现光怪陆离的景观。

性与革命的原动力都源自生存本体对个性、自由和快感的憧憬，都是以激情爆发的形式获得身体、心灵和意志的满足。激情"不是本身独立出现的，而是活跃在人心中，使人的心情在最深刻处受到感动的普遍力量"②。但是作为普遍力量的激情瞬间爆发后，依然将人抛向客体化的世界，将人置于外在而非内在的必然性统治之下，并使之体验激情爆发所带来的诸种外在的和负面的效应。因此，性与革命围绕自身建构了一个充满紧张和焦灼的张力场，形而上的和形而下的所有一切都须臾不分地搅和在一起，一切的矛盾也就由此而萌生。

如果说《幻灭》展现的是性与革命对激情的追求和幻灭感，那么《动摇》则述说了激情爆发过程中心灵、情感和意志的复杂体验。性心理与革命心理描写成为《动摇》的精彩之笔。连当时激进左翼批评家钱杏邨都认为"全书当然是以解剖投机分子的心理和动态见长"。他一方面在政治上予以严厉批判，另一方面又赞赏茅盾对"恋爱心

---

① 唐金海等编：《茅盾专集》第 2 卷下册，福建人民出版社 1985 年版。

② [德] 黑格尔：《美学》第 1 卷，朱光潜译，商务印书馆 1979 年版，第 295 页。

理"的高超描写，"表现了两性方面的妒嫉，变态性欲，说明了性的关系，恋爱的技巧，无论是哪一方面，作者都精细的解剖到了"。[①]

"动摇"一词，恰如其分地展现了小说人物在性与革命的过程中进退失据的心理和情感状态。作为"动摇"象征的小说人物方罗兰，在性和情感方面，时时动摇于妻子陆梅丽和情人孙舞阳之间：一方面是对漂亮然而具有传统意味的妻子的忠实情感，另一方面又倾慕艳丽迷人的现代革命女性孙舞阳；一方面掩饰不住隐秘的情感，发出内心的独白——"舞阳，你是希望的光，我不自觉地要跟着你跑"，另一方面为稳定自己内心的动摇，在醉醺醺的情绪中重新体认出太太的人体美的焦点，从而获得心理和生理的平衡。在革命方面，各派政治力量的搏斗你死我活，方罗兰却游移动摇于左右之间，极力调停、弥合，"总想办成两边都不吃亏"，对于革命的情感与态度，总是模棱两可，可谓是"命固不可不革，但亦不可太革"。动摇的结果，是方罗兰陷入了性与革命方面的矛盾、迷惘和错乱，终致最后一切都无可挽回的分崩离析。

且不说孙舞阳的艳影如何对方罗兰的"可怜的灵魂，施行韧性的逆袭"，使他"革命"时难以忘怀"恋爱"，总是处于混杂纷乱的动摇心理状态，单是性伴随着革命一道袭来产生的巨大能量，使整个社会结构和心理都发生了动摇。如果说要"共产"，作为革命同盟军的贫苦农民尚能欢欣鼓舞，因为"产"本不多，"共"了说不定"产"更多，可是"公妻"却成了农民反对的最低防线："但是你硬说不公妻，农民也不肯相信你，明明有个共产党，则产之必共，当无疑义，妻也是产，则妻之竟不必公，在质朴的农民看来，就是不合理，就是骗人。"那些粗野的备受压抑的妇女们，则借革命激情的宣泄，抒展性的畅想："打倒亲丈夫！拥护野男人！"反革命投机分子的胡国光

① 钱杏邨：《茅盾与现实》，载唐金海等编：《茅盾专集》第 2 卷上册，福建人民出版社 1985 年版。

更是借革命的名义浑水摸鱼，垂涎着女性的肉体，将"解放妇女保管所"变成"淫妇保管所"，打着革命的幌子名正言顺地发泄肮脏的性欲。至于外边人的议论——"孙舞阳，公妻榜样"，不能仅仅视作单纯的街头谣言，更体现了包括革命者在内的广大人群的内心秘密欲望和猎逐快感的企盼。

钱杏邨曾批判说："孙舞阳的人生哲学建筑在性与恋上，没有事业。"① 这主要是因为孙舞阳基本上是作为一个性的能指符号活跃于小说场景中的。小说不惜浓彩重笔描写孙舞阳的艳丽和性感，而且不惜让小说中绝大部分男性角色都对她垂涎三尺，欲"公妻"之而后快。性作为革命的一个巨大场域，与革命行为一道带给人光怪陆离的兴奋、迷乱、怪异和怅惘。性与革命所企盼的"黄金世界"，竟然如此令人啼笑皆非、慌乱不堪，性与革命的景观是如此令人焦灼、疯狂和变态。"小说的功效原来在借部分以暗示全体，既不是新闻纸的有闻必录，也不同于历史的不能放过巨奸大憝"②，性与革命作为生存本体释放冲动、追逐理想的巨大历史能指符号，在激情与欲望展现过程中，带给人的心理体验，正如方太太陆梅丽的喟叹："实在这世界变得太快，太复杂，太矛盾，我真真的迷失在那里头了。"

《追求》作为"缠绵幽怨和激昂奋发的调子同在"的"狂乱的混合物"③，所展现的是性与革命遭受失败后，带给挣扎着的生存本体的巨大挫折感和精神危机。茅盾几十年后虽然巧妙修饰了他的创作动机："《追求》原来是想写一群青年知识分子，在经历了大革命失败的幻灭和动摇后，现在又重新点燃希望的火炬，去追求光明了。"但同时他又不能不尊重逝去经验的真实："可是，在写作的过程中，我却

① 钱杏邨：《茅盾与现实》，载唐金海等编：《茅盾专集》第 2 卷上册，福建人民出版社 1985 年版。
② 茅盾：《从牯岭到东京》，《小说月报》1928 年第 19 卷第 10 号。
③ 同上。

又一次深深地陷入了悲观失望中。"①小说具有的浓重悲观色彩，当然已是不争的历史和文本事实，即使作者本人也无法轻易掩盖和抹杀。

如果说后结构主义的"文本之外无他物"（德里达语），强调的是社会历史的全部内容都汇集在文本的内在组织结构中，强调个人主体和集体实践的隐秘全部都通过文本得以展现；那么不论茅盾事后如何强调创作动机中的革命性，《追求》文本中给人最深刻的印象却是："全部的人物都似乎被残酷的命运之神宰割着，他们虽有各自的个性，有的努力于事业，有的追求强烈的生活的乐趣，但结果，都被命运之神引向了幻灭死亡的道路。"②《追求》所展现的，是小说人物的诸种追求遭遇各种无法克服的矛盾而遭受精神创伤的历史命运。

看清了时代病的悲观的张曼青，"虽然倦于探索人生的意义，但亦何尝甘心寂寞地走进了坟墓；热血尚在他血管中奔流，他还要追求最后的一个憧憬"。当他将最后的憧憬寄托于教育和爱情，得到的却是更大的苦闷："现在是事业和恋爱两方面的理想都破碎了，是自己的能力不足呢？抑是理想的本身原来就有缺点？"他得不到结论，只能以"正是永远是这样的！"弥补幻灭的虚空和悲哀。

试图以肉体挽救怀疑主义者史循自杀的浪漫女性章秋柳，亦曾慷慨激昂："我们终天无聊，纳闷。到这里同学会来混过半天，到那边跳舞场去消磨一个黄昏，在极顶苦闷的时候，我们大笑大叫，我们拥抱，我们亲嘴。我们含着眼泪，浪漫，颓废。但是我们何尝甘心这样浪费了我们的一生！我们还是要向前进。"然而史循暴病而死，她身染梅毒。渴望"用群的力量约束自己，推进自己"的章秋柳，在一个月内思想就发生了转变："一个月前，我还想到五年六年甚至十年以后的我，还有一般人所谓想好好活下去的正则的思想，但是现在我没有了。"

---

① 茅盾：《创作生涯的开始——回忆录〔十〕》，《新文学史料》1981年第1期。

② 贺玉波：《茅盾创作的考察》，载唐金海等编：《茅盾专集》第2卷上册，福建人民出版社1985年版。

"半步主义"者王仲昭，"以为与其不度德不量力地好高骛远而弄到失望以后终于一动不动，还不如把理想放得极低，却孜孜不倦地追求着，非到实现不止"。但当他"撇开了失望的他们，想到自己的得意事件"，"沉醉于已经到手的可靠的幸福"时，一纸"俊卿遇险伤颊，甚危，速来"的电报却给了他最后致命的一击："你追求的憧憬虽然到了手，却在到手的一刹那间改变了面目！"

《追求》中的三个最主要人物最终都幻灭了，"刹那间再起一回'寻求光明'的念头"[1] 都再一次遭到重创。当时就有人强调："依笔者的感觉，《追求》应改为'颓废'。虽然该书的人物，各有所追求，但追求的结果，只更增加他和她的颓废。这样悲哀的表现，既是《动摇》之后的必然，又是历史逻辑的应有结果。"[2] 这历史逻辑的结果即是：性与革命尽管隶属于理性的意识形态的管辖，但是性与革命一旦达到高热状态，将人的心理负荷推向极限，对人的精神状态的破坏力和负面效应，就会如影随形浮现出来，人的非理性的本能与不可控制的外部力量就会结合起来，各种压抑力量会重新袭来，历史的辩证法就会开始启动：革命成功了，"自由消逝，王国矗立"[3]；革命失败了，留给人的总是精神上的巨大创伤和心理体验上的挫败感、恐惧感、乖异感和颓废感。

性与革命激情释放后因外部力量打击而产生的幻灭感，不仅使小说人物遭受更大的压抑以至苦闷不堪乃至疯狂，也使"经验了人生以后才来做小说"的作者陷入悲观颓唐的境地："我很抱歉，我竟做了这样颓唐的小说，我是越说越不成话了。但是请恕我，我实在排遣不开。"[4] 这沉痛的夫子自道，又何尝不是小说人物苦闷灵魂的写照？

----

[1] 钱杏邨：《从东京回到武汉——读了茅盾〈从牯岭到东京〉以后》，载唐金海等编：《茅盾专集》第2卷上册，福建人民出版社1985年版。

[2] 郑学稼：《茅盾论》，同上书。

[3] [俄] 尼古拉·别尔嘉耶夫：《人的奴役与自由——人格主义哲学的体认》，徐黎明译，贵州人民出版社1994年版，第171页。

[4] 茅盾：《从牯岭到东京》，《小说月报》1928年第19卷第10号。

还是普实克知人论世，他在《中国文学随笔三篇》中谈道："我认为，将刚发生的事件以文艺形式表现出来，其主要动机是要找到一种倾吐充斥于这一代人的心中的情感和感受的方式，不然的话，他会被逼得发疯的。"① 作者固然可借艺术创造来缓解、转移和升华苦闷的心灵体验，但是小说人物又何尝不是在寻求一切可能的形式，来纾解苦闷灵魂的巨大挫败感？

同《幻灭》《动摇》一样，如果说革命作为社会价值目标追求的象征，是《追求》中小说人物生存和超越的支点，那么以性为象征的个体价值目标，就是支撑小说人物生活世界的另一个生理和心理支点。沉醉于政治批判快感的钱杏邨，都禁不住赞叹小说对"性"的描写："在恋爱心理描写方面，作者的技巧最令人感叹的地方，却是中年人对于青春恋的回忆的叙述，是那么的沉痛，是那么动人。"② 然而钱杏邨所没有看到和理解的，却是小说人物所展现的一次次追求与憧憬，都"没有留神到脚边就个陷坑在着"，小说人物除了"灰色，满眼的灰色"外，还能追求什么呢？

三、另类革命浪漫蒂克

以性与革命作为艺术中介和叙事焦点，《蚀》三部曲诉说了大革命时代人（主要是知识者）的内心矛盾和精神危机：人与环境的冲突，个人与革命的矛盾，人的自我精神矛盾，深刻展现了生存本体在其所处的社会困境中的困惑、彷徨和苦闷。性与革命，作为生存本体迈向超越之境的功能性符号，作为生存本体追求快感与自由的实体性

① [捷] 普实克：《中国文学随笔三篇》，载唐金海等编：《茅盾专集》第 2 卷下册，福建人民出版社 1985 年版。

② 钱杏邨：《茅盾与现实》，载唐金海等编：《茅盾专集》第 2 卷上册，福建人民出版社 1985 年版。

象征，在小说文本中成为对实际的社会矛盾的想象性的同时，也是实践性的解决手段。然而性与革命从来就不是自足的实体，而是受环境的制约与压抑，同时自身又存在着诱惑与奴役的二重精神结构。

性与革命在激情爆发升入天国的刹那，同时也意味着沉沦的地狱之门的开启："革命未到的时候，是多少渴望，将到的时候是如何的兴奋，仿佛明天就是黄金世界，可是明天来了，并且过去了，后天也过去了，大后天也过去了，一切理想中的幸福都成了废票，而新的痛苦却一点一点加上来了，那时候每个人心里都不禁叹一口气：'哦，原来是这么一回事！'这就来了幻灭。"[1] 性与革命作为摆脱奴役和压制的一种解放力量，不可避免地同环境及诸种固有规范构成难以调和的矛盾，自身也存在着悖论式的冲突和内在不足。所有这一切都形成了一个庞大的网络式的历史矛盾结构场，将生存本体的一切欲望和追求，都纳入无往不在的存在枷锁中。性与革命既是小说人物寻求解放的象征，同时也导致了解放失败所引发的心理危机，颓废和悲观自然而然地成为小说文本所创造的艺术想象世界的思想征兆和精神向度。

所以，性与革命是揭示《蚀》三部曲蕴含的有关生存本体和历史本体的隐秘的关键所在。无论是当时还是后世的批评家或研究者，将革命性价值追求在小说文本中的在场或缺席，作为衡量作品成败得失的依据，作为作品先进或落后的标准，实在是从左和右两个方面简化和扭曲了文本内在的指涉意义；将革命性价值的有无赋予小说文本，实在是左右两方面的政治意识形态化的阐释增殖和意义阉割。同样，将《幻灭》《动摇》和《追求》以《蚀》命名，固然是"意谓一九二七年大革命的失败只是暂时的，而革命的胜利是必然的，譬如日月之蚀，过后即见光明；同时也表示我个人的悲观消极也是暂时的"[2]，但是这不过是文本之外作者意愿的延伸和附加，是作者在新的

---

① 茅盾：《从牯岭到东京》，《小说月报》1928 年第 19 卷第 10 号。

② 茅盾：《补充几句》，载《茅盾全集》第 1 卷，人民文学出版社 1984 年版。

时空条件下对逝去经验的重新判断，是作者为当下的政治选择和价值追求寻找合理的历史阐释。[1]

当然，文本一旦诞生，就面临着阐释的意义增殖或缩减，这取决于阐释者的价值立场、政治态度和情感意愿。《蚀》三部曲展现的性与革命对生存本体的支撑与溃败这样一个主题，同样面临着阐释学这种不可避免的过程。

"在作者过去的三部创作之中，我感到的，作者是一个长于恋爱心理描写的作家，对于革命只把握得幻灭与动摇"[2]，以钱杏邨为代表的左翼激进批评家站在继续革命的立场，自然要作出如上判断，质疑生存个体和创作主体对革命的态度、立场和动机，将革命失败归罪于小资产阶级的阶级根性和革命意志的薄弱，为重塑革命的形象寻找批判的靶子。

"虽然我们无法知道茅盾在写这三部曲时，有没有体会到以下两点真理——其一是：单凭意志干一番事业，一个人免不了会腐败；其二是：除非私欲能够及时制止，否则一切追求空泛理想的政治手腕都是罪恶的——可是我们感觉到，在《蚀》这本小说里透露出来的悲观色彩，好像作者已经体验到这些问题的端倪了"[3]。夏志清站在"反共"立场，自然要质疑革命自身的内在缺陷和内在矛盾，对革命有无必要性产生疑问，从中判断出小说作者对当时流行的革命信条的不信任，从而质疑革命的历史合理性。

作为继续革命的历史精神资源，尽管小说作者不赞成左翼激进批

---

[1] 据作者在《从牯岭到东京》中自述："《幻灭》是在一九二七年九月中旬至十月底写的，《动摇》是十一月初至十二月初写的，《追求》在一九二八年的四月至六月间。"到了 1930 年由开明书店出版时，才合为一册，总名为《蚀》，所以"蚀"的隐喻，是文本完成之后的追认。

[2] 钱杏邨：《茅盾与现实》，载唐金海等编：《茅盾专集》第 2 卷上册，福建人民出版社 1985 年版。

[3] 夏志清：《中国现代小说史》，刘绍铭等译，复旦大学出版社 2005 年版，第 102 页。

评家的论调，但是出于良知和信念，作者也不断修正自己的价值追求旨向："我希望以后能够振作，不再颓唐；我相信我是一定能的，我看见北欧运命女神中间的一个很庄严地在我面前，督促我引导我向前！"① 所以，作者在文本完成后的这种追复，乃至以后将"蚀"的隐喻意义赋予小说文本，其实是修正自己在写作小说时的"颓废"体验。这也可以从作者在 1949 年之后对小说的删改中，比如一些性描写的删除，对一些叙述语汇进行革命化的置换与修饰，看出作者对革命体认的心路历程。②

同样，今天我们也可以追问：在那个时代，革命为什么要和性结合起来？它们之间光怪陆离的纠合究竟反映了生存本体的什么隐秘？作为时代潮流它反映了什么样的历史底蕴？性与革命如何成为生存个体和历史本体的功能性象征？性与革命所追求的乌托邦冲动是现实主义的还是未来主义的？是彼岸的信仰慰藉还是此岸的世俗实践？……诸如此类的问题，都将引导我们去探究作为"这一个"的《蚀》和作为整体的左翼文学的存在与兴衰之谜，以及背后更深层的人及社会的本性。

《蚀》的小说文本对性与革命的悲观色彩的叙事，与同一时期蒋光慈、洪灵菲、胡也频等人创造的以"革命加恋爱"为主题的革命浪漫蒂克小说展现的"革命积极性"③，形成了鲜明对照。

夏志清在他的《中国现代小说史》中认为："虽然《蚀》的文字稍嫌浓艳，趣味有时流于低级，然而在中国现代小说中，能真正反映出当代历史，洞察社会实况的，《蚀》可算是第一部。尤其难能可贵的是它超越了一般说教主义的陈腔滥调。在这本作品里，我们处处看

---

① 茅盾：《从牯岭到东京》，《小说月报》1928 年第 19 卷第 10 号。
② 请参阅《蚀》初版本（或《小说月报》第 18 卷 9、10 号，第 19 卷 1 至 3 号和 6 至 9 号小说原文）和 1949 年之后修订本的异同。
③ 胡也频的小说《光明在我们的前面》，其题目的象征意味，就颇能寓示出对革命的主观积极情绪。

到作者认识到人力无法胜天这回事。"① 这一评说，展现了《蚀》三部曲作为艺术创造，超出一般革命浪漫蒂克小说文本的原因。它以对性与革命的悲观色彩的文本叙事，展现了与当时左翼文学"革命加恋爱"流行模式不同的历史叙事方式。它对当时的人们尤其是知识者生存困境和精神危机的艺术性描述，展示和契合了生存个体和历史精神的另一维度的本真状态。

《蚀》三部曲与其他左翼文学文本（尤其是其他革命浪漫蒂克小说），以对革命的不同观察思索和不同精神旨向的文本叙事，共同构筑了左翼文学多维的历史性格和精神面貌。同时它及左翼文学的文本叙事，也是对"五四"以来中国现代文学发展的创造性的时代贡献，尽管这种贡献显得粗疏与幼稚。但它及它们，终究是历史精神的艺术结晶，后人正是通过对它及它们的反复研读与阐释，去追复那一时代的人、文学和历史精神运作的存在轨迹。人们为历史建构合理的阐释系统的同时，也会从中为自身的生存与发展寻找历史经验的借鉴和精神资源的支撑。

---

① 夏志清：《中国现代小说史》，刘绍铭等译，复旦大学出版社 2005 年版，第 104 页。

第十五章　重读《沉沦》:"病"的隐喻
　　　　　　与先锋

　　顾彬的《二十世纪中国文学史》一度引发我国学者争议,原因之一是它有很多观点与我们既有的文学史叙事相左。这些相左的观点,不仅是因为立场、视野、语境、学术理路等差异而造成的另一种读法,很可能还是中国现当代文学研究的盲区和不足。顾著确实有不少问题甚至硬伤,但人们从宏观角度甚至带着反感情绪评价时,是否可以考虑披沙拣金、去芜存菁,从而引发我们对既有研究的反思?

　　比如除鲁、郭、茅这样的一流作家外,像郁达夫这样被既有文学史叙事视为"二流"的作家,顾著的一些观点也是可圈可点的。例如他认为郁达夫的作品迄今都被人低估,原因在于郁达夫在语言塑造力上明显缺乏特征;中国读者更经常关注内容现象,比如民族主义、性或阶级差别;没有把郁达夫的作品充分纳入世界文学语境中。[①] 在中国现当代文学研究既有知识谱系、价值秩序和意义系统中,郁达夫研究在整体和深度上长期延续了不冷不热的状态。火热状态未必是学术研究的佳境,深度、广度和影响力,或许才是学术研究追求的鹄的。近些年,有少数文章拓展和深化了郁达夫研究,但郁达夫研究是否还有更深层次的命题需要发掘?"郁达夫的作品迄今都被人低估"这一命题的含金量到底有多少?现有郁达夫研究的成果是否已经到位和准确?本书拟先从重读《沉沦》入手,来初步探讨这个问题。

---

① 参见 [德] 顾彬:《二十世纪中国文学史》,范劲等译,华东师范大学出版社2008年版,第52页。

一、主人公的结局：不是问题的问题

关于《沉沦》主人公的结局，本来是一个习以为常、不是问题的问题。无论是从通常的阅读经验还是诸多文学史述史，结论都是主人公最后跳海自杀了。在涉及郁达夫的相关文字表述中，这几乎是一个铁定的没有任何讨论意义的结论。这有问题吗？

如果说阅读印象和相关研究论述，是出于个体体验的自由表达；那么我们的文学史述史，就不仅仅是一己之见的自由表述了，因为它代表了学术界的权威、共识和公信力。笔者查阅了案头的文学史著作，发现将《沉沦》主人公的结局解读为自杀是一个普遍现象。为了尊重文学史述史事实，将相关论述随机节录如下：

钱理群、温儒敏、吴福辉著《中国现代文学三十年》："《沉沦》主人公自杀前，悲愤疾呼……"①

程光炜、刘勇、吴晓东、孔庆东、郜元宝著《中国现代文学史》："《沉沦》主人公蹈海自尽是这种主体双重缺失的必然结果"②。

黄修己主编的《20世纪中国文学史》："主人公因此备感耻辱和对自己的堕落的悔恨，最后投海自尽"③。

朱栋霖、丁帆、朱晓进主编的《中国现代文学史：1917—1997》："……最后投海自尽"④。

严家炎主编的《二十世纪中国文学史》："终于绝望而走向沉沦。

---

① 钱理群、温儒敏、吴福辉：《中国现代文学三十年》，北京大学出版社1998年版，第75页。

② 程光炜、刘勇、吴晓东、孔庆东、郜元宝：《中国现代文学史》，北京大学出版社2011年版，第82页。

③ 黄修己主编：《20世纪中国文学史》，中山大学出版社2004年版，第161页。

④ 朱栋霖、丁帆、朱晓进主编：《中国现代文学史：1917—1997》，高等教育出版社1999年版，第69页。

他临终前沉痛地呼唤……"①

杨义著《中国现代小说史》："……在大海的波涛中自求毁灭"②。

夏志清著《中国现代小说史》："……忽然有了自杀的冲动，慢慢走到水里"，"作者维特式的自怜，夸大了主角对大自然的爱好和内心的痛苦，但对自杀一节，却没有好好交代"③。

查阅所有的文学史著作，是一个几乎不可能完成的工作，所以不能武断地下结论说所有的文学史著述都认定《沉沦》主人公是自杀。但从上述具有较高影响力的现代文学研究者的文学史著作近乎一致的判断来看，说《沉沦》主人公最终自杀是学界公论，似无不妥。

民国时代关于《沉沦》的相关论述，较少涉及结局问题。在王自立、陈子善编的《郁达夫研究资料》中，茅盾的评论涉及主人公结局，但没说自杀与否，只说小说结尾有些"江湖气"。④ 成仿吾对主人公结局的解读显得谨慎："肉的满足，我们的主人公也并不是绝对的没有……恢复了他的意识的时候，他每觉得画虎不成，反得一犬，便早悟到'我所求的爱情，大约是求不到的了'。这时候社会生活的失败，也如黑夜的行云，把他最后的希望的星光都遮蔽了，促他往那唯一的长途上去。"⑤ 明确说主人公自杀的大概只有苏雪林："《沉沦》里主人公为了不能遏制情欲，自加戕贼，至于元气销沉神经衰弱，结果投海自杀。"⑥

这个问题在现代文学学科设立之初王瑶、李何林、张毕来、刘绶松、田仲济、丁易等人的相关论述中，也鲜有提及。对以后的文学研

---

① 严家炎主编：《二十世纪中国文学史》，高等教育出版社 1998 年版，第 273 页。
② 杨义：《中国现代小说史》，人民文学出版社 1986 年版，第 548 页。
③ 夏志清：《中国现代小说史》，刘绍铭等译，复旦大学出版社 2005 年版，第 75 页。
④ 雁冰：《通信》（摘录），载王自立、陈子善编：《郁达夫研究资料》下册，天津人民出版社 1982 年版，第 304 页。
⑤ 成仿吾：《〈沉沦〉的评论》，同上书，第 312 页。
⑥ 苏雪林：《郁达夫论》，同上书，第 389 页。

究与述史产生示范效应的，大概是曾华鹏、范伯群的《郁达夫论》，发表于《人民文学》1957 年第 5、6 期合刊。该文这样描述《沉沦》主人公的结局：

> 《沉沦》中的主人公跳入海里死了，他摆脱了这"多苦的世界"……
>
> 最后，他感到："我所求的爱情，大约是求不到的了。没有爱情的生涯，岂不同死灰一样么？唉，这干燥的生涯，这干燥的生涯，世上的人又都在那里仇视我，欺侮我……"他感到绝望，"他忽然想跳入海里去死了"。是啊！他觉得现实的一切都幻灭了。这是一个苦闷得失去了任何大小依托的人，他的归宿也只有海洋了。但是，直到他即将和这冰冷的世界告别时，他还望一望海的彼岸的遥远的祖国，留下了令人心碎的遗嘱，喊出了……。①

鉴于这篇文章发表年份较早、篇幅长、分量重，对以后郁达夫研究的影响自然不可低估。这当然不是说自此之后的文学史研究和述史都将《沉沦》主人公的结局解读为自杀，比如唐弢主编的《中国现代文学史》，表述就有些含糊："主人公的愤激和反抗，最终往往变成自戕……"② 因为自戕与自杀在语义上毕竟有所区别。值得注意的是，之后的相关解读将主人公结局定位为自杀就比较普遍了，既包括各类文学史著作，也包括大量的研究论文，还包括相关的传记，比如袁庆丰《欲将沉醉换悲凉·郁达夫传》："个体在超负荷的双重挤压之下被压抑和扭曲，生存本能被排斥，唯一的解脱便是精神上的沉沦之后，

---

① 曾华鹏、范伯群：《郁达夫论》，载王自立、陈子善编：《郁达夫研究资料》下册，天津人民出版社 1982 年版，第 467、474 页。

② 唐弢主编：《中国现代文学史（一）》，人民文学出版社 1979 年版，第 229 页。

肉体上的消亡，就像小说中所安排的结局那样。"①

　　在以往研究中，不谈《沉沦》主人公结局者，或许是出于谨慎，尊重阅读体验；或许也判定主人公是自杀，只是认为这不是个问题。而将主人公解读为自杀者，也有一定的道理，因为小说最后的场景描写，很容易让人联想到主人公跳海自杀，尤其是那句"祖国呀祖国！我的死是你害我的！"，似乎更加坐实了自杀的结局。还由于作品和作者之间强烈的互文性，郁达夫本人在不少文章中动辄谈及自杀这一话题，所以无论是从阅读体验、权威评判还是作者言谈等各个角度来看，说《沉沦》主人公跳海自杀，似乎就成了板上钉钉的铁案。

　　然而，郁达夫本人关于《沉沦》的解释中，并未明确涉及主人公的结局。是郁达夫的创作目的本来就是要"安排"主人公自杀，因而和他的同代人一样只关注小说主题，而不认为结局是个问题，还是郁达夫在小说写作时乘兴而往、兴尽而返，并未着意考虑主人公最后是死是活？在《沉沦》小说集中，《银灰色的死》的主人公的结局，是病毙于女子医学校前的空地上；《南迁》的主人公的结局，是昏睡在北条病院的铁床上，分不清是蜡人还是肉体，但毕竟还活着；那么《沉沦》主人公的结局，是夏志清所说的作者对自杀一节没有好好交代呢，还是作者刻意的留白？

　　其实，解决这一问题最好的办法是看看小说怎么写的。小说在绝大部分篇幅中都没有涉及"死"这个问题，只在结尾部分主人公在海边徘徊时涉及："不知是什么道理，他忽想跳入海里去死了"；因乘电车的钱也没有了，"他"滞留海边自责自怜："我就在这里死了吧。……我将何以为生，我又何必生存在这多苦的世界里呢！"再就是小说末尾："立住了脚，长叹了一声，他便断断续续的说：祖国呀祖国！我的死是你害我的！（请注意，主人公不是悲愤疾呼或者呼

───────────

① 袁庆丰：《欲将沉醉换悲凉·郁达夫传》，上海文艺出版社 1998 年版，第 170—171 页。

唤之类）这些有关"自杀"的描述，是否能说明主人公的结局是跳海自尽呢？

依据小说的上述描写，当然可以推断主人公自杀。但是，如果尊重小说文本原意的话，我们应该看到，小说结尾部分只是说主人公在海边"忽然"产生了自杀的念头，并在海边徘徊、感叹和发泄，这犹如一个想跳楼的人站在楼顶高喊要跳楼；至于是否跳海，小说没有明确说明主人公的主观意念是否实现，而是留下了一个延宕空间。茅盾是否因此而批评小说的结尾有"江湖气"呢？依据小说的描写，推断出主人公最终自杀了，尽管也合乎某种阅读逻辑；但是作为学术研究尤其是文学史叙事，必须要尊重小说文本，把阅读后的推断视为小说本身的内容，是不妥当的。

顾彬的说法值得注意："保守的诠释者会对该结尾信以为真，可从西方视角读来，如果不把它当做戏仿来理解和翻译，这段文字会不由自主地显得滑稽、媚俗……主人公想要投水自尽，小说的中文标题也应做如是理解。自杀的动因据说是日本人对他的侮辱，尤其是日本女人。"① 客观说，判定主人公自杀，只是小说结局的多种可能性之一种；主人公还很可能在感慨和发泄完后，又回归到小说一以贯之设置的"苦闷—抒发"状态。文学研究和文学史述史将小说结局的多种可能性，判定为唯一的结果，至少是武断的。我们的研究和文学史叙事的准确表述是否只能这样说：主人公想要投海自杀？

再回过头去看《沉沦》集中的三篇。关于《银灰色的死》，作者在篇末明确用英文注明取材于史蒂文森的《宿夜》和道生的生平者甚多，这无异于明确告诉读者，小说主人公并不是作者自身；而《沉沦》和《南迁》，作者则没有注明取材何处。其实不用说明，因为作者直接拿自身的许多经历做了小说素材。尤其是《沉沦》，小说主人

---

① [德]顾彬：《二十世纪中国文学史》，范劲等译，华东师范大学出版社 2008 年版，第 53—54 页。

公的原型是谁，立然可判。而且在某个视角来看，《南迁》的主人公
虽然也是一个患者，但病症明显偏轻，小说很像一个与《沉沦》相对
的正常人版和扩充版。长期以来，读者往往将主人公和郁达夫本人混
淆，是完全可以理解的。

　　暂且不论主人公和作者本事之间的互文性，如果说小说主人公
是作者在一个虚构艺术世界里的影像，如果说作者对这个影像又有
强烈的认同感，那么试想：谁会愿意把自己写死呢？郁达夫在自传
《雪夜（日本国情的记述）》篇末有一段加引号的话，"沉索性沉到底
罢！不入地狱，那见佛性，人生原是一个复杂的迷宫"，并说"这就
是我当时混乱的一团思想的翻译"。① 如果将《雪夜》和《沉沦》对
照阅读，显然"沉沦"的寓意是指向嫖妓事件，而非顾彬所说的投
水自尽。更何况郁达夫在《〈沉沦〉自序》中说，《沉沦》和《南迁》
"是一类的东西，就把它们作连续的小说看，也未使不可的"② 。如
果作者都指出《沉沦》和《南迁》两篇小说之间的同类性和连续性，
那么即使在潜意识中，作者大概也不会将自己小说的主人公预设为
自杀吧？

　　之所以提出《沉沦》主人公结局问题，目的不在于考证作者的创
作动机和意图，也不仅仅是评价既有文学研究和文学史述史的相关表
述是否应该尊重小说文本，而是想指出：将主人公结局定位为自杀这
种解读，背后隐藏的问题乃是小说释义方向上的重大分歧。尽管诗无
达诂，但这种读法凸显了文学研究和文学史述史将小说故事化、写实
化以便陈述所谓内容、主题等，所带来的释义空间的狭窄化、粗疏化
和简单化。鉴于文学史教材的巨大影响力，这样的小说读法与释义，
不但与长期以来人们所定位的"抒情小说"背离，而且将《沉沦》的

---

① 郁达夫：《雪夜（日本国情的记述）》，载《郁达夫全集》第 4 卷，浙江文艺出版
　社 1992 年版，第 374 页。

② 郁达夫：《〈沉沦〉自序》，载王自立、陈子善编：《郁达夫研究资料》上册，天津
　人民出版社 1982 年版，第 185 页。

丰富意义空间压缩为一个写实故事，导致小说释义与赋义的单一化与模式化，从而也导致郁达夫及其相关作品的评价不尽准确、价值与意义长期被低估。

二、"一个病的青年的心理"

那么，《沉沦》到底写的是什么？以往的解读和评价忽略了什么？

就像知子莫若父，小说的创造者有优先发言权。其实，郁达夫说得相当明白："第一篇《沉沦》是描写著一个病的青年的心理，也可以说是青年忧郁病 Hypochondria 的解剖，里边也带叙著现代人的苦闷，——便是性的要求与灵肉的冲突——但是我的描写是失败了。"①暂且不论郁达夫要表达什么，这段话的表述逻辑和语法重点非常清楚：第一句话是叙述主体，后面的话是解释、补充这句话的。问题就出在这里。以后的评论与研究，几乎无视第一句话的语法和逻辑主体性，完全循着郁达夫的自我解释，将理解和阐释的重点放在了现代人的苦闷和灵肉冲突上。这种转义式理解和解读，也就迅速将《沉沦》的复杂意蕴引向令人共鸣的宏大主题，比如个性解放、民族国家、社会道德，等等。这种转义解读当然有合情合理的逻辑可循，但是却淡化甚至遮盖了更为原始的含义：一个病的青年的心理。

什么病呢？小说里面说得很清楚，hypochondria 和 megalomania，还有就是"他"的一个中国同学"说他是神经病"。megalomania 译为妄想自大狂、夸大妄想狂，作者没有自译和解释，后来的评价者、研究者也没有关注。问题在于 hypochondria，郁达夫译为忧郁病。从精

---

① 郁达夫：《〈沉沦〉自序》，载王自立、陈子善编：《郁达夫研究资料》上册，天津人民出版社 1982 年版，第 185 页。

神病理学和医学病理学来说，这个词还可译为疑病症、臆想症，也有人称为情感精神病或情感障碍症。民国时期一般将 hypochondria 译为忧郁症，现在则通称抑郁症（台湾还保留民国遗风，称为忧郁症）。忧郁症是一种常见的心理障碍，在广义上来说属于精神疾病，被称为第一心理杀手。忧郁症一般是由于用脑过度、精神紧张、体力劳累等原因引发的一种机体功能失调，包含失眠症、焦虑症、疑病症、恐惧症、强迫症、神经衰弱等多种病症，病发者一般表现为性格内向、孤僻、多愁善感、依赖性强、紧张、恐惧、烦闷、胡思乱想、强迫观念等多重症状。

从小说的描述来看，结合心理学界和医学界普遍公认的病与非病的三原则（一是是否出现幻觉；二是自我认知是否出现问题，能否接受心理或精神治疗；三是情感与认知是否错乱，知情意是否统一，社会功能是否受损害），主人公的病状基本符合忧郁症或抑郁症的精神病理和医学临床特征。考虑到郁达夫的医学背景，考虑到他在 1916 年致陈碧岑信中自述得病：“所以不能考者，因半途神经病发作故（所谓神经病者，即刺激性神经衰弱，一时昏绝如羊癫病，但无痉挛状态耳，记忆力，忍耐力，理解力皆已去尽矣），今日犹未痊也。”[1] 郁达夫在《〈沉沦〉自序》中将主人公的病定位为忧郁症，是有着可靠的缘由的。但是，考虑到日常生活中人们极少对各类精神疾病详加辨析，而是笼统地称呼患有精神疾病或言行异常的人为“神经病”；考虑到郁达夫的医学水平是否能依据症状准确进行确诊；考虑到他当年将自己的病症也称为神经病；那么，将《沉沦》主人公的病理解为轻度乃至中度神经病，并无不妥，况且忧郁症或抑郁症也属神经官能症的一种。

问题在于，多年来人们很少关注主人公的病症；即使关注主人公

---

[1] 郁达夫：《致陈碧岑》，载《郁达夫全集》第 11 卷，浙江文艺出版社 1992 年版，第 7 页。

病症者，也往往直接将病症引向小说的隐喻层面，从而展开相关的宏大叙事研究。这就使人们很少注意小说通过主人公病症营造的富有内涵与弹性的张力艺术空间，很难细致入微地探讨这一病症与现代人的情感、欲望、意志、潜意识等层面的隐曲互动和内在关联。如果小说不说主人公得了忧郁症而是说抑郁症或神经症，如《狂人日记》所赋予狂人的"迫害狂"那样，或许会引起人们对病症及其隐喻的深度而细致的思考。但是忧郁病的译法，不但淡化了病的实质，而且很容易将人的思维引向多愁善感等层面，又加之我国文人"多愁多病身"式的顾影自怜传统，"忧郁病"这个词也许就此蒙上些许浪漫的审美面纱，从而淡化甚至排斥了原始的病理学因素。所以，从汉语的日常运用场景和中国文人多愁善感的传统来看，无论是郁达夫本人还是评价者和研究者，几乎都有意无意地将《沉沦》主人公的病淡化处理，甚至作了某种程度上的美学提升，这大概是在所难免了。

那么，主人公的病症在小说释读中应该如何理解呢？我们可以换位思考：如果主人公不是一个病态的人物而是一个正常人，小说还会产生一石激起千层浪的艺术效果吗？如果将《沉沦》与鲁迅的《狂人日记》进行互读，主人公的病症在小说中的作用，或许就更为明显了。鲁迅的《狂人日记》以一个病愈并赴某地候补的人发病期间的日记作为小说主体，而且强调"语颇错杂无伦次，又多荒唐言"。这种小说布局不能不令人联想起《在酒楼上》绕了一点小圈子的蜂子或蝇子的比喻。以病者日记形式来创作小说，既有表达策略的考虑，也有隐喻和转义的功能。关于鲁迅用意如何，学界已有很多讨论，此处不再赘言。那么《沉沦》将偷窥、手淫、嫖妓等触目惊心的话题依托于一个病者来表达，是否顾虑到读者的接受心理和社会语境呢？即使今天，此类描写在读者的接受视野中，也并非如饮甘饴。犹如一个正常人在日常公开场合大谈性、偷窥、变态等禁忌话题，听者会如何反应呢？可是如果是一个病者的胡言乱语，病就可以成为一面有效的挡箭牌。这种小说表达策略，不仅隐藏着作者对读者的预测与期待，很可能还是作者自我内部世界分裂与弥补的结果。因为无论"达夫是摩拟的颓唐派，本质的清教徒"①的外部评价，还是欲望、情感与道德剧烈冲突的小说内部描写，作者本人对那些矛盾、冲突和分裂并不是零度介入，相反是感同身受、不得不鸣，那么作者是否也需要一种自己能接受的方式对小说加以处置呢？

　　还有更重要的一点必须提及，即小说如何抵达"真实"。关于小说的"真实"这个文学理论命题，郁达夫本人有过简单而精辟的论述。比如在 1926 年由上海光华书局出版的《小说论》中，他认为："小说的生命，是在小说中事实的逼真"，而且区分了现实（actuality）与真实（reality），认为"现实是具体的在物质界起来的事情，真实是抽象的在理想上应有的事情"②。再比如在 1927 年商务印书馆出版的《文学概说》中，他认为："依理想上说来，凡一切的艺术作品，都应该是艺术冲动的完全的真切的表现"，"若艺术家丧失了他的良心，不能使艺术冲动与他的表现一致，不能使艺术与生活紧抱在一块，不能使实感与作品完全合而为一，那么，这时候的作品，就是艺术堕落的发轫了"③。虽然《小说论》和《文学概说》是编著，但是依据常理，郁达夫对各种文学概念、理论和学说的择取与编写，不仅表明了他相当程度的认同，而且也融会了他能感同身受的创作经验与体会。关于郁达夫小说创作追求真实以及真实如何展现的话题，学界已有不少真知灼见，此处不再重复。

　　问题在于，对《沉沦》的构思和布局来说，如果小说通过描写一个正常的人物形象，去涉足舆论、心理和道德的禁区，即使不考虑接受层面的反弹，就是在小说艺术的生成层面，也很难保证不沦为宣言

---

① 　郭沫若：《论郁达夫》，载蒋增福编：《众说郁达夫》，浙江文艺出版社 1996 年版，第 2 页。

② 　郁达夫：《小说论》，载《郁达夫文集》第 5 卷，花城出版社、生活·读书·新知三联书店香港分店 1982 年版，第 17 页。

③ 　郁达夫：《文学概说》，载《郁达夫全集》第 5 卷，浙江文艺出版社 1992 年版，第 348—349 页。

或告白式的滑稽或媚俗，从而丧失或背离小说艺术的真实感。《南迁》主人公的状态与《沉沦》主人公相比相对正常，其内心的苦闷、矛盾和冲突也基本是通过正常渠道表达的，最典型的即郁达夫所提及的那篇演说。可是，这篇小说艺术的震撼力、冲击力和《沉沦》相比分量几何呢？这或许是顾彬所谓应当将郁达夫小说当作"戏仿"来阅读的道理。而且，"戏仿"背后还隐藏着有力的"间离"艺术效应。

正如巴塔耶在探究文学和色情内在的深度心理关联时所言："小说的虚构特征有助于支持真实的、能够超越我们的力量并让我们沮丧的东西。我们从自己的利益出发，间接地体验我们不敢亲身经历的东西。"① 一个病者的胡言乱语，仿佛可以让读者置身事外，又让读者带着强烈的共鸣和认同进入小说情境，小说艺术的冲击力、震撼力和共鸣感不但借此而落到实处，也因"戏仿"与"间离"的艺术效应而扩大与增强，梁启超所谓"熏、浸、刺、提"的小说艺术阅读和接受过程也就此完整形成。当年的"京漂"、文艺青年刘开渠的阅读与接受，就是对这种"真实"艺术效应的一个鲜活佐证："读了郭沫若的诗集《女神》，使我心潮澎湃；看了郁达夫的小说《沉沦》，使我无比同情作品的主人公。我觉得他们作品中的某些诗句，有些章节就似乎写我自己一般。"②

由病者及其病状的描写来表达小说意图，这种艺术设置的内在精神机制以及产生的终端艺术效应，弗莱的相关分析和概括比较到位："在文学中，'真实感'这一术语所包含的内容要大大超过'真实性'。……在文学中，只有当事物变成真伪莫辨的幻觉时，我们才能见到它们，因为惟有这样方可用主观经验去取代客观经验，不过它是一种受节制的幻觉，这时人们对事物感受之强烈不是日常生活中所

---

① [法] 乔治·巴塔耶：《色情史》，刘晖译，商务印书馆 2003 年版，第 87 页。
② 刘开渠：《忆郁达夫先生》，载蒋增福编：《众说郁达夫》，浙江文艺出版社 1996 年版，第 94 页。

能体验到的。”① 弗莱的见解和郁达夫关于“现实”与“真实”术语的辨析，可谓是异曲同工。对郁达夫本身而言更上层楼的是，小说“虚构”的，可能就是“真实”的，在自我与小说之间，存在着相互建构、互为主体的深刻内在关联机制。

　　从小说艺术研究的角度来观察郁达夫小说尤其是《沉沦》，借病者及其病症来创造仿真艺术场景，从而吸引读者由超然旁观转换为切身体验；借病者及其病症来营造“戏仿”与“间离”氛围，从而建构似幻而真、感同身受的心理真实；借病者及其病症来创造艺术幻觉从而映射社会、历史、自我乃至读者内心的真实，不仅是其常见的小说艺术手法，更造就了郁达夫小说“和人类心灵深处最动人的感情联系在一起的吸引力”②，让人“真实”地从小说的虚构世界抵达人的精神世界中最深层、最幽暗的部分，从而使郁达夫的小说艺术展示出令人心灵悸动的穿透力和感染力。

三、站在巨人肩上的巨人

　　关于《沉沦》的一件事，郁达夫一直耿耿于怀：“记得《沉沦》那一篇东西写好之后，曾给几位当时在东京的朋友看过，他们读了，非但没有什么感想，并且背后头还在笑我说：‘这一种东西，将来是不是可以印行的？中国那里有这一种体裁？’因为当时的中国，思想实在还混乱的很，适之他们的《新青年》，在北京也不过博得一小部分的学生的同情而已，大家决想不到变迁会这样的快的。”③ 七八年后

---

① ［加拿大］诺思洛普·弗莱：《文学的疗效》，载吴持哲编：《诺思洛普·弗莱文论选集》，中国社会科学出版社 1997 年版，第 77 页。

② 李杭春、梁译心：《海外郁达夫研究漫评》，《浙江大学学报》（人文社会科学版）2007 年第 5 期。引文是该文介绍海外学者钱格观点时所述。

③ 郁达夫：《五六年来创作生活的回顾——〈过去集〉代序》，载王自立、陈子善编：《郁达夫研究资料》上册，天津人民出版社 1982 年版，第 201—202 页。

重提这桩琐事，郁达夫可不仅仅要表明写作《沉沦》时"想不到将来会以小说吃饭"，更隐含着他相当的自负，自负于《沉沦》的超前性和先锋性。

郁达夫在琐事重提中，当然没有直说自己的小说在当时文坛处于先锋位置，但将朋友的理解、胡适之和《新青年》的传播与接受情形作为衬托，其意不言而喻。如果说这种曲径通幽式的表达还嫌啰唆，如果说琐事重提的重点主要是针对当年文坛对《沉沦》先锋性的难适应、不认可；那么郁达夫在另一篇文章中的"自负"，可谓呼之欲出："《沉沦》、《南迁》、《银灰色的死》是成于一个时期的，年代是一千九百二十一年。当时国内，虽则已有一班人在提倡文学革命，然而他们的目标，似乎专在思想方面，于纯文学的讨论创作，还是很少。"[1] 很明显，郁达夫这种对比式、饱含潜台词的表达策略，不仅仅是情绪层面的自负，而且还包含着对自己小说历史地位的高度肯定。

从郁达夫遭受攻击后动辄要跳江自杀的情形来看，还是郭沫若知人论世："达夫在暴露自我这一方面虽然非常勇敢，但他在迎接外来的攻击上却非常脆弱。"[2] 由此也可以看出，郁达夫的自负显然不仅仅是来自小说自身层面的信心，还来自权威和读者的支持："《沉沦》印成了一本单行本出世，社会上因为还看不惯这一种畸形的新书，所受的讥评嘲骂，也不知有几十百次。后来周作人先生，在北京的《晨报副刊》上写了一篇为我申辩的文章，一般骂我诲淫，骂我造作的文坛壮士，才稍稍收敛了他们痛骂的雄词。过后两三年，《沉沦》竟受了一般青年病者的热爱，销行到了贰万余册。"[3]

---

[1]　郁达夫：《〈鸡肋集〉题辞》，载王自立、陈子善编：《郁达夫研究资料》上册，天津人民出版社 1982 年版，第 196 页。

[2]　郭沫若：《论郁达夫》，载蒋增福编：《众说郁达夫》，浙江文艺出版社 1996 年版，第 3 页。

[3]　郁达夫：《〈鸡肋集〉题辞》，载王自立、陈子善编：《郁达夫研究资料》上册，天津人民出版社 1982 年版，第 196 页。

本书指出郁达夫对《沉沦》的自负，当然不仅仅是一种合理的推断。陈翔鹤的一段回忆可以佐证这种自负的存在与表达。当年的文学青年陈翔鹤，因经常造访泰东书局的邓成均，[①] 从而与郁达夫交游甚密。在《沉沦》出版后不久，郁达夫即送陈一册，并告诉陈说："你拿去读读看，读完以后，告诉我你的意见。中国人还没有像我这样写小说的。有些人是浅薄无聊，但我却浅薄有聊。中国人此刻还没有人懂得什么是 Sentimental。"[②] 如果说公开发表言论，需要注意表达策略；那么私人谈话，就无须过多考虑谦虚的面纱。这段谈话不但表露了郁达夫的不屑和自负，而且也蕴含了数年后为自己小说争取历史地位的潜台词，这就是他在 1927 年所说的那个标签："纯文学"。

事实上，郁达夫对自己小说和文学理念的自负，早有渊源可溯。这在《沉沦》出版不久后他的文章中，即可看出端倪。比如那句"文艺是天才的创造物，不可以规矩来测量的"[③]，其恃才傲物的姿态毕露无遗。尤其是《纯文学季刊〈创造〉出版预告》开篇那段："自新文化运动发生后，我国文艺为一二偶像所垄断，以至艺术之新兴气运，渐灭将尽。创造社同人奋然兴起打破社会因袭，主张艺术独立，愿与天下之无名作家共兴起而造成中国未来之国民文学。"[④] 其睥睨文坛、挑战权威的"造反"精神，力透纸背。文坛造反，首先需要的是资本，如果没有《沉沦》的出版与影响，郁达夫能否生发横扫文坛的无畏气概呢？

文坛造反，不但需要资本，还要有与众不同、独树一帜的口号。

① 陈文中邓成均，即为 1921 年加入创造社并担任《创造》季刊编辑的邓均吾，也即郭沫若《创造十年》中所说的邓均吾。
② 陈翔鹤：《郁达夫回忆琐记》，载王自立、陈子善编：《郁达夫研究资料》上册，天津人民出版社 1982 年版，第 102 页。
③ 郁达夫：《艺文私见》，载《郁达夫全集》第 5 卷，浙江文艺出版社 1992 年版，第 24 页。
④ 郁达夫：《纯文学季刊〈创造〉出版预告》，同上书，第 22 页。

如同文学研究会高喊鸳鸯蝴蝶派是庸俗的、消遣的文学，而自家的文学是"于人生很切要的一种工作"；创造社当年的异军苍头突起，很大程度上得益于"本着内心的要求"而打出的"纯文学"旗号。这些不仅使创造社和文坛前辈们拉开了距离，也使新一代的文坛英雄登场，有了雄厚的文学资本和理论支点。十多年后郭沫若的回忆，可谓一语中的："文学研究会和创造社并没有什么根本的不同，所谓人生派与艺术派都只是斗争上使用的幌子。"① 显然，郁达夫回顾关于《沉沦》的是非风雨时，拈出自己小说的超前和"纯文学"，既显示社团精神的历史延续性，又针对当时文坛的话语权力机制，还是对自身的创造性及历史地位的高度自负和肯定。这种"纯文学"所寓含的自负与肯定，用今天的术语来说就是先锋性。

我们今天大可不必再按照当年文坛的斗争策略和逻辑思路来考虑问题。否则，不但无法理解创造社"竟可以从自悲自叹的浪漫诗人一跃而成了革命家，昨天还在表现自己，今天就写第四阶级的文学"②，就是对郁达夫"纯文学"的标签，也很容易浅尝辄止于纯粹的艺术形式层面，拘泥于当时的历史逻辑和表达策略，陷入口号、概念和字面的逻辑陷阱。考诸最近二十年学界关于"纯文学"的争论，也绝非文学内部思想内容和艺术形式孰重孰轻的辩驳，而是蕴涵着思想和理论的深度对话与交锋。显然，对于郁达夫这个"纯文学"标签，只有从"先锋"这个层面理解才更为合适。

那么，《沉沦》的先锋性主要指什么？体现在哪些层面？关于《沉沦》乃至创造社诸君的创作在所谓纯粹文艺层面的成就，学界已有很多详细而驳杂的论述。关于《沉沦》隐喻民族国家诉求、现代人格建构、美学主体生成等层面的研究，学界也不乏精辟的见

① 郭沫若：《创造十年》，载《郭沫若全集·文学编》第 12 卷，人民文学出版社 1992 年版，第 140 页。
② 甘人：《中国新文艺的将来与其自己的认识》，载《"革命文学"论争资料选编》，人民文学出版社 1981 年版，第 61 页。

解。① 本书无意重复。正如已有研究所看到的，郁达夫有意别树一帜的"纯文学"标签，"纯文学"所代表的创作、理论等各层面的成果，的确为中国现代文学的演进提供了实质性贡献。但本书所要着意强调的是，《沉沦》及其先锋性，如果仅仅体现在文艺的内部事务层面，我们就无法准确理解和阐释当年这部小说为何产生那么大的轰动效应和心理震撼力；应当看到，《沉沦》及其先锋性，更体现在郁达夫有点不屑的新文化提倡者们的"专在思想方面"；它不仅为五四时代的"思想方面"拓展了领域，塑造了新的存在空间，而且将"纯文学"所包孕的真正富有冲击力的内涵，从观念层面、逻辑层面落实到了肉体、情感、欲望乃至灵魂的深处。

首先要说明的是，不但词与物之间会保持距离，就是话语运用者对词的内涵的理解和运用也因人、因时、因地而异。经查阅国内各种词典，对"思想"一词，基本都以"理性认识""观念"为核心来阐释、理解与运用。所以从通用的语言运用习惯来看，当年五四新文化运动提倡者们的功绩，的确主要集中于"思想层面"，也就是今天学者们所常说的启蒙思想、理性精神等层面。众所周知，郁达夫对五四新文化运动有一个著名的定位："五四运动的最大的成功，第一要算'个人'的发见。"② 无论是当年的周作人还是后来的研究者，将"人的文学"作为新文学的核心标签，毫无疑问恰中肯綮。问题是，这个"人"究竟包含什么内涵？应该是什么样的"人"呢？

这个"人"，当然是有别于中国古代人的现代人。那么，什么是

---

① 比如郑绩：《想象的自我：郁达夫的文学人格与现实人格》，《浙江学刊》2007年第2期；吴晓东：《中国现代审美主体的创生——郁达夫小说再解读》，《中国现代文学研究丛刊》2007年第3期；罗滋池：《颓废与革命——试论郁达夫"不端方的文学"》，《湖北社会科学》2010年第9期；李音：《郁达夫、忧郁症与现代情感教育》，《中国现代文学研究丛刊》2012年第5期。由于阅读局限和偏见等原因，所列文章难免挂一漏万，盼识者有所教益。

② 郁达夫：《良友版新文学大系散文选集导言》，载《郁达夫全集》第6卷，浙江文艺出版社1992年版，第194页。

"现代人"？今天人们对何谓现代人的理解已经比较全面，尤其是经英克尔斯等学者的阐发，我们已经充分意识到所谓现代人的标尺，不仅仅体现在社会制度等人的外部世界，还体现在人的思想、情感、意志、欲望等人的内部精神世界，是一个由人的外部世界和人的肉体、心理和精神等各个层面共同组成的一个存在标尺。由此来看，在郁达夫及其创造社同人崛起之前，前辈英雄们对何谓"现代人"的审视与阐发，目光显然主要聚焦于思想、理性、观念层面的启蒙。人的肉体、情感、欲望、意志等层面的内涵，并没有成为早期新文化运动提倡者和实践者视野中的显要目标，尽管他们对这些层面的问题也有所涉及，比如周作人《人的文学》对人的"兽性"即人的自然欲望的肯定，但这并不是他们的当务之急。如果说周作人的《人的文学》是前辈英雄们在理论和观念方面的代表和纲领，那么鲁迅的《狂人日记》则是前辈英雄们在创作领域的寓言和象征。然而，无论我们怎样阐释这个寓言和象征，都无法从中发掘肉体、情感、意志、欲望的因子。如果说周氏兄弟在思想、理论、观念和实践层面代表了五四精神的高度，那么我们必须看到这个精神高度的内涵和骨架，主要是由观念性、思想性、理论性、逻辑性的东西组成的。五四精神在人的肉体、情感、欲望、意志、潜意识等层面的心理和精神深度，还需要后辈英雄们来丰富和补足。

这些后辈英雄，要首推那帮自命不凡的"创造"的呐喊者和实践者，郁达夫当然是其中的佼佼者。而且他们所体现的五四精神的深度，比起前辈英雄们的条分缕析、纲举目张和高屋建瓴，显得更富有血肉，更为精细、复杂、含混甚至"变态"。这当然也得益于他们"故意在自己身上造些血脓糜烂的创伤"的艺术手法和表达策略。应该说，只有到了包括郁达夫在内的创造社诸君等后辈文坛英雄的闪亮登场，五四新文化运动才真正实现了从人的外部世界到人的内部标尺的整体性言说与实践，才真正完成了从人的思想、观念、理性等精神层面到人的肉体乃至情感、欲望、意志等心理层

面的全面性认知与体验。由此，一个完整的五四精神世界，完整的
"现代人"的观念才得以较为彻底的完型；由此，一个由古典走向现
代的中国人的完整心理坐标和精神尺度，不但为中国文艺复兴树立
了第一块重要界碑，而且也发挥出了充足而巨大的历史冲击力和精
神震撼力。

　　从这个角度来审视《沉沦》，我们就不能不说：它不仅在美学
和艺术层面体现了先锋性，而且在精神和思想层面也抵达了五四
的先锋地带。其实，当年已经有敏锐的评论家感受并触及《沉
沦》的这种先锋性：比如，"他的小说是抒情小说，同样的在这一
特点之下他也使自己的小说成为问题小说"①；再比如，"打破了传
统（tradition），习见（convention），《沉沦》出世的影响不但在文
坛上，在现今中国社会上，道德上的变动，我可以大胆的说一句是
发自它的原动"②。文学作品的接受与影响首在体验，这些评论者或
许没有上升到理性高度来审视《沉沦》的先锋性，但切身的体验和
敏锐的感受，却可以使他们感觉和意识到这种先锋性所指涉的那些
内涵。

　　还需要注意的是，这种敏锐的感受和切身的体验，不仅仅存在于
评论者身上，而且也深深触动了当时的青年人："生活的卑微，在这
卑微生活里所发生的感触，欲望的进取，失败后的追悔，由一个年青
独身男子用一种坦白的自暴方法，陈述于读者，郁达夫，这个名字从
《创造周报》上出现，不久以后成为一切年青人最熟习的名字了。人
人皆觉得郁达夫是个可怜的人，是个朋友，因为人人皆可从他作品中
发现自己的模样。郁达夫在他作品中，提出的是当前一个重要问题。
'名誉、金钱、女人，取联盟样子，攻击我这零落孤独的人……'这

---

① 秀子：《郁达夫的思想和作品》，载王自立、陈子善编：《郁达夫研究资料》下册，
　　天津人民出版社 1982 年版，第 406 页。
② 锦明：《达夫的三时期——〈沉沦〉——〈寒灰集〉——〈过去〉》，同上书，第
　　332 页。

一句话把年青人心说软了。"①

　　显然，在丰富、补足和完型五四精神的意义上来看，《沉沦》使郁达夫成为五四时代站在巨人肩上的巨人。然而，郁达夫及其《沉沦》的意义与价值，绝不仅仅指向和局限于那个时代："如果说'五四'运动是剥去了半封建半殖民地中国腐朽的外衣，'文学研究会'是将西洋文学'广泛'的介绍到中国来，给中国腐朽的文学一个强烈的打击和对比，那'创造社'诸人的功绩，便是在对已经陈旧的外形被剥脱得赤裸裸的，而且已经有着初步觉醒的中国青年们，教他们怎样地彻底'自我解放'，怎样地反抗黑暗现实，怎样将自己心中所感觉到的苦闷，大无畏地叫了出来。"②《沉沦》不仅仅是一部小说，还是一百余年来中国人精神史和心灵史的一个界标，它一直在拷问着后来者的灵魂。《沉沦》提出的问题，到今天也没有终结。尽管我们已经习惯于尊重我们的自然欲望、尊重我们的个体情感、尊重我们的内在意志，但是"灵与肉"所象征的人自身的深刻的内在矛盾与冲突，依然在延续，而且还不知要延续多久。

　　这，是否才是周作人所谓的《沉沦》的"真挚与普遍的所在"③？

　　"现代人的苦闷，——便是性的要求与灵肉冲突——但是我的描写是失败了。"当年郁达夫如是说时，是否因为《沉沦》只是提出了问题，而没有给予答案？

---

① 沈从文：《抽象的抒情》，复旦大学出版社 2004 年版，第 66 页。

② 陈翔鹤：《郁达夫回忆琐记》，载王自立、陈子善编：《郁达夫研究资料》上册，天津人民出版社 1982 年版，第 104—105 页。

③ 周作人：《〈沉沦〉》，载王自立、陈子善编：《郁达夫研究资料》下册，天津人民出版社 1982 年版，第 307 页。

第十六章　《星》：当审美遭遇政治，
　　　　当娜拉遭遇革命

　　20 世纪 30 年代，中国左翼文学家们在马克思主义革命理性精神指引下，将文学的发展方向与政党的政治斗争方向紧密结合起来，选择激进的政治意识作为文学创造的核心理念，形成了意识形态化的文学观以及文学的党派性等文学的存在方式。这种创作态度和价值取向，对中国左翼文学作品样态的形成，产生了不可低估的影响。从某种负面影响上来看，这种激进的对文学功能的择取，挤压了文学的审美创造空间，弱化了文学创造的自律意识，使文学创作在很大程度上成为马克思、恩格斯所说的时代意识的简单的传声筒。

一、政治理性与审美意识能否和谐共生

　　众所周知，政治与艺术双重旋律的交织，是中国 20 世纪 30 年代文学的一个典型特征，尤其是对左翼文学创作而言。强烈的政治关怀意识，使文人知识分子们走出五四以个性解放为本位的狭窄天地，将目光和激情转向广阔而剧烈的社会变动、转向民生疾苦、转向阶级斗争，用文学创作和文学行为来思考社会和人生。这使文学创作的题材得到空前规模的开拓，表现角度得到深度开掘，叙事视野、叙事手段、作品结构、情节设置和人物塑造具有了尖端性和前卫性的时代特点，一大批优秀的左翼作家领文坛之风骚。他们从各自的实际体验和

感受出发，在政治激情的引导下，特别是在新的文学题材和新的文学品种的试验与开拓上，引领了当时文学创作的时尚。但是，政治意识对文学创作而言是一把双刃剑，反抗政治和文化专制主义的政治理性要求，使左翼作家们在最大程度上实践了文学的社会价值和战斗功能，可是急切的政治诉求往往抑制文学自身内部的美学建构、淡化作品审美意蕴的营造。这使得大多数左翼作家的作品直到今天依然受到人们的诟病。既然政治意识的鼓动与高涨是左翼文学创作的价值命脉，同时又以文学形式为载体，那么其存在的限度和现身的尺度何在？

应当清醒认识的是，文学观念不等同于具体的文学作品，文学作品不是单纯的理念的表达，而是人的直觉、情感、意志和理性诉求等精神活动的全面艺术化展现。粗俗浅陋的文学作品不但毫无艺术性可言，甚至也不足以深入全面地表达政治理念；而有品位的文学作品不但具有丰富的艺术想象空间，而且可以借此使政治理念更富于生命力和感染力。詹明信曾经强调："我历来主张从政治社会、历史的角度阅读艺术作品，但我决不认为这是着手点。相反，人们应从审美开始，关注纯粹美学的、形式的问题，然后在这些分析的终点与政治相遇。人们说在布莱希特的作品里，无论何处，要是你一开始碰到的是政治，那么在结尾你所面对的一定是审美；而如果你一开始看到的是审美，那么你后面遇到的一定是政治。我想这种分析的韵律更令人满意。"① 我们知道，文学与政治本来分属于人类不同的精神层面，二者没有必然的逻辑从属关系，也绝非毫不相关，文学与政治发生关系，主要在于创造主体的自我意识和自我选择。因此问题的关键不在于文学从属于政治或者文学应当排斥政治，而在于如何将政治理念与审美意识高度融合在作品中，用作品所创造

---

① ［美］詹明信：《晚期资本主义的文化逻辑：詹明信批评理论文选》，张旭东编，陈清侨等译，生活·读书·新知三联书店、牛津大学出版社1997年版，第7页。

的艺术想象世界去展现人们的政治理念吁求。岂止是布莱希特的戏剧作品，古今中外有许多优秀的文学作品，不仅具有高超的艺术审美性，而且还洋溢着浓烈的、充满现实关怀的政治意识，达到艺术与政治的较为完美的融合。

左翼文学之所以到今天仍然受到人们的深切关注，除了它所蕴含的文学与政治的不解之结之外，还在于它创造了不少既具有深沉的艺术底蕴又具有浓烈的政治激情的作品，叶紫就是其中的一个佼佼者。鲁迅曾经评价叶紫说："作者还是一个青年，但他的经历，却抵得太平天下的顺民的一世纪的经历，在转辗的生活中，要他为'艺术而艺术'，是办不到的。……但我们却有作家写得出东西来，作品在摧残中也更加坚实。……这就是作者已经尽了当前的任务，也是对于压迫者的答复：文学是战斗的！"[1] 作为一个 20 世纪 30 年代在上海从事左翼革命文艺运动的革命作家，叶紫的小说多取材于故乡湖南洞庭湖畔的农村生活，以生动的笔触和曲折的故事，描绘了农民的苦难与抗争，总是回荡着呼唤农民革命的呐喊，具有鲜明的政治革命意识。叶紫小说的与众不同之处在于它既非口号式也非概念化，而是以浓郁悲愤的艺术氛围来展现政治革命的主题，在艺术创造上非但没有被左翼批评的"普洛克鲁思德斯之床"拉长或锯短，其艺术魅力反而因为深沉的政治革命意识而意味悠长，政治理念和革命吁求也借助于艺术的想象空间而变得合情合理，实现了文学的战斗的社会功能，既展现了左翼文学作家运用文学手段追求政治理想的理性要求，也表明了左翼文学在艺术创造上具有达到精湛高度的广阔空间。

笔者以为，除了为作者赢得广泛声誉的《丰收》外，叶紫的中篇小说《星》更是一篇富有包孕性的、政治理性精神与艺术审美意识高度融合的杰作。

---

① 鲁迅：《叶紫作〈丰收〉序》，载《鲁迅全集》第 6 卷，人民文学出版社 1981 年版，第 225 页。

二、革命引导下人性觉醒的生理、心理和社会
　　角色的选择

在大多数人的印象中，个性解放与人性觉醒应该是五四时代的文学主题，五四之后思想启蒙的时代主题让位于政治救亡的呐喊，阶级解放和民族解放成为时代的最强音。但是必须看到，五四时代的个性解放和人性觉醒更多的是属于知识者内心世界挣脱束缚的精神需要，而中国最广大的社会实体——农民很少真正走入这个知识者创造的文艺世界。

然而在左翼十年间情况就完全不同了。尽管个性解放与人性觉醒成为从属于政治解放主题的次级主题，但是却不再像五四时代那样空泛和轻飘，而是和人间底层人民真实的生存状况、社会地位以及悲惨的命运联结起来，农民真正成为文学的反映主体，个性解放和人性觉醒获得了坚实的现实基础和实践路向，启蒙真正落到了实处，虚弱的思想转化为具体的坚定的政治实践，个性解放与人性觉醒也获得了血肉丰满的表现对象，和大多数的地之子的灵魂与命运休戚相关，共同塑造了更为深沉和广阔的艺术创造空间。

叶紫的中篇小说《星》，就是一篇在政治理性精神和革命原则烛照下，个性解放与人性觉醒与时俱进的时代新篇章。其实准确地说，对于《星》的中心人物梅春姐来说，个性解放与人性觉醒应该是女性的反抗与觉醒。但是，仅就这篇小说建构的艺术空间来看，并没有明显的自觉的女权主义精神迹象，因此在强烈的政治意识的辉映下，性别特征并不具有实质意义，反而更近似于具有普遍特征的个性解放与人性觉醒的内涵和本质。当然，小说对这一主题的表现是借助于女性命运展开的，这更能获取读者的同情，更能激发读者的悲悯之心。

小说开篇就营造了充溢着悲剧气息的场景。梅春姐在悲哀和怏怏的闺怨中，迎来了"初生太阳幸福的红光"，但是幸福不属于梅春姐。

梅春姐的闺怨不是单纯的少妇思春，而是在生理、心理和社会角色诸多方面压抑下的"地火"。梅春姐是一个漂亮、多情和贤惠的青春女性，小说以富于诗意和爱怜的笔触描写她的外形和气质："朝露扫湿了她的鞋袜和裤边，太阳从她的背面升上来，映出她那同柳枝一般苗条与柔韧的阴影，长长的，使她显得更加清瘦。她的被太阳晒得微黑的两颊上，还透露着一种少妇特有的红晕；弯弯的，细长的眉毛底下，闪动着一双含情的，扁桃形的，水溜溜的眼睛。"但是这样一个美丽的女性，非但得不到丈夫的呵护，反而只是一个"替他管理家务，陪伴泄欲的器具"。丈夫非但没有一个笑脸，反而折磨她，"常常凶恶地，无情地，在夜深人静的时候殴打她"。这不但使梅春姐生理和心理受到压抑和摧残，也使她的社会角色和社会形象受到损害，男人们"用各种各色的贪婪的视线和粗俗的调情话去包围，袭击那个年轻的妇人"，女人们用窥视、讽刺、鄙夷和同情的语言嘲笑她。唯一值得梅春姐自己骄傲的，是"她用她自己的眼泪和遍体的伤痕来博得全村老迈人们的赞扬"，"尤其是对于那些浮荡的，不守家规的妇人骄傲"。

但是对于梅春姐这样一个有爱有欲、珍视社会形象的青春少妇来说，生存境遇所带来的痛苦、悲哀、空虚和孤独，使她难以忍受无涯的黑暗的长夜，"有时候，她也会为着一种难解的理由的驱使从床上爬起来，推开窗口，去仰望那高处，那不可及的云片和闪烁着星光的夜天；去倾听那旷野的，浮荡儿的调情的歌曲，和向人悲诉的虫声"。她盼着丈夫有回心转意的一日，"然而这一日要到什么时候才来呢？"然而，是地火就要奔突，就要燃烧，梅春姐的生命活力在压抑中忍耐着，等待着命运星火的点燃。革命成了梅春姐的救世主，尽管她根本不知道什么是革命。因此当革命第一个事件剪头发降临时，所有女人都痛哭流涕，唯有梅春姐泰然地毫不犹豫地挺身迎接锐利的剪刀，但她只不过自认为是永远看不见太阳的人，剪发不剪发都一样。可是在梅春姐这一不自觉的举动背后，有没有在绝望中生发出的渴望"变"的希望呢？

革命终究来了。人们在紧张、好奇、恐惧和惶惑中适应着眼前的变化，连梅春姐那残暴、野蛮的无赖丈夫也要去参加什么会，因为这个会可以使他发财、打牌、赌钱。但是革命对梅春姐来说，却是一场从肉体到心灵的脱胎换骨的洗礼，她的世界和命运从此改观。对梅春姐来说，革命带给她的首先是情欲的解放，"那一个的白白的，微红的，丰润的面庞上，闪动着一双长着长长睫毛的，星一般的眼睛"，搅乱了梅春姐本已绝望的心灵，"在她的脑际里，却盘桓着一种从未有过的，摇摆不定的想头"。尽管她觉得"不能让这些无聊的，漆一般的想头把她的洁白的身名涂坏"，可是欲望、情感和希望的闸门一旦打开一点儿缝隙，就阻挡不住汹涌澎湃的解放潮水。当长着一双"长长睫毛的，撩人的，星一般的眼睛"的黄副会长向她求欢求爱时，"她犹疑，焦虑着！她的脚，会茫然地，慢慢地，象着魔般地不由她的主持了！它踏着那茅丛丛的园中的小路，它把她发疯般地高高低低地载向那林子边前！……"但是偷情被人知晓了，梅春姐面对的是村人的指指点点、丈夫的暴打、内心的悔恨，以及那不曾熄灭的希望之光。当黄副会长决定依靠革命的力量解决问题时，梅春姐终于将身体、命运和革命捆绑在一起，情人黄副会长成了她生命中可以依靠的北斗星："我初见你时，你那双鬼眼睛……你看：就象那星一般地照到我的心里。现在，唉！……我假如不同你走……总之，随你吧！横直我的命交了你的……"

革命让梅春姐饱经摧残的人性得以觉醒，压抑已久的情爱得以释放，更让梅春姐确立了新的社会角色和社会形象。在经历了偷情风波不久，"梅春姐非常幸福地又回到村中来了：她是奉了命令同黄一道回的"。她手中有了革命者的权威，有了革命者的价值资源，成了村中的妇女领袖，"她整天都在村子里奔波着：她学着，说着一些时髦的，开通的话语，她学着，讲着一些新奇的，好听的故事"，"这些话，梅春姐通统能说得非常的时髦、漂亮和有力量"。尽管那班从前赞誉过她的老头子和老太婆们开始"卑视"和"痛恨"梅春姐，但是那些年轻的姑娘和妇人们却像疯了一般"全都信了梅春姐的话，心里乐起来，活动起来了"。更为重要的是，梅春姐白天高兴地活动着，获得参与和引导社会事务的满足之后，夜晚还能"名正言顺"地"像一头温柔的，春天小鸟般的，沉醉在被黄煽起来的情火里；无忧愁，无恐惧地饮着她自己青春地幸福！"革命给了梅春姐新生的机遇，梅春姐也毫不犹豫地将全副身心交给了其实她了解并不多的革命。

但是革命失败了。先是反革命的谣言"公妻"和"裸体游乡大会"之类动摇了革命的社会心理基础，而后梅春姐的情人黄被枪杀。怀孕的梅春姐在牢房中生下了她和黄的爱情结晶。在善良的乡亲们的劝说下，受到压力或者是人性未泯的丈夫将她保释出狱。但是革命停滞了，失败了，一切又都复原了，梅春姐仿佛具有了更深的罪孽，她的丈夫更加残酷地折磨她，"一切的生活，都重行坠入了那一年前的，不可拔的，乌黑的魔渊中，而且还比一年前更要乌黑，更加要悲苦些了！"但是，坚强的梅春姐以更大的毅力忍耐着，她怀念着黄，幻想着儿子长大能读书，写字，"甚至于同她那死去的爹爹一样"。

然而六年后，当丈夫陈德隆在旧石板上看到梅春姐写的两个歪歪斜斜的"黄"字，盛怒中将孩子抛向田野、最终致死后，梅春姐的幻想、希望、计划，六年来抚养孩子长大的愿望，全都被摧毁了。但是这一次梅春姐不再逆来顺受，"她渐渐地由悲哀而沉默，由沉默而又想起了她的那六年前的模糊而似乎又是非常清晰的路途来！"这次，"她没有留恋，没有悲哀，而且还没有目的地走着"，也没有了启蒙者，没有了热恋的对象，然而她的信念渐渐明晰、坚定起来。在小说家叶紫极富象征和预言的诗意笔触下，梅春姐坚定而又自觉地选择了自己的前进方向。"北斗星拖着一条长长的尾巴，那两颗最大最大的上面长着一些睫毛。一个微红的，丰润的，带笑的面容，在那上方浮动！……在它的下面，还闪烁着两颗小的，也长着一些睫毛的星光，一个小的带笑的面容浮动……并且还似乎在说：'妈妈！你去罢！……我已经找到我的爹爹啦！……走吧！你向那东方走吧！……那里明天就有太阳了！'"梅春姐义无反顾地选择了北斗星闪烁的前进方向，因为那里将会出现"太阳幸福的红光"，这种幸福将属于梅春姐，她（和黄）在革命岁月时所感受的幸福体验，将会更加灿烂地降临。

这样，通过梅春姐坎坷和悲惨的经历，通过梅春姐痛苦但是坚定的人生选择，通过梅春姐由爱欲追求到革命精神爆发，一个颇富艺术张力、颇富象征意味的革命故事和革命预言就诞生了。革命理念在艺术情感和想象世界中，获得了充足的生命力，而且也似乎预示了革命是唯一的选择和最高原则，不然就是被奴役和死亡。

三、革命启蒙的统摄性、包孕性与复杂性的艺术展现

值得人们珍视的是，《星》所建构的有关革命的艺术想象世界，首先遵循和完成的是文学的自律性要求，它所创造的想象空间升华了革命理念，而非革命政治理念的机械表达。虽然小说在尘埃落定后凸显了革命在社会存在和人生选择方面的终极价值意义，但是小说所展现的革命绝非单纯的政治革命和社会革命，而是将重点放在政治革命和社会革命背景之下人的全面革命和整体革命，既包含人的社会地位、社会身份的外部世界的革命，更包括人的生理、心理、情感和理性的内在精神世界的革命。或者说，不但强调了政治理性和革命精神的统摄作用和指导意义，而且更为细致、更为敏锐地展现了革命的复杂性和包孕性。

五四时期文学所塑造的人性觉醒与个性解放主题，尤其是女性的人性觉醒与个性解放，是没有现实出路的。面对汹涌澎湃的个性解放潮流，面对挣脱枷锁纷纷夺门而出的中国"娜拉"们，当年的鲁迅就清醒而深刻地发出了"娜拉走后怎样"的疑问，而且现实社会环境也只有鲁迅所预言的两条道路：不是堕落，就是回来。五四时期的个性

解放和人性觉醒，更富于理想化和浪漫色彩，也正是因为想象的绚烂与超脱，却缺乏坚实的现实支点，梦境固然美妙，但梦醒时分依然是风雨如磐的现实环境。可是这些到了左翼十年间就完全不同了，无论是男人还是女人，个性解放和人性觉醒有了明确的现实价值坐标，在"堕落"和"回来"两条路之外，有了选择革命之路的可能。

叶紫的小说《星》就以敏锐的艺术笔触，将五四时期像云霓一般飘浮在天上的个性解放和人性觉醒，拉回到坚实的大地之上，以革命与反革命的角逐，来规划地之子们的命运和选择。尽管生活在社会的最底层，但是就生理、心理和生存状态而言，梅春姐和五四时期中国的娜拉们是一样的，只不过是一个最底层的娜拉，可是却是一个有了明确现实追求目标的娜拉，一个革命的娜拉。鲁迅在《娜拉走后怎样》的演讲中指出，娜拉们要么堕落、要么回去，因为没有出路。但是梅春姐却在革命的星光灿烂中寻找到人生的航道，去追求生理、心理和社会地位的解放。"革命"成了最高的人生价值律令。

更令人们感兴趣的是，叶紫的小说《星》对革命的想象和描绘，又完全不同于早期左翼小说的浮躁、浪漫和激情。早期的左翼小说尤其是革命浪漫蒂克小说，大多侧重于愤懑的革命情绪的宣泄，侧重于革命政治理念的宣传，急于使理想获得传播、获得认可、获得群众，作者的主观意图没有很好地通过艺术的途径进行传达，反而由于宣传革命理念的主观意图过于强烈，不但使革命理念没有很好地经过艺术转化，反而以意害辞，强烈的主观理念意图严重妨碍了艺术创造的生长空间。这不仅损害了文学艺术的自然生长性，也使革命理念的传播和接受大打折扣。到了叶紫走上文坛的时代，这一切悄悄发生了变化，宣传革命的热诚、喧嚣与浮躁，开始转换为冷静的思索，左翼作家们在反对者"拿出货色"的质疑下，开始深入细致地探索革命和艺术的关系，开始认识到革命与艺术绝非简单的从属与被从属的关系，而是蕴含着复杂的辩证内涵。在尊重艺术规律的前提下表现革命和政治的理念，开始得到左翼阵营的理论家、批评家和作家们的重视。

叶紫的小说《星》可视为这一文学背景下一篇有代表性的杰作，突出表现了左翼作家在艺术创造上的努力。在小说中，将梅春姐和革命维系起来的中介，是她的情人黄，革命的最根本的基础和动机是欲望和爱情受到压抑与摧残，以及由此带来的社会地位和社会角色的损害。其小说主题的营造基本上是"革命＋恋爱"模式，仿佛这个早期左翼革命浪漫蒂克小说的主题，又艺术地复活在叶紫的小说中，但是已完全脱去了概念化、公式化、模式化的弊端，也使早期左翼小说家们浮躁的浪漫的革命激情获得了时间的沉淀，变得更为深沉、真挚、丰满，更富于艺术感染力，更为有血有肉，也更能打动读者。尤其是通过革命暴力争取社会解放和阶级解放的宗旨，已具体化于人性解放与个性解放之中，从而使作品能发挥更大的社会功能，在整体上提高了左翼小说的艺术品位。

毫无疑问，小说最主要的主旨即在于表现革命的统摄性和必然性，这在梅春姐的人生选择中已经非常明显地表现出来，革命在小说的人物命运和社会前景的描写与塑造上，是至高无上的、唯一的生之路。但是作品的高超之处是超越了这一点（这一点大家都可以做到），艺术地再现了革命的包孕性和复杂性，以及在文本中作者不自觉地流露出来的对革命的一丝忧郁、怀疑和茫然。

这首先表现在小说所叙述的革命，是整体的、全方位的革命，是从肉体、心灵、情感到社会角色选择和争取社会地位的全面革命，绝非单纯的赤裸裸的政治革命和政治斗争。这在梅春姐突破封建伦理和礼教文化思想的束缚，首先挣脱了情欲的压抑获得生理和心理的解放，进而从事革命活动获得崭新的社会角色方面，有着细致和突出的表现，这是小说着力表现的，前文已有较多讨论，不再赘述。需要注意的是，在小说其他人物尤其是梅春姐的丈夫和乡亲的描绘上，似乎显示了作者提醒人们应该对精神革命给予更多的关注。作者在注意革命作为外来力量引起他们生存状况变化的同时，似乎更注重他们内在精神世界的变迁，更注重政治理念和革命思想能否内化为这些人的变革驱动力。毫无疑问，梅春姐是这样的典型，可是其他人呢？在小说中，作者并没有拔高和夸大革命的伟力，反而以浓墨重彩来讲述革命的来去匆匆。革命犹如一阵风，风过树摇，风止树静，风波过后依然死水一潭，和鲁迅小说中对革命的疑问和反思有异曲同工之妙。这是不是作者在强调革命统摄性的前提下，将焦点移向了革命的包孕性、复杂性乃至脆弱性呢？

在小说中，除了简单提及的看守妇和狱卒之外，没有涉及具体的反革命人物。这意味着作者并不注重革命和反革命的对抗，而是将革命和反革命的对抗淡化为小说的背景故事。这意味着"革命如何启蒙群众"就成为小说的思考和表达重心。这里似乎运用了对比的写作手法。梅春姐自然是革命引导人性觉醒的成功范例，可是同样遭受压抑和剥削的其他人却似乎与梅春姐形成了鲜明对照。就阶级地位而言，她的野蛮、粗俗、丑陋的丈夫属于贫下中农的范畴，然而却没有下层人民通常所具有的善良品行，反而是一个粗暴、蛮横的乡间无赖，对待革命的态度是典型的实用主义者和机会主义者，他的革命理想、革命目标与阿Q一样。再看那些乡亲们，在革命降临时是那么惊慌失措，仿佛天塌地陷一般。年轻人在适应了革命的冲击后怀着好奇心理试探着加入了革命，在很大程度上是在革命作为外力的挟裹下不自觉的选择，一旦外力失去作用，就会烟消云散，缺乏理性主体的革命自觉性，在某种意义上是革命的盲从者，或者说是革命的乌合之众，他们以生存为第一要义，大多数不会为了革命的信念而抛头颅洒热血。老年人在风起云涌的革命面前，先是怀疑叹息，继之以抵制、暗骂和反对。

对于作为革命基础的这些大多数群众，作者借梅春姐之口道出了对革命进程和手段的疑惑："我们也应该给老年人一些情面，这些老人家过去对我都蛮好的。……因为，我们不要来的太急！……譬如人家带了七八年的'细媳妇'，一下子就将她们的夺去，也实在太伤心了！……我说……寡妇也是一样了！说不定是她们自己真心不愿嫁呢？……"通过小说对梅春姐乡亲们的叙述与描写，我们可以看到，革命理念世界中的无产阶级并非在人性上具有优越性，他们既有底层人民质朴善良的品性，又有民间社会藏污纳垢的精神和心理特点，正如别尔嘉耶夫从人格哲学高度对革命进行反思后所强调的那样："马克思的无产阶级缺乏经验的真实，仅是知识分子构想的一项观念神话而已。就经验真实来说，无产者彼此既有差异，又可以类分，而无产者自身并不具有圆满的人性。"[①] 这在反革命谣言的传播过程中，表现尤为突出，所谓"公妻""裸体游乡大会"的津津乐道者，就是同属社会底层的老黄瓜之类的乡亲们。也同样是这些乡亲，在梅春姐身陷囹圄时，没有幸灾乐祸，反而劝说她的丈夫，合力将梅春姐营救出来。

叶紫的小说《星》以近乎原生态般的艺术描绘，将中国乡村社会男男女女们沉重而又复杂的生存和精神状态，置放于革命带来的社会变动中，着重展现他们在突如其来的革命面前复杂的心理状态和人生选择。《星》以小说艺术的含混和张力结构提醒人们：人性觉醒与否成为革命如何由外在力量转化为内在驱动力的关键中间环节。就此，革命的复杂性、包孕性乃至脆弱性，就鲜活地凸显在小说世界中，而接受者在细读之后往往不免有更深入的思索。

小说对革命复杂性、包孕性乃至脆弱性的描绘，还表现在叙事主体的主观态度、叙事视角上。与早期左翼小说不同的是，小说的叙事主体不再直接充当革命的传声筒，而是隐藏在故事的背后，用小说世界来展现对于革命的复杂价值选择。这一方面说明了左翼小说在艺术建构上的成熟，另一方面也说明了作者对于革命本身的认识和体验进一步深化。作者不再像早期左翼小说家蒋光慈、洪灵菲、阳翰笙等人那样近乎歇斯底里的革命情绪的宣泄、那样狂热的革命宣传激情，而

---

① ［俄］尼古拉·别尔嘉耶夫：《人的奴役与自由——人格主义哲学的体认》，徐黎明译，贵州人民出版社 1994 年版，第 187 页。

是变得冷静，甚至有一丝疑虑和不安。梅春姐的情人黄，在小说中应该是革命启蒙者的化身，然而作者并没有对他寄予多大的期望与热情，在小说的描述中他的形象反而显得单薄、软弱。在和梅春姐偷情被发觉后，只知道抱怨乡民的不开通，只知道依赖"上级"；在梅春姐怀疑革命手段的激进时，嘲笑她心肠的软弱；在反革命势力反扑之时，缺乏冷静的应变能力，为革命献身的同时似乎也在表达着自身的无能。尽管小说没有明确说明，但从各种迹象判断，黄副会长似乎是一个知识分子类型的革命者，这个人物尽管小说着墨不多，但从他身上似乎寄托了小说作者对革命者的复杂思索。

总体来看，叶紫的小说《星》在政治理念与艺术塑造的结合上，是一个成功的典型文本。作者将自己对革命的理性思索艺术化地融合在小说世界的创造中，既表明了作者的政治态度，又成功地发扬了小说的社会功能。这也证明，政治与文学既非相互排斥，又非从属、被从属关系，关键在于创造主体如何理解二者的关系并艺术地展现出来。

第十七章　日月不出，爝火何熄：
《狂人日记》百年祭

一百年前，寂寞如大毒蛇缠住灵魂的鲁迅，未能忘怀寂寞时的悲哀和年轻时的梦，终于发出"铁屋的呐喊"。大约七年后，张定璜在《现代评论》第一卷第七期、第八期连续发表长文《鲁迅先生》。这应该是鲁迅研究史上第一次全面、系统、深入和细致地评价鲁迅。或许是同代人相似的社会人生体验与畅想未来情怀使然，张定璜在鲁迅这个"不是和我们所理想的伟大一般伟大的作家"身上，在流动的文学和历史暗影中，感到了深深的共鸣："《双枰记》等载在《甲寅》上是一九一四年的事情，《新青年》发表《狂人日记》在一九一八年，中间不过四年的光阴，然而他们彼此相去多么远。两种的语言，两样的感情，两个不同的世界！在《双枰记》《绛纱记》和《焚剑记》里面我们保存着我们最后的旧体的作风，最后的文言小说，最后的才子佳人的幻影，最后的浪漫的情波，最后的中国人祖先传来的人生观。读了他们再读《狂人日记》时，我们就譬如从薄暗的古庙的灯明底下骤然间走到夏日的炎光里来，我们由中世纪跨进了现代。"①

这段修辞色彩浓郁的评价，无法不让我们想起恩格斯那句名言："封建的中世纪的终结和现代资本主义纪元的开端，是以一位大人物为标志的。这位人物就是意大利人但丁，他是中世纪的最后一位诗

---

① 张定璜：《鲁迅先生》（上），载中国社会科学院文学研究所鲁迅研究室编：《1913—1983鲁迅研究学术论著资料汇编》第1卷，中国文联出版公司1985年版，第86页。

人，同时又是新时代的最初一位诗人。"①多少年来，在我们的知识谱系、价值秩序和意义系统中，对《狂人日记》及鲁迅的评价与定位，自然也达到了无人堪比的"峨冠博带"地步。然而，一百年转瞬即逝，"狂人"及其呐喊，是春风化雨、落地生根，还是渐行渐远、行将湮灭？那些高亢的关于历史进步的幻影与修辞，是否能掩盖人生轮回与历史循环的噩梦？

一、"中国人一向自诩的精神文明第一次受到了　　最'无赖'的怒骂"②

曾经很惊讶于有人将列维-施特劳斯《忧郁的热带》，评为人类历史上最伟大的十部文学作品之一。一部人类学著作，何以成为文学作品？而且还要冠以伟大？其实仔细想想鲁迅同代人林觉民的《与妻书》，即可释然。一代党人，慷慨赴死，碧血横飞，何曾想过一封诀别信光焰万丈长？面对这撼人魂魄、动人情怀、激励情操的急就章，有多少冠以伟大、杰作称号的所谓文学作品将黯然失色？回想读《忧郁的热带》时那种琐碎的、低沉的、昏黄的、雨蒙蒙的、抒情的、诗意的感觉，一个杳然失落的世界难道不是那么鲜活地浮现在眼前？又有多少号称伟大、杰出的作品，因为虚假和肤浅而让人昏昏欲睡？正如 James Boom 在《忧郁的热带》封底所言，该书"以隐喻的方式描绘了世界的形式"，人类历史上那些伟大的作品，难道不都是以文学的独特方式，描绘、表现、隐喻、象征、抽象出这个世界的本真形式？

---

① 《共产党宣言·1893 年意大利文版序言》，载《马克思恩格斯选集》第 1 卷，人民出版社 2012 年版，第 397 页。

② 雁冰：《读〈呐喊〉》，载中国社会科学院文学研究所鲁迅研究室编：《1913—1983 鲁迅研究学术论著资料汇编》第 1 卷，中国文联出版公司 1985 年版，第 35 页。

由此反观，当我们为文学扎上僵硬的篱笆时，是否想过已经画地为牢？观念的枷锁是否常常限制我们心灵的自由飞翔？我们是否因为把《狂人日记》仅仅当作小说，而忽略、淡化乃至曲解了它在现代精神史、心灵史上的真实位置？ James Boom 在《忧郁的热带》封底有评语曰，"某些特权社会所欣赏的历史意识在这里根本没有市场"。这类历史意识，在《狂人日记》里面不但也没有市场，而且遭到了空前绝后的彻底否定。然而，这类历史意识却具有超级变形、置换与延展的能力，几乎恒久、坚硬地盘踞在上空，歪曲、干扰我们对它的真实体会、准确理解与有效阐释，更妨碍、阻挡甚至扼杀我们由它所激发的自由意志和实践动力。

想想风雅颂和屈骚时代，那些满怀诗意的灵魂，何尝认为自己"诗言志，歌永言，声依永，律和声"，是在从事伟大的文学创作？其初衷难道不就是抒发胸臆、一浇块垒吗？文学门类的独立，自然是人类思想和精神逐步伸展、演化的需要，但壁垒森严的科层分类往往将我们囿于体制内的逻辑自足乃至狂欢，我们也常常忘却文学本来就是世界整体意识的一种特殊的、具体的展现形式。鲁迅首先自然是借助于文学形式抒发胸臆、一浇块垒，是"未能忘怀于当日自己的寂寞的悲哀""聊以慰藉那些在寂寞里奔驰的猛士"，所以他说"我的小说和艺术的距离之远，也就可想而知了"。[①] 或许，距离艺术有多远，并不是鲁迅考虑的首要选项，鲁迅也没有多么在意那些文学的清规戒律，只是想创造一种适合自我又表达自我内心冲动的方式而已。

出于日常逻辑和认知惯性，鲁迅的绝大多数同代人首先是把《狂人日记》当作小说来解读的。比如第一个作出评价的傅斯年就说："就文章而论，唐俟君的《狂人日记》用写实笔法。达寄托的

---

① 鲁迅：《呐喊·自序》，载《鲁迅全集》第 1 卷，人民文学出版社 1981 年版，第 419—420 页。

（symbolism）旨趣，诚然是中国近来第一篇好小说。"① 再比如后来的李长之，就认为《孔乙己》《风波》《故乡》《阿Q正传》《社戏》《祝福》《伤逝》和《离婚》八篇小说，才是"完整的艺术"，"有永久的价值"。② 仔细翻阅《1913—1983鲁迅研究学术论著资料汇编》搜集的相关文章，民国时代鲁迅作品被评价最多的是《阿Q正传》等小说，专论《狂人日记》者实属寥寥，且大多掩映在对《呐喊》的总体评论中。

应该说，此后尽管人们从各种角度、视野、立场，运用各种理论、概念、方法，赋予《狂人日记》以更加丰富、驳杂的内涵与意义，但从傅斯年开始，将《狂人日记》作为小说来评价、阐释和研究，逐渐成为权威和惯用的思维模式与阐释传统。民国时代的有关评价与阐释，已经基本奠定了1949年后《狂人日记》研究的逻辑框架和话语体系。由此，也逐渐造就了后来文学史知识谱系、价值秩序和意义系统中关于《狂人日记》的那些"权威证词"，登峰造极者当属教科书体系。苏雪林那句"发表后'吃人礼教'四字成为'五四'知识阶级的口头禅"，③ 何尝只属于"五四"那代知识阶级？有多少后来者将"吃人礼教"凝固为僵化的知识与刻板的教条？

这当然是一种"自由"选择。包括鲁迅在内，每代人都有运用自己时代的主流知识谱系、价值秩序和意义系统进行言说的需要与权力。问题在于，当我们故步自封于这种知识谱系、价值秩序和意义系统时，我们是否要付出"总为浮云能蔽日，长安不见使人愁"的代价？《狂人日记》最初的反响寥寥，就说明这种代价自始即有，只是于今尤烈。1936年刘大杰在纪念鲁迅时说："在当时，刚刚从古典主

① 记者（傅斯年）：《〈新青年〉杂志》，载中国社会科学院文学研究所鲁迅研究室编：《1913—1983鲁迅研究学术论著资料汇编》第1卷，中国文联出版公司1985年版，第8页。
② 李长之：《鲁迅批判》，同上书，第1203页。
③ 苏雪林：《〈阿Q正传〉及鲁迅创作的艺术》，同上书，第1039页。

义解放出来的青年们，对于他的作品，还不能深深地接受，倒是晚出的创造社的充满感伤与热情的作品，大受青年们的欢迎。……狂人就是作者自己，作者借着狂人这个名目，把他自己的思想反映出来。这思想确实有点新奇，也有点大胆。当日的遗老遗少，不知怎的没有注意到这种危险，大概是胡适之的白话文学问题闹得太凶了，遮掩了遗老遗少们的眼珠。"①其实早在1923年，茅盾就意识到了后世评价与当时反响的悬殊："那时《新青年》方在提倡'文学革命'，方在无情地猛攻中国的传统思想，在一般社会看来，那一百多面的一本《新青年》几乎是无句不狂，有字皆怪的，所以可怪的《狂人日记》夹在里面，便也不见得怎样怪，而曾未能邀国粹家之一斥。前无古人的文艺作品《狂人日记》于是遂悄悄地闪了过去，不曾在'文坛'上掀起了显著的风波。"②茅盾、刘大杰不约而同地将《狂人日记》诞生之初的平淡，归因于《新青年》和胡适之的"白话文"，自然是对历史现象的实事求是的记忆；可是，中国向来有视小说家言乃街谈巷语、道听途说之传统，那么深层原因中，是否有小说观念本身带来的认知、体验和阐释壁垒呢？

所幸的是，民国时代有关《狂人日记》的评价，尽管从小说出发，却没有止步于小说。鲁迅的同代人们，凭借共同的历史、生存境遇和相似的社会、人生体验，感受最为刻骨铭心的，大概应是《狂人日记》艺术虚构中的"写实"。这种"写实"体验，绝非文学观念意义上的"写实"可以框定的，而是出于人生体验的痛切感受、社会经验的强烈共鸣。如刘大杰所说："我们知道他是一个写实主义者，以忠实的人生观察者的态度，去观察潜在现实诸现象之内部的人生的活动。他不是人道的教师，也不是社会生活的指导者。他有锐利的眼

① 刘大杰：《鲁迅与写实主义》，载《1913—1983鲁迅研究学术论著资料汇编》第2卷，中国文联出版公司1986年版，第108页。

② 雁冰：《读〈呐喊〉》，载《1913—1983鲁迅研究学术论著资料汇编》第1卷，中国文联出版公司1985年版，第34页。

光，捉住旁人所不注意的种种的人生的活动。他板着面孔，庄严的毫不留情的，用他讽刺的笔，把这些东西，逼真的写出来。他不批评，也不说教。把人类的社会的丑恶，一件件陈列在读者的眼前，他就算尽完了责任。"① 再如甘人所言："他的性情是孤独的，观察是深透的，笔锋是峭刻的，他的态度是 Cynical，但是衷心是同情的，他将自己完全抛开，一双锐利的目光，注视着我们的社会。他将看懂了的，懂透彻了的东西，拿来告诉我们。"②

正是出于强烈的感同身受，对鲁迅的同代人而言，小说描写的世界，既不是虚无缥缈的艺术之宫，更不是森严壁垒的知识雷池，而是他们的肉身与灵魂无处可逃的栖居之地。如果反用成仿吾所说的"《狂人日记》为自然派所极主张的记录（document）"③，那么艺术虚构中的狂人居所，自然也就是他们祖祖辈辈置身其中、念兹在兹的家园。最能惟妙惟肖将阅读体验的这种鲜活性、真实性留存下来的，非茅盾莫属："那时我对于这古怪的《狂人日记》起了怎样的感想呢？现在已经不大记得了，大概当时亦未必发生了如何明确的印象，只觉得受着一种痛快的刺戟，犹如久处黑暗的人们骤然看见了绚丽的阳光。这奇文中冷隽的句子，挺峭的文调，对照着那含蓄半吐的意义，和淡淡的象征主义的色彩，便构成了异样的风格，使人一见就感着不可言喻的悲哀的愉快。这种快感正象爱于吃辣的人所感到的'愈辣愈爽快'的感觉。我想当日如果竟有若干国粹派读者把这《狂人日记》反复读至五六遍之多，那我就敢断定他们（国粹派）一定不会默默的看它（《狂人日记》）产生，而要把恶骂来欢迎它（《狂人日记》）的生辰了。"④

①　刘大杰：《〈呐喊〉与〈彷徨〉与〈野草〉》，载《1913—1983 鲁迅研究学术论著资料汇编》第 1 卷，中国文联出版公司 1985 年版，第 379 页。
②　甘人：《中国新文艺的将来与其自己的认识》，同上书，第 286 页。
③　成仿吾：《〈呐喊〉的评论》，同上书，第 45 页。
④　雁冰：《读〈呐喊〉》，同上书，第 34 页。

难能可贵的是，在葆有鲜活现实体验的基础上，鲁迅的同代人们已经充分意识到《狂人日记》和鲁迅的文学史价值与意义。比如有著史者从文学史角度进行的评价之准确和到位，就绝不亚于今天的我们："在近代中国小说界中，最伟大的莫如鲁迅（周树人）。他的观察能钻入世态人心的深处，而洞烛隐微；其笔又尖刻，又辛辣，能曲达入微，描写最为深刻。他的小说简直就是一面人生的照妖镜。"[①] 更难能可贵的是，文学观念和文学史体系建构并没有让他们的真切体验和深刻洞察凝固为知识的归纳、累积与因袭。有人就越过了文学的阈限，敏锐而深刻地领悟到《狂人日记》的核心指向及其在我们精神史和心灵史上的轴心价值："……从他的《狂人日记》创作上我们可以看出他揭穿了中国历史在一切治人者阶层的哲学的宗法的伪装下面的人民的、被人喝血的命运，这是历来所见的射穿过一切玄学的烟雾的最明澈的光，说明所有一切统治阶层的哲学的一个基本共通点就是吃人……"[②]

对照民国时代那些不成体系、不合学术规范甚至只是零散的读后感式的评论，尤其是那些溢于言表的同代人所拥有的真实性、鲜活性、诚挚感和痛切感，后来者如我们是否应该反思：当我们的知识谱系、价值秩序和意义系统，将《狂人日记》供奉于文学殿堂最高端时，是否应该警醒这种高耸云端的供奉，已经有意无意地将《狂人日记》关进了语言的藩篱、观念的牢笼？已经是有意无意地忘却了《狂人日记》为何诞生？尤其在这个启蒙早已终结的时代，《狂人日记》和鲁迅是否早已远离我们而化为黄昏中的偶像？

---

① 胡云翼：《新著中国文学史》，载中国社会科学院文学研究所鲁迅研究室编：《1913—1983鲁迅研究学术论著资料汇编》第1卷，中国文联出版公司1985年版，第672页。

② 晓风：《谈鲁迅的思想生活与创作——从刘文典教授讲演想起》，载中国社会科学院文学研究所鲁迅研究室编：《1913—1983鲁迅研究学术论著资料汇编》第4卷，中国文联出版公司1987年版，第857页。

二、"血红的书面，虽然有些黯澹，但它的精神似乎是不能磨灭的，翻开来一看，依旧一个字一个字都象用刀刻在木上的一样"①

　　1926 年，《京报副刊》实名制票选"新中国之柱石"。第 619 票选鲁迅的理由是："文学界的大元帅。他先生的文锋，足以杀进一般醉生梦死的人们底祖宗坟内去。"②仔细回味这个理由，我们是否需要就此思考：当我们将反叛历史、抨击传统、批判现实、反封建、反礼教、思想启蒙、改造国民性等主题赋予并框定《狂人日记》时，中国现代文学研究的知识谱系、价值秩序和意义系统，除了理论规范、方法多样、术语娴熟、概念清晰、专业分明的优势外，还能在哪些方面比投票者朱岳峙走得更远？

　　需要强调的是，当失去了"同甘共苦"的历史、文化语境，我们应该警觉，我们的眼光是否已经故步自封于文学的园地、自说自话于学术的领地？同样，如果换位思考，眼光的越界，必须要依赖可靠而扎实的专业坐标。只有首先从文学、从小说及其使命出发，才能避免凌空蹈虚，我们的眼光或许才能更加准确、敏锐、深邃与犀利。

　　回首晚清民初时代，有那么多抨击传统、批判现实、揭露黑暗的文章，论调不可谓不高亢，言辞不可谓不激烈，影响不可谓不广泛，可是悠悠百年后还有多少能辨之者？所谓质而无文行之不远，斯言不虚。《狂人日记》当初虽不如陈、胡辈文章之耀眼一时，但"那样的讥诮而沉挚，那样的描写深刻，似乎一个字一个字都是用刀刻在木

---

①　周愣伽：《读〈狂人日记〉》，载中国社会科学院文学研究所鲁迅研究室编：《1913—1983 鲁迅研究学术论著资料汇编》第 1 卷，中国文联出版公司 1985 年版，第 862 页。

②　《他为什么选他们（十四）》，同上书，第 151 页。

上的"①，显然使之更具有历久弥新、仰之弥高的深远潜力。鲁迅内心冲动之托形于艺术，终获更持久的生命力。因此，无论赋予《狂人日记》怎样繁杂的内涵与意义，不管是浪漫还是写实，不管是寓言还是象征，不管是隐喻还是转义，不管是间离还是戏仿，不管是反叛还是启蒙，我们都必须从一个约定俗成的基本事实出发：《狂人日记》首先是以小说形式存在并传世的。

福柯尝言："在古典时代里，并不存在疯狂文学，因为疯狂并没有它自主的语言，并没有以一个真实语言来说明自身的可能。……疯狂自己并无权力操作它的语言和真相之间的综合。"②在古典时代，疯狂的确没有独立存在的条件与空间，更无法形成自发、自主乃至独立的真实语言。但是，却有扭曲、变异乃至变态的语言和形式，来表达异化的自身。比如魏晋南北朝，战乱频仍，灾祸横行，血污遍野。魏晋文人，抗言直辩者，人头落地，广陵散绝；放浪形骸者，苟全性命，托形文艺；但是，"文的自觉"和"人的自觉"卓然于乱世，迄今血脉流传、余韵不绝。无论是阮籍的穷途猖狂，还是陶潜的桃源梦想，所谓魏晋风度者，那么洒脱、那么开阔、那么深沉，骨子里那股巨大的悲哀、无尽的忧伤，至今仍然深深触痛我们的心灵。魏晋文人的"自觉"，虽然没有锤炼出一种独立的"真实语言"，却以自身的佯癫诈狂，校验和证明了自身的真实性。再如被后世誉为中国最伟大文学作品的《红楼梦》，开篇就虚晃一枪："……上面虽有些指奸责佞贬恶诛邪之语，亦非伤时骂世之旨；及至君仁臣良父慈子孝，凡伦常所关之处，皆是称功颂德，眷眷无穷，实非别书之可比。……因毫不干涉时世，方从头至尾抄录回来，问世传奇。"③然后，作者才能借

---

① 西谛：《〈呐喊〉》，载中国社会科学院文学研究所鲁迅研究室编：《1913—1983鲁迅研究学术论著资料汇编》第1卷，中国文联出版公司1985年版，第208页。
② ［法］米歇尔·福柯：《古典时代疯狂史》，林志明译，生活·读书·新知三联书店2005年版，第717页。
③ 曹雪芹、高鹗：《红楼梦》，人民文学出版社1982年版，第6页。

"通灵"之说，发"假语村言"，以"满纸荒唐言"的自嘲自抑，来换取演义"一把辛酸泪"的语言独立与心灵自由。

艾森斯塔特论及"中国历史经验和中国现代性的某些方面"时，认为："不像在其他文明中所发生的那样，中国在制度领域没有产生任何突破。……在中国出现的反叛和意识形态的发展，通常仅仅对主流价值结构提供了一种辅助性解释……大多数人强调天命的意识形态与符号体系，没有从根本上孵化出新的取向或制度模式，尤其在统治者的责任方面，更是如此。"① 回首百年风云，诸多反叛言行及其意识形态、符号体系，最终归顺主流价值结构者，总是屡见不鲜、比比皆是；新的价值取向和制度模式，依然进退维谷、步履维艰，乃至面临灭顶之灾。但是，自辛亥革命终结帝制之后，专制尽管身形百变、与时俱进、自信满满，却在语言上精神上，再也无法阻止人们"剪辫的自由"。

"疯狂之所以可能，条件是在其四周必须存有一个宽广的幅度，一个游戏的空间，允许主体可以自发地说着自己的疯狂语言，并建构自身为疯狂。"② 当帝制倒塌，专制再也无法冠冕堂皇、名正言顺地监控和奴役人的思想，一个存有宽广幅度的游戏空间，就开始逐步建构起来。"人的自觉"和"文的自觉"，终于开始获得独立的空间、独立的形式、独立的生命和真实的语言。一百年前，需要产生陈、胡诸贤那样"振臂一呼应者云集的英雄"，去剪掉人们头上的辫子；也需要鲁迅这样焦唇敝舌、恐其衰微者，去剪掉人们内心深处根深蒂固的辫子。魏晋的佯癫诈狂，满清的满纸荒唐，在帝制的废墟瓦砾之上，终于开出了《狂人日记》这朵独异的中国"恶之花"。

从"真的人"诉求看，中国现代文学的产生、独立，是疯狂文学为其先锋乃至向导的。先是鲁迅的《狂人日记》横空出世，继

---

① ［以色列］S. N. 艾森斯塔特：《反思现代性》，旷新年、王爱松译，生活·读书·新知三联书店 2006 年版，第 275 页。

② ［法］米歇尔·福柯：《古典时代疯狂史》，林志明译，生活·读书·新知三联书店 2005 年版，第 711—712 页。

之郁达夫的《沉沦》石破天惊，中国现代文学的自我确证与伸展由此发轫，蓬勃生长。如果说"真的人"，既要体现在社会制度等人的外部世界层面，又要体现在人的思想、情感、意志、欲望等内部精神世界层面；那么，"真的人"就是由人的外部世界和人的肉体、心理和精神等内在层面共同组成的一个存在标尺。如果说鲁迅的《狂人日记》，主要聚焦于思想、理性、观念层面的启蒙，是观念性的、思想性的、理论性的、逻辑性的象征与寓言；那么郁达夫的《沉沦》，则侧重于情绪、感性、欲望层面的宣泄，是肉体的、情绪的、感觉的、意志的乃至潜意识的表现与扩张。正是鲁迅、郁达夫等人的相继登场，五四新文学运动才真正完成了从人的外部世界到人的内部标尺的全面性认知与体验，才真正完成了从人的思想、观念、理性等精神层面到人的肉体、情感、欲望、意志等心理层面的整体性言说与实践。一个完整的"真的人"的观念与实践，一个完整的"五四精神"的自主世界，才得以较为彻底地完型与展现。

　　《狂人日记》与《沉沦》的降临，标志着由古典走向现代的中国人的完整心理坐标和精神尺度的建立。一个狂人和一个病的青年，以其巨大的历史冲击力、现实震撼力、艺术感染力和精神穿透力，让"人的发现"真正获得了独立的历史意识、自由的现实感受和自足的真实语言，更让"人的发现"成为迄今依然是射穿"一切治人者阶层的哲学的宗法的伪装"的最明澈的光。

　　从这个意义上说，《狂人日记》实乃现代中国疯狂文学之开山。它既是中国疯狂文学当仁不让的历史界标，更是中国文学真实语言之诗性桂冠。福柯尝言："人之客观化的重要时刻，和他陷入疯狂的过程，乃是同一回事。相关于人之真相借以进入客观界，并得以为科学感知所接近的动态过程而言，疯狂乃是其中最纯粹、最主要、最原初的形式。只因为人有能力发疯，他才能成为他自己眼中的自然。……人反而是通过疯狂——即使他是在理性状态下——才能在他自己眼中

362

成为具体和客观的真相。由人走到真正的人，疯人乃是必经之道。"①
福柯大概没有想到的是，一篇署名鲁迅的小说《狂人日记》，已经早
于他四十年，就以诗性的、隐喻的、象征的和寓言的方式，或者说以
真正主体的、自发的、自主的、自足的真实语言，借狂人之疯狂，说
出了人之最为黑暗、最为晦涩、最为残酷的迷思与真相。这个叫作鲁
迅的东方中国作家，其全部创作之核心、主调与方向不但就此基本奠
定，而且虽九死其犹未悔。诚如中外论者后来所总结的："这是一篇
承前启后的分水界，豫才此后的主要思想，在这篇《狂人日记》里全
找得到伏线。"②"在他第一篇故事《狂人日记》中，他的文体和方针
似已完全奠定了。"③ 周扬也纪念鲁迅说："为被吃者感受痛苦，对吃
人的人提出火焰似的抗议——这就是他的全部创作的基调。"④

　　毫无疑问，"吃人"是《狂人日记》最响亮的真实语言。可是，
谁是被吃者？谁是吃人者？多少年来，历经文学批评与研究的累积，
我们有了不胜枚举的关于吃与被吃的理解与阐释。比如陈思和教授的
《现代知识分子觉醒期的呐喊：〈狂人日记〉》一文，就从"历史上的
吃人传统""现实遭遇的吃人威胁""对人性黑暗的批判"等视角，在
学理层面较为全面地解说了吃人意象的演变。⑤ 经过百年沉淀，今天
的我们已经能够较为充分地看到，小说以高度凝练、自主、自发、自
足的真实语言，全面、深入、细致地展示了吃人游戏的触目惊心：从
仁义道德吃人、家族制度吃人、礼教吃人，到现实中吃人游戏的于斯

---

① ［法］米歇尔·福柯：《古典时代疯狂史》，林志明译，生活·读书·新知三联书
　　店 2005 年版，第 729 页。
② 欧阳凡海：《鲁迅的书》，载《1913—1983 鲁迅研究学术论著资料汇编》第 3 卷，
　　中国文联出版公司 1987 年版，第 884 页。
③ ［英］H.E.Shadick：《鲁迅：一个赞颂》，载《1913—1983 鲁迅研究学术论著资料
　　汇编》第 2 卷，中国文联出版公司 1986 年版，第 186 页。
④ 周扬：《一个伟大的民主主义现实主义者的路》，同上书，第 1020 页。
⑤ 陈思和：《中国现当代文学名篇十五讲》，北京大学出版社 2003 年版，第 44—
　　63 页。

为盛，再到狂人自我拷问"现在也轮到我自己"；其范围之广，绵延
之久，危害之深，确乎从古至今、由外到内、由表及里，由他者波及
自身。

《狂人日记》展示出来的"吃"与"被吃"的整体性、绵延性、
持久性和流动性，"吃"与"被吃"的无时不有、无处不在、无孔不
入，的确让人不寒而栗；吃人游戏的整体性、持久性和残酷性，在
西方学者的眼中，甚至超过了资本主义原始积累时期的残忍无情：
"……鲁迅的同胞们'确实'是在吃人：他们受到中国文化最传统形
式和程序的影响与庇护，在绝望之中必须无情地相互吞噬才能生存下
去。这种吃人的现象发生在等级社会的各个层次，从无业游民和农民
直到最有特权的中国官僚贵族阶层。值得强调，吃人是一个社会和历
史的梦魇，是历史本身掌握的对生活的恐惧，这种恐惧的后果远远超
出了较为局部的西方现实主义或自然主义对残酷无情的资本家和市场
竞争的描写，在达尔文自然选择的梦魇式或神话式的类似作品中，找
不到这种政治共振。"①

在《狂人日记》问世后的第十八个年头，鲁迅说过一段常被研
究者选择性引用的话："从一九一八年五月起，《狂人日记》，《孔乙
己》，《药》等，陆续的出现了，算是显示了'文学革命'的实绩，
又因那时的认为'表现的深切和格式的特别'，颇激动了一部分青年
读者的心。然而这激动，却是向来怠慢了绍介欧洲大陆文学的缘故。
一八三四年顷，俄国的果戈理（N. Gogol）就已经写了《狂人日记》；
一八八三年顷，尼采（Fr. Nietzsche）也早借了苏鲁支（Zarathustra）
的嘴，说过'你们已经走了从虫豸到人的路，在你们里面还有许多份
是虫豸。你们做过猴子，到了现在，人还尤其猴子，无论比那一个
猴子'的。而且《药》的收束，也分明的留着安特莱夫（L. Andreev）

---

① ［美］詹明信：《晚期资本主义文化逻辑：詹明信批评理论文选》，陈清侨等译，
生活·读书·新知三联书店、牛津大学出版社 1997 年版，第 525—526 页。

式的阴冷。但后起的《狂人日记》意在暴露家族制度和礼教的弊害，却比果戈理的忧愤深广，也不如尼采的超人的渺茫。此后虽然脱离了外国作家的影响，技巧稍微圆熟，刻划也稍加深刻，如《肥皂》，《离婚》等，但一面也减少了热情，不为读者们所注意了。"[①] 且不论他说怠慢欧洲大陆文学，是否深谙"吃人"现象中外皆然；也不论他引用尼采的话，是否意指"吃人"现象古今皆是；问题是鲁迅所谓的"却比果戈理的忧愤深广，也不如尼采的超人的渺茫"，只是递进式说明"意在暴露家族制度和礼教的弊害"吗？考虑到鲁迅语言的独特性和曲折性，这是不是还暗含吃人游戏带来的恐惧与梦魇的现实性、预见性、震撼性、强烈性与持续性？

作为创造者的鲁迅，当然有天赋的权利去选择任何适意的方式，安置自己的内心冲动与表达欲望。从这个层面来看，李长之所谓"大抵在《狂人日记》，是因为内容太好了，技巧上似乎短少的是结构"[②]之说，如果不是遗憾于美玉有瑕的感慨，就是陷入某种僵化文学观念、自闭于某种固定文学模型的书生之见。其实，仅仅就小说结构艺术而言，我们就不能不佩服《狂人日记》的艺术创造性，而且我们还要佩服当年一位读者的敏锐："这一个狂人，我想决不是他篇首所声明的什么迫害狂，而简直是推理狂了。"[③] 貌似凌乱的结构和无序的布局，恰恰是狂人得以存在的内在心理需要和必然艺术形式。借助于疯狂这种"人走到真正的人"的必经之道，小说才抵达了自身真实语言、自身艺术使命得以绽放的澄澈境界：从历史的深层结构，到现实的复杂表象，从集体无意识的尘埃，到现实中吃与被吃游戏的血淋淋上演，最终聚焦于面向未来的渺茫呼告、绝望呐喊，《狂人日记》结

① 鲁迅：《〈中国新文学大系〉小说二集序》，载《鲁迅全集》第6卷，人民文学出版社1981年版，第238—239页。

② 李长之：《鲁迅批判》，载《1913—1983鲁迅研究学术论著资料汇编》第1卷，中国文联出版公司1985年版，第1311页。

③ A.B.：《要做一篇鲁迅论的话》，同上书，第450页。

构严谨、逻辑缜密、步步为营、层层递进，一环扣一环、一波接一波地剥离出了"四千年来时时吃人的地方"的人之黑暗与真相。"救救孩子"的无望呼告，实乃阴沉与绝望中的最后搏击。

三、"所谓'日月出而爝火熄'，正是我们要求的命运。——但是日月一时不出，爝火总不令他一时熄去"[1]

《狂人日记》虽以小说名世，却终究要跨出艺术的象牙之塔，直抵人之存在真相，成为隐喻、抽象出我们这个世界整体存在状态的"有意味的形式"。更重要的是，只要吃人的游戏不终结，这个"有意味的形式"就依然是"对于摧残者的憎的丰碑"。

早在民国时代，充分理解《狂人日记》的历史底蕴尤其是现世旨归、未来指向的，不乏其人。既有李长之从首开先河角度得出的判断："从此，新文化运动便有了最勇猛的战士，最妥实的保护人，中国国民也有了最严厉的监督，青年则有了不妥协，不退缩的榜样，而新文艺上开了初期的最光彩的花。这重要不止在鲁迅，而且在中国！"[2] 也有谭正璧从整体观照视野作出的定位："他的小说集《呐喊》，是一部永久不朽的作品，很有地方色彩，而用笔冷诮暗讥，有特别风味。不但是好的文艺创作，是一本革命的宣传书。"[3] 耐人寻味的是，还有一个外国读者的评价，或许更应该令我们深思："自然那是一篇对于狂人心理的深刻的描写，读后即使人生恐怖之感；但它更是一种喝血的社会的反映。在行文间我看到一幅人吃人的世界的Swlftian图画，其中有一狂人洞悉底细，因而向他的同胞呼号，要他

---

[1] 傅斯年：《通信》，载《1913—1983鲁迅研究学术论著资料汇编》第1卷，中国文联出版公司1985年版，第11页。

[2] 李长之：《鲁迅批判》，同上书，第1277页。

[3] 谭正璧：《中国文学史大纲（节录）》，同上书，第247页。

们洗心革面。这篇作品在世界大战的前夕写就，在一个外国读者看来，特别是一件有意思的事。"①《狂人日记》命题的世界性、普遍性、典型性和穿透性，是否由此可见一斑？

纵观《狂人日记》的有关评价，茅盾堪称一个出色而道地的"知人论世"者。他以一个卓越文人的笔触，不但向我们娓娓传递了同代人对《狂人日记》的那种感同身受、无可替代的鲜活艺术体验，而且更真切而具体地道出了《狂人日记》的历史底蕴、现世旨归与未来指向："《狂人日记》是寓言式的短篇。惟其是寓言式，故形象之美为警句所盖掩；但是因此也使得主题绝不含糊而战斗性异常强烈。"②《狂人日记》的时代，或许民主共和的招牌尚在，或许暴露家族制度和礼教的弊害更为紧迫，但鲁迅所谓的"比果戈理的忧愤深广，也不如尼采超人的渺茫"，是否也在呼应着自家小说的"主题绝不含糊而战斗性异常强烈"？

由此，我们不能不想起《狂人日记》问世十年后发生的那场著名的"革命文学"论战。1928 年的鲁迅祸不单行，只能"而已而已"之际又"运交华盖"，猝不及防地遭到了创造社、太阳社诸雄的垂青。《死去了的阿 Q 时代》《"除掉"鲁迅的"除掉"!》《请看我们中国的 Don Quixote 的乱舞——答鲁迅〈"醉眼"中的朦胧〉》《鲁迅的闲趣》《死去了的鲁迅》《毕竟是"醉眼陶然"罢了》《鲁迅之所谓"革命文学"》《鲁迅骂人之策略》《朦胧以后——三论鲁迅》《文艺战线上的封建余孽——批评鲁迅的〈我的态度气量与年纪〉》，一系列有组织、有计划、有预谋的雄文，犹如晴天霹雳，令世人瞠目结舌。仅从篇名

---

① ［英］H.E.Shadick：《鲁迅：一个赞颂》，载中国社会科学院文学研究所鲁迅研究室编：《1913—1983 鲁迅研究学术论著资料汇编》第 2 卷，中国文联出版公司 1986 年版，第 186 页。引文中"Swlftian"，疑为印刷错误，应为"Swiftian"，即斯威夫特式。

② 茅盾：《论鲁迅的小说》，载中国社会科学院文学研究所鲁迅研究室编：《1913—1983 鲁迅研究学术论著资料汇编》第 4 卷，中国文联出版公司 1987 年版，第 776 页。

的架势看，就能感受到当年"围剿"行动之飞沙走石、招招封喉。这场论战涉及《狂人日记》者，当以钱杏邨最为雄赳赳、气昂昂："他不过是如天宝宫女，在追述着当年皇朝的盛事而已；站在时代的观点上，我们是不需要这种东西的。"①

鲁迅是否如天宝宫女追述前朝盛世，如今已经不辩自明。至于站在时代观点上是否需要这种东西，钱杏邨和他的同类后来自然是如鱼饮水。对钱杏邨们的豪言壮语，当时就有人指出："标语口号仍是标语口号，不过更堆砌了些铁锤镰刀，煤油石炭之类的字眼罢了。"②再想想 1935 年行将被死亡所捕获的鲁迅，所谓"比果戈理的忧愤深广，也不如尼采超人的渺茫"之说，难道不是又多了一个活灵活现的现世注脚？难道不是又多了一次百足僵尸的满血复活？当"安排给阔人享用的人肉的筵宴"反复循环、轮回上演的时候，我们是否更应该细细咀嚼、感受和领悟鲁迅所说的"比果戈理的忧愤深广，也不如尼采超人的渺茫"？

吃人之所以是《狂人日记》最响亮的真实语言，实乃吃人的游戏，从古至今构成了一个超级强悍的"无物之阵"。由于《狂人日记》不但是写实主义的艺术、先锋主义的艺术、象征主义的艺术，更是未来主义的艺术；由于《狂人日记》的真实语言，是诗性的、虚拟的、戏仿的、间离的、寓言的、象征的、总体的、开放的；我们当然不能将"吃人者"固定为某个实指，但更不能漠然指涉为事不关己高高挂起的"他者"。万难破毁的铁屋子，终究会有它强势运行的核心机制，自然也是它维系自身统治的中枢与命脉。这当然也是《狂人日记》早已明示的一个开放性、未来性命题：谁是第一吃人者？谁是吃人游戏的主谋？路上

① 钱杏邨：《死去了的阿 Q 时代》，载中国社会科学院文学研究所鲁迅研究室编：《1913—1983 鲁迅研究学术论著资料汇编》第 1 卷，中国文联出版公司 1985 年版，第 326 页。

② 李锦轩：《最近中国文艺界的检讨》，载中国社会科学院文学研究所鲁迅研究室编：《1913—1983 鲁迅研究学术论著资料汇编》第 1 卷，中国文联出版公司 1985 年版，第 590 页。

的人、小孩子、古久先生、女人、陈老五、何先生、大哥、狼子村佃户乃至母亲，虽然都主动或被动地参与到吃人游戏的行列；但那个"脸色铁青""代抱不平"的赵贵翁，究竟是谁？他在吃人游戏中究竟扮演什么角色？这个"用满怀想像的艺术形式表现自己的概念——用统帅的形象象征教条和理性的要素，形象而'拟人地'体现出'集体意志'"[1]的代言人和象征者，是否才是赫然盘踞在吃人游戏金字塔尖的主谋、第一吃人者，以至于率先出场的"赵家的狗"都成为全篇最为夺目的意象？

　　百代皆行秦政治，祖龙虽死魂犹在。以赵贵翁为核心、以"赵家的狗"为先锋、以大哥与陈老五为执行者、以路上的人等众多吃人者为联盟，一个完整有序、等级井然、无微不至、盘根错节的吃人系统与机制，衣冠楚楚地屹立于历史洪流中。吃人的脉络是那么清晰可辨，愚妄的欢呼是那么令人毛骨悚然。正如鲁迅后来所说："因为古代传来而至今还在的许多差别，使人们各各分离，遂不能再感到别人的痛苦；并且因为自己各有奴使别人，吃掉别人的希望，便也就忘却自己同有被奴使被吃掉的将来。于是大小无数的人肉的筵宴，即从有文明以来一直排到现在，人们就在这会场中吃人，被吃，以凶人的愚妄的欢呼，将悲惨的弱者的呼号遮掩，更不消说女人和小儿。这人肉的筵宴现在还排着，有许多人还想一直排下去。"[2]吃人的游戏，犹如黑沉沉的梦魇矗立在人之四周，犹如铜墙铁壁之牢不可破，令人难以视听、艰于呼吸；不但绞杀着人的肉体，而且吞噬着人的灵魂，以义正词严、美轮美奂的方式让人无处遁逃："我们中国人，最妙是一面会吃人，一面又能够讲礼教。……我们如今应该明白了！吃人的就是讲礼教的！讲礼教的就是吃人的呀！"[3]

---

① ［意］安东尼奥·葛兰西：《狱中札记》，曹雷雨等译，中国社会科学出版社 2000 年版，第 88 页。

② 鲁迅：《灯下漫笔》，载《鲁迅全集》第 1 卷，人民文学出版社 1981 年版，第 217 页。

③ 吴虞：《吃人与礼教》，载中国社会科学院文学研究所鲁迅研究室编：《1913—1983 鲁迅研究学术论著资料汇编》第 1 卷，中国文联出版公司 1985 年版，第 14—16 页。

凶人的愚妄的欢呼，固然可憎；曾经的被吃者，又如何变成吃人者？"他们——也有给知县打枷过的，也有给绅士掌过嘴的，也有衙役占了他妻子的，也有老子娘被债主逼死的；他们那时候的脸色，全没有昨天那么怕，也没有这么凶。"按照"哪里有压迫，哪里就有反抗"的历史逻辑和宏大叙事，狂人一声呐喊，他们满腔的热血就应该沸腾，去把旧世界打个落花流水。至少，他们也应该站在狂人的身后，默默地摇旗呐喊。可是，鲁迅的小说却以非同凡响、无比透彻、撼人心魄的真实语言，撕碎了这历史逻辑和宏大叙事的虚幻面纱。做了华老栓、华小栓的，还算善良本分；做了康大叔、红眼睛阿义的，又何止过江之鲫？

"我们极容易变成奴隶，而且变了之后，还万分喜欢"[1]，鲁迅的沉重与犀利，早已经明示后来者：万分喜欢，是因为人人想成为赵贵翁，再不济成为"赵家的狗"也可耀武扬威，最无济于事的阿Q也可以分一杯羹、吃几片肉。所以，时间永是流逝，街市依旧太平，太阳照常升起，吃人游戏总是轮回上演："人对无形的事，总以为是没有，也便不很留心。其实它的厉害，它的可怕，较有形的要大十倍百倍……千倍万倍，就是因为它无形，不为人们留心，也便不易察觉，也便不易消灭，有意无意的，永远的继续下去，有形的人吃人，古书上记载着，人们也有时看见过，便以为是有，便觉得它非常可恶，非常悲惨；无形的人吃人，人们因为它是无形的，不易察觉的，便以为是没有，所以它也就从古演到现今，现今还在一场场的开演，尚无停止的日期。……尽管鲁迅先生在大声疾呼并且指示我们以事实，而仍然救不了已经麻痹耳聋眼瞎吃惯了人的人们。"[2]

要么吃人，要么被吃，这是一个迄今无解的问题。更令人无地

---

① 鲁迅：《灯下漫笔》，《鲁迅全集》第 1 卷，人民文学出版社 1981 年版，第 211 页。

② 石泉：《〈祝福〉读后感》，载中国社会科学院文学研究所鲁迅研究室编：《1913—1983 鲁迅研究学术论著资料汇编》第 1 卷，中国文联出版公司 1985 年版，第428—429 页。

自容、不寒而栗的是，在吃人游戏的超级稳定结构中，异化往往约等于同化："一旦'服从'成为同一集团的事，它必然是自发的；不仅无须证明它的必要性和合理性，也毋庸置疑。（有人认为，更糟糕的是还根据这一信念行事，即无须恳求、无须指出行动的路线，'服从'就'会到来'。）"① 由此，在狂人的栖居之地，"服从"就必然成为主动讴歌或被动低吟的主旋律，人性的黑暗、丑恶、贪婪与卑劣，仿佛就可以天经地义、名正言顺地释放与宣泄；狂人的呐喊终将在"凶人的愚妄的欢呼"中渐渐窒息，吃人游戏将一而再、再而三地盛装排演。

于是，《狂人日记》那个被人们反复研究、探讨的文言小序，就成为小说的画龙点睛之笔。我们自然可以说鲁迅深谙传统小说之三昧，也可以说鲁迅小说实现了融会中外、贯通古今的艺术创造；但我们绝不能忽略和忘却的是，小说核心旨要的落脚点在于"然已早愈，赴某地候补矣"。佐之以娜拉走后"不是堕落，就是回来"，佐之以蜂子或蝇子"又回来停在原点"，佐之以"他终于在无物之阵中老衰，寿终。他终于不是战士，但无物之物则是胜者。在这样的境地里，谁也不闻战叫：太平。太平……。"② 鲁迅的忧愤为何深广，岂非一目了然？所谓"主题绝不含糊而战斗性异常强烈"，岂非不言而喻？

四、"凡事须得研究，才会明白"

康德早在 1784 年就告诫说："通过一场革命或许很可以实现推翻个人专制以及贪婪心和权势欲的压迫，但却绝不能实现思想方式的真

---

① [意] 安东尼奥·葛兰西：《狱中札记》，曹雷雨等译，中国社会科学出版社 2000 年版，第 108 页。

② 鲁迅：《这样的战士》，载《鲁迅全集》第 2 卷，人民文学出版社 1981 年版，第 215 页。

正改革；而新的偏见也正如旧的一样，将会成为驾驭缺少思想的广大人群的圈套。"① 一百三十四年后，《狂人日记》以小说艺术的独特方式，从人的外部世界的枷锁开始，直抵人的内部世界的黝黑底层，深刻而鲜活地诠释了"圈套"的根深蒂固、花样百出、历久弥新。"杀的杀掉了，死的死掉了，还发什么屁电报？"范爱农"钝滞的声音"，何尝没有隐含鲁迅对"置身毫无边际的荒原"的狂人命运的绝望？一篇小说，即使是最锐利的投枪与匕首，在"无物之阵"中又奈其如何？一段仅仅晚于《狂人日记》问世一年的评论，仿佛已经预言了狂人或者《狂人日记》及其作者的命运：

> 譬如鲁迅先生所做《狂人日记》的狂人，对于人世的见解，真个透彻极了，但是世人总不能不说他是狂人。哼哼！狂人，狂人！耶稣、苏格拉底在古代，托尔斯泰、尼采在近代，世人何尝不称他做狂人呢？但是过了些时，何以无数的非狂人跟着狂人走呢？文化的进步，都由于有若干狂人，不问能不能，不管大家愿不愿，一个人去辟不经人迹的路。最初大家笑他，厌他，恨他，一会儿便要惊怪他，佩服他，终结还是爱他，象神明一般的待他。所以我敢决然断定，疯子是乌托邦的发明家，未来社会的创造者。至于他的命运，又是受嘲于当年，受敬于死后。这一般的非疯子，偏是"前倨后恭"，"二三其德"的，还配说自己不疯说人家疯吗？②

"弄文罹文网，抗世违世情。积毁可销骨，空留纸上声。"还有谁，能比鲁迅更懂得狂人的前生今世？鲁迅活着的时候，就极不愿

---

① 康德：《答复这个问题："什么是启蒙运动？"》，载《历史理性批判文集》，何兆武译，商务印书馆1990年版，第24页。

② 孟真：《一段疯话》，载中国社会科学院文学研究所鲁迅研究室编：《1913—1983鲁迅研究学术论著资料汇编》第1卷，中国文联出版公司1985年版，第9—10页。

意将"苦的寂寞"传染给正做着梦的青年，但他也无力改变吃人游戏带来的恐怖与绝望，只能借小说倾吐自己内心深处最为赤裸、最为真实的语言，给予沉默的大多数以警醒："中国人的不敢正视各方面，用瞒和骗，造出奇妙的逃路来，而自以为正路。在这路上，就证明着国民性的怯懦，懒惰，而又巧滑。一天一天的满足着，即一天一天的堕落着，但却又觉得日见其光荣。"① 人人都在吃人，又终究难以避免被吃的命运；人人都知道吃人游戏的无耻与卑劣，却总是沉默于瞒和骗的大泽。无怪乎早就有人在鲁迅作品中读出了民族梦魇的可怕与沉重："从《狂人日记》起，篇篇都是告诉我们这样一个可怕的吃人世界，并且挽救是无望的。"②

《狂人日记》不愧是鲁迅作品真实语言的总纲与枢纽，首开创作先河之初，就已经预告了他后来更为直接的判断："'时日曷丧，予及汝偕亡！'愤言而已，决心实行的不多见。实际上大概是群盗如麻，纷乱至极之后，就有一个较强，或较聪明，或较狡猾，或是外族的人物出来，较有秩序地收拾了天下。厘定规则：怎样服役，怎样纳粮，怎样磕头，怎样颂圣。而且这规则是不像现在那样朝三暮四的。于是便'万姓胪欢'了；用成语来说，就叫作'天下太平'。"③ 狂人的"然已早愈，赴某地候补矣"，正是"雾塞苍天百卉殚"之必然结局，也是大大小小无数沉默者的集体意志，更是《狂人日记》历经百年沧桑遗留下来的最沉重、最无奈的象征与预言。

春温秋肃，月光如水。"如果一个人决定要抛弃枷锁，那么他首先必须感觉到这个枷锁已经不可忍受。一个民族的精神上的黑暗经常

---

① 鲁迅：《论睁了眼看》，载《鲁迅全集》第 1 卷，人民文学出版社 1981 年版，第 240 页。

② 正厂：《鲁迅之小说》，载中国社会科学院文学研究所鲁迅研究室编：《1913—1983 鲁迅研究学术论著资料汇编》第 1 卷，中国文联出版公司 1985 年，第 50 页。

③ 鲁迅：《灯下漫笔》，载《鲁迅全集》第 1 卷，人民文学出版社 1981 年版，第 212 页。

必须变得如此沉重，以致它不得不撞破脑袋来寻求光明。"①一百年前的狂人，以"撞破脑袋"的莫大勇气，挣脱精神的枷锁，发出"救救孩子……"的呼告，震惊了我们的灵魂，也给我们留下了难以名状的无尽悲哀。"一生不曾屈服，临死还要斗争"的鲁迅，终究是深谙"绝望之为虚妄，正与希望相同"的鲁迅。"没有吃过人的孩子，或者还有？"尽管"彷徨于明暗之间"实乃无法摆脱的宿命，但他却"敢遣春温上笔端"，为狂人，这现代中国最早的战斗者形象，吹响了希望者的号角，又写下绝望者的末文。

鲁迅虽死，《狂人日记》尚在。"没有伟大的人物出现的民族，是世界上最可怜的生物之群；有了伟大的人物，而不知拥护，爱戴，崇仰的国家，是没有希望的奴隶之邦。因鲁迅的一死，使人们自觉出了民族的尚可以有为，也因鲁迅之一死，使人家看出了中国还是奴隶性很浓厚的半绝望的国家。"②但愿《狂人日记》的微光不被湮灭，终将摆脱"捧杀"和"棒杀"的命运，不但是"对于摧残者的憎的丰碑"，更是"对于前驱者的爱的大纛"！

一百年前，《狂人日记》的横空出世，在我们的精神史、心灵史、思想史、文化史上，刻下了一道奇丽诡谲、穿透黑暗的精神之光、心灵之光、思想之光、文化之光。"狐狸方去穴，桃偶已登场"，历史从未有过终结，还在神奇而持续地循环与轮回。一百年风雨如磐的岁月，虽然不过是"寄蜉蝣于天地，渺沧海之一粟"，可是对生之有涯者，俟河之清，人寿几何？月光穿过一百年，心灵的拷问、思想的冲击、精神的震撼和文化的审视，是否还依然在《狂人日记》中汩汩释放？

---

① ［德］卡尔·莱昂哈德·赖因霍尔德：《对启蒙的思考》，载［美］詹姆斯·施密特编：《启蒙运动与现代性——18世纪与20世纪的对话》，徐向东、卢华萍译，上海人民出版社2005年版，第76页。

② 郁达夫：《怀鲁迅》，载中国社会科学院文学研究所鲁迅研究室编：《1913—1983鲁迅研究学术论著资料汇编》第2卷，中国文联出版公司1986年版，第134页。

　　唯借福柯那如诗般赞美"疯狂语言"的语言，致祭于《狂人日记》，愿它能够持久盛开在《狂人日记》的上空："疯狂语言在浪漫诗中的特色，乃在于它是最后终结的语言，又是绝对复始的语言：这是堕入黑夜之人的终结；但在这个黑夜末尾，又出现了一道光，而这便是万物初始之光……这便是疯狂的力量：它说出了人那不可理喻的秘密，它说人之堕落的终极点，也就是他最初的清晨，它说他的黑夜结束于其最鲜嫩青春的光线之中，它说，在人身上，终点便是重新开始。"①

---

①　[法] 米歇尔·福柯：《古典时代疯狂史》，林志明译，生活·读书·新知三联书店 2005 年版，第 718—719 页。

第十八章　意识形态想象与《中国古代社会研究》

郭沫若曾在《名辩思潮的批判》中谈道："社会在比较固定的时候，一切事物和其关系的称谓，大体上是固定的。积久，这些固定的称谓被视为天经地义，具有很强大的束缚人的力量。但到社会制度发生了变革，各种事物起了质变，一切的关系都动摇了起来，甚至天翻地覆了，于是旧有的称谓不能适应新的内容，而新起的称谓还在纷纷尝试，没有得到一定的公认。在这儿便必然卷起新旧之争，即所谓'名实之相怨'。在我们现代，正是一个绝好的例证，封建秩序破坏了，通常日用的言语文字都发生了剧烈的变化，旧的名和旧的实已经是'绝而无交'，虽然还有一部分顽固分子，在死守着旧的皮毛，然而大势所趋，聪明的人早知道新旧不能'两守'，而采取新化一途了。"① 恰如郭沫若所判断的，20 世纪的二三十年代"正是一个绝好的例证"，其史学言说在学术界的横空出世，适逢中国现代史上"名实之相怨"的剧变时代，顽固者守旧、聪明人逐新；更逢国共两大政治势力，为维护自身利益和获取社会合法性，不仅在政治、军事领域厮杀，而且在思想文化领域进行激烈的角逐。沧海横流，方显英雄本色，风云变幻的乱世，为郭沫若提供了一个大显身手的历史舞台。

---

① 《郭沫若全集·历史编》第 2 卷，人民出版社 1982 年版，第 252—253 页。

一、作为问题框架的意识形态想象

众所周知，国民党南京政权的确立和运行，主要是依靠政治暴力来维持的。易劳逸在分析南京政权的意识形态、结构和职能的行使时认为："所有强大的现代民族国家的一个特点是，人口相当大的部分被动员起来支持政府的政治目标。而国民党人在重视政治控制和社会秩序的同时，不信任民众运动和个人的首创精神；所以他们不能创造出那类基础广泛的民众拥护，在 20 世纪，民众拥护才能导致真正的政治权力。"[①]一个统治阶级在依靠暴力维持其统治的同时，还必须在精神和思想文化领域建立意识形态领导权，说服人们承认现政权的合理性与合法性，依靠人们某种形式的赞同来维持社会现状。这对于主要以精神劳作为志业的文人知识分子尤为重要。国民党政权不但缺乏这样一套行之有效的说服体系，其政治专制和独裁反而加剧了社会整体尤其是文人知识分子的政治紧张心理。新旧不能两"守"，"大革命"失败给中国知识分子造成严重精神创伤后，开明、稳定的社会政治秩序又没有建立。他们对国家政治进程的怀疑、对社会前景的苦闷与焦虑，得不到国家政治意识形态的合理解释与指导时，势必要寻求其他渠道来释放和排解。文人知识分子被迫以新的眼光观察社会和革命，"革命不再是全民族的共同斗争，它只是阶级战争的一个方面而已。经过白色恐怖和他们自己的信心危机之后，思想家们开始对自己有了新的认识。"[②]中国左翼文化运动的兴起，就是在国民党政治意识形态不能为社会政治进程提供恰当的形象和意义指导时，以一套完整的、能够激发人们想象力的说服体系——作为新的社会想象化身的马

---

① ［美］费正清、费维恺编：《剑桥中华民国史·1912—1949 年·下卷》，刘敬坤等译，中国社会科学出版社 1994 年版，第 157—158 页。

② ［美］微拉·施瓦支：《中国的启蒙运动——知识分子与五四遗产》，李国英等译，山西人民出版社 1989 年版，第 222 页。

克思主义意识形态，向它提出挑战，解构和颠覆其合法性、合理性，以社会状态的科学认识论的先进形象，关注社会下层民生疾苦，追求建立平等、合理的社会政治秩序，强调社会的有目的、合规律的发展，对社会发展前景作出了崭新的说明和构想，满足了人们对社会政治意识形态说明的渴望。

我们知道，每一种意识形态都有其问题框架，接受了某种意识形态的人总是把它蕴含的问题框架作为观察、分析和解决问题的出发点。左翼文化运动期间，马克思主义意识形态理论在思想文化领域初步确立了领导权，有两点原因不容忽视：第一，它建构了自身问题框架的真理形象，即强调资产阶级及一切剥削阶级的意识形态都是"虚假意识"，而马克思主义意识形态是"科学的意识形态"，是科学性与阶级性的辩证统一，既是无产阶级根本利益的体现又是社会发展规律的正确表达，只有运用"科学的意识形态"马克思主义来指导革命斗争，才能推动社会的进步与发展。第二，在思想文化领域寻找这一真理形象的代言人和宣传者，使其在具体的思想文化层面论证和传播马克思主义意识形态，从而更广泛地获得社会各阶层尤其是文人知识分子的大力支持。文人知识分子加入本来并不从属的阶级之所以成为可能，是因为他们能够在建构和宣传该阶级的意识形态追求上发挥重大作用；同时社会政治斗争对文人知识分子的争夺，又为他们稳居思想文化的话语权力中心、确保社会角色和功能的实现，提供了一条合乎社会认同标准的自我确证之路。马克思主义意识形态理论，既是左翼文人知识分子理论和自我确证的思想基础，又因为他们的宣传与传播而羽翼丰满。

具体言之，郭沫若史学研究产生重大影响的思想文化背景，或者说专业的学术文化语境，是从 1928 年开始的长达近十年的关于中国社会性质和中国社会史问题的大论战。这既是当时中国思想文化界关于中国社会发展前景问题和中国革命走向问题的大争论，也是当时主要的政治势力企图在思想文化界建立意识形态霸权的舆论战场。郭沫若在《中国古代社会研究》自序中宣称："对于未来社会的待望逼迫着我们不能不生出清算过往社会的要求。古人说：'前事不忘，后事之师。'认清楚过往的来程也正好决定我们未来的去向。""目前虽然是'风雨如晦'之时，然而也正是我们'鸡鸣不已'的时候。"[①] 郭沫若这种强烈关注社会现实的治史倾向，使他从未将视野局限于纯粹的学术领域，而是"目的意识"非常明确地将学术层面的史学命题推进到政治实践层面。他的《中国古代社会研究》，以马克思主义唯物史观为理论和方法指南，以中国历史存在过奴隶制为学术核心，认为中国从远古到近代经历了原始共产制、奴隶制、封建制和资本制诸种社会形态的更替，建构了在马克思主义问题框架观照下的中国历史和社会发展的阐释体系。这种对中国历史和社会发展体系的阐释，不仅是对当时鼓吹"中国国情特殊论"、反对马克思主义的"动力派"和"新生命派"等右翼思想文化派别的有力回击，而且是以中国历史发展体系为例证，确证了马克思主义理论关于人类社会发展规律的科学性、普适性和真理性。郭沫若关于中国历史分期和中国社会性质的论断，不仅"在中国社会科学界有划时代的贡献"[②]，"确为中国古史的研究，开了一个新纪元"[③]，也不仅"为我们的理性开辟了一条通到古代人类社会的大道……毫无疑义地成为一切后来者研究的出发点"[④]，更为重要的是在广泛的社会政治领域和社会价值评判系统中，为马克思主义指引下的社会政治革命提供了历史精神资源的合法支撑。正如郭沫若在《中国古代社会研究》中所期望的："……瞻往可以察来，这是一切科学的豫言的根本。社会科学也必然地能够豫言着社会将来的进行。社会是要由最后的阶级无产者超克那资本家的阶级，同时也就超克了阶级的对立，超克了自己的阶级而成为无阶级的一个共同组

---

① 《郭沫若全集·历史编》第 1 卷，人民出版社 1982 年版，第 6、10 页。

② 何干之：《中国社会史问题论战》，生活书店 1939 年版，第 95 页。

③ 同上书，第 104 页。

④ 李初梨《我对郭沫若先生的认识》，《解放日报》（延安），1941 年 11 月 18 日。

织。这是明如观火的事情，而且事实上已经在着着地实现了。"①

以《中国古代社会研究》为代表的郭沫若史学研究，不仅在学术领域构成了当时中国史学革命的重要一环，而且在政治领域为马克思主义的普泛化提供了理念实证基础，成为政治意识形态斗争的现实承载物。显然，马克思主义意识形态问题框架，成为其史学研究本体和实现社会功能的价值中轴，并与郭沫若史学研究实现了双赢。当时一个认为郭沫若史学"著作的本身并无偌大价值"的批评者，就指出过郭沫若史学研究超出历史学范畴本身的政治实践价值："全是因为此著作出世之时代关系和它应给了某种社会势力的待望"②。郭沫若的史学研究之所以被誉为划时代的贡献，关键就在于它以马克思主义意识形态问题框架为指引，不但对中国古代史进行了重新阐释，开辟了中国史学研究的新格局，而且在史学这一现代学术领域证明了马克思主义意识形态想象的真理性，为现实政治斗争提供了合法性与合理性的历史前提，实现了学术与政治的高度融合。

二、"党派圣哲"的追求

文人知识分子是现代思想精神资源的布道者，在以党治为主要政治形式的现代中国，文人知识分子与现代革命的互动关系，对现代中国文化体系和学术体系的形成有着重要意义。政治革命成功的关键在于民心向背，一个政党一个阶级不可能完全依靠暴力获得社会各阶层的广泛赞同，必须有一套宣传、说服机制向社会各阶层言说政治革命的合理性与合法性，获得理解与支持。文人知识分子是最有资格实践这一功能的社会力量。共产党政治革命依据列宁社会主义意识只能依

---

① 《郭沫若全集·历史编》第 1 卷，人民出版社 1982 年版，第 17—18 页。

② 李麦麦：《评郭沫若底〈中国古代社会研究〉》，《读书杂志》1932 年第 2 卷第 6 期。

靠知识分子从外部灌输进去的理论，高度重视文人知识分子宣传马克思主义意识形态的作用。一旦文人知识分子支持社会政治革命，意味着他们将会在自己熟悉和擅长的领域，履行宣传、教育和说服的职能，以专业的权威身份，将他们所接受的信仰学说和价值观念向社会各阶层广泛传播和推广。

这类文人知识分子兼具知识人和革命家的双重社会角色，郭沫若是其中最为叱咤风云的典型。成为这类文人知识分子，最为基本的条件是必须具有被社会评判系统所认可的知识和精神资源；其次是成为一个或多个专业领域的精英，具有向社会发言的权力；再次，自愿加入政治斗争的行列，成为某一党派的工作人员，为该党派实现政治理想服务。化用弗·兹纳涅茨基的社会学术语，这类文人知识分子可称之为"党派圣哲"①，即依赖一种或多种专业的精神和知识资源，为某一党派或集团的政治实践和目标，提供意识形态阐释和评判的人。在政治斗争激烈的社会中，党魁们通常缺乏时间或能力承担这一任务，而一个党派或集团传播和宣扬新的思想文化秩序时，又往往会遭遇旧秩序拥护者的公开或潜在抗拒，"党派圣哲"的基本任务和职责就在于"证明"新秩序相对于旧秩序的绝对优越性，从而使该党派或集团的政治斗争合法化、合理化。

以郭沫若为代表的中国左翼文人知识分子在 20 世纪二三十年代政治斗争漩流中所承担的，就是实现马克思主义意识形态普遍性、合理性与合法性形象的现实功能，在思想文化领域论证共产党代表社会历史发展的大趋势，是追求人类真善美的化身。郭沫若的与众不同之处在于，他是在多个专业领域或者说更为广泛的思想文化领域承担了"党派圣哲"的职能，最有影响的当然是文学和史学领域。王富仁曾这样评价郭沫若在文学领域的成就："以郭沫若为代表的创造社、太

---

① 参见［波兰］弗·兹纳涅茨基：《知识人的社会角色》，郏斌祥译，译林出版社2000 年版。

阳社的文学作家是以马克思主义理论为号召最早提出革命文学口号的左翼知识分子，他们其中的大多数更以自己政治上的先进性意识自己的先进性，从而忽视了对中国文化和意识形态的切近的感受和理解，他们在政治观点变化之后反而没有取得在文学创作上的更加自由的心态，也没有超过他们 20 年代文学创作的新的成就。"① 如果说在文学领域实践"党派圣哲"功能的郭沫若，遭到了人们的诟病和非议，至今不绝于耳，那么郭沫若在史学领域以《中国古代社会研究》为代表的成就，则被誉为"马克思主义史学的拓荒之作，开辟了'科学的中国历史学的前途'"②等的评价。更为重要的是，它以学术资源为话语基石，淋漓尽致地展现了郭沫若运用专业知识技能实践意识形态阐释和评判的"党派圣哲"功能。

"没有革命的理论，就没有革命的行动"，但革命理论转化为革命行动之前必须获得信徒、掌握群众，这就需要"党派圣哲"类型的文人知识分子作为中间环节进行渗透、沟通和指导，因为他们被赋予了对社会各界所持知识和信念的可靠性、有效性与真理性进行裁判的权力。众所周知，马克思主义意识形态学说在中国思想文化界初步确立话语权力，与以郭沫若为代表的创造社、太阳社成员的大力鼓吹密不可分。但这种鼓吹如果仅仅停留在"标语口号"阶段，是无法以情动人、以理服人的，更需要在社会惯例和常识所认可的知识系统与价值系统获得切实的支持。正如后期创造社所宣称的雄心壮志："政治，经济，社会，哲学，科学，文艺及其余个个的分野皆将从《文化批判》明了自己的意义，获得自己的方略。"③ 向来作为中国学术系统之显学的史学，自然成为马克思主义意识形态争夺的重要分野，成为获得话语领导权的学术阵地。反用一句老话来说，意识形态领域资产阶

---

① 王富仁：《"左联"的诞生和"左联"的历史功绩》，载方全林主编：《纪念中国左翼作家联盟成立 70 周年文集》，上海文艺出版社 2000 年版。

② 侯外庐：《韧的追求》，生活·读书·新知三联书店 1985 年版，第 223 页。

③ 成仿吾：《祝词》，《文化批判》创刊号，1928 年 1 月。

级不去占领，无产阶级就去占领。

关于中国社会性质和社会史问题的论战，就是这样一场有着强烈政治关怀的学术大论争。郭沫若曾明确申述自己的治史目的："要使这种新思想真正地得到广泛的接受，必须熟练地善于使用这种方法，而使它中国化。使得一般的、尤其有成见的中国人，要感觉着这并不是外来的异物，而是泛应曲当的真理，在中国的传统思想中已经有着它的根蒂，中国历史的发展也正是循着那样的规律而来。因而我的工作便主要地倾向到历史唯物论这一部门来了。我主要是想运用辩证唯物论来研究中国思想的发展，中国社会的发展，自然也就是中国历史的发展。反过来说，我也正是想就中国的思想，中国的社会，中国的历史，来考验辩证唯物论的适应度。"① 马克思主义关于社会发展的五阶段论，毕竟是针对西方历史文化系统作出的历史辩证描述，要"考验辩证唯物论的适应度"，必须以中国历史的实证和论者自身的专业能力为话语基础。正如许华茨评价的那样："按照马克思主义的用语来确定中国当前的'生产方式'，事实证明却不是一件容易的事。这完全合乎逻辑地导致对中国悠久社会历史的周期性关注。在探讨所有这些问题当中，参加者不知不觉地只好从'理论是行动的指南'的讨论转向马克思主义学说当其应用于过去时的更具决定性质的方面。"② 以当时中国社会性质和社会史论战的三个焦点命题——"亚细亚的生产制""奴隶制"和"商业资本制"为例，陶希圣、李季、王礼锡、胡秋原等"思想界的骄子"，认为中国长期存在"亚细亚生产方式"，取消奴隶制，缩短封建制，夸大资本制，无异于否认马克思主义学说的真理性和有效性，更是抽空了共产党政治革命合理性与合法性的历史根基。郭沫若运用自身丰厚的历史知识资源和娴熟的专业技能，以马克思主义意识形态想象为价值支点和方法论，"诠索"马克思主义

---

① 《郭沫若全集·文学编》第 13 卷，人民文学出版社 1992 年版，第 330—331 页。

② ［美］费正清编：《剑桥中华民国史·1912—1949 年·上卷》，杨品泉等译，中国社会科学出版社 1994 年版，第 502 页。

学说的真理性："他这儿所说的'亚细亚的'，是指古代的原始公社社会，'古典的'是指希腊、罗马的奴隶制，'封建的'是指欧洲中世纪经济上的行帮制，政治表现上的封建诸侯，'近世资产阶级的'那不用说就是现在的资本制度了。这样的进化的阶段在中国的历史上也是很正确的存在着的。大抵在西周以前就是所谓'亚细亚的'原始公社社会，西周是与希腊、罗马的奴隶制时代相当，东周以后，特别是秦以后，才真正地进入了封建时代。"① 这种评判除却其学术内涵，潜台词无非就是推导出他那夸张式的预言："现在是电气的时代。电气的生产力不能为目前的资本制所包容，现在已经是长江快流到崇明岛的时代了！"②

　　像大多数的"党派圣哲"一样，郭沫若包括史学研究在内的思想文化创造行为，并不仅仅局限于证明所属党派和集团政治斗争的合法化与合理化，而是以马克思主义的意识形态想象为指南，力图将历史与现实纳入新的公理系统之中，创造出比旧有思想文化秩序更优越、更合理、更全面的价值标准和行动指南。如果说郭沫若的文学成就尚不足以使许多行家里手心悦诚服，那么他的史学成就在学术界沉淀了政治因素之后，到 1935 年以后，变成了"大家共同信奉的真知灼见，甚至许多从前反过他的人，也改变了态度"③。其实早在 1924 年，郭沫若在批判整理国故运动时就隐约表达了自己的学术志向："整理的事业，充其量只是一种报告，是一种旧价值的重新估评，并不是一种新价值的重新创造，它在一个时代的文化的进展上，所效的贡献殊属微末。"④ 郭沫若包括史学在内的思想文化成就，在"一种新价值的创造"和"一个时代的文化的进展上"，也就是中国马克思主义思想文化体系的充实和形成上，具有举足轻重的作用。1941 年 11 月 16 日

---

① 《郭沫若全集·历史编》第 1 卷，人民出版社 1982 年版，第 154 页。

② 同上书，第 18 页。

③ 何干之：《中国社会史问题论战》，生活书店 1939 年版，第 49 页。

④ 《郭沫若全集·文学编》第 15 卷，人民文学出版社 1990 年版，第 162 页。

《新华日报》发表了周恩来《我要说的话》一文，高度评价郭沫若在新的思想文化秩序创造上的成就："鲁迅是新文化运动的导师，郭沫若便是新文化运动的主将。鲁迅如果是将没有的路开辟出来的先锋，郭沫若便是带着大家一道前进的向导。鲁迅先生已不在世了，他的遗范尚存，我们会愈感觉到在新文化战线上，郭先生带着我们一道奋斗的亲切，而且我们也永远祝福他带着我们奋斗到底的。"显然，这是一个政党领袖代表该党派，对充当"党派圣哲"的郭沫若思想文化创造绩效的认可、肯定与奖赏。

三、"真理战士"的限度

郭沫若在《韩非子的批判》中曾提及治学态度问题："大约古时候研究学问的人也是有两种态度的，一种是为学习而研究，另一种是为反对而研究。"[1] 其潜台词无非是说自古已然，于今尤是。实际的治学状态固然不会如此界限分明，但主导倾向还是可以清晰辨别的。就郭沫若这样一个成就卓然的史学大家来说，尽管他的意识形态冲动是如此强烈，但是其"为学习而研究"的态度也是绝对不能忽视的，这在他对史料的极度重视上可见一斑："研究历史，和研究任何学问一样，是不允许轻率从事的。掌握正确的科学的历史观点非常必要，这是先决问题。但有了正确的历史观点，假使没有丰富的正确的材料，材料的时代性不明确，那也得不出正确的结论。"[2] 且不说他在史料的辑佚钩沉方面所下的学术苦功，仅是他在许多具体史学观点上敢于不断自我否定，"常常是今日之我在和昨日之我作斗争"[3]，就表明了他治学态度上的严肃、认真和慎重。

---

① 《郭沫若全集·历史编》第 2 卷，人民出版社 1982 年版，第 365 页。
② 《郭沫若全集·历史编》第 1 卷，人民出版社 1982 年版，第 4 页。
③ 同上书，第 4 页。

这是一种"真理战士"①的治学态度。如果说"党派圣哲"所需要的，是利用他对作为材料的思想文化世界进行研究后所获得的结果，来设计和论证新的思想文化秩序，是力图找到实证根据证明新思想文化秩序的真理性，从而雄辩地说明他所代表的党派或集团社会政治斗争的合理性与合法化；那么"真理战士"所重视的，是知识体系和学术系统自身的绝对客观性、绝对真理性和绝对超越性，必须遵守严格的、明确的逻辑秩序和学术规范，客观经验事实是至高无上的第一根据，并且"对真正的学者来说，真理与谬误问题无条件地高居一切实际冲突之上，绝对知识不应降低身份充当党派之争的工具"②。如果说街头巷尾任何一个对郭沫若略知一二的人，都可以对他的文学创作指手画脚的话，那么可以相信，除了少数专业人士之外，很少有人敢于对他的史学成就置喙。他的史学成就之所以被今人誉为"中国旧史学的终结和新史学的开端"③，最为关键的是他的"新见解、新史料"，首先遵循的是学术系统自身严格、明确的逻辑规范和学理秩序，其意识形态冲动与想象也是首先遵循经验事实的制约和规定。仅就这点而言，他首先是一个"真理战士"，其次才是一个"党派圣哲"，或者说只有凭借"真理战士"所拥有的知识权威和文化资本，他才有资格成为一个政治目的明确的"党派圣哲"。

但是，承认郭沫若"真理战士"的治学态度，并不能否定他的"党派圣哲"的主导倾向。如果说"真理战士"是郭沫若的知识人角色，那么"党派圣哲"则是郭沫若的社会人角色，后者的集域和适用范围远远大于并包括前者。我们知道，"党派圣哲"的主要现实目的，在于证明所属党派或集团的选择是正确的，而对手是错误的，因此其

---

① 参见［波兰］弗·兹纳涅茨基：《知识人的社会角色》，郏斌祥译，译林出版社2000年版。

② 同上书，第95页。

③ 林甘泉、黄烈主编：《郭沫若与中国史学》，中国社会科学出版社1992年版，第3页。

论证方法往往将问题纳入正确与错误两大范畴之中。他总是选择和引证大量符合自身意识形态想象要求的"经验事实",从理论和事实两个层面论证言说的真理性和有效性。况且所谓的客观经验事实材料,并不能充当"充分"的真理标准,对客观经验事实材料的归纳和概括,只有符合理论演绎和推导时才能说明材料的有效性。这正如郭沫若批评郭宝钧"抱着一大堆奴隶社会的材料,却不敢下出奴隶社会的判断","是缺乏马克思列宁主义的掌握",[①] 郭宝钧的史学研究因为缺乏有力的理论来阐释和说明已有材料,其史学判断和材料的有效性也就变得可疑。但是反过来看,由于人文社会科学研究所运用的往往是不完全归纳法,其演绎和推论缺乏绝对可靠性,丰富的材料本身也就只能"相对"充分地证明理论,因此"党派圣哲"在行使自己的职能时,"他只能使自己及其皈依者心满意足,因为在大量七零八落的文化资料中,总能找到事实,在对它进行'恰当'说明以后,能证明他接受为真的概括就是真的,而他斥之为假的东西就是假的"[②]。当然这种方式具有普遍性特征,对"党派圣哲"和其对手是同等的,正如有的学者对中国社会史问题论战所作的评价:"如果说这场争论有胜负,那也是靠认可而不是靠论证取胜的。"[③]

因此从严格的逻辑视角来看,郭沫若的史学言说与马克思主义意识形态想象之间,存在着潜在的循环论证:新材料的运用,论证了马克思主义理论的普遍性;而马克思主义理论的新视野,则阐释了新材料的有效性;二者构成了一个自足、自闭的系统。从功能与效果来看,似乎是相得益彰,但是就纯粹的学术论证规则来看,因为都不具有"充分"的逻辑概括和逻辑推论上的完全性,二者产生难以消除和

---

① 《郭沫若全集·历史编》第 3 卷,人民出版社 1984 年版,第 83 页。
② [波兰] 弗·兹纳涅茨基:《知识人的社会角色》,郏斌祥译,译林出版社 2000 年版,第 52 页。
③ [美] 费正清编:《剑桥中华民国史·1912—1949 年·上卷》,杨品泉等译,中国社会科学出版社 1994 年版,第 503 页。

弥合的内在矛盾，就是难以避免的。就本书论题范围而言，这种论证所产生的真空地带和漏洞，是"党派圣哲"和"真理战士"两种角色所持的不同价值标准所造成的。进一步而言，对郭沫若的史学研究来说，是"党派圣哲"的价值追求压倒了"真理战士"的价值追求，即如他对自己初期研究方法的反思，"是犯了公式主义的毛病"，"差不多死死地把唯物史观的公式，往古代的资料上套，而我所据的资料，又是那么有问题的东西"①。既要阐明自己的意识形态想象，又要尊重客观经验事实，要做到学术与政治的统一，此事难两全。他的诸多具体史学论断的几经变换，究其根源，主要就是由于两种价值取向的不同标准和内在矛盾所致，他以后的学术研究固然在努力消除这种矛盾，但也只能是对原有"秩序"内的修补和完善。"真理战士"的追求最终要以"党派圣哲"的价值取向为限度。

任何人都有自主选择自己社会角色的权力和自由，郭沫若的政治倾向和社会角色选择无可厚非。仅就造成郭沫若作为知识人和社会人或者说"党派圣哲"和"真理战士"内在冲突的精神根源而言，意识形态想象本身的遮蔽性和虚假性，是更为内在的思想精神源头。元典马克思主义向来将意识形态理解为虚假意识的代名词，强调"迄今为止人们总是为自己造出关于关于自己本身、关于自己是何物或应当成为何物的种种虚假观念。他们按照自己关于神、关于标准人等等观念来建立自己的关系。他们头脑的产物不受他们支配。他们这些创造者屈从于自己的创造物。他们在幻象、观念、教条和臆想的存在物的枷锁下日渐委靡消沉，我们要把他们从中解放出来。"②（当然马克思也认为意识形态有时可能是真实状况的反映。）但是，出于实际的政治斗争以及自我确证的需要，20世纪绝大多数马克思主义的追随者和实践者，抛弃了马克思主义创始人对待意识形态问题的谨慎态度，致

---

① 《郭沫若全集·文学编》第 13 卷，人民文学出版社 1992 年版，第 357 页。

② ［德］马克思、恩格斯：《德意志意识形态（节选本）》，人民出版社 2018 年版，第 3 页。

力于建构一种引导人类行动的"真"的观念体系，将过去所有统治阶级的意识形态斥为虚假的，将马克思主义意识形态本身视为真理的化身，从而使自己处于"绝对正确"的位置上。但是任何一种观念系统形成之后，日积月累往往就被视为天经地义，"具有很强大的束缚人的力量"。

对于马克思主义意识形态的真理性与否，我们今天还不具有充足的言说空间。但是从郭沫若兼具"党派圣哲"和"真理战士"双重角色的实际状况来看，政党意识形态的局限与束缚是显而易见的，郭沫若既是受益者，也受到相当程度的限制，这在他的文学创作和史学研究中表现尤为突出。意识形态研究权威卡尔·曼海姆曾经说过，政党"是公开的组合和战斗的组织。这一事实本身已经迫使他们具有了教条主义的偏向。知识分子愈是成为党派的工作人员，他们便愈是失去了他们从他们原先的不稳定状况所带来的理解力和弹性的优点。"[①]照此来看，如果说郭沫若在左翼文化运动时期，在他信奉的意识形态还没有成为国家意识形态时，其史学言说还能在"党派圣哲"和"真理战士"两种角色之间自由、自主地转换和选择，那么其日后的史学言说，则失去了进行再选择的权力和自由，只能沿着政党和国家意识形态规定的天条铁律前行，无论是自愿还是被迫，都没有了寻找其他言说空间的可能。相反，还往往借助于政党领袖的政治言论，来确证自己的史学判断。最典型也最耐人寻味的例证，大概是他曲解和注释毛泽东关于"周秦"一词的内涵："'自周秦以来，中国是一个封建社会'，换一句话说，便是：中国古代奴隶社会与封建社会的交替，是在春秋与战国之交。"[②]

毫无疑问，意识形态想象是郭沫若史学研究的价值坐标和思想基石。马克思主义意识形态的真理性（郭沫若也为证明其真理性作出了

---

① 　[德] 卡尔·曼海姆：《意识形态与乌托邦》，黎鸣、李书崇译，商务印书馆 2000 年版，第 39 页。

② 　《郭沫若全集·历史编》第 3 卷，人民出版社 1984 年版，第 13 页。

贡献），规定了郭沫若史学研究所能达到的学术高度，并构成了评判郭沫若史学研究价值的大前提。尽管人们从没有小觑郭沫若史学研究的学术价值，但是，假设（只是假设）像有的学者所说的那样："西方旧的有产阶级可能会发现它与东方政治精英最深刻的历史共同点在于他们都是过渡阶级。在东方，先锋队政党相当于新教改革的共产主义的对应物，一旦为新阶级铺平了道路，它（像新教一样）就成了一个中空的意识形态外壳。……地位最低的阶级从来没有获得过政权。今天看来，依然如此。"[①] 那么在这种问题框架下，人们该如何评说郭沫若史学研究，或者说像郭沫若这样类型的文人知识分子呢？

---

① ［美］艾尔文·古德纳：《知识分子的未来和新阶级的兴起》，顾晓辉、蔡嵘译，江苏人民出版社 2002 年版，第 93 页。

后　记

郭沫若当年撰写《中国古代社会研究》时尝言："认清楚过往的来程也正好决定我们未来的去向。"《奔流·中国现代文学研究丛书》虽有所谓"致敬前贤，赓续传统；奔流不息，创造不止"之旨，其实更着重于检视自己的学术来程。拙作自然是勉力率先为之。

遥想沫若当年，羽扇纶巾，虽遭国民政府通缉、日本警特监视，却迎来学术辉煌，只能为之感叹、为之不解。再一想鲁迅曾言"焦唇敝舌""剪辫的自由"，又一想沈从文尝言"对这个世界没什么好说的"，于是也就释然了。拙作虽不才，区区此心，犹可鉴也。可记者，唯封面设计，多取材鲁迅元素，亦算聊表心愿。

拙作即将出版，自然要感念那些促我前行的人们，包括我的家人，我的老师，我的学界前辈，我的学界同行，我的朋友，我的同事，以及那些可能还不相识的共鸣者。帮助我的人太多，如一一胪列，唯恐挂一漏万，有失敬意。但是，内心的感念，却始终不曾忘记。

这里需要特别一记的，就是我的导师朱德发先生。本来还曾有请他老人家为丛书作总序的想法，但他老人家却遽归道山。天丧吾师也，震惊与悲伤，迄今难以名状。如今，丛书以出版前言替代总序，亦有追念无可替代的先师之意。

经过将近一年的劳作，拙作就要问世，丛书其他著作也将陆续出版。感谢山东师范大学文学院的慷慨资助，尤其是杨存昌教授、贾海宁书记、魏建教授及其他同事的大力推动。感谢人民出版社陈晓燕女士的热情、细心与认真。感谢丛书各位作者的认同与支持。

要说的话，其实有很多。茫然四顾，却欲言又止。

是为后记。

贾振勇

2018 年 10 月 28 日晨，写于转山西麓

责任编辑：陈晓燕

封面设计：九五书装

图书在版编目（CIP）数据

印证心灵 传承不朽：现代文学的诗、史、哲学品格 / 贾振勇 著 . —北京：
  人民出版社，2019.6
（奔流·中国现代文学研究丛书 / 贾振勇主编）
ISBN 978 - 7 - 01 - 019897 - 2

I. ①印… II. ①贾… III. ①中国文学 - 现代文学 - 文学研究 IV. ① I206.6

中国版本图书馆 CIP 数据核字（2018）第 229630 号

印证心灵 传承不朽

YINZHENG XINLING CHUANCHENG BUXIU

——现代文学的诗、史、哲学品格

贾振勇 著

人民出版社 出版发行

（100706 北京市东城区隆福寺街 99 号）

北京盛通印刷股份有限公司印刷 新华书店经销

2019 年 6 月第 1 版 2019 年 6 月北京第 1 次印刷
开本：710 毫米 × 1000 毫米 1/16 印张：25.25
字数：350 千字

ISBN 978 - 7 - 01 - 019897 - 2 定价：58.00 元

邮购地址 100706 北京市东城区隆福寺街 99 号
人民东方图书销售中心 电话（010）65250042 65289539